| 当代中国小说榜 |

倾城与尊录

宸阳君 著

中国文联出版社

图书在版编目（CIP）数据

倾城与尊录 / 宸阳君著 . -- 北京：中国文联出版

社，2018.3（2023.3重印）

ISBN 978 - 7 - 5190 - 3559 - 4

Ⅰ.①倾… Ⅱ.①宸… Ⅲ.①长篇小说—中国—当代

Ⅳ.①I247.5

中国版本图书馆 CIP 数据核字（2018）第 052337 号

著　　者　宸阳君
责任编辑　刘　旭
责任校对　李佳莹
装帧设计　中联华文

出版发行　中国文联出版社有限公司
地　　址　北京市朝阳区农展馆南里 10 号　　邮编　100125
电　　话　010 - 85923025（发行部）　　85923091（总编室）
经　　销　全国新华书店等
印　　刷　三河市华东印刷有限公司

开　　本　880 毫米×1230 毫米　　1/32
印　　张　14
字　　数　346 千字
版　　次　2023 年 3 月第 1 版第 2 次印刷
定　　价　85.00 元

总　序

诗曰：

> 正似宸阳，楼叹始皇；
> 景落西轩，瑞鹤临江。
> 剑慕青城，鱼涌龙门；
> 宝阁承天，海聚舟山。
> 观风拂袖，西岭千秋；
> 一线夹山，天妒王屋。
> 水榭宁心，谷犹万寿；
> 道法齐云，佛念应朝。
> 白云依山，方寸博远；
> 黄天与尊，俱应蓼凤。

此开卷第一笔也！吾乃宸阳君。是年正逢吾行加冠之礼，有此愿未就，特来讲一他人不知之事，虽不及撼天动地之神话，亦是吾心中之真言。此间情话，非一时一日可言尽，故成书于此，以照后人。

岁在辛卯

江湖之大，总有争强好胜之事。这几日你欲征服于我，过几日我便要征服于你。是以千年纷争，从未间断。

原来天下武林，本分五部。

山河之北尽属北天，古语称极北为天。此间大小门派，皆是圣教宸阳宫统一管辖，时刻虎视南方。

山河以南中原之地，应朝寺、龙门各占一方，领众门派对峙中原，正邪两派对战中原，彼此互不相服。

东边滨海蛮荒之地，属东滨武林，舟山派雄踞海上，率领各小门派外御倭寇、内安一方。

南国丽山秀水，沃土丰饶。东有江西白府和湘南方府互相对峙，剑拔弩张；西有青城剑派隐匿江湖多年，山上山下比较安宁，实力不可小觑。

尽西边属于西域武林，可谓是最为神秘的一部分，此地武功至高，中原、北天、东滨、南国皆不是对手。西轩、承天阁两大派领军西域，企图伺机窥测神器，威霸半边天。

话说舟山众岛之间、普陀群山之内，有一门派，名曰舟山。虽不及泰山北斗之名，亦是武林中一显赫门派。每日来此拜师之人往往不绝……

"在下白依山，久闻舟山大名，今日得此机会，特前来拜会徐掌门，万望收留！"一翩翩少年向另一少年拱手作揖。

"阁下可是白府中人？"另一少年问道。只见他穿金戴玉，百般华贵模样，便是朝中一般官员也不会这般炫耀。

"正是。江湖中的制器神家白老爷子便是家父。两家结盟，定可使舟山白府称霸天下。"白依山答道。人言舟山新任徐掌门喜好颜面，故白欲借此身份讨好徐掌门。

那徐掌门心中思量：白府日渐强大，今次派人前来，定要将我舟山蚕食鲸吞，万不可令其加入，毁我祖宗基业。于是言道："既是白家公子，可继承白府基业，安生度日，独步武林。我舟山树大引风，不是太平之地，望白公子慎重。"

那白依山自觉失算，暗忖："我乃诚心加入，他反倒不理会我，是何道理？"于是又道："实话说，在下潜心而来，只想得道修仙，从不指望那万贯基业、功名利禄。在下只想为贵派贡献微力。难道贵派不需要这种人么？"

徐掌门道："愚兄替白公子贤弟考虑，阁下却不领情，舟山地小，容不下白府大驾。白公子请便吧！"

那白依山怒道："打扰了，告辞！"言罢愤而离去。

徐掌门拱手，轻轻松了口气。

白依山愤而下山，看到拜师人群，更加生气，便绕道而行。至一密林之中，四下无人，正思那徐掌门方才无礼之事，忽听大吼一声，白环视四周，见两大虫蹿将出来，一公一母，冲向白。白拔出随身宝剑，与之较量。无奈力道不足，加之武功低浅，连吃败仗，被大虫咬得浑身是伤，那情景十分危急。眼看白将送命，兀自密林中闪出一人，只见那人动作极快，锐不可当。白熟视之，此人身着道服，人到中年，手持拂尘，冲将上来，左旋右转，直奔猛虎而去。公大虫扑过来，直取那道人脖颈，道人闪过，反手一掌将那大虫劈下山崖，只听那猛虎惨叫一声，母大虫听了，拼命而来。那道人见状，自地上拾起白府宝剑，砍伤大虫。大虫伤得不能动弹，那道人却不赶尽杀绝，只弃了宝剑，不再杀虎。那大虫会意，缓缓挪下山去，渐渐逝于密林深处。

白见状，拜伏道人于地，口道："晚辈白依山，拜谢前辈救命之恩！"

只见那道人闻之大惊，忙扶起白，问道："公子快快请起，贫道有礼。既是白府公子，怎会孤身犯险？"

白道："不瞒恩公，晚辈厌倦那安逸生活，已逃出家门，本想拜入舟山派寻仙问道，晚辈听闻他喜好颜面，知晓晚辈身份定会欣然同意。不想那徐明烈掌门听闻晚辈乃白府中人，一口回绝，不留余地。不想我白府大公子，抛弃家业潜心入他舟山，却落得如此下场！今番得蒙相救，定要苦练武功，改日重回舟山，教他徐明烈好看！"

那道人听了哈哈大笑，道："白公子只知其一，不知其二。"

白问道："恩公此话怎讲？"

道人笑道："那徐明烈少侠刚刚继任舟山掌门，年轻气盛，喜好颜面自是不假，同样万事小心。不许任何门派觊觎舟山，他知晓公子身份，自然认为公子居心叵测，于是一口回绝了。"

白问道："恩公怎知？"

那道人道："前几日那徐明烈少侠的刎颈之交商林少侠前来找过徐明烈少侠，言说建州女真部反叛，来势汹汹，那商林少侠欲与徐少侠一同参军报效国家，可那徐少侠不答应。商少侠想那徐少侠乃是本朝开国神将徐达之后，家世显赫，便邀徐少侠在天子明堂请缨保家卫国，歼除逆党，回报圣恩。可那徐少侠以其叔父徐舜熙无子养老为由，贪恋荣华，拒不答应。商少侠约之相斗，若徐少侠败北，则主动请缨歼除逆党；否则兄弟不做，使江湖中人一片哗然。想那徐少侠这般自私，不过是想做好掌门，保守舟山，因此这几日以闭关为由，不见其他门派之人，招募人才，准备壮大舟山。徐少侠此人，资质极好，只是被凡事扰了心智啊，弄成现在这样实在可惜。若无人指点，只怕得道不成，反倒是离经叛道了。贫道此次前来，只想劝他迷途知返，就算不能为圣上分忧，也不该如此敌视各门派，如此下去，不但舟山声名扫地，只怕连江湖上也要出乱子啊！"

白道："原来如此，晚辈一事不明，为何前辈方才不杀那大虫？"

道人道："说来惭愧，方才与那母大虫交手时贫道看出那大虫怀有身孕，便知那两大虫有了后代，贫道实在不忍小虎胎死腹中，便放它一马。贫道仰慕白府已久，不知公子是否还想再入舟山，若公子愿意，贫道愿助公子一臂之力。贫道姓楚名河，现居齐云观。幸识公子，甚是有缘。请公子随贫道上山。"

白道："多谢恩公好意，晚辈铭记在心。晚辈即将独闯江湖，这个令牌就赠予恩公，执此令牌可随时出入白府，危急时可向白府求援，请恩公收下。我们就此别过，后会有期！"说罢将一玉牌递与楚河，双手作揖，鞠躬离去。楚河拱手还礼，叹气一声，上山而去。

且说大明崇祯二年二月，皇长子朱慈烺出生；三年二月，册封皇长子朱慈烺为皇太子，娶懿安皇后；五年，皇三子朱慈炯出生；六年，皇四子朱慈炤出生；十五年，册封皇四子朱慈炤为永王；十六年，册封皇三子朱慈炯为定王。慈烺字子清，慈炯字子复，慈炤字子明。三皇子个个眉清目秀，皇帝宠爱有加。皇宫之内连添喜事，京畿之内一片和乐。皇太子年少有成，众臣喜之敬之。

与彼同时，建州女真反叛朝廷，朝廷又将何去何从？

却说那东北建州女真部落，不堪苛税重负而起义，招兵买马，士气正盛。在此危急之时，皇帝却频繁换人，防守连连失利，更不要说反击歼灭逆党之事。大明守将接连更换，屡战屡败；女真方面却是越战越勇，高歌猛进。

关外风波未平，关内风波又起。王二、张献忠、高迎祥等人各自起义，反叛朝廷。"闯王"高迎祥被朝廷正法后，其属下李自成继"闯王"位。此后势力日渐扩大，自南而北，直取京城。大明守将无人招架得住，逃也降也败也亡也，丢盔弃甲，损兵折将。京城内无人禀报战况，消息被切断，如此看来，大明定会受夹击而亡。皇帝猜疑过重，屡换忠臣，贻误战机，无异自毁长城。

　　大明即将灭亡，而吾之故事亦即将开始。

目　录
Contents

第一回
悲大明兵荒马乱终　叹皇子命途多舛亡

大明崇祯十七年三月，"闯王"李自成先于女真进攻京城。大明守将见状，纷纷弃甲曳兵而逃。

这日，崇祯帝召来朱慈烺、朱慈炯、朱慈炤三位皇子前来交代事宜。崇祯帝见三个皇子身着华服，急道："都到了什么时候，你们还在穿这样的衣服？"于是令大太监王承恩找来破旧衣帽，亲手给三个皇子换上。

崇祯帝满眼含泪，缓缓道："汝等今日是太子皇子，明日皇城一破，便是普通小民。见到长者、年轻者、年幼者都要以礼相待，不同身份的人各有称呼。"崇祯帝交代得面面俱到，说得三皇子也不免动容。

崇祯帝顿了顿，又道："万一将来保全了性命，切不可忘记国仇家恨，为你们父母报仇雪恨！"言毕哽咽不能说话。旁边宫女太监无不痛哭失声。

崇祯帝当下带领三位皇子拜谒国丈周奎府，想要请求国丈代为收养三位皇子，好给朱家留下一脉香火。谁知那周奎见是皇帝来了，竟是闭门不出，派家丁传话道："今日国丈八十寿辰，任何人不得进入！"崇祯帝虽然愤恨，却也拿他无法。

回宫路上，过庆云巷时，正看见一人骑马奔来。崇祯帝自思，这时骑马奔着皇宫来的，不是乱党就是忠臣，可谁又会冒死面圣呢？想到这里，崇祯帝不禁苦笑："两百余年的河山，竟找不到一位能臣效忠国家，社稷非我之罪，却毁于我手，叹哉！"

却见那人看到皇帝，立刻滚落下马，伏地拜道："圣上出宫巡视，可有什么要紧事？"

崇祯帝惊讶之余，细看那人，却是田贵妃的老父亲田宏遇。当下俯身扶他起来，道："爱卿不必多礼，而今你冒死前来，已是难得。朕只求你一件事，望你无论如何答允朕。朕就算是九泉之下，也能瞑目了。"

田宏遇热泪横流，道："圣上还有什么要交代的，便请说吧。老臣一定竭尽所能，报答圣上。"

崇祯帝道："江山如此，非朕之过。可是而今乱党四起，却皆与朕一人有关。朕乃一国之君，自是难逃。只是三个孩子年幼，又怎能就此死去，断了皇室一脉？所以朕请你看在往日情分上，领着三个孩子回家吧，就算不能锦衣玉食，也好过命丧今日。将来有朝一日，替朕复国，代朕报这个仇！"

田宏遇听罢，毫不犹豫道："圣上有旨，老臣岂敢不遵？"于是将三位皇子扶将上马，与皇帝依依惜别，竟是去了。

崇祯帝见了，便也安了心，缓步回宫而去。

就在此时，乱军攻破城门，杀进了京城。

乱军铁蹄之下，北京城顿时兵荒马乱，街上百姓已被冲散，个个躲进屋去，再也不敢出来。

当下田宏遇带领三位皇子匆匆向府内赶去，为了掩人耳目，田宏遇等四人下马步行。

谁知乱军兵马太多，周边顿时杀声震天。四人快步赶到庆云巷尽头，田宏遇道："三位皇子且请在此等候，老臣过去看看情况，待到一切安全之后，老臣会在对面巷子口向三位招手，到时三位跟着过来便可。"

太子点头道："有劳爱卿了。"

于是田宏遇快步抢了过去，此时兵马尚少，庆云巷尚未有骑兵进入。就见田宏遇安然过了去，开始寻找三位皇子的暂时藏身之所，三位皇子也这般等候着。

过不多时，只见田宏遇从对面跑了出来，挥了挥手，示意三人过来找他。

太子见状，领着两个弟弟冲出庆云巷。

正在此时，却见一大队乱军横着由右向左冲去，敌军来势汹汹，太子等恰好走到正中央，这下田宏遇大惊，却是喊也不敢大喊一声。太子等也是一惊不小，吓得紧抓两位弟弟的手，向后跑去。好在刚出庆云巷不久，退当可退。只是慌乱之中，不知逃到了哪里，却离庆云巷一带已有两条街远。

田宏遇躲了起来，待到兵马过去，却又是一阵尘烟。田宏遇再也等不及，冲入烟尘之中，寻找三位皇子的身影。他哪里知道，三位皇子早就迷了路，更不知到了哪里。

田宏遇找了一个时辰，未有结果。田宏遇顾不得颜面身份，跪地痛哭失声，呼天抢地，断断续续道："老臣有负陛下重托，羞愧、羞愧之至啊！老臣万死，难当其罪！"沿街百姓见了，异视之，以为是亡国疯狂者。

这般混乱之状，自是不需赘言。逆军直冲皇宫，大内侍卫一拥而上，勉强抵住一阵。有人报告崇祯帝，言说大明危在旦夕，恳请圣驾暂移他处，徐图挽救。

崇祯帝端坐天子明堂，龙椅旁边九龙附会，俱露杀气。崇祯帝身着龙袍，头戴金丝帽。众将相分立两侧，已经不剩几个了。

太监宫女等仆从搀扶皇子、公主等在旁边焦急万分，公主都是哭哭啼啼。

只见崇祯帝面色凝重，悲道："朕不走，朕要与闯逆血拼到底，看它谁胜谁负！"

在场众人齐齐下跪磕头道："陛下不走，大明无东山再起之日；而今唯有冲出重围、迁都金陵，大明才有生机！"

崇祯帝正犹豫之时，又一人前来报信，宫门已被破，逆军将至。众人苦口相劝，崇祯帝遂走。留下部分死士抵挡逆军，拖延时间，掩护崇祯帝等人逃走。

周皇后得知后大哭，走进坤宁宫，一言不发。

却说崇祯帝携妃嫔、皇子、公主、太监、宫女等一干人自后门逃出紫禁城。来至煤山之上，俯视京都，往日繁华不再，如今兵荒马乱，横尸遍地，黎民百姓四处逃命。眼下叛军已冲出紫禁城，直奔煤山而来，再难逃脱，不禁悲上心头，自云："朕经营十七年的江山，祖宗开辟百年的基业啊，就这样毁于一介莽夫之手，这难道不是天要亡朕么？！"

其余人等听了，有四散奔逃者，也有跪地不动者，哀道："大明已亡，臣等不愿苟且，请陛下赐死，以明臣等赤心。"

后宫宫女痛哭跑到崇祯帝面前，道："皇后娘娘自尽了！"

崇祯帝道："事已至此，朕不为难大家，都逃命去罢。朕要以死谢天下！"

那些人听了，无一人逃命，纷纷自尽，有人撞石而死，有人挂树而死，有人自刎而死。情景极其惨烈，叫人心痛。

崇祯帝自思：但愿他能趁此逃脱。

众人死后，崇祯帝眼看山下敌军如蚁聚，仰天长叹一声，撕下一片龙袍，咬破手指，写下《血书遗诏》云："朕自登极十七载，三邀天罪，致虏陷地三次，逆贼直逼京师，诸臣误朕也。朕无颜见先皇于地下，将发覆面，任贼分裂朕尸，可将文臣尽行杀死，勿坏陵寝，勿伤我百姓一人。"

言罢自卸龙冠，披头散发挂于山中槐树之上，就此驾崩。后岭南屈大均有诗叹之曰：

> 先帝宵衣久，忧勤为万方；
> 捐躯酬赤子，披发见高皇。
> 风雨迷神路，山河尽国殇；
> 御袍留血诏，哀痛何能忘！

呜呼哀哉！想那崇祯初年，皇帝还是天下拥戴之千古圣人，灭阉党，立忠臣，不想几年过后，收场竟是如此之凄凉。不得不叫人心酸。

大明崇祯十七年五月初三，马士英、史可法拥立福王朱由崧为帝，改元弘光，以承大统。

却说叛军冲上山时，发现皇帝自挂，气绝身亡，有一太子模样之人死于树下，有投降之太监发现此人并非皇太子朱慈烺，却是前大内总管王承恩，情景十分惨烈。匪首大悟，此乃调虎离山之计，崇祯帝以自身一干人等之性命引来叛军，而皇太子不知何处！"闯王"得知，命令一行叛军转头搜寻皇太子身影，务必取到皇太子性命，以绝后患。

却说皇太子、皇三子、皇四子尚在京城内，见叛军杀向煤山，也顾不得什么伤心，慌忙向外跑。出逃前，朱慈烺将身佩玉环一分为三，每人各得其一，分刻"烺""炯""炤"三字，以防战乱走散，日后可凭此相认。

三皇子逃出窄巷，至一市集，遇一老道及一小道拦路，那老道人笑道："三位皇子欲何往啊？"

三人顿时吓得面如土色，朱慈烺故作镇定，道："你这道人，胡诌什么？什么皇子，吾等不知。"

那道人笑笑，道："吾乃'天眼道人'墨虚，能查人过去，断人未来。怎会认错？"

朱慈烺无言以对，只是矢口否认，那二人便将三皇子拉向僻静之所，那两道士齐手作揖，老道道："臣等拜见殿下，而今战乱之时，不便行礼。臣乃是麒麟公徐明烈之子，道号墨虚。徐家世受皇恩，此番特前来搭救殿下。请殿下放心。"

原来这徐家乃是大明开国神将徐达之后，世袭一等麒麟公爵位。舟山墨虚道长与那徐明烈虽是父子，却大有不同。徐明烈老前辈在江湖中、朝中名分极高，万人景仰，但很少过问舟山以外事；墨虚道长虽名声不大，却热心江湖，对朝廷忠贞不贰，此番逆党叛乱，墨虚道长占卜天象得知，大明主星将落，大明将亡，遂携子前来救驾。此子相貌酷似皇太子，在江湖上小有名气，与其父一般，俱是忠肝义胆之铁男儿。

当下朱慈烺道："叫我等如何相信？"

那墨虚听罢，旁退半步，将那小道引了出来，小道抬头，众人一惊。

原来熟视那小道，白玉面庞，龙眉凤眼，竟与皇太子朱慈烺生得一般模样。众人真假难分。众人惊叹之时，那小道拱手道："微臣徐敬念，参见太子殿下。"

墨虚道："想不到初见殿下，竟是如此狼狈。今日得见，犬子与太子殿下真的如传言一般神似。"

徐敬念道："臣愿留下，替太子一死！"

朱慈烺愣愣，许久道："这如何使得？万万不可！皇家之事，与尔无关！"

墨虚道："臣等筹划数日，就为今天，而且臣方才算卦得知，圣上为掩护殿下逃生，使大明再起，不惜牺牲自己，吸引叛军。令人假扮殿下自尽，而殿下却不领情，请殿下为我大明江山考虑！以大局为重。"

朱慈烺道："话虽如此，可吾实不忍……"话至此时，只听一人大喊："太子在此，快来人啊！"众人听罢大惊，只见一宫人指着众人大喊。徐敬念道："来不及了，请父亲护驾离开，续我大明江山，自古忠孝不能两全，如今儿子要舍身报国了。"墨虚含泪道："好儿子，为父走了！"徐敬念不便下拜，拱手含泪道别，回身走向那宫人，其余人等飞奔而去。

众人走后，宫人见徐敬念道："咦，那人才是太子，你怎的与他一般模样？！"

徐敬念听罢，顺手一掌劈死了那宫人，自言道："我才是。"言罢向墨虚走处下跪叩首，含泪而起。

叛军闻讯纷纷赶来，将徐敬念团团围住，有一将领拱手道："太子殿下，'闯王'有请！"遂将徐控制住，带回兵营。

却说几日后，徐敬念被带至"闯王"处，只见那李自成钢眉铁鬓，却是笑容可掬。见徐敬念下拜，忙前去搀扶，道："殿下不必拘束，汝乃太子，便是本大王之子。"遂传指令，封徐敬念为宋王，各种礼仪，俱如从前一般。

那墨虚道人与三皇子逃脱之后，一路奔出城外，朱慈烺问道："爱卿要将吾等带往何处？"墨虚道："殿下放心，臣定会找到一个安身避难之所，令殿下无忧。臣另有一事，想与殿下商量。"朱慈烺道："何事，爱卿请讲。"墨虚道："眼下追兵将至，若问得吾等姓名，自是不能以实情相告，须得化名才是。"朱慈烺道："爱卿考虑周全，佩服佩服。"墨虚道："坊间言说否极泰来，眼下三位殿下正遭大难，臣斗胆建言，不如化个凶名，以讨吉利，而且要特别，以便失散时日后找寻。依臣之见，不如化名为'朱罹''朱殇''朱祭'。罹为不幸，殇为早夭，祭为祭祀，如此凶名，方可保全殿下万安。"朱慈烺方要说话，朱慈炯早已按捺不住，怒道："你这道人，偏偏取这般凶名与我等，是甚么道理？"朱慈炤也道："不行不行，这与吾等命相不合。"朱慈烺道："两位弟弟切莫乱说，徐爱卿也是好意，但是吾以为，祭祀之意恐怕不好，不如将小弟之名改为纪律之纪，更为合理。"墨虚道："如此甚好，不知三位殿下可有什么信物？"朱慈烺道："吾已将腰佩宝玉一分为三，分刻"烺""炯""炤"三字，今可刻上'罹''殇''纪'三字以为身份证物。"众人点头同意，纷纷刻字。

刻字后，墨虚道："今番吾等可向江浙奔去，那李知兴便在彼处。"朱慈烺道："先皇十分信任李知兴，吾等前去，定会脱身。"于是众人前往驿站，奔那江浙而去。彼等如何得知，江浙已陷敌手，李知兴率军勤王，士兵四散奔逃，早已是片甲不留！

却说众人奔逃之时，听那流民传言，言说李自成兵败，不知所终，明将吴三桂反叛朝廷，投奔女真，自此满清入关，吴三桂携前明太子、宋王朱慈烺前往陕西，竟弑太子于宁家湾，如此不忠之臣，实该千刀万剐之！墨虚听闻此言，呼天抢地，痛哭流涕，不能自已，三皇子劝之，亦是痛哭失声。

徐氏为大明再尽一忠！

却说众人数日兼程，终于来至黄河边上，准备渡河赶路，扮作祖孙四人前往河边租船过河。墨虚上前问船夫借船，问道："在下想借船过河，不知仁兄肯否？"话音未落，只听旁边一船夫大叫道："道长，保护孩子！"遂一起弃船遁逃。墨虚大惊，回身细看，只见一白衣人自河上船中跳将出来，面戴白巾，手举白剑，使了一招"游鱼出听"径直刺向朱纪，三皇子猝不及防，毫无戒备，未等墨虚回援，只见朱纪早已被疾剑穿胸而过，当即毙命。墨虚大惊，又不敢暴露身份，于是只得大叫："纪儿！"遂提拂尘而前，准备应战。不想定睛视之，此人乃一女子，再视之，此女子如此面熟。

此女子正是龙门掌门寒月。

原来中原武林之中，近日崛起一邪恶之派，名曰龙门。此派由龙天、寒月二人创立，铲除异己，杀人越货，无所不做。此二人武功不算高强，然其路数之独特，当世少见；手段之毒辣，绝无仅有。寒月手中之龙门剑更是令无数英豪闻风丧胆之杀人利器，不知死于此剑下之武林高手确有几何。

却说朱纪被那龙门女魔头寒月刺穿胸口而死，瞿、殇二人悲伤至极，呼喊"纪"不已。瞿、殇上前伏身大哭，只见朱纪手中仍紧紧握着那块刻字玉牌。朱瞿取下，含泪放入怀里。

墨虚见状上前应战，墨虚大怒道："寒月，原来是你！我与你无怨无仇，你缘何杀我骨肉？"

寒月听罢，冷笑道："这么说，徐道长有皇家血统？"

墨虚听罢，心中一紧，自忖道：她怎知此事？

墨虚正闷间，寒月复笑道："老匹夫此等把戏如何骗得过我？！汝以为用汝子顶替就没人知道了么？江湖上谁人不知汝子酷似前明太子？汝老匹夫在此便是最好的证明。"

墨虚于是道："笑话，你这魔头自认聪明，老夫要是调了包，应当吸引追捕，与皇子分头逃跑，又怎会与皇子殿下在一起逃亡？尔无端杀我骨肉，今日定教尔有来无回！"

寒月道："哼哼，普天之下，我寒月想杀谁就杀谁，哪里需要那么多理由！况且大明已亡，尔竟还在顽抗不已，这才真真是逆天而行，带祸逃亡，横竖一死！"

墨虚听罢，笑道："看来今日唯有一搏，杀出血路而已。"

寒月举剑道："道长痛快，放手来吧！"

墨虚拔出腰佩宝剑水月，迎战寒月，手提宝剑，直取寒月。寒月并不慌乱，只是水月宝剑到胸前时右闪一下、左刺一剑，墨虚及时闪躲，避开剑锋，二人闪开。寒月乘势进攻，墨虚凭拂尘挡之，又使一剑刺向寒月，寒月闪过。

二人交战三十余合，难分胜负。墨虚体力渐渐不支，遂以拂尘缠住剑柄，飘然出击，此招名为"水月天仙"，为墨虚绝学。此招甚是了得，打得那寒月不知如何防守，连中数招，险些丧命，好墨虚，处变不惊！竟在如此之时仍能将对手逼入死地。

寒月眼看不行，被逼无奈，只得飞身闪开。墨虚只求速胜，遂穷追飞将上去，不想寒月反手一剑，使"鱼跃龙门"将水月宝剑劈入黄河之中。墨虚见状大惊，寒月乘势一刺，墨虚闪过，使拂尘一按，正中寒月手腕，寒月手中之龙门剑顺势掉下，直插地上，墨虚继续进攻，逼得寒月连连闪躲。寒月远去，墨虚趁机下落，拔起地上之龙门剑，直刺寒月。

寒月赤手空拳，抵挡不住，身中数剑；墨虚道长愈战愈勇，乘胜追击，左出一掌，打到寒月胸口，寒月后退数步，一腔鲜血喷出，顿时倒地，不能动弹。

墨虚道长好武功！连日奔波，马不停蹄，竟还能战胜如此高手，实不愧"天眼道士"之名号。舟山武功当真不是浪得虚名！

墨虚道长手提龙门剑，缓步向前，龙门剑上鲜血下滴不绝。瞿、殇二人快步上前，只见墨虚道长缓缓道："女魔头，你作恶多端，今日便是你的死期！"

　　寒月苦笑道："尔老匹夫不必着急，我龙门定然不会放过你，教你早晚死在龙门手里！"言罢咳血不止。瞿、殇二人道："爹爹，快杀了这女魔头，以绝后患。"

　　墨虚听罢，手举龙门剑，方要落下之时，只听"嗖嗖"数声响，几支冷箭射来，墨虚道长猝不及防，数箭穿胸而过，倒地而亡。瞿、殇二人虽未中箭，却闻声而倒。寒月惊恐，到底是何方神圣？

　　只见一群黑衣人手持弓箭奔跑过来，见到寒月便立即下拜，齐声道："属下救护来迟，望掌门恕罪！"此乃龙门中人也。一弟子从墨虚手中夺过龙门剑，交与寒月。

　　寒月见状有了精神，仰天大笑道："墨虚老匹夫，你还是败给了我，你终究难逃此劫。"

　　有一黑衣人道："属下无能，让猎物受伤了。"

　　寒月瞥二人一眼道："箭矢上的毒气散发，他二人只是中箭矢之毒失去记忆而已，并未伤到。就算伤到也无事，左右也是我要杀的。"

　　那黑衣人道："掌门且慢，属下有信在此，乃奉龙天掌门之命，特交与掌门，请掌门过目。"原来龙门并尊两位掌门，互以兄妹相称，各管一方。

　　于是见来人递上书信一封，寒月抬眼一看，只见信中写道："寒月吾妹，为兄相信妹妹必定已经得手。为兄之所以派人手前来，是为兄认为，目今龙门已招致众门派红眼，不如留下彼等，作为我龙门弟子，授之武功。一来守卫龙门，二来为日后进攻中原增添人手。是以委派弟子前来，捎与书信一封，望一切安好。为兄龙天。"

　　寒月览罢，冷笑道："原来如此，这两个娃儿可以杀了。"

众弟子闻之大惊，道："龙天掌门交代，一定要留活口，掌门手下留情啊！"

寒月道："你们是听他的，还是听我的？"

众弟子迟疑，一人道："这等事情，属下实在为难，但是确实是龙天掌门的意思。但是若是杀了此二人，无论对掌门还是我等绝无好处，留着此二人一定有用场，请掌门三思。"

寒月佯怒道："本座要你教育！"寒月听信墨虚之词，自认为抓错了人，心情烦恼。于是言罢亲手使剑杀了那弟子，那弟子应剑倒地，死不瞑目。

众弟子惊恐万分，不敢作声。寒月却道："来人，将二人带回龙门，听候处置。"

众弟子听了，再无异言，纷纷行动。顷刻间只剩得墨虚、朱纪和那弟子三具尸体而已，极其惨烈。寒月走后，众船夫草草葬之。

却说数日后，寒月携众人回至龙门。瞿、殇二人早已失去记忆，彼此互不相认，寒月自以为抓错了人，却在数年后偶然得到三块玉牌，知自己所抓之人无误，悔之不及，彼时上缴清廷已晚，还恐朝廷怪罪包庇。于是以"朱瞿""朱殇"称之，令其为消灭前明效力，悉心培养，传功授艺，以期日后壮大龙门。你道她为何随意杀了朱纪？原来三皇子之中，各路势力最看重皇太子，只要携皇太子，便可勒令诸侯，防止前明东山再起，至于其余皇子，彼等尚幼，不便看管，可以随意杀之也！三个太多，一个太少，于是寒月考虑留下两个回去交差。其时，朱瞿一十有六，朱殇一十有三。

且说舟山之上，麒麟仙公徐明烈近日于其子墨虚炼丹房中发现墨虚绝笔，言说其携长子徐敬念前往京城救驾去了，徐明烈大惊。恰逢徐舜熙八十大寿，想隐瞒此事却被徐舜熙看穿。其叔父徐舜熙百般着急，徐明烈无奈，只得请齐云观道长楚江开前来占卜，此人乃是齐云观已故道长楚河之孙也，与墨虚为同道好友。楚江开听闻此事，忙前来占卜一卦，其卦大凶，显示将星坠于黄河边。众人惊愕，忙去黄河边搜索。多方探寻得知，墨虚死于龙门寒月之手，草草葬于黄河边，徐敬念又不知所踪，众人哀伤不已，回舟山禀报徐明烈。徐明烈得知此事，觉得天下大乱，便暗自忍下大仇，仅仅为墨虚立了墓碑而已！

舟山之内一片肃然。

前掌门徐舜熙本过八十大寿，邀请天下宾客前来舟山，却于宴席当天听闻国难，于是立即停办宴席，礼送宾客，全派举丧。又闻侄孙墨虚携子远去，生死不知，徐舜熙一急之下大病不起，众弟子更是慌乱，徐明烈闻之，每日亲自前来送药端汤。

数日后，徐舜熙眼看不行，无数神医前来诊治均是无功而返，于是叫徐明烈来至病榻之前，口述遗言。其余弟子跪候门外。

徐舜熙道："贤侄，为叔恐怕不行了，以后舟山就交给你掌管，一定要让它壮大起来。"

徐明烈含泪道："叔父放心，侄儿会做到的，舟山一定会强大。日后一定杀了涂峦那狗贼，用那狗贼的头颅为我舟山献祭！教叔父安心。"

徐舜熙叹道："我与之崖的情谊，你如何懂得！他是为了我才落得骂名的啊！想当年舟山就是我二人开创的，他如何不想回来？只是人在江湖，身不由己。当初他待你如何，如今你却要杀了你涂叔叔，你居心何在？"

徐明烈听罢，道："叔父，他重利忘义离开我们，险些害了我们徐家，你却为何这样执迷？此等小人留在世上又有何用？"

徐舜熙听了着急，血涌上腔，徐明烈见状大惊，摇晃徐舜熙，大喊"叔父"不止。许久,徐舜熙睁眼道:"不准……杀……杀涂……峦……"言罢力竭而亡,享寿八十。徐明烈大哭,长跪不起,叩头叩得头破血流。

可是徐舜熙之言,徐明烈却未听从。徐明烈自思:涂峦背信弃义,害我徐家。叔父仁慈,我可不能不追究,彼欺我舟山无人否?当下下定决心,定要涂峦偿命不可。

于是徐明烈出门报丧,舟山上上下下全部举哀,齐齐叩头,为徐舜熙祈福。徐明烈趁势鼓动众人,言说前掌门已死,应用涂峦之头颅献祭。一时间,舟山群情激愤,众人纷纷同意,高呼杀死叛徒涂峦,祭奠先师祖。徐明烈当场于旗上手书大字"看我舟山,誓灭涂峦"!

原来舟山派乃是由徐舜熙与涂峦奉旨共同创立,意在防范倭人进攻也。大明万历中,宦官作乱,徐舜熙上书,主张处死掌权宦官,还政于圣上。不想掌权宦官得知此事,彼十分生气,就此寻觅时机,妄图残害忠良。

元末明初之时,元军被明军杀得丢城弃池。太祖高皇帝登极之后,前元残部向北逃窜,但是前元并不死心,号称"北元",继续同大明作对。大明中后期,国势衰微,北元势力活动愈加猖獗,每年数次南下骚扰边关,烧杀抢掠,无恶不作。朝廷拿北元没有办法,徐舜熙屡屡上书要求皇帝降旨阻击北元。

于是宦官抓紧时机,在朝堂之上使激将之法,气得徐舜熙签下生死之状:命涂峦领兵前去消灭北元残余,如得胜回朝,则平安无事;若大败而归,则愿斩全家。签下状子后,奸党得意非常,从中作祟,只拨五万兵马与涂峦,命其对抗北元二十万铁骑,北元部队本就骁勇善战,更兼数量优势,奸党诡计昭然若揭。

然圣旨已然下达,不可违反。涂峦只得领命而去,徐舜熙亲自为其壮行，挥泪离别，却不想数年不闻消息。一日数十逃兵回朝，皇帝听闻此事，决定亲自审问。觐见圣上，言说涂峦与北元交战，自知不是对手，于是领兵遁逃，安享荣华去了；自己百般困难，才得逃脱。

次日早朝，宦官欲加害徐舜熙，百官辩护：此战不胜不败，军令状无效。如此得保徐舜熙全家无事，因而徐舜熙名震四海，黎民百姓无不敬佩徐舜熙之英勇；而涂峦招致天下痛骂，得"不忠不义"之名。从此涂峦不见踪影，在江湖中销声匿迹。也是从此开始，徐明烈决定替徐家报仇，杀死涂峦。

可是涂峦一走不知去向，徐明烈暗中搜查几十年，不管是舟山弟子，还是武林人士，都是毫无结果。

舟山易帜，罹殃入邪。未知后事，下文便见。

第二回
知善义子清学玉露　中奸计子复闯应朝

却说罹、殇二人在龙门安身，龙、寒二人悉心培养，几年下来二人武功精进不少。二人被告知是明末难民之子，从小被龙、寒收留长大。二人武功均是非同一般，可是二人差异愈见明显：朱罹宅心仁厚，虽为龙门做事，却不愿滥杀无辜；朱殇武功虽不如朱罹高强，但做事心狠手辣，行事莽撞，不留余地。

与此同时，龙门不断扩张版图，江湖上腥风血雨，引得江湖人士普遍不满。

且说江湖上有一门派，名为通天居，在那中原景元城郊通天山之上，此城距洛阳不过百里。通天居门派虽小，却与江湖上的不少大门派交往过深，众人敬仰甚之。老主人为司空端，其子、少主人司空玉璋武艺精湛，在江湖中颇有名气。此人为人耿直，一向看不惯龙门所作所为，欲召集群英共剿龙门，却为龙门所知，龙、寒二人准备伺机报复。近年老主人卧床不起，那日龙、寒二人趁司空玉璋不在，前去通天居，带领人马，将其一家老小四十六口全部杀光。司空端豪杰一世，呼风唤雨，结局却如此凄惨，江湖中人闻之无不感叹、气愤。司空玉璋盛怒万分，苦练武功，发誓收徒报仇。江湖上大小门派都与司空端交情不浅，知晓此事之后，纷纷表示愿意清剿龙门，替司空端报仇。龙门甚是忌惮，准备趁其收徒之机派罹、殇中一人潜入通天居作为内应，以便到时收集情报，进击通天居。司空玉璋使扇天下一绝，闻名江湖。

一日寒月叫来朱瞿，言道："瞿儿近日如何？"

朱瞿道："回师父，徒儿武功又精进了不少。"

寒月特问道："为师看你厚道老实，喜好行善，是不是反对为师的所作所为？"

朱瞿忙道："徒儿不敢，师父养育之恩，徒儿没齿难忘。"

寒月道："为师明白你的心思，不愿随意加害于人，可是江湖险恶，难免遭人算计，又怎能与人相安无事呢？只好先发制人，以绝后患。目今江湖中的通天居主人司空玉璋欲招兵买马，加害于龙门，为师要你前去通天居做其徒弟，只需看住他，将他动向定期告知龙门便可。既不能让他伤及龙门，又不能让他受到龙门伤害。你明白么？"

朱瞿自思：明明是龙门杀人全家四十几口性命，还不准他复仇，真是心狠手辣，今日得此机会，正好暂时离开此地，寻个太平清静之地，也可保护司空玉璋性命。于是欣然应允，道："徒儿谨遵师命！"然后退下。寒月见状亦是欣然，自语道："司空玉璋，我们早晚算账！"

却说朱瞿数日后领命前往通天居拜师。那通天山高耸入云，一片青翠，神秘之气渐渐显现。朱瞿拾级而上，行了半个时辰，来至山顶。见那远处有一茅庐，朱瞿知是那通天居，于是大步走去，想去看个究竟。

待朱瞿走近时，看见茅庐门上贴着一副对联，上联是："势与龙门不两立"，下联是："愿和同道结一家"。横批"斩妖除魔"。朱瞿上前叩门，良久无人应声，于是朱瞿径自走进，那茅庐不大，却别有一番洞天，在大茅屋后还有十数间小茅屋。似通天居自身一般，虽小实大。朱罹感叹，往日此处定然热闹非凡，而今竟不见一人，早已物是人非，尽是龙门罪孽也！

朱罹自思：不知司空前辈现在何处。朱罹正思时，忽闻一声道："既是龙门狗贼前来，何不速速送死？"

这一句，朱罹听得害怕，自云："莫非他已猜到我的来历？"但转而又想：我是前来拜师保护他的，并非加害于他，有何不可？朱罹于是高声道："阁下想必是司空前辈，晚辈久闻大名，今日专程前来拜师，并无恶意，请前辈不要误会。"

许久，又听得一声道："我且不管你是不是龙门中人，我在最后的玉露堂，你来罢。"

朱罹闻声而去，走向里处的小茅屋，只见茅屋上挂着一个木匾，朱罹仰视，那匾上正是"玉露堂"三字，朱罹忽听一人道："尔是何人？出自何门何派？"

朱罹循声望去，那玉露堂正中有一老者正襟危坐，闭目养神。右手中有一柄油纸扇，全身衣白。朱罹拱手道："阁下可是司空前辈？"

那老者眼也不睁，冷冷道："老夫就是，来者何人，报上姓名。"

朱罹道："见过司空前辈，晚辈朱罹，是前来拜师学艺的，望前辈收留。"

司空玉璋不作回答，反问道："尔可是龙门中人？"

朱罹犹豫，司空玉璋厉声道："难道你是龙门弟子么？"

朱罹听罢，思道：我是为了前辈的安危而来，不妨骗他一次。于是答道："前辈误会，晚辈并非龙门中人，乃是明末难民之子，父母死于战火。龙门背天而行，人人得而诛之。因此晚辈特前来投于前辈门下，保护前辈，助前辈铲除龙门。"

司空玉璋双目顿时睁开，双眼发光，精神矍铄，道："如此甚好，老夫收你为徒，速速拜师。"

朱瞿听罢，立即叩头拜师，道："师父在上，受徒儿一拜！"言罢磕了六个头。司空玉璋道："好徒儿，记住，从今日起，不许与龙门来往，你要尽全力为通天居消灭龙门。龙门害我全家，我要它以命偿命。"

朱瞿道："师父放心，徒儿记住了。"朱瞿放眼望去，只见玉露堂中挂满了各式各样的扇子，原来司空端痴迷武扇，收集了不少。

这日，两人说起天下武学，朱瞿问道："方今天下最强武学，可是什么？"

司空玉璋道："你这问话，便是错了。从来武学，都是由心生相，心外无物，武学强大与否大都取决于心法内功的强弱。若说是谁家的功夫半点内功没有，全仗着身强体健，使得一招半式，那也是有的，只是拳脚间的力量，上不得什么台面。但凡是武林有些声望的门派，习武之前必须有一分独家的内功在里面撑着，名门大派自与江湖野路子不同，必须先将内功修习小成，再练外功武学，那时内外兼修，互得益彰，江湖上的野莽，便都不在话下了。"

朱瞿点头道："那这么说，内功心法是最重要的了。"

司空玉璋道："是了。漫说是哪门哪派的剑法掌法，它起的名字自是和大派没什么分别，就算它与那大派武功叫一个名字，那也只是形似神不似而已。小门小派，只将自己平日习武所得或是某一搏斗技巧融入武功中。而大派武学，都是在修习上乘内功之后自然而然领悟到的，你修到什么境界，便拿得起什么样的招式。如果境界没到，那自是没有的；若是偷习，那只怕对身体有害。因此小门小派终究不能叱咤江湖，而大派高手修炼几年便能成就一方。"

司空玉璋接着道："这内功心法，却也分作等级。一门派之内，当是掌门人修习全部内功之精要，也有些门派有两三人得以一窥门派精要，但一般其余堂主香主之类，学的都是这门内功的粗浅功夫，这些门派的弟子，也都是学的一般拳脚功夫，本作防身之用，却也接触不到什么高深内功。而高深内功修习起来，一方面是勤学苦练之果，另一方面有时也要得高人指点或是得到修炼秘籍，这样便事半功倍。"

朱罹若有所思，接着便想问内功心法哪家能号令一方。

司空玉璋平时交游甚广，见识广博，这些自是通晓。于是，想了想先说道："天下心法，一分为三，分为佛家、道家和俗家。佛家心法以当今应朝寺的大圆满心法为首、华严寺的欢喜佛经居其次，再向下普陀山的苦厄禅功、九宫山的五蕴功也是有的。"

朱罹点点头，继续望向师父。

司空玉璋又道："除去佛家，道学心法也是威力极大，如最强的是东滨齐云观的上善歌诀，其次是鲁东崂山太清宫的望海闻涛大法、王屋山宝峰观的移山术、青城山建福宫的老君诀。"

朱罹道："只怕最为枝繁叶茂的，就是俗家心法了吧？"

司空玉璋道："不错，俗家武学里目前最好的是舟山的东海神功，取海纳百川、集百家之长之意；其次是北天圣教宸阳宫的木日神功，据说其尚在初期，如有大成，当在东海神功之上；稍稍次之的还有湘南方府的护院心法和西蜀青城剑派的青影心诀；按照内力相较，江西白府的登仙功和先前北天始皇楼的六王内功也当不弱，只是一个不热心江湖，一个气数散尽罢了。"

他一口气说了这许多，朱罹一时间也记不住几个，于是又问道："那本门武功黄天与尊功和龙门独龙功相较又如何？"

司空玉璋道："本门乃是通天杰之后，功力自是不弱。龙门武功也说不上高强，只是龙门内功太过独特邪门，一时间为师尚不得破，有朝一日你若能逢上难得的机缘，多学几招，也许能大破龙门，那为师便欣慰了。"

于是从此师徒二人共居通天居，司空玉璋待朱罹如亲生，朱罹长期受龙门影响，从未体验到如此真情，渐渐放弃冷漠，真心侍奉司空玉璋。二人日渐融洽，亲若父子一般。司空玉璋更是将家中至宝黄天与尊扇交给朱罹使用，此扇以通天楠木为扇骨，以油纸为扇面，涂以司空家独门涂料，既是美观，又可防剑刺、防刀劈，甚是神奇。此后朱罹行走江湖，也更加得手。

时南明弘光元年四月，亦即清顺治二年 (1645)，扬州陷落。弘光帝南走镇江、芜湖至金陵。遇反贼投降，被执。后弘光帝被押解至京城处死，此乃后话。弘光元年闰六月初七，南明王朝又有唐王朱聿键称监国于建宁，后称帝于福州，改元隆武。

与此同时，朱殇在龙门之中苦练武功，功力大有长进，江湖年轻侠士中对手难得一二。只是在龙、寒二人身边久了，便愈加冷漠起来，杀人不眨眼，专门为龙门铲除异己，树立龙门淫威，江湖中人无不恨之。

近来龙门不断生事，早有人看不过眼。中原武林之应朝寺有一智通大师便是其一。智通大师欲召集全天下英雄，开中原武林大会，商讨剿除龙门大计。消息为龙门探得，寒月火冒三丈，决定诱使朱殇前往应朝寺杀死智通，以立威信。

这日，寒月叫来朱殇，问道："徒儿，你认为我龙门如何？"

朱殇道："徒儿认为龙门乃是统一武林的景命之地。只是我龙门树大招风，引起了宵小的不满，着实可恨。"这些皆是昔日龙、寒二人所说之"道理"，今日已被朱殇学会。

寒月道："眼下应朝寺智通和尚欲召集乌合之众共同对付龙门，

你认为该当如何？"

朱殇怒道："龙门承天景命，统一中原，却遭小人嫉恨，此等小人实在不能留于世上，待徒儿前去荡平应朝寺，回报师恩！"言罢拔剑而出，誓要杀死智通。

寒月笑道："好！不愧是龙门子弟，英勇非常。只是应朝寺乃是中原武林第一大寺，灭之甚难，你只需将智通杀了便可。"

朱殇拱手道："弟子领命！"于是提起玉龙宝剑去了。寒月自鸣得意。于是武林中又多了一桩血案。

却说中原武林之应朝寺乃是中原第一古刹，香火甚旺，善男信女络绎不绝。应朝寺坐落在洛阳城边的空灵山上，风景秀美。现任方丈为"觉"字辈长老觉清大师，是头几年技压群雄、拔得头筹的武林盟主。座下智元、智通两位大师；另有觉明大师云游四海，其座下智本大师在寺中，智乾、智坤、智和三位大师前往西域万佛寺讲经。智通大师为人耿直，且与司空玉璋相交甚厚，听闻通天居老主人一家被害，心中气愤，是以召开武林大会，铲除邪教。寺中另有"觉"字辈大师觉凡、觉净、觉尘、觉埃等都是名震一时的英雄人物。目前觉清大师在后山闭关修行大圆满心法，寺中大小事务由觉凡大师临时主持。

这日，朱殇来到应朝寺，应朝寺建于半山腰上，深山空谷，意境斐然；绝于红尘，断了凡间。朱殇探得智通大师今日主持法会，于是提剑上山，准备刺杀智通。

朱殇顺路走去，路上善男信女无数，有上山者，有下山者，络绎不绝。朱殇一路上山，将宝剑放入剑鞘，以衣掩之。

行了一炷香时间，终于来至应朝寺。见那大殿之外群僧习武；大殿之内有百十来个和尚打坐作法，左手执念珠，右手执木槌，敲木鱼诵经。朱殇走去，正巧智通作法完毕，率众和尚走出大殿，前至人群中。

朱殇见状跟上去，至智通跟前，趁智通不备，猛地掏出宝剑，使劲刺过去，不想智通早已将剑刃夹在自己双手之中，这招是大圆满心法第四十九式"善恶合一掌"，那智通合十笑道："朱公子这是何意，岂非消遣贫僧？"

朱殇大吃一惊，抽回宝剑，后退几步，问道："你……你怎知我姓朱？！"

这时智通身后闪出一和尚，乃是智元。只见那智元手中持一令牌，笑道："施主不是龙门朱殇么？"朱殇视之，竟是自己的龙门令牌！心想众和尚之武功当真高深。

且说善男信女一听"龙门"二字，立即惊惶逃散，纷纷下山，再无人敢靠近半步。朱殇怒道："我正是朱殇，应朝秃驴智通妄图串通各个门派灭我龙门，就是该死，今日朱殇就是死也不会教尔等害我师门！"

智通道："阿弥陀佛，苦海无边回头是岸，老衲劝施主还是放下屠刀，与龙门断绝关系，从此积德行善罢。"

朱殇道："教我忍辱负重已是不能，教我离开龙门就更是不能。尔还是乖乖受死吧，智通秃驴，朱殇不服你，今日不是你死就是我亡！"

智通道："好言说与你听，你却毫不领情，尔到底是何居心？我应朝寺赫赫四百余年，从未教人这般侮辱过。龙门是何等门派，也配在此叫嚣！况且龙门小厮无故撒野，尔龙门杀尽江湖同道，我等为何不能灭龙门自保？速速下山离开，否则为时晚矣，教尔有来无回。"

朱殇道："少废话。今日尔若不来领死，本少侠就踏平应朝寺，杀光所有秃驴，教尔等好看。"

觉凡见状怒道："藐视本寺，应朝武僧何在？"霎时间十数武僧齐齐现身，全部使棍，将朱殇包围起来。这是罗汉小阵，众人开战。

先是六个武僧一齐奔来，朱殇使剑胡乱砍去，砍得众僧登时乱了阵法。却是为何？众僧虽是每日习武，数十年如一日，然毕竟是低级身法，令其再练数十年也是这般功夫。而朱殇之独龙功却是愈练愈厉害，十几年下来，已是不凡。应朝武僧拿他毫无办法，龙门武功当真非同一般。

却说朱殇与众僧混战一团，不可开交。过不多时，朱殇已被围在棍棒之阵中，众僧使棒，将朱殇压在棒下。朱殇左刺一剑，右戳一剑，猛然跳起，杀退众僧，搅得阵法一片混乱。而后使了一招"鱼龙变化"，抢得一木棍，顺势使木棍横扫一圈，众僧人多，躲闪不及，最初六僧皆被打中，压到后方武僧身上，于是十数人一齐被弹开。

朱殇又与众僧对战多时，且战且进；众僧皆被中伤，且战且退。又过不多时间，众僧体力不支，朱殇乘势逼近，众僧进也不是，退也不是，朱殇使剑刺中一僧，杀之。而后刺杀了数名武僧。一武僧欲转身报告众高僧，亦被朱殇从身后刺死，最后一十九人尽皆死于朱殇剑下。

众高僧见状又惊又怒。觉凡走上前去，质问道："朱殇，我应朝寺与你龙门毫无瓜葛，你为何犯我应朝，刺我徒儿，杀我武僧？尔欺我应朝无人否？！"

朱殇道："自古武林之中，从来皆是强者为大，威者为先。尔应朝寺赫赫四百余年，威震江湖，无不服从，便是印证。只是近来衰微，本应拱手退让，却仍霸占泰山北斗之位；而我龙门近来崛起，江湖中人有目共睹，强者统一武林，理所应当，不想却招致尔等倾颓门派嫉恨，以邪教为名，侮辱本派，甚至妄图消灭本派，真是痴人说梦。今日本少侠来此，就是给尔等老匹夫一个教训，龙门强大势不可当，顺吾者可昌，逆吾者必亡！"

智元上前道："阿弥陀佛，非也非也！施主年纪尚轻，难辨是非。被那龙天、寒月迷了心智却浑然不觉，可悲可叹。龙门若是惩恶扬善之帮，我应朝绝不会妄加干预，行不正之事；然事实并非如此，龙门杀人越货，无恶不为，我应朝身为武林领袖，此事不管，愧对江湖朋友的赞誉。苦海无边，回头是岸，施主还是改邪归正，行善积德罢。"

朱殇道："秃驴，花言巧语怎能欺骗过我！明明是尔等蛮不讲理，却偏偏说是我龙门无恶不为，一派胡言！"

智本听罢上前怒道："你这狂徒，此番言论当真是颠倒黑白，狂妄自大。将作恶说成应当之举，将我大师兄的话当成不讲理，龙门血染江湖，我等若不联合，岂不是坐以待毙；尔等以为，以龙门的武功妄图一统武林？那是万万不能了，对我应朝尔等尚不是对手，更不必说挑战什么江西白府、湘南方氏'伯仲叔季'、东海舟山派、蜀地青城剑派了。鼠辈小子，竟敢妄自尊大，真真是愚不可及！"

朱殇道："老秃驴不必狂妄，待我龙门将尔等这几家尽数灭了，看尔等还有何话说。"

智通上前，喝道："够了，无须多言，拳脚上见！"于是运起大圆满心法，手持木棍冲上前去，与朱殇较量武功。二人对战，不想朱殇竟可以与智通对峙数回合，而且招招杀绝。智元、智本一齐上前，与朱殇混战。觉凡站在大雄宝殿门口远观，以防龙门偷袭。

朱殇见众多高手前来助阵，应朝寺内三大高僧同时出动，不禁胆战，于是更加拼命还击，使出龙门武功"鱼跃鸢飞"，众人僵持。朱殇武功路数毕竟少见，要想破之，须得个把时间。而三大高僧之合力亦是不可小觑，厉害非凡。这一剑刺出，那边木棍早已防住；那边木棍打来，这边使剑挑开。如此反复，难分上下。朱殇武功一般，却是年轻气盛、血气方刚；众高僧虽身怀上乘武功路数，然年老心衰，体力不足。

众高僧与朱殇混战，看得旁人目瞪口呆。方听说朱殇武功不算上乘，众人以为其不过稀松平常，现在得见，却也不似众高僧说的那般。龙门武功之精妙在于它时而上乘，时而平庸，极不稳定，令对方找不到破绽，无法立即适应。

众高僧与朱殇会战约莫两炷香时间，众人皆是疲惫不堪。朱殇本想刺死智通了事，却不想惹来如此之大的麻烦，如今势成，骑虎难下，亦是勉强坚持，否则便立即死在盛怒之众僧手下。

突然智元一招"万法归一掌"击出，打到朱殇右手腕，玉龙宝剑当即被弹飞，插到应朝寺大门下。智元武功着实高明，这下朱殇立刻慌乱，登时便被推出三丈远。三位高僧聚在一起，乘势发力，力道聚于一处，化成数十道光圈，金光闪闪，直奔朱殇而去，朱殇被推出后数步踉跄，才刚调整好步子时，又见光圈飞来，哪里躲闪得及！于是猝不及防，全部中招，随即光圈化为阵阵气浪，融合三人掌力，将朱殇又推出数十丈远，朱殇直往大石门飞去，此式唤作"立地成佛"，乃是应朝绝技之一。

当下只见朱殇飞出甚远，眼看朱殇要撞到石牌坊头破血流而死，这时从众僧后方闪出一道蓝影，蓝影以迅雷不及掩耳之势飞掠而去，直至朱殇身后，贴着石牌坊，恰巧接住了朱殇，令其幸免。应朝寺上下大为惊讶，待众人仔细看时，此蓝影乃是一中年男子，身着蓝色衣服，上绣二龙戏珠，长发过肩，原来此人不是他人，正是龙天！

朱殇回头看时，见到龙天，惊讶到说不出话来。过不多时，智通口吐鲜血，众僧慌了，却见觉凡道："施主和我们初次见面，为何要痛下杀手呢？若不是老僧挡下了你这杀手，今日岂不是要酿成大错！"原来龙天本想一掌杀了智通，觉凡奋力挽救，才勉强救下智通一条性命。

龙天仰天大笑，手中攥着朱殇之龙门令牌，道："想灭我龙门，没那么容易！天下豪杰听着，再有敢扬言灭我者，形同智通。"却见智通倒地，一时间神志不清，众弟子忙将其抬下救治。若是方才朱殇与众高僧混战就已看得众人目瞪口呆，龙天之轻功就更加令人不可思议，龙天虽是魔头，然众僧人见了，却是个个羡慕其武功，更是反思自己练的是否是轻功。

却见龙天抱起朱殇飞下山去，反手一掌击向觉凡，道："觉凡，本座今日有事在身，改日一定与你一决高下！"只见掌力化作一阵青色浓雾，向觉凡袭来，觉凡舞动袈裟，右手变化多端，使了一招"折花礼佛"，顿时将掌力化作乌有，众人称奇，龙天此式唤作"厉清波"，亦是龙门秘技。后智通经多方医治，均是无效，从此武功尽失，不得再次习武。此事传开，江湖中人人愤恨，龙门臭名昭著，已成老鼠过街之势。龙门弟子只缩在龙门之内，不出门半步。

而朱殇回龙门后，自觉丢了师门脸面，向寒月请罪，寒月饶过朱殇，令其好生养伤，改日为龙门献力。朱殇回想起应朝寺智本之语，于是乘机便问："师父，江西白府、湘南方氏'伯仲叔季'、东海舟山派、蜀地青城剑派，他们较我龙门，孰优孰劣？"

寒月道："这一定是应朝寺众秃驴说出来吓唬你的。这四大门派虽是武林中响当当的强硬势力。我等正面与之交锋，必然敌之不过，但若细细讲来，这四大门派却有不少破绽，破之不难。"

朱殇即道："还请师父从头说来。"

寒月道："天下武林，不出五部。北为北天武林，南为南国武林，西为西域武林，东为东滨武林，中间的才是我们中原武林。这四大门派之中，白府、方府、青城剑派原属南国武林；舟山派原属东滨武林。这四大门派在各自武林中有如我龙门之于中原武林，又如它应朝寺之于中原武林一般重要，不可缺少。"

朱殇道："原来天下武林分为这许多部分。什么南国武林、什么东滨武林，徒儿却是第一次听说。"

寒月道："是了，天下武林原分五部，各部自己守着自己的田地，绝不越雷池一步。然这些毕竟是江湖旧规，如今各部泰山北斗已定，渐渐安稳下来，转而形成了几大门派共掌武林的局面。中原、南国、东滨三部往来频繁，北天武林也欲南下，只有西域武林与我等往来较少。西域武林高手如云，习武者甚众，因而我等与之不相往来，倒也免去了许多麻烦，我龙门称霸武林也少了个劲敌。"

朱殇道："原来如此。"

寒月道："江湖中虾兵蟹将虽多，毕竟少不了几个大门派做支撑。武林中人只要不是游荡江湖，便是要在这样的大门派中闯荡出一番天地。四大门派虽然强大，却是各有各的弱点：方府与白府老太爷曾在通天山上决斗，双双毙命，此后两家便结下梁子，加之方府兄弟不和，原本强盛、号令南国的方府渐渐被白府取代，退而次之，鹬蚌相争我等可以坐收渔翁之利，此二者不难；舟山派势力最大，舟山'麒麟仙公'徐明烈可是一位惹不起的人物，但是其多年龟缩不出，只求自保，不敢正面与我龙门作对，可蚕食而破之；青城剑派远在天边，多年沉寂，近来少有消息，更兼'青城剑尊'莫清泓镇守，可待日后我龙门势力壮大、剑尊莫清泓死后再灭之。"

朱殇躬身拜道："师父妙计，徒儿万万不及。"

寒月笑道："这些江湖之事说与你听，你便知江湖偌大，极难闯荡，须得苦练武功，小心行走才是！"

未知后事如何，且看下文分解。

第三回
朱子清拜师宸阳宫　朱子复邂逅游龙厅

却说朱罹此时正跟随司空玉璋行善修道，通天山下一片和乐，众人爱戴。一日，朱罹接到龙门飞鸽传书，书中写道自从朱罹别后龙寒二人甚是想念云云，自是教朱罹回到龙门。朱罹想来龙门毕竟有养育之恩，于是告别司空玉璋，骗他自己要到外云游，行善积德，得以暂时回到龙门。

此时朱罹头戴金顶冠，身着玉华服，脚蹬重纹履，腰佩玉环，手持黄天与尊扇。生得龙眼凤眉，面庞白皙，如同美玉，双眼炯炯，眉宇俊俏。晃晃然一派天子模样，神采奕奕。

朱罹这日回至龙门，守门弟子见到朱罹甚是惊讶，朱罹言明来意，守门弟子忙进门通报。朱罹进入龙门，径直向内走去，两旁花红柳绿，好不漂亮。朱罹绕过龙门池，进入龙门内院，此处与外院确是不同，一派庄严肃穆之景，令人顿生敬畏之情。行了不多时，朱罹望见眼前一厅赫然而立，厅门匾上书"游龙厅"三个金字，朱罹明了，正厅已至。不想多年未归，龙门景象竟是有些生疏。

朱罹进入正厅，见龙天、寒月端坐于高堂之上。于是拱手作揖，道："二位师父，徒儿朱罹回来了。"

龙天见状起身，上前几步，笑道："好好好，回来就好，几年不见，徒儿如今已是一表人才啊，来，让为师好好看看你。"

朱罹走近，龙天伸手握住朱罹臂膀，甚是欢喜。寒月起身，上下打量，道："果然变化不小，只是徒儿近来跟那司空玉璋学习，功夫可有长进？"

朱罹笑道："这是当然，司空前辈待晚辈极好，特意将通天居至宝黄天与尊扇赠予徒儿……"

寒月闻之大惊："你手中的是黄天与尊扇？！"不由得打断朱罹的话。

朱罹答道："正是，师父也知道这把扇子？"

寒月笑道："岂止知道，为师虽然年纪尚轻，但是对武林旧事还是十分了解。这把黄天与尊扇乃是江湖制器神家江西白府当家的白依广老爷子为司空玉璋之父司空端专门打造。本身坚固无比，再加上通天居本门秘宝'金身液'的涂抹，使得扇面剑刺不穿，刀劈不破。自此闻名于天下，可以说无人不知、无人不晓，江湖中人都想一睹其真容，却无机会。"

朱罹道："想不到这把扇子如此不简单。"

寒月道："你师父把这个交给你，可见对你期望之高，他想让你替他行走江湖，主持公道。"

朱罹道："多谢师父提点，徒儿今后一定维护公道，不负师父重托。"

寒月趁势问道："既是如此宝物，何不与你龙天师父比试一番，也让为师见识一下通天居的武功。"

朱罹知她并无好意，却又不好推辞，于是只得应下。

却说众人来到比武场中，朱罹拱手道："师父武功高深，徒儿恐不能及，恳请师父点到为止。"龙天道："这是自然，开始罢。"朱罹应着，这便出手，手握与尊扇向前直奔龙天而去。

龙天见状，斜身闪过，趁机回转至朱瞿身后，猛然一掌。朱瞿向后跳将起来，持扇在空中随意乱画，竟生成无数圆弧，五颜六色，径向龙天飞去，这叫"通天烟雨"。龙天不断出掌，直劈圆弧，圆弧竟被一一劈碎。众弟子闻讯，前来围观，尽皆瞠目结舌，这一招招、一式式使得是出神入化，令人叹为观止，众弟子万万不能及。通天居武功果然十分深奥，万分绝妙！

眼下龙天飞上前去，与朱瞿对打。朱瞿打开与尊扇，挥舞迎上，真是个罕见之宝——龙天只手可劈大石，却如何也劈不断这黄天与尊扇。朱瞿乘势抵挡一阵。

朱瞿将气息调匀，突然"啪"地收了扇子，使足力气向前击去，龙天双手阻挡不住，遂跳了下来，朱瞿亦跟着跳下来，二人继续对打。朱瞿此时尽占上风，出招咄咄逼人，龙天只能接招。龙天正要后退再次发功，朱瞿却跳开了。

朱瞿向龙天拱手道："承让，师父，徒儿多有得罪！"龙天朗声大笑道："好徒儿，功夫可以，才练十多年就可与为师交手，实属不易。"

寒月方才已命人暗中记下朱瞿的一招一式，于是亦大笑道："徒儿有出息，不愧是我龙门中人。"于是众人欢笑而散。

众人方回至正厅之时，却见龙门弟子前来通报，言说门外有一自称圣教传令使之人前来求见。寒月道："让他进来。"言罢自语："圣教来此为何？"

朱瞿问道："师父，圣教在何处，与我龙门经常来往吗？"

寒月道："圣教这门邪教最近接连吞并北方数小门派，称霸北天，与我龙门从没来往，此次派传令使前来，究竟是为何？难道要我龙门听命于他？来者不善，善者不来，传令上下仔细着点。"朱瞿领命下去处理。

众人说话间，传令使已至内院，朱瞿未及出门，传令使已进入正厅。此人头戴小簪，身着紫衣。朱瞿便向守门弟子使了个眼色，那人领会，下去传令，传令使见状笑道："想不到龙门这等门派，竟会怕我圣教到如此。"

寒月面露难色，道："地方小派，只图自保，望尊使见谅。但不知阁下前来为何？"

传令使道："掌门误会了，在下前来有要事相商。"言罢呈上一封密信。

寒月接过信来，细细读起：原来圣教继吞并北方武林数个小门派后，不觉野心膨胀，妄图一统中原武林，无奈龙门根基太深，影响巨大，实力不小，因此圣教甚是忌惮。于是圣教欲与龙门结盟，一齐奋战，事成后平起平坐，江湖上两派并尊。因此特派传令使前来与龙门商议大计，并派一龙门武学方面的高手前往圣教拜师护教，以示诚意，并研习武学；同时圣教亦会派一弟子前来龙门拜师护派。

寒月览罢，顿时松了口气，对传令使笑道："原来如此，龙门小派，能遇贵教垂青，已是受宠若惊，更有此等美事，我若回绝岂不是太不通情理？"顿了顿，又向龙天问道："哥哥，你意下如何？与圣教结盟对我龙门一统武林有益无害，我们何乐不为？"

龙天道："既是妹妹同意，为兄也不好说什么。只是殇儿此时重伤在身，恐不能鞍马劳顿。瞿儿诸事在身，不便走开。这该如何是好？不如过些时候再作理论。"龙天这般说辞，实是不满寒月先斩后奏，不将他放在眼里，不想寒月却道："哥哥同意便好，小妹自有安排。"

不等龙天说话，寒月忙道："既是如此，便教瞿儿前去圣教，以示我龙门诚意。"

传令使笑道："如此甚好，掌门英明。贵我两派联手，定可无敌于天下。"

朱瞿只得领命道："徒儿谨遵师命。"

那传令使又道："只是在下今日便要领这位少侠前往我圣教拜师，万望掌门应允。"

寒月道："这是当然，尊使请便。"

朱瞿心中自思：这寒月竟是如此绝情，明知此去实为人质，凶多吉少，却无半点犹豫，当真心狠手辣；既是如此，我也不必为龙门卖下死命，前去圣教，须寻得求生之法，保命要紧，早日孝敬司空师父。

于是朱瞿告别龙寒二人，与传令使一道，收拾行囊，前往北天圣教。二人日夜兼程，赶路不停。

朱瞿对圣教甚是怀疑，于是乘机问道："尊使可否将贵教说与在下听听？"

那传令使道："阁下不必客气，在下只是小小的传令使而已，阁下到了本教，定是护教尊使无疑。阁下有疑问，在下定然知无不言。我圣教地属北天，乃是北天第一大门派，更是天下第一大教，各省皆有分舵。本教依山而建，总坛建在立桓山之内，此山虽不甚高，然由坚石构成，可以说是十分牢固，位于北天京师南郊三百里处。本教创立祖师爷乃是宋初年间洪应泉，他本是道士，此人在立桓山上潜心修炼四十六年，始创本教神功——木日神功。后广招徒众，开凿立桓山，经历代圣主努力，终于将山体凿空，此山坚硬非常，即使凿空也是并无大碍。我圣教历经数百年腥风血雨，愈发强大，直至第二十九任秦裕圣主，已经统一京畿地区。后几代圣主励精图治，至本教现任方仲老圣主，终将版图扩张至整个北天武林，完成统一大业。下一步，本教准备南下武林，成就更大的霸业。

"本教教徒不仅限于北天，更遍及天下。本教原本共分宸阳宫、景云宫、瑞月宫三个分部掌管全教事务。三宫都曾出过圣主领袖全教，轮流带领弟兄们。至宸阳宫秦裕圣主时，圣教已颇具规模，为免内部分化，遂裁撤景云宫和瑞月宫，尊宸阳宫为圣教本部，此后圣主皆出自宸阳宫，历任圣主皆称'宸阳圣主'，'宸'取北极星、君主之意，'阳'取阳刚、光耀四方之意，寓意宸阳宫当属北天霸主之天位，行守护各方之大道。本教宸阳宫，方形院落，长宽各六十六丈，乃是秦裕圣主之后历任圣主行事决策之地。正宫宸阳宫外有一石屋，乃是历任圣主闭关之地，无论是江湖上哪位高人，穷尽毕生功力亦是难破其一角。洪圣主对木日神功信心满满，预言神功代代相传，若某任圣主练至第六层，便可木日合一，成就杳世神功，此功一旦练成，便可打遍天下无敌手，一口气战胜数位绝顶高手亦是不在话下。"

朱罹问道："时至今日，杳世神功仍然未出现么？"

传令使笑道："数百年来，三十余任圣主万般努力皆是一无所获，这六层神功听起来简单，但是修习起来可比旁的武功六十层还要难。本派与别的门派不同，使的大多是徒手功夫，虽每人各自练过一样兵器，然掌法拳法是本，以内家练气为基，都是将拳法掌法暗含的刀剑之路融合到武器上，非刚猛一路，实是浑厚如江海之流。而且本教多逢磨难，神功单传也中断了十数次，下一位圣主就要从头练起。相传本教神功这次传承源于秦裕圣主，如今本教方仲老圣主才学天资世间罕有，可在方老圣主年轻时练到第五层后，便再无所获，于是昭告天下努力寻找有缘之人前来继承大业，培养下任圣主完成大业。"

朱罹明了：原来我也是圣教寻来之人，圣教看起来将要神功大成，绝不仅仅是与龙门结盟这么简单。

朱罹与传令使二人奔波数十日，终于到达立桓山。二人一路向里走去，直奔正宫宸阳宫。且休看山外平淡无奇，只有数名弟子把守出入口，山内却是别有洞天，十分明亮，丝毫不显昏暗，洞中光线十足，温度十分之高，山洞边有无数小孔，采光线也。无数光线尽皆交于一点，朱罹顺光线看去，乃是一根硕大无比之木头。却闻传令使道："此乃本教圣木所在，洪老圣主预言神功大成之时木日合一，木上日下，形成'杳'形。到时圣木便自下而上燃起，点亮整个山洞，长久不息，蔚为壮观。"

传令使说话间，两人上得台阶穿过门槛，已至一大殿，此殿好似阎罗王的森罗宝殿一般，令人生畏。朱罹向里看去，只见里面许多人，有坐者，有立者，更似阎王爷审判一般。传令使笑道："我们到了。"原来此处便是江湖中第一大教、令北方武林闻风丧胆的圣教总部、武林中人谈之色变的武林禁地宸阳宫。朱罹不禁倒吸一口凉气，跟在传令使后面向宸阳宫正殿走去。

二人拾级而上，进入宸阳宫正殿。只见正中央宝座端坐一中年男子，其左边坐一老者，二人左右各有二人立于其旁。传令使上前拱手作揖恭敬道："启禀代圣主，五位护教尊使，龙门使者已然来到。"言罢站于旁边。原来圣主不在此处。朱罹下拜道："在下朱罹，拜见代圣主。"对面六人方才十分沉着，听了这句话后，依次慌忙走上前来，东方鸿宇代圣主走在最前，伸手扶起朱罹笑道："尊使快快请起，龙门尊使驾临，我等有失远迎，还请见谅。眼下老圣主方仲正在石屋闭关修炼，不便见尊使，就由我暂代圣主行事，为尊使接风洗尘罢。"这东方鸿宇说话倒是客气，他身居高位却不以威示人，也属难得。

朱罹起身，只见面前此人十分面善，国字方脸，身着长袍，头戴金簪，众人对他恭敬非常。旁有一人上前道："来来来，老弟，让为兄给你介绍介绍。"

那人指圣主道："这便是北天武林第一掌门，圣教第三十四任圣主方仲义子、本教目今代圣主、统教尊使东方鸿宇先生。咱们平日里，都叫他东方叔叔。"朱罹拱手，东方鸿宇向朱罹点点头。

那人指那老者道："这位是本教第一护教尊使李知兴李尊使，早年曾任大明江浙总兵，目今掌管本教内外联系，本教上下人人敬重。他与方老圣主同辈，你叫他李爷爷。"原来那老者正是大明遗老李知兴，只是朱罹此时失去记忆，因而将这一干人全部忘却了。那人依次介绍："此乃游竺鲲尊使，掌管本教刑罚；此乃牛通寿尊使，掌管本教礼仪；此乃敖融尊使；在下曾相，与敖兄一同负责本教徒众训练。"朱罹听罢，一一拱手见礼，众人回之。游竺鲲本是大明遗老后代，被李知兴收留养大至今，与李知兴情同祖孙；牛通寿来自西北天，被圣教统一后，受父命加入麾下；敖融却是"北海龙王"敖镇海的次孙，从小养尊处优，相貌英俊，心机最深；曾相祖父曾经与方仲一同征战北天，立下汗马功劳，不幸早逝，方仲念及旧情，收养了他。

曾相又道："前些日子听闻老弟你来，我特地向方老圣主请求，给你个好差事，老圣主因此命你辅佐李尊使，管理本教内外联系事务，这也方便你同龙门相往来，岂不甚好？"曾相一马当先，把东方鸿宇的话抢了个干净，东方鸿宇面色难看，继而又笑了起来，看朱罹做何反应。

朱罹躬身作揖道："多谢东方叔叔，多谢曾兄相告！"

曾相道："从今往后，老弟你也便是我圣教护教尊使之一了，外人听得本教传令使之时，已是面色大变，毕恭毕敬，殊不知传令使与护教尊使相比，却又是难及万一。呵呵，今后咱们几个便是一家人了，圣教乃至北天武林上下有敢对本教护教尊使不敬者，虽远必诛，虽强必杀。"

朱罹心想：想不到圣教有如此地位，比起龙门可是要强大多了，而圣教一片和气，龙门也是难及万一！

牛通寿道："老弟，欢迎你来圣教！"遂赠上圣教教服。

曾相一时兴起，笑道："牛兄，看我圣教今日联合各家，比起你那蓼风斋如何？"

一时间牛通寿无话可说，李知兴正色道："曾相老弟又在胡说，口无遮拦。蓼风斋既然已经归顺本教，何必旧事重提？"

曾相方才高兴过度，有道是言多必失，现在想来却有不对之处，于是亦正色道："李爷爷教训的是。牛兄，弟弟方才多有得罪，望牛兄原谅。"牛通寿道："无妨，无妨。"

东方鸿宇道："久闻兄弟功夫高深，今日得见，可否与吾等较量一番？"

朱罹笑道："在下久仰圣教神功，蒙诸位抬爱，今日也好讨教讨教。"朱罹近日奔波，正好想借比武之机探知众人底细，加之圣教上下礼之若上宾，朱罹不禁想长留此地，因此想以比武决定是否留下。

之后朱罹经历数场比武，圣教上下对朱罹钦佩有加，朱罹武功仅仅低于李知兴，高于其余四位护教尊使，剩下四位武功不相上下，个个不凡。东方鸿宇十分赏识朱罹；李知兴甚器重之；其余四位使者亦是敬重朱罹；朱罹自己在圣教声名鹊起，渐渐萌生久居之意。于是决定暂居圣教，不在话下。此六人聚首之后，江湖上便赠号"杳世六子"，这六位尊使，哪一个出去走动，便都会引起江湖人士的广泛关注。

却说此时龙门之中，寒月拿着朱罹那日的招式记录日夜研究。发现朱罹那日打出的光弧均是由内力打出，于是自思：司空玉璋功力不凡，若只是由内力打出，怎会不可破？定然是有什么蹊跷之处，耐人寻味。此后数日，寒月茶饭不思，自己学着朱罹招式比画起来。却发现自己无论如何也聚不起那股内力，不知该怎么发力。因而命人唤来朱殇，共同探讨。

恰在此时，弟子来报：圣教传令使前来，寒月忙命请之。过不多时，只见传令使带一女子前来，传令使作揖道："在下圣教传令使，此次携带一圣教弟子前来贵派拜师。掌门请看。"于是传令使闪身，身后女子走上前来，作揖道："晚辈怜香，拜见寒月前辈。"寒月打眼看去，那女子生得水灵，明眸皓齿，笑颜如花，羞花闭月，娇小惹人怜。寒月道："好美的女娃娃，从今往后你便是龙门中人了，本座一定教你一身俊俏功夫，让你平步武林，为我龙门献力。"

那怜香正要答话，却见一青年迎门而入，口中喊道："师父。"怜香见此人生得实是俊朗，润眉大眼，鼻梁高挺，威严处更显得迷人，世间的男子若是哪个有他一半好看，只怕也是羡煞旁人了。一时间注意力竟全都在他身上，早将对话忘到脑后。

原来此人正是朱殇，应寒月之命前来找寒月探讨司空家武学。朱殇走到了怜香前，回身看来之时，亦是半痴半醉，摘不下眼睛来。传令使见此状况，用手戳了戳怜香，二人这才回过神来。

寒月笑道："殇儿来得正好，为师给你介绍一下，这位是圣教尊使怜香；怜香，这位是龙门弟子朱殇。尔等今后务必和睦相处，亲如一家。"

朱殇拱手道："不知尊使驾到，在下来迟，望尊使恕罪。"

怜香看朱殇看得忘却一切，哪里会计较这些礼节，于是还礼道："没事，没事。"

寒月道："传令龙门上下，今后怜香便如我寒月女儿一般，谁要是敢欺辱怜香姑娘，本座教他好看。"于是怜香顺势扑到寒月怀里，寒月双手搂抱怜香，尽显亲近之意。

传令使笑道："看来怜香姑娘甚合掌门心意，如此诸位便早些歇息吧，在下就不多打扰了，掌门阁下留步，在下告退。"于是躬身作揖，缓步退去，寒月命人礼送传令使。

寒月看出殇怜二人有些意思，于是故意命令道："殇儿，你怜香妹妹刚来我龙门，不大熟悉，你带她四处转转。"朱殇正欲找机会接近怜香，却遇寒月之命，真是求之不得。于是欣然领命，道："师父放心，徒儿一定会照顾好妹妹的！"朱殇心动之时，竟将此命看作生死离别时的嘱托一般，怜香听了，不觉好笑，随即又捂住嘴巴，笑而不露齿。

寒月见状，打圆场道："好了，好了，快快去罢。"二人于是告退，寒月浅笑。

二人出了游龙厅，但见厅外道两旁卫士林立，一动不动，见二人前来，纷纷拱手道："参见二公子！"朱殇道："这位是我龙门新弟子怜香小姐，以后礼数上不可少了，知道么？"众人于是又拱手道："参见怜香小姐！"众卫士恭敬万分，朱殇好像不闻一般，对怜香道："我们走罢。"二人走开。

二人向游龙厅东侧走去，穿过小门，却见此处假山太湖石、山水亭台一应俱全，景致别雅，怜香无比喜爱。却听旁边朱殇柔声道："妹妹，此处乃是龙门东景'会龙亭'。"怜香看得痴迷，道："好景色。"朱殇道："我们这边走罢。"怜香便与朱殇走向南方，这便是比武场。二人走回，向龙门北侧走去。

走至最北边，回头看时，墙那边是游龙厅。却听朱殇回头温言道："妹妹，这里便是龙门北景'卧龙潭'，其后乃是龙门禁地'禁龙宫'，我等不便进入，就请随我这边走吧。"只见眼前潭水一片碧绿，直有方才内院大小。潭水周边更无道路，然潭那边道路延续，直至一山洞洞口，洞口铁门紧锁，怜香隐约看见洞口边的匾上写着"禁龙宫"三字。想来便是练功之人以轻功飞跃而去，进入练功。不过潭水如此宽阔，且又深不见底，要想进宫练习，非得有一身奇巧轻功不可。怜香道："好的，哥哥请前面带路。"

二人走过卧龙潭，向西侧转去，只见高山之上，有一高台，可谓是接天连地，上承日月之精华，下揽地势之灵气。白玉之台，秀美万分。

朱殇温言道："妹妹，这里便是龙门西景'接龙台'了。"

二人向东走去，穿过小门，来至内院，走过卫士身边。向南走，出了内院，来到龙门正门口旁边，却见前方有一池子，内中盛满睡莲，娇艳欲滴；数百条锦鲤从中游动，煞是可爱。此乃龙门南景"龙门池"是也。怜香见了，不由得伸手去摘那睡莲，朱殇连忙拦住，道："此乃毒莲，摘之不得！"怜香甚是惊讶，满脸疑惑，朱殇又道："妹妹有所不知，龙门之中机关重重，不可轻举妄动。否则可能会有性命之忧，妹妹小心！"

朱殇又道："你看这花花草草，一殿一阁表面祥和，实则个个暗藏杀机。"言罢随手指了几处，怜香粗看并无丝毫异样，然细细观看却见花草之中暗藏毒箭、殿阁之上隐藏射箭孔、梁柱之上雪藏机栝。想到哪日若是有人进攻，定是惨败不已、有来无回，不禁打个寒噤。

那日之后，寒月每日同怜香探讨通天居武学。怜香乖巧懂事，对于怜香，寒月是喜之又喜、疼之又疼，直把她当作自己孩子一般宠爱。因而每次习武讨论，总是大有收益。

寒月那日与怜香说起那日朱罹的一招一式，询问怜香看法。怜香道："师父，依徒儿看来，大师兄所使的通天居武功好似借力打力一般，师父请看这处、这处，还有这处。"说着指着那日朱瞿与龙天二人的画像向寒月解释。又道："龙天师父武功精妙，大师兄的功力当然不及。师父请看，每次龙天师父发大力气时，大师兄皆是回身闪避，而后屡出奇招，徒儿认为这是将师父神力化为己用。然而师兄年纪尚轻，武功寻常，毕竟是不是司空老贼教授的一时之法，也未可知。"

寒月道："有道理，不管他是不是，咱们都得找个机会去通天居一试！"寒月内心盘算：这次一定要杀了司空玉璋，树立龙门威信，以便日后在江湖上呼风唤雨，最终一统江湖。只是眼下殇儿伤势初愈，不便远行，这件事一定带上殇儿，到时龙门出动，杀了司空玉璋，和瞿儿团聚，介绍怜香，岂不更好？

毕竟后事如何，下文便见。

第四回
巡狩北天搭救神探　返回南国传来噩耗

却说上回，龙门来了一个秀美的女子怜香，众人爱之不及。

这日，朱罹作为圣教护教尊使，轮到他代圣主巡狩北天，考察北天各门派现状，监视其一举一动，维护老圣主的统治。

原来圣教早有一统武林的野心，自第二十九任圣主秦裕开始，圣教陆续吞并周边小门派，时至今朝的第三十四任方仲老圣主，北天早已没有几个独立门派，不少大小门派潮水般归顺圣教，百十个祖传名门尽归圣教之手。

虽然其中不乏几百年的家传名门，大门派更是不在少数，然这些门派都不足以撼动圣教。若说圣教唯一忌惮的对手，便是北天骊山始皇楼是也。

始皇楼建于骊山之上，山下便是大秦帝国建立的阿房宫旧址。其之壮观，唐杜牧有文云："五步一楼，十步一阁；廊腰缦回，檐牙高啄；各抱地势，钩心斗角。"更有"长桥卧波，未云何龙？复道行空，不霁何虹？"之语。虽被烧毁，却不失当年风光。穷奢极欲，仍可一窥大秦风采。

始皇楼仿照骊山脚下的阿房宫建制，重重楼阁，尽显大秦风范，不逊色几分。其开山祖师姓甚名谁早已无人知晓，只是相传四十年前有四人号称"骊山四公"，共同在此门派拜师学艺，这四人武功上乘自不必说，更将药学与江湖情报经营得有声有色，药学分为医药和制毒、江湖情报分为小道消息和探案，他四人各执一样，互通有无，只不过时间久远，江湖上传闻多多，后人也不知晓他们谁掌握什么绝技。"骊山四公"从不下山，成为谜一样的人物。

要知皇楼所研，除武功之外，另有不少杂学，天文地理，农医工商，直可说无不精通。所以始皇楼中人纵横北天，各行各业皆有其身影，因而始皇楼表面独居骊山，然其手中操控的田亩、地产以及各种商行银号不计其数，威震北天，早已不是什么新鲜事。然始皇楼另一门规，便是派中高手严守骊山，足不出户。对于收徒，更是严格，因此始皇楼里的人物，个个都是万里挑一的精英。因此始皇楼虽然声名远播，威风赫赫，门下弟子却极是低调，谨遵门规，绝不对外张扬。

南国武林虽说有丽山秀水，田园风光。然长安千年帝都，繁华风景、霸气威仪自不必说。比较起来，还是北天更胜一筹，颇具中古遗风，令人神往。北天始皇楼傲然独居，吸引得天下武林侠士竞相来访、投奔。

北天大小门派之中，圣教属第一当然无疑。这始皇楼便也是无争议地稳居第二把交椅，实力不比圣教弱多少。彼时圣教凭借方老圣主、东方鸿宇以及五大护教尊使威霸北天，实力自然强大，威慑众门派自是应当；然则始皇楼更有号称"骊山四公"的四大高手镇守，弟子一样不可小觑，就这样，两大门派一东一西，瓜分了北天武林。表面一片宁静，实则刀光剑影。

圣教吞并北天大小门派，始皇楼附近的大小门派见了，纷纷表示与始皇楼结盟，或是归顺始皇楼，以御圣教扩张版图。始皇楼早有称雄之心，面对众门派可说是来者不拒，一概接纳。

这日，北天圣教方仲老圣主率领东方鸿宇及五位护教尊使并一干麾下门派徒众，前往攻打骊山始皇楼。"骊山四公"率众抵抗，双方对战七天七夜，始皇楼终究因为寡不敌众而落败。

原来始皇楼"骊山四公"拼尽全力，各展其长，力保家园，圣教自然吃亏不小。然圣教高手众多，仅仅五位护教尊使就可与"骊山四公"比肩，更兼方仲、东方鸿宇父子这等武林奇手，始皇楼败局已定。只不过坚持这些时日，实属不易。

却说始皇楼"骊山四公"率众西北天，抵抗东北天的圣教，最终失败。"骊山四公"各自遁逃出了重重包围，自己逃命去了。从此以后，江湖上少了始皇楼一个门派，却多了四大云游的仙人，任谁也不知他们的踪迹。始皇楼终究如骊山阿房宫一般成为废墟，硝烟散去，留下了残灰余烬，始皇楼不复当年，亦不见一代传奇。

自此以后，北天只见圣教，不见始皇楼。圣教一统北天，胜者为王；始皇楼一败涂地，麾下门派弟子作鸟兽散。

却说朱罹这日带领圣教部分徒众巡狩北天，行至骊山脚下，见到了阿房宫旧址，果真气派如斯，不减当年。

原来朱罹进入圣教之时，在他手下的侍卫之中，有一人与老圣主是本家，单名一个"德"字，朱罹与之相处甚好。这方德也是年纪轻轻，常与朱罹把酒言欢，两人不分主仆。这日朱罹代老圣主巡狩北天，方德自然也跟了来，也成了巡狩北天的侍卫长，率领众教徒守护朱罹安全。

朱罹想到大明之乱，正如秦末当年一般，不禁心生感叹，顿生无限感慨，遂率众走进阿房宫。

朱罹眼见阿房宫重重楼阁，恢宏气势，更是心中感触良多。朱罹不觉绕道宫后，走上骊山。众教徒不敢不从，浩浩荡荡跟着朱罹一同上山，直奔始皇楼而去。

　　走到半山腰，朱罹远远望见一座宫殿。若不是早知道此地就是始皇楼旧址，众人还会以为是阿房宫的一部分。

　　走近始皇楼，见那宫门之上，有一大匾，上书"始皇楼"三个大字。宫门虚掩，门口规整，旁边却尽是断壁残垣。朱罹向山下望去，阿房宫全景尽收眼底，那磅礴大秦之势，算是更增加了一分。

　　朱罹立在门口，正在观望大匾。早有一队圣教教徒进去打探，以保朱罹安全。这三个大字写得浑厚随意，既大气又不失风雅，朱罹看得很是入神。

　　正在此时，圣教教徒从里面出来，对朱罹拱手作揖道："启禀尊使，始皇楼检查完毕，一切无恙。"朱罹道："方德，你领大家先进去罢。"方德点头，道："我们进去罢。"

　　于是众人跟随方德走进始皇楼。

　　进去大门，先是正面一个大殿，四周乃是回廊。大殿两边皆有华丽宫门，直通后宫。只不过几十年没有人来往，始皇楼早已破败废弃，大门虚掩，满眼是灰，蛛网遍布。放眼望去一片荒芜，周边一片死寂。原先的气派景象渐渐消失，取而代之的是阴森可怖。

　　内庭之中乃是一座楼阁，高耸骊山之上。方德数了一下，竟有七层。

　　众人进入，楼中一层。见正前方端立着四把交椅，原来是"骊山四公"的座位。四周墙壁上，依稀可见当初的"北天全图"，据说是"骊山四公"四人亲手绘制，显示着当初始皇楼的雄心勃勃。画面尽东处，圣教被冠名"魔教"二字，可知始皇楼对于圣教的大恨。方德早听先人提及此派，现下感慨道："想不到昔日风光无限的始皇楼，历经一场恶战后竟然成了这般模样。"

　　圣教教徒听了，皆是附和道："我圣教顺势而为，肩负一统使命，此等逆党逆天而为，惨败也是命中注定。"

方德正思当初圣教的功过，却隐隐听得阵阵脚步声，脚步声实在迅疾，而且似乎带有很重的杀气。方德环顾众教徒，没有一人在动。

就在此时，方德猛地转身，果然有一道剑光刺来。方德连忙抬手举剑，勉强挡住了刺来的寒光。方德得以喘息，众人这才回过神来，齐齐看向出剑的刺客，既想知道那贼人是谁，又想知道他到底藏在哪里，轻易躲过了圣教教徒的严密搜查。

定睛视之，刺客原是一老者。老者身上带伤，衣衫气度非凡，却已是破旧不堪。老者愤怒不已，仿佛和方德有着血海深仇，要与方德一决生死。

方德见状，毫不犹豫，提剑冲了上去。

那人更不多话，上来继续同方德厮杀。众教徒慌了：一旦方德有个三长两短，朱罹尊使怪罪下来，众人就是死一百次也难辞其咎。可是说到帮把手，众人却都插不进去。这两人武功太高，若没有绝佳时机，只怕会帮倒忙。

方德收回右手，做好防御，虽不知来者是何方神圣，却知他要和自己拼命，所以也只好跟着他一起过招，以期脱离危险，制住这人，再弄清究竟。

老者宝剑刺来，方德做好守势。谁知老者剑到方德身前突然转了个圈，化作一圈子剑，谁也不知哪一把剑才是真正的宝剑，这式唤作"神鬼同泣"。剑影重重，虚实相生，不由分说向方德袭来。

方德也没见过这等剑术，此招出人意料，实在高超。顿时慌了神，一面拿右手的宝剑抵挡乱剑，一面左手运功，运起内力来，准备以内力突袭，黏滞住剑阵，以攻为守。

　　只见那方德撤身回防，左手运功向前，迅速出招。

　　那老者一愣，显然由于当初偷袭太快，自己也没反应过来，所以方德这招令他有些许措手不及。

　　老者武功果然不是一般人能及，剑阵立即转向方德左手，方德深知，一旦抵挡不及，便会失去左手，更将性命不保。于是全力攻出，不留余地。

　　老者不慌不忙，轻轻一闪便躲过了方德的全力一击。方德武功不低，然内力尚浅，面对一个武林前辈毕竟能力不足。圣教护教尊使的副手也算是北天武林一等一的好手了，他都不是对手，足见此人内力之深。

　　方德左手又运一气，再次向老者击去，老者也用左手运起内力，向方德打去，不但压住了方德的内力，更趁优势打中了方德，方德受伤后退，背后顶着始皇楼的大柱子。老者继续舞剑，直奔方德而来。

　　眼见老者剑阵袭来，方德受伤不便移动，躲无可躲，只能思虑对策，实在不行，只能与那老者拼了，到时弄个同归于尽。

　　众教徒帮不上忙，在旁边只能干着急。眼看方德被逼到绝境，心也是提到了嗓子眼。若是方德有个什么不测，他们也别想活命了，北天之大，他们也决计逃不出圣教的手掌心。所以众目相对，决定一拥而上，跟那老者拼了。

　　这下众人一拥而上，似要将老者撕成碎片。当彼时，所有人齐齐看向老者，看他作何去处。

　　只见那老者右手一挥，一式"会风剑"扫到众教徒身上，众教徒皆被击飞，不得动弹。

　　老者正想击杀方德之时，只见大厅之外一道金光直奔而来，这是朱罹出手相救，此招名为"普照通天"。老者没来得及反应，被打个正着。但是这一招打得并不重，未下杀手。

那老者舞着舞着剑，突然间停了下来，倒在地上，大口大口地喘着气。许是他受过重伤，许是他年老力衰不堪内力消耗，众人也不管他到底为什么倒了下来，连忙将他拖到一边，拔出武器，要将他乱刀乱剑分尸。

却听朱罹大叫道："住手！"众教徒不敢怠慢，连忙住了手，听凭朱罹吩咐。

朱罹走过去，只见老者一脸不屑，似有愤恨。

朱罹冷声问道："你是何人，为何要杀我圣教弟子？"

老者怒道："少废话，黄某岂是胆小之人。圣教强大，但老夫不怕！"

朱罹道："我圣教与你有什么过节？圣教护教尊使巡狩北天，你见本尊使便有如见老圣主一般，有什么冤屈说来听听。你若能说清，本尊使当会秉公办事。"

那老者轻蔑笑道："始皇楼与圣教几十年恩怨，你个乳臭未干的小尊使也能管得了么？"

朱罹道："原来是始皇楼的高手。我既然管不了，你大可去找老圣主拼命，为何行刺于本尊使的手下弟兄？当本尊使可欺么？"

那老者道："想不到老夫神探一世，却死在一个宵小手下，苍天，你未免也太捉弄人！"

朱罹心中一凛，半信半疑道："神探黄迟夫？你怎会出现在始皇楼？圣教与你有何过节？"

黄迟夫道："老夫虽以神探著称于世，但老夫也永远都是始皇楼的人，始皇楼'骊山四公'与始皇楼没关系么？"说着拿出始皇楼原来的黄金令，朱罹看过，心里一惊。

朱罹心道："'骊山四公'之一竟是神探黄迟夫，江湖盛传的黄姓一公竟然就是眼前的这个神探。怪不得武功高超，听闻"骊山四公"各有苦衷，下场都不大好，我若能相救，也算圆了多年的心愿。

原来朱罹早在龙门时候便听到了些关于始皇楼"骊山四公"的传说，心生向往，更兼同情。心想若有一天能见到"骊山四公"，也可算今生无憾，所以听闻"骊山四公"的名号时，也顾不上刚才方德被偷袭的愤怒，顾不上自己圣教护教尊使的身份，反而是多了些许的欢欣。

于是道："你原是圣教通缉的神探黄迟夫。既是如此，我若取你性命，那岂不是大功一件？"继而高声伴道："将他推出去砍了！"又对方德使了个眼色，方德明白，跟着做了样子。

那黄迟夫听了，顿时慌神，忙着改口道："小兄弟，能否受我一个托付，这样老夫死也心甘了。老夫偷袭圣教终究不对，你大人大量，别放在心上。"

朱罹听他嘴上一软，便知他必定有求于己。自己崇拜"骊山四公"多年，这个忙他是能帮一定帮的，于是道："偷袭圣教护教尊使的巡狩队伍，你还有何话说？"

黄迟夫忙道："前些年老夫受故人所托，帮着找寻方府三老爷方叔。最近几月，老夫在西域探听到了些许消息，由于追查之中老夫受了伤，又因南国武林遍布方府仇敌白府的眼线，因而老夫决定借道始皇楼，然后南下方府。"

朱罹听了，知道这武林神探最近正在找寻方叔的消息，而且有了结果。他心知此事关系重大，若是不放走他，交到老圣主手里，只怕他凶多吉少，一代传奇会就此消失；若是放了他，不但遂了自己的心愿，更是功德一件，毕竟救人一命，胜造七级浮屠。

原来南国武林方白二府乃是世仇，双方对立不共戴天。几十年前方府当家人方伯与现任圣教圣主方仲及三弟方叔兄弟阋墙，方仲、方叔皆被方伯赶出方府家门，方仲由此同方府一刀两断，不再联系。这几年方伯上了岁数，心里也仁慈了许多，想找回这个三弟，一起过安生日子。可谁知方府眼线放出去几年都毫无音讯，这下方伯慌了神，便找来老友黄迟夫，请他出面代为找寻方叔的下落。

于是朱罹探听道："方府出走多年的三老爷可有了消息？你若能据实交代，本尊使可以考虑给你一条生路。"二十几年前，方府三老爷出走方府的消息震动了整个江湖，就连后辈们谈及这段往事之时，都不得不重新回味这件轰动一时的江湖大事。

黄迟夫为求朱罹，只得照实相告，道："方府三老爷已在西域哲思国惨遭不测。老夫这便准备去告知方府当家人方伯，不知尊使可否成全老夫？"

朱罹道："那你行刺圣教护教尊使的队伍，就这么算了么？"

黄迟夫道："老夫不对，在这里向这位少侠赔罪了！"于是起身，面向方德，躬身行礼。

朱罹教众人立在原地，自己同黄迟夫上了二楼。

黄迟夫道："没想到我黄迟夫纵横一世，最终却落在了魔教手里。"

朱罹道："圣教与你冤仇甚大，本尊使若将你交给老圣主，你还会活着么？"

黄迟夫道："方仲小儿太过飞扬跋扈，生性傲气。我与他有大仇，若到魔教，一定不得活路。"

朱罹道："晚辈对'骊山四公'仰慕已久，今日得见前辈，实是三生有幸！"于是拱手作揖。

黄迟夫一惊，问道："你不是要把我交给方仲么？"

朱罹道："早在龙门时候，晚辈就听说了'骊山四公'的大名，从小立志成为像他们一样的大侠，扶危济困，安定一方，惩恶扬善，兼济天下。始皇楼行侠仗义，世人称道。早年时候为抗鞑虏，黄老前辈帮着武林同道收集情报，抵御外敌，更是同道眼中的英雄。始皇楼与圣教之争暂且不论，黄老前辈在武林中的威信是有目共睹，就晚辈而言，晚辈不愿前辈去死。前辈有事在身，这便走罢。"

黄迟夫久久不语，打量打量朱罹，又看看始皇楼外的落日余晖，晚霞满天，红日隐匿。

黄迟夫道："放了老夫，你怎么和魔教教主解释？"黄迟夫体力恢复，已然不怕朱罹，这么一问，显然是在试探朱罹是否真心，是否另有企图。

朱罹道："我自当是严令属下，不叫他们走漏风声。"黄迟夫听了，久悬的心终于放了下来。

沉默良久，黄迟夫道："想不到魔教中还有尊使这样通情达理之人。敢问尊使尊姓大名？"

朱罹道："晚辈朱罹。"

黄迟夫道："尊使高义，老夫佩服，日后若有用得到老夫的地方，尽管找我，这是老夫的令牌，见到始皇楼旧部，均可拿着它行个方便。"于是将自己的始皇楼黄金令交给了朱罹，上刻"恩赠"二字以作纪念。

黄迟夫道："老夫一直把它看作自己的性命，老夫给了你，证明老夫欠你一条命，我们就此别过，后会有期！"

朱罹拱手，郑重道："如此，前辈保重！"

只见黄迟夫走向墙角，连敲三下大红柱子，柱子竟开了门，黄迟夫走进去，"柱子门"缓缓合上，黄迟夫就此远去，留得朱罹暗暗称奇。朱罹走去，也敲了三下，那柱子只是不动，甚至看不出暗门的轮廓。

于是朱罹走下楼梯，方德带领众教徒连忙迎上。众人见没有了黄迟夫，很是奇怪。方德问道："那老贼死了么？"

朱罹摇头道："他点了我的穴道逃走了。待我运气冲穴之后，他早已不见踪影。"

方德道："我去追他，定要将这老贼碎尸万段！"

朱罹道："别追了，早就走了。此事莫要声张，尔等就当没发生过，谁敢在老圣主他们面前提起一个字，休怪本尊使不留情面！"众人再也不敢提及此事，都是沉默不语。

方德闻言不语，已经会意，便黯然退下，心道：我受伤不轻，他放走罪魁，这口气实在咽不下！

于是朱罹带领众教徒离开始皇楼，继续巡狩北天。北天武林安然无恙，方仲对此很是满意。

却说黄迟夫历经艰险，躲过白府眼线，终于来至南国武林。这日，黄迟夫登上方府，求见方伯。

毕竟后事如何，且看下文。

第五回
当家人不识当家事　圣主人广发圣主帖

上回说到，武林神探黄迟夫历尽艰险，来到方府登门拜访方府当家人方伯。

却说这日，湘南方府之中，方伯正与儿子方令祺谈天，忽然听得大门闯进一人，硬说要见方府当家人方伯。

"大老爷，门外有一人非说要见您，说是有三老爷的消息，不知……"这家丁尚未说完，方伯双目一挑，从座上霍地站起，急道："快请他进来！"家丁领命便去。

过不多时，只见家丁引着一人走进正厅。方伯迎将上去，恭问道："黄兄可有三弟的消息了么？"方令祺躬身行礼。那人拱手还礼，道："方兄，小弟已经探听清楚贵三老爷的消息。"方伯道："黄兄果真不愧是武林神探，我们坐下慢慢说。"二人坐到正厅之内。

原来这人便是那日朱瞿放走的、号称武林神探的黄迟夫，约莫七十岁光景。此前方伯方叔兄弟反目，特请来黄迟夫寻找方叔，此人领命之后，十数年不见踪影。方伯原已忘记，不想这日黄迟夫找上门来，方伯也想听听消息，于是忙请进来，详加询问。

且说这方府虽有"伯仲叔季"四大高手，却是人心不齐，钩心斗角，彼此猜忌。方侯老太爷死后，方伯掌家，方仲方叔不满方伯行事，后二人皆被方伯赶出家门。原本方府雄霸南国武林，方侯老太爷虽死，然余威震四方，白府、青城剑派、瑞鹤临江楼等大小门派无不佩服，这下兄弟阋墙，方府情景大不如前。

当下方伯屏退家丁。黄迟夫道："方兄请节哀，贵三老爷已在西域惨遭不测！"

方伯闻言大惊，道："此事绝不可能！西域武林纵然是高手如云，我南国武林的方府三老爷也不是好惹的。且方府地处南国，与那西域武林却有什么瓜葛，就算有人能杀我三弟，也没有理由。这，这究竟是何人下此毒手？"

黄迟夫道："方兄，小弟惭愧，没有探得缘由，只听人说凶手与贵三老爷有莫大仇恨，而且武功奇高，令人难以捉摸。而且，而且……"

方伯追问道："而且什么？"

黄迟夫道："而且凶手杀贵三老爷于西域大国哲思国闹市，此事虽大大损伤了方府颜面，至少证明贵三老爷之死千真万确。当时西域众豪杰都在场，不少人可以证明。"

方伯闻言暗忖：如此说来，三弟岂不是大大折了我方府的颜面？转而又问："黄兄可知当时何人在场？"

黄迟夫道："当时场面十分混乱，好像是贵三老爷从彼处路见不平，便拔剑相助，不想对头甚是强大，贵三老爷左肋下三寸、右膝上二寸各中一剑，受伤过重，这才饮恨而亡。不过西域几大门派中的西轩、承天阁两大派倒是在其中。余者虾兵蟹将，小弟却不知道。"黄迟夫不愧武林神探，这一番场景他如指掌，竟好像身临其境一般。

方伯问道："西轩、承天阁？这是些什么门派？"

黄迟夫笑道："这中土之内，不知这两门派的尚属正常；若是西域武林中，便是问任何一个习武之人，也是知道的。这两派源出一家，皆是由'日月新老'开创。这'日月新老'，不论是内功手法，还是武学造诣，在西域可以说只有第一，更无第二。后来新老暴病而终。于是西轩便以'西山邪老'为掌门人，'东凌玄老'为护派长老；承天阁便以'北智寿老'为阁主，'南臣玉老'为阁中长老。此四长老皆是'日月新老'之徒，从此西域武林便是这'四大长老'的天下，手下精兵强将数不胜数，'四大长老'下令杀人，武林中人可说是躲也躲不起，更不敢提反抗。"

方伯道："那这四人岂不是罪大恶极，恶贯满盈了么？"

黄迟夫道："非也，四大长老虽恶，可在西域却是百姓心中的神灵、太平盛世之象征。只因这西承两派势力太大，徒众过万，直可独立为国，因此周边小国便不敢觊觎西承两派所在之哲思国，虽然周边连年战火纷飞，你来我往，可是这哲思国偏偏没有战乱，民生祥和。因此很多小国百姓渐渐归顺哲思国，最后国民空虚，这些小国也不得不归顺哲思国，哲思国疆域也日渐辽阔。因此'四大长老'在何方，何方百姓便最安定。于是西域广袤土地之中，百姓便不再求神拜佛，不再念什么西天如来、东海菩萨，不管是不是哲思国土，寺庙之中皆是砸了佛像，塑起'四大长老'之塑像，有木身者、有铜身者，更有金身者。手中或挥拳、或舞剑、或拄杖，真是威武十足，霸气万分。西域百姓将'四大长老'奉若神明，每日前来烧香、许愿、求签者络绎不绝。哲思国王室见了，亦对西承两派敬畏十分，抑或是心怀感恩之心，于是下令，西承两派弟子可以在哲思国中自由行动，不受百官约束。若是派中弟子犯法，当由西承两派自行处置。且每年新岁，王室都要向'四大长老'献礼进贡无数珍宝。国中大型仪式，万万不曾少了西承两派使者见证。"

"这叫奇了。"方伯道，但转而又道，"西承两派雄霸西域武林，杀死三弟的凶手也极有可能就是西承两派弟子。这该如何是好？"

黄迟夫心道：寻常人听闻自己亲人死于非命，定然化悲为怒，找仇家报仇，可是这位方伯大老爷怎的如此怕事，置方叔之死于不顾？于是劝道："方兄，小弟看来，贵三老爷虽与方兄有过种种不敬，然骨肉之情不可不顾，况且方府家大业大，称雄南国武林，以南国武林对抗西承两派胜算不小，方兄何不前去复仇，讨回方府威严，以告慰贵三老爷在天之灵？"

方伯却思：这老三与我争斗数十年，我寻他回来尚且怕他与我争斗当家人之位，如今他死了，我为他风风光光办场葬礼不就得了，何须为他冒这奇险？于是道："黄兄此言差矣。方府早不如当年那般威风了，如今的方府只够勉强度日，又怎能再生事端？方府应对白家那群狗贼尚且不暇，又怎能再招惹西域武林？不是方府不报这个仇，而是方府余力不足啊。"

黄迟夫听罢，心下暗忖：你说为弟弟报仇是"招惹"，居然是多一事不如少一事，真是滑天下之大稽；方府遇到你这样的当家人，迟早会一蹶不振，要想重整旗鼓却是再也不能了！

二人说话时，只听门外有人大叫："放我进去，我要见三哥！"是个妇人声音。方伯道："祺儿，去看看怎么了。"方令祺领命前去，不多时便回来报道："禀父亲，来人是江西白家的老泼妇。"

方伯道："她来干什么，莫非她已知此事？"

黄迟夫笑道："有意思，这个痴情种儿，嫁给白家还不死心，非要再来寻她的三哥，殊不知她三哥早就死啦！"

方伯道："黄兄，小弟失陪一会儿，去去就来。"

黄迟夫道："既然来的是白家的人，不如小弟跟随方兄同去，免得更生事端，不好处理。"

方伯道："也好，这便请吧。"方伯领黄迟夫、方令祺二人走向大门。

却说大门口处有一老妇人及二婢女，此人衣着华丽，气态优雅，容颜虽老，然余韵犹存，可推知其年轻之时该是何等美貌。两婢女正与家丁争吵，却见方伯三人走来。只听方伯朗声道："何人敢在方府门前胡闹？"

那老妇人道："少废话！今日你不交出三哥，我就将你这方府炸上天！"老妇身后闪出两人，手持炮筒，筒内填满火药，只待老妇人一声令下，便即行动。

方令祺被此举吓到，心知若再有些许失当之处，便真的性命不保，于是虚张声势喝道："慕容雪萍，你……你休得无礼！方府不是你胡闹的地方。"言语中，多了几分畏惧之气，让人又好气、又好笑。

慕容雪萍柔声道："哼哼，小侄儿都是四五十岁的人了。看在昔日你对我恭敬有加的份儿上，叫我不闹倒也不难。只要你父亲交出我三哥，让老身和他见上一面，老身便即告退，更无废话。"只因她此时有求于方府，不得不以退为进，以守为攻。

方伯冷冷道："你既已嫁给白家老贼，又何必前来打扰我三弟？"

慕容雪萍叹道："是我三哥要我嫁给白依广的，他说，他给不了我幸福，白府富可敌国，甲于一方，强于方府百倍。我们已然分别三十年了，今日八月十六可是我和三哥约好相见的日子，不管我是谁家的媳妇，三哥永远是我最爱的人，他既然约我来这，我就一定要来。"方伯心道：此事来得真巧，三弟死讯刚刚传来，她就找上门，实在巧极。

黄迟夫道："若是他死了呢？"

慕容雪萍惊道："你胡说什么，这不可能！"

黄迟夫道："老夫近日查明，方叔于西域死于非命。"

慕容雪萍笑道："一定是你错了。三哥答应过我今日在此相会，他怎能舍我先去？"言罢哽咽不能语，两边婢女递上手绢。

方伯道："黄老弟说的不错，我三弟确已归神。老夫念你记挂我三弟，就不再追究你了，快快离去，免得老夫反悔。"

慕容雪萍笑道："江湖人言你是百年不遇的神探，可是黄老弟，这次你查错了，这该如何是好？"

黄迟夫道："武林神探，在下不敢；百年不遇，更是谬赞。但是小弟查过的事，就没有错过。难道小弟查了十年的案子，会给雇主一个错的结果么？夫人的话未免也太不中听！"

方令祺笑道："你与我三叔有过一段情，我便叫你一声'婶婶'。好婶婶，请就此回府吧，今后也不要再来了。否则父亲会生气的。"

慕容雪萍道："滚！老身要你同情？"

方令祺怒道："湘南方府从未对人这般低声下气过，来访之人也都从未这般无礼过。婶婶一再不饶人，那就不要怪小侄不客气了！"于是拔剑出来，刺向慕容雪萍。却见另外两道剑光闪过，原来是白府两婢女挺身护法。

方令祺剑术不说天下第一，却也是名门之后，使剑好手。见那平平两小婢女同自己混战，已是丢了方府颜面，本想几招之内取了两女性命，震慑慕容老夫人、夺回方府颜面。不料这两女乃是慕容老夫人的贴身侍女兼护卫，常年一起习武，互为补充，简直好像一个人一般，要想找出破绽已是千难万难，更不要说数招之内杀死两个婢女了。方伯在一旁观看，准备当方令祺占上风时攻击慕容雪萍，将彼等三人一举拿下；黄迟夫受方府雇用，虽不愿参与，却也不能教方伯有甚闪失，否则佣金便落了空，便也在寻找时机进攻。不想这两婢女武功手法如此周全，直可说是没有破绽，惊讶之余，更思对策，因而这两位高手才没出手攻击慕容雪萍。

只见眼前这三人混战不停。方府大门本是家丁聚集之处，这下有了打斗，就更是家丁围绕。方伯本来眼见爱子奋战白府婢女就气恼万分，方府上下没有不怕方伯之人，此时方府颜面正在大打折扣，身为方府当家人，绝对不容此事发生，想到此处，方伯脸色越发难看，决定当众树立方府天威，震慑众人。于是右手暗暗握拳，从袖子中偷偷出拳袭击两婢女，瞬时间已击出十数拳去，招招杀绝，那面慕容雪萍连忙出掌力化解之，慕容雪萍修习白府内功，使的是"羽化掌"。方伯眼见偷袭不成，正思对策，不想这一思量间，却见方令祺倒将过来，忙伸手扶住。原来方才慕容雪萍出掌，不但化解了方伯掌力，更是出掌攻击方令祺胸口，方令祺对战白府两婢女尚且不暇，更加无心防御，于是两掌正中，方令祺受伤不轻。那黄迟夫在一旁观战，本已察觉方令祺有险，也是暗暗施了几掌，却被慕容雪萍挡过，黄迟夫武功虽高，却不是慕容雪萍的对手，只是敢怒不敢言，吃了个哑巴亏。

方伯怒道："慕容雪萍，你这个贱人，昔日勾引我三弟，现在又伤我儿子，你……你意欲何为？"

慕容雪萍拍拍双手，掸掸尘土，两婢女也随之退下，冷笑道："方老匹夫，你好不要脸。明明是你方才偷袭我白府丫鬟不成，老身挺身而出，破坏了你的阴谋，你却说我出手伤了你的孩子。大家都是老江湖了，没必要耍这个心眼！堂堂大丈夫，却在女人面前搞偷袭，你还配叫男人么？！"慕容雪萍心道：你叫苦，我便不承认伤你儿子了。

方伯寻思：慕容雪萍这贱人当众羞辱我方府，白府三个女流之辈竟然将方府这么多人逼得不知所措，好啊，既然闹到现在这步田地，老夫就不得不出手了。于是道："老夫何曾偷袭于尔等？既然尔等不知好歹，得理不饶人，就不要怪老夫处理家务，待白府客人无理了！"于是双手暗暗催动掌力，众人全然不觉，慕容雪萍早已猜到七八分，于是也是双掌相迎，拍将出去。两股掌力顿时化作两股气劲，对冲到一处时，竟然侧向过去，把方府影壁削去不小一块！这招是方府不外传的秘籍掌法，名字也不好听，名叫"护院打狗"。当下方府影壁瓦砾哗哗掉落，众家丁纷纷散开，惊走不少。

方伯见状是又惊又怒，紧接着双掌运力，同时击出，两道掌风出去同时，又拍出十数道掌风，招招直击要害。慕容雪萍转动身形，外面轻纱飘飘而起，满头长发随之飘舞，跟着左一闪，右一闪地避开数道掌风。随之两掌掀起一波气浪，将无数掌风尽皆化入气浪之中，转而向方伯攻去。羽化掌轻巧，但是饱含内力，方伯武功虽然高强，然年岁已大，来不及反应，转眼气浪已至方伯身前。弹指间屡出杀招，这分精妙令人拍手叫好。

却在此时，黄迟夫一把推开方伯众人，拔出腰佩宝刀，直冲进气浪中去。旁人若是进去，那定然被气浪掀飞，可是这黄迟夫提刀入内，却是半分未伤。他在那气浪之中，众人也是看他不清。但见气浪边缘一会儿工夫就先后闪出十几个刀影，气浪虽有人进入，然推行之速却是半点不减，只这一瞬间，待到气浪冲向身后的方伯父子时，早已化为乌有，只在这么短的时间内保护自身，同时化解气浪，黄迟夫武功着实了得。而慕容雪萍一番打斗过后，为重伤方伯用力过快，内力一时有些跟不上，便没再出招。

慕容雪萍登时立住，整整衣衫，捋顺头发，调整内息，傲然道："哼哼，方才交手，差点忘了黄老弟，不过这一式'战云刀'倒是有点意思。让我想起了四十二年前的北天始皇楼，敢问黄老弟可是始皇楼的高手'刀剑双雄'？"说罢两掌拍出数十下，继而心道：不管是始皇楼，还是方府，只要碍着白府行事，就是个死！

黄迟夫道："咱们始皇楼'骊山四公'当年要不是遭遇魔教暗算，哪里至于游走中土，四海为家？只恨我始皇楼生于北天边缘，不然中原朋友定然不会坐视不理。秦裕老儿已死，眼下魔教魔头方仲小儿与方府交恶，老夫当然是帮助方府喽。"说着说着化解了慕容雪萍的掌力，又使宝刀向慕容雪萍方向虚劈几刀，化作刀锋，尽向慕容雪萍劈去。

慕容雪萍不慌不急，拔出宝剑，划出几道，勉强拼过刀锋，道："你与方伯这等小人为伍，难怪会被灭门！"慕容雪萍正欲还击，却在此时见方伯使了一招"护院杀贼"，持剑以雷霆万钧之势刺将过来。方伯怒道："老贼婆，去死吧！"慕容雪萍毫无防备，急忙抽身，两婢女距离过远救之不及。却见右手边闪出一人影，挡在剑前，方伯心下大惊，来不及停手，那人被宝剑穿胸而过，众人大叫。此人动作之快、身形之轻，不但慕容雪萍、黄迟夫未曾发现，就连方伯也未曾有任何感觉。

慕容雪萍知道，这是有人为她挡了一剑，于她有救命之恩，当下心怀感激。虽若是没有此人，自己也不至有性命之虞，然毕竟会受伤不轻，况且这人中这一剑，只怕是性命不保。定睛视之，更是吃惊不小：此人竟是方府大小姐、方伯女儿方令媛！

方伯惊慌不已，又不忍抽出宝剑，于是搂住爱女身体，含泪道："令媛，你这是干什么！"只见方令媛颤声道："爹爹，姊姊她是好人，她对叔叔那么好。我们欠三叔的，我不准你，不准你伤了姊姊。"

方伯道："她不是你姊姊，她嫁到白家，不配做你的姊姊！"方令媛道："她是不得已的，你不能这么说，你是咱们方府当家的，要顾全大局。"

慕容雪萍见状，也不顾方伯在彼处，走上前去，俯身搂住方令媛，悲道："孩子，你这是为何？婶婶伤不到的，你这样做，教婶婶怎么办啊？"

方伯吼道："滚！谁要你假慈悲！"

方令媛道："父亲，女儿想和婶婶说两句话，好吗？"

方伯闻言，立时退后。此时只见方府四老爷方季率众家丁手持兵器赶来，来到方伯身边。方季小声拱手道："大哥，都怪小弟一时不仔细，在集合下人时让小媛听到了消息，谁知道这孩子……唉！"方伯听罢也只是低头叹息，口中念叨："小媛从小和这老泼妇亲，我早该想到她会出现的，早该想到的！"

慕容雪萍哭道："孩子，你太傻了，婶婶对你没有那么好，你没有必要的！"

方令媛道："婶婶何必说这些，我娘死得早，二婶婶和四婶婶都没把我放在心里，只有你这个没有过门的三婶婶对我最好了。我早就把你当成我的娘亲了。我还记得，我三岁那年摔倒在路边，是你扶我起来，帮我弄好伤口，给我买的糖糕。"说罢，又对方伯言道："爹爹，答应我，放婶婶走。"

江湖中人只知道方伯身为方府当家人三十年，大大小小的场合俱是八面威风。却不曾知道，在方伯心中，最疼的是大女儿方令媛，她是女儿之身，又打小没了娘。从小到大，方令媛有什么要求，方伯都尽力满足，不能满足的，一定会换个方式弥补她。可是这一次女儿明明因慕容雪萍而死，女儿却叫他放了慕容雪萍，方伯有些犯难。

方令媛猜出其中缘由，道："父亲，你要是不放婶婶走，女儿今天可就死在这了。"方伯于是低头摆手，方令媛道："婶婶，你快走吧，小侄没有大碍，此时不走，只怕没机会了。"慕容雪萍含泪道：

"小嫒，婶婶走了，你要好好养伤，我们来日再见！"言罢起身，领两婢女走出方府。方伯忙命人收拾东西，准备急救方令嫒，可是方令嫒眼看慕容雪萍背影，自知心愿已了，于是放心闭上了眼，就此西去了也。方府上下，人人身着素衣，为大小姐致哀。

方府大办丧事，北天圣教早有耳闻。老圣主方仲听闻此事，心想慕容雪萍大闹方府，致使方伯失手刺死亲生女儿，此事定有蹊跷。方仲心中已经有了大概，于是一面派人四下打听，一面叫来护教尊使李知兴共同讨论，以证判断。

却说方仲道："知兴，依你看来，昔日平静的方府怎么突生变故？"

李知兴道："回圣主，江湖上人人皆知慕容雪萍与那方叔乃是苦命鸳鸯，彼此相恋多年，却因方老令公、方伯阻挠而不得。况且慕容雪萍多年深居简出，此次慕容雪萍前往方府，定然也是为了方叔。圣主可知，这二人可曾有过什么约定么？"

方仲略一思索，道："有！三十年前的八月十六，父亲准备决战通天居，让方伯当家，这老贼横加阻挠，我三弟私奔不成便安顿好慕容雪萍，只身远走。他二人那日当众约定，三十年后八月十六在方府再相见，若是我三弟还是没有能力超过白家的万贯家财，就永远不再找慕容雪萍。当时白依广小贼也是对慕容雪萍情有独钟，可是慕容雪萍深深爱着我三弟，要不是三弟主动放弃，白依广这小贼如何得逞？"

李知兴道："这就是了，眼下八月廿三，八月十六就在几天之前。而且属下听说，当时北天旧派始皇楼'骊山四公'之一的黄迟夫也在方府。"

方仲道："黄迟夫这小老儿，居然还敢出来，本座正愁找不到他呢。不过话说回来，黄迟夫既是武林神探，就绝不会瞎花时间，而且他有意保护方伯，就说明方伯与他所查之事大有干系！"

李知兴道："会不会也与方叔有关？江湖上传言方伯有意与方叔和好，遍告天下，有能寻到方叔者，重重有谢。黄迟夫既是神探，此事就一定少不了他！"

方仲道："如此说来，若是方伯请黄迟夫，那黄迟夫恨我入骨，必定对方伯效死力，要是他回到方府，那失踪多年的三弟也必定有了个音讯。"

李知兴道："圣主，恕属下直言。黄迟夫现身方府、慕容雪萍大闹未果、方叔爱慕容雪萍已久，只能说明，方叔要么无颜面见老情人，要么已经惨遭不测！"

方仲道："无罪，无罪。知兴这番话，正与本座所想无半分差别，你我之间论计谋实在是难分高下。三弟那么痴情，不会不见面的。看来已经有难了。"

李知兴拱手道："圣主抬举了，属下只是竭尽全力为圣主提看法罢了，较圣主而言，差别甚远。"

此时正遇方府细作报告，方叔惨死西域，方伯秘不发丧。方仲闻言大怒：方伯秘不发丧，竟然让三弟惨死而不报仇。随即传令，广发圣主帖，计于九月初七聚天下群英于通天居，与方伯一决生死，接掌方府。

毕竟后事如何，且看下文分解。

第六回
众豪杰通天终聚首　多高人何方胜一筹

　　却说圣主请帖遍撒江湖，龙门作为圣教盟友，自然也是收到了请柬。龙天因事外出，朱殇收到请柬，立即禀告寒月，请求如何处置。

　　寒月接过圣教请柬，只见上面写道："天下英豪敬启：湘南方府三老爷方叔被逼出走，于近日被害于西域，方府当家人方伯身为当家人对此事不闻不问，实在不配做方府当家人。因此北天圣教圣主方仲携北天众门派恭请众位英雄于九月初七会于中原通天居，见证老圣主方仲手刃湘南方府不肖当家人方伯，以便方老圣主坐掌方府。方仲领北天圣教及北天武林众下属届时恭候众位驾临。"

　　寒月道："既如此，我们收拾行李，快快去罢，也正好见识见识通天居武功。"

　　朱殇问道："师父，若是其中有诈，我龙门岂不是四面受敌？"

　　寒月道："这次圣教出面，那些人就是有天大的胆子也不敢乱来。圣教虽然一统北天武林，招致'魔教'称号，却是北天武林第一门派，圣主发号施令，天下众人自然是无人不敬，无人不从。况且方仲这人做梦都想一统武林，眼下龙门这么强大，又乐意为他效力，方仲有很多事尚未完成，又怎么会抛弃我们？这一次我们大可去得，通天居大会群雄毕至，此间多有嫌隙，也许会节外生枝，正好让尔等见见大下的多样武学。"于是不等龙天回来，便收拾行李，领朱殇、怜香及部分龙门高手前往通天山。

却说此日方仲圣主听闻义子东方鸿宇汇报，朱罹乃是龙门特使。于是特意命人找来朱罹，与他对话。

方仲坐于宝座之上，一脸愤怒，朱罹闻讯赶来，不知所为何事。

朱罹进门下拜，而后起身，问道："圣主教属下前来有何吩咐？"

方仲抬眼一瞥，道："你便是龙门朱罹？"

朱罹道："回圣主，正是属下。"

方仲冷笑道："尔可知龙门与通天居是何关系？"

朱罹听罢，心下一惊，道："龙门与通天居有深仇。"

方仲又道："何等深仇？"

朱罹道："龙门杀了通天居四十六口。"

方仲起身走向朱罹，以迅雷不及掩耳之势扼住朱罹脖颈，厉声问道："尔可知本座与司空玉璋是何关系？"只这一式"枯木逢春手"已让朱罹料想不到、反应不及、招架不住。方仲外表苍老瘦削，朱罹年少力壮，然二人高下相差悬殊竟至此。此人功力之深，足见一斑。

朱罹被方仲扼住脖子，说不出话，于是拼命摇头。方仲手上的力道不曾削减一分。

方仲道："我与司空端是刎颈之交，生死兄弟。圣教早就把你的底细摸清了，欺骗司空玉璋，为龙门做事，雕虫小技如何骗得过我？"

朱罹不知该当如何，满心懊悔，不该为龙门弟子。眼下为人所执，只好不断摇头，以示误会。那方仲突然放手，后退数步，而后坐下。

示意朱罹坐下，朱罹哪敢坐下，犹豫半晌，方仲命令道："坐下！"
朱罹方才坐下。

朱罹道："圣主误会，属下虽从小被龙门收养，但是从未助纣
为虐，龙门杀通天居四十六口一事，属下亦是十分不满。此次龙门
派遣属下打入通天居，本想加害于司空前辈，属下就此打定主意，
要借龙门之命保护司空前辈。请圣主放心，属下定会竭尽全力保护
恩师。"

方仲听罢，不置褒贬，突然大笑道："龙门，哈哈，朱罹，你可
知本座为何与龙门结盟？"

朱罹一怔，自思：这其中也有问题？答道："自是龙门势力庞大，
一时间难以征服。"

方仲起身，走向宸阳宫门口，笑道："我圣教一统北天武林，
不费吹灰之力，又何惧龙门小帮？龙门就快完了。嘿嘿，龙门目
前是人人喊打，此次通天山大会，龙门作为我圣教盟友没有理由
缺席，龙门在江湖上仅有圣教一个盟友，到时圣教反悔，天下英
雄尽在通天山，试想龙门会怎样？待本座收拾了方伯那老匹夫，
坐掌方府，再消灭龙门。此次大会既可为本座解忧，又可为司空
端老弟全家报仇，还可为中原武林除害，岂不是一举多得？自与
龙门结盟后，本座一直在找机会消灭龙门，不想机会来得这般容易，
哈哈，哈哈哈！"

朱罹思忖：原来如此，圣主老谋深算，令人看不穿。于是拱手道：
"圣主高见，属下万不能及。"

方仲回身道："小娃娃，想不想救龙门？"

朱罹一愣，忙道："属下既已成为圣教护教使，一切全凭圣主吩
咐。龙门作恶多端，又对属下毫不留情，便是灭亡也是应当。"

方仲笑道："好伶俐的口齿。不过不管是真是假，龙门火亡已

是无可挽回之事。今后你就安心地服侍司空玉璋罢，圣教这里不需要你了。"

朱罹大惊道："圣主这是？"

方仲大笑道："本座早就算好，寒月会派你前来，这样便可将你单独留下。你是龙门最后一人！圣教人多势众，不消你操心，通天居玉璋侄儿倒是孤身一人，要人照顾。记住，本座留你性命乃是教你好生服侍司空玉璋，不要教本座失望。"

朱罹这才明白一切，心想：圣教圣主果真阴险万分，居心难测，在他面前还是实话实说为好，千万不可耍什么心眼。于是朱罹道："圣主放心，属下定不辱使命。"

方仲点头，道："退下吧，今日之事，天知地知你知我知。不可告诉旁人。"

朱罹起身拱手道："属下告退。"于是退出。

方仲心中想道：只是苦了怜香这个小孩子了，到时救她不迟。但愿她吉人有天相，可以从中逃脱。

却说南明隆武二年，唐王朱聿鐭走建宁，本拟入湘依何腾蛟，却于八月次延平之时被执。隆武二年十一月，桂王之子永明王朱由榔于肇庆称帝，后唐王死福州，隆武三年元月，永明王改元永历。

南明永历元年，鲁王与南明总兵张名振退守舟山派。麒麟老仙公徐明烈率全派弟子出山三百里迎接，后云贵两广湘川晋七省闻知此事，尽归永明王。一时间永历皇帝名声大振，南明王朝暂时稳定下来。

永历元年九月，北天武林第一掌门、圣教圣主方仲邀请天下群英汇聚通天居，见证其与其兄、湘南方府当家人方伯的生死之战。

九月七日，圣教、方府、青城剑派、齐云观、凌空门、瑞鹤

临江楼等大小门派、天下群英尽皆应邀前来参加大会。圣教麾下
北天武林十数门派齐齐受命前来参加。大会将在通天居进行，朱
瞿受命提前来到通天居，通知司空玉璋、帮助司空玉璋招待八方
来客。众人将在通天居茅舍观战。只是舟山派借口舟山要保护鲁王，
缺乏人手，没有来人。方仲听了，颇为生气，大骂徐明烈身为武
林前辈元老却不知礼数，自私自利。应朝寺觉清方丈和觉凡等众
高僧双方多次苦劝无果，拒不参加见证。方伯身为族长，率众而来，
却留了个心眼：将方令祺留在方府，一则率众小辈祭奠方侯老太爷；
二则镇守方府，以防不测。黄迟夫为报师门仇恨，亦是尾随方伯
前来。

　　然虽如此，这日目今天下高手，也已来了大半。

　　日近午时，方仲见来宾已然到齐。于是走到正中央，拱手大
声道："众位英雄，今日在下邀请列位前来已故贤弟司空端的通天
居，乃是要与湘南方府当家人方伯决一死战，恳请众位英雄做个见
证……"

　　只见方府这边一老者走上中央，厉声道："够了！这些年你心里
还有方家么？竟然还在已故贤弟的通天居胡闹，真是不可理喻。"众
英雄看去，此人正是方伯。

　　方仲缓缓道："那你可知今日是个什么日子？"

　　方伯道："三十年前，九月初七，父亲与江西白家白令先老贼
在此决斗。那老贼先于父亲死去，而后父亲重伤过度，也终究驾鹤
西去。"

　　方仲道："不错。人言'长兄如父'，可是父亲走后，你管过这
个家么？方府叱咤江湖，身为方府当家人，肩上的担子有多重你不知
道么？我不服你，你将三弟逼得远走他乡、惨死西域，不断压制四弟。
方府上下你一手遮天，好像除你之外再无方姓者。我远走圣教，当上

圣主，苦心经营，将其发扬光大。你还觉得是我心里没有方家、我为方家抹黑么？"

方伯道："你为了赢得尊重、赢得地位，不惜身入魔教，更为方家留下骂名，方府数百年的颜面都教你丢尽了！"

方仲道："呸！三弟死了你知不知道，三弟惨死他乡你知不知道？方府家大业大，报仇雪恨本来不是难事，可你忍气吞声却是为何？是你的当家人位置重要，还是三弟重要？！"

方伯听了，自知理亏，急道："既是家事，何必搬到大庭广众之下议论？还不快跟我回家，却在这里丢人现眼。"

方仲道："我与三弟被你赶出家门十几年，到了今日你才想起教我回家，你不觉得太迟了么？我是圣教圣主，圣教上下数千弟兄离不开我，今日唯有收拾了你这老匹夫，教我回家当家我才会回去，否则休想！"

方伯道："你深入邪恶，不能自拔，今日唯有将你打醒，才能让你回家。"

方仲刚要回话，方府这边又有一人快步上前，道："大哥二哥，你们说话，小弟本不该插嘴。可是你们的仇恨竟然如此之深，以致非要决斗不可，小弟实在看不下去。二哥，大哥这么多年独断专行固然有错，可是他全都是为了方家好。你今天将天下英雄招来此处，看我方氏家丑，却又是何意？人言'家丑不可外扬'，难道你和大哥就不能回家解决争端么？"

方仲叹气，道："四弟，想不到你早已不是当年的你了。为了你自己荣华富贵，不惜将你二哥置于不义。这究竟是为什么？为什么？？"

凌空门一人上前拱手道："两位前辈且住，凌空门杨连涛愿意当个中间人，帮助二位和好。不知二位前辈意下如何？"司空玉璋低声对朱罹道："此人乃是凌空门新任掌门杨连涛。"

瑞鹤临江楼玉代天走来道："杨掌门说得极是，两位前辈停手罢。"朱罹看去，只见玉代天身后有一女子拉扯，既是害羞，又是害怕，时刻守护玉代天，容貌甚是美丽，不由得问起司空玉璋，道："师父，这是？"司空玉璋道："此乃瑞鹤临江楼主人玉代天，身后乃是玉掌门爱女玉参星，时刻守护她爹爹。"

方季道："二哥，快和大哥回家吧，不要一错再错了。"

方仲道："老四，这里有什么事，还轮不到你来教训我？速速退后，免得伤到你。"

只见齐云观这边走来一老道，言道："两位前辈不要打了，大家今日聚到一起，不是为你们做什么见证，而是规劝两位重归于好，化解仇怨；就算不能如此，也不要大打出手，徒生悲剧啊。"

方伯道："云开小侄，此处不需你管。贵观只需做见证即可，老夫心意已决，一定要教训教训这个弟弟。"司空玉璋低声道："此乃齐云观掌门的师弟楚云开道长。"

方仲道："不要在此装得仁慈，要打便打，哪来这么多废话！"

二人正要出手，忽听远处传来一声："二位兄长，这等大事，怎么能不叫上小弟前来做证呢？"

二人听了顿时神情紧张，同时望向远方。一黑衣老者率一群弟子走来。待彼众走进茅舍之时，方仲厉声质问道："小贼白依广，你也敢前来叫嚣，不怕死么？"

朱罹自思：原来这是江西白府。

那白依广手握金杖而来，此人白眉下垂、银髯过胸；身形瘦小，弯腰驼背，好似寿星仙一般。他上前停住，笑道："方圣主误会，小弟是前来为家父扫墓的，恰巧遇到老兄。小弟仰慕圣主已久，请圣主放心处理家务罢。"

方仲道："你这厮没安好心，专门在今日找上门来，趁机添乱。本座今日就要你狗命，用你的头颅祭奠父亲在天之灵。"

白依广道："老兄怎的如此不通世事，将他人好心尽作了驴肝肺？再不动手，方家当家的该着急了。"

朱罹思忖：白依广用心险恶，故意提及方伯前辈，意图挑起二人矛盾。

方季怒道："白家小贼，竟敢在此时给方府添乱，妄图坐收渔翁之利。大哥二哥，我们一起上，在今天这个难得之机将白府一网打尽，永绝后患。"

司空玉璋走出道："两位伯伯，我们今天不要打了；白叔叔，你也不要从中添乱了。小侄今日做个中间人，方府伯仲二老之间、方白二府之间，我们彼此停战，就算日后井水不犯河水，永世不再相见，也强于你死我活的境地。请双方看在我通天居的面子上相互退让一步，化干戈为玉帛，似此才是上上之策。"

却见白府这边闪出一人，道："司空兄，我等不是驳通天居面子，只是白府不能放在方家后面。"

方季道："除非白依广给方府下跪，否则休想，今日方府非灭白家不可！"

这人道："方季老儿，想灭我白府，没那么容易！你白爷爷今天就教你血溅当场。"

方季道："白铭泽，你休要猖狂。看我不杀了你，教你们白家绝后。"

白铭泽道："来就来，爷爷怕你不成？"白依广在他后面，正要叫他，他已冲上去也。

白铭泽提起宝剑，向方季冲过去。方季提剑迎上来，双剑交上。只见一团绿影袭来，紧接着一道电光火石交于双剑上。二人触到一股内力觉得不对，彼此不得不互退几步。此时方才注意到竹林处传来阵阵竹叶响动，原来是有高手前来。然若不是顺着这道电光火石看去，任谁也不曾注意到他是如何来到众人身边的，只觉得是风吹竹叶一般的声响。武功练到深处，自然能达到与天地万物的融合，亦即"道法自然"。

方仲心想：这是青城剑派老掌门、人称"莫问青红"的青城剑尊莫清泓前来，此人多年闭关不出，青城剑派沉寂江湖许多年，今日竟也能应邀前来，当真不简单，九月初七，纵是死在今日也心甘。他拱手朗声道："莫兄到来，小弟有礼！"

那团绿影停在方、白二人之间，朱罹看时，乃是一绿衣老者，手持宝剑。面如白玉，脸上红光焕发，鹤发童颜，透着一股说不出的仙气。那人回身拱手道："方圣主，好久不见，别来无恙否？"

方仲道："承蒙莫兄挂念，小弟一切都好。你我数十年未曾相见，今日一见，你的功夫又精进了许多。"

莫清泓微笑点头，继而回身，向司空玉璋问道："贤侄，近来可好？"

司空玉璋拱手还礼道："叔叔挂念，小侄近来安好，还收了个徒儿，对小侄很好。"朱罹拱手道："见过莫老前辈。"

莫清泓连连点头，道："都好便好，待我处理完这些事后便立即前往龙门，踏平邪教。"

朱罹心道：这下龙门前来参加大会，可是必死无疑了。

却说朱罹心中甚是疑惑，问司空玉璋道："师父，只见一团绿影，圣主怎知是此人？"

司空玉璋道："这等'踏空掠影'的绝技，在江湖上只有蜀地青城剑派老掌门莫清泓会使得如此精妙，旁人无出其右。况且此人剑术高超，一招'剑弑春秋'破双剑，因此定是莫清泓无疑。他武功非凡，剑术高超，乃是青城剑尊，自创青城剑派，创内功'青影心诀'，别号'莫问青红'，江湖上人人敬重。"

莫清泓道："非要打不可么？"

方伯、方仲、方季、白铭泽皆道："非打不可。"

莫清泓高声笑道："白家小子，此处也轮得到你来讲话！真是可笑，哈哈哈！"这一声内劲十足，在场之人听得真实，想想白铭泽如此不知深浅，也不由得哈哈大笑。白依广见状，拉下白铭泽。白铭泽无奈，只得退回去。

莫清泓道："看来二位是要大打一场了。"言罢凑到方季身边，轻声道："你要看护好二位兄长，教他们全都发泄出来。记住，要适可而止，切不可出乱子，要在关键时刻打断他们，再劝说他二人，白府这边就交给为兄了。"方季听罢，拱手称谢。

莫清泓向白府这边走来，白依广满脸堆笑，后边弟子不敢作声。这时只见青城剑派弟子才缓缓上到山顶，进入通天居，白依广眼看莫清泓走来，而其身后青城弟子个个提剑，杀气十足，心下一数，约莫有六十人，自己白府仅仅四十人不到，于是决定尽量不与莫清泓争辩，他要问什么，自己照实回答就是，绝对不能生事。

小小通天居，今日高手云集，竟也挤得满满当当。原来江湖中行走之人，不管接没接到请柬，都想来通天居一睹这场旷世奇战。这下茅舍内外给围了个水泄不通。

莫清泓举起青城派镇派之宝指向白依广，道："白老弟，真是冤家路窄，原来你也在这里。今日得见，你我非要好好叙旧才是。"

白依广大惊，问道："这话从何说起，小弟与莫大侠有什么瓜葛？还请大侠明示。"依着平日，这般无礼跟白府当家人说话的他是一个也没留情，只是眼下动手，吃亏的是自己，只得忍下这一口气。

莫清泓问道："本门不幸，出了叛徒。他蛊惑人心，联手他人，将自己师父打落山涧，后来，落入山涧那人也成了我师父。师父教我一身武功，就是为了让我替他报仇，清理门户。"

白依广道："不知是谁与大侠有过节？"

莫清泓答道："说来也巧，他与你有莫大干系。"

白依广道："大侠的话，让我有些莫测高深了。"

莫清泓道："少装糊涂，他如今是西轩的东凌玄老。本座明察暗访十余年，只知道他是你白府中人，至于究竟是你白府的哪个人，你大可自己去查。西轩原掌门日月新老被害于他手。师父传我武功，就是盼我手刃此贼。今日本座也不为难你，只消你交出白府宗谱，借我观摩三个月，待我找出他本人，公诸天下，宗谱自当奉还。你若是老实交出来，本座饶你一命；若是有半点隐瞒，本座就当你是他了。"

朱罹想道：这下白府可是腹背受敌，本来可以坐山观虎斗，如今可算引火烧身了。

白依广强压怒火，道："莫剑尊，世人都道你武艺高深，罕有敌手。岂知你剑术通天，却如此不通晓世事。宗谱事大，除了我这个族长之外，只有白氏几个前辈长老可以一窥，若非族中大事，宗谱平日里从不拿出。你一个外姓之人，不由分说便要借我白氏宗谱，难道不知除却白府一支，另有无数旁支在浙赣两省一带生活，你竟然将我数千白氏宗亲视若无睹么？"

莫清泓却道："本座是青城剑尊，不是什么三岁孩童，难道你几句花言巧语就想骗过本座？我知你今日前来拜祭，身上必有宗谱，快快交来，本座宽恕于你，尚可留条活路；否则休怪本座无情！"

心道：难道你真的想为他顶罪不成？本座找不到他，也就只好杀了你了。

白依广听罢，心知莫清泓铁了心要和自己作对，便是自己方才的真话也通通听不进去，这一场架却是在所难免了，于是道："小弟方才陈情不虚，莫剑尊你这不是强人所难么？你是一派掌门，本座敬你，可本座也是，这教本座如何回答你？莫剑尊，我劝你不要太过分，白府是制器神家，江湖中各大神器皆出自白府，白府不能任你欺辱！"

莫清泓问道："这么说，你是想以身抵罪了？"

白依广道："无可奉告。"

莫清泓道："如此，唯有手刃你这匹夫，方能解我心头之恨。"

白依广道："挡白府者，死！"只见莫清泓提剑冲将上前，说话间已将倾城绝剑提至胸口，瞬时伸手举剑出去，霎时间已经斜划出数道剑光，右手舞剑，左手背后，气定神闲，直好像剑客平日里练剑一般。白依广心知难敌，紧张非常，顺势后退，双手举金杖相抵，这叫"拱手献花"。地上青草已被鞋底磨飞，尘土飞扬。莫清泓抽剑回来，又是一剑出去，直取白依广胸口，白依广使双手转动金杖，迅速将疾剑转开。这时金杖砸向莫清泓，莫清泓一剑挡住，用力挑开。

众人眼看二人打斗，二人武功均属上上乘，众人就是想拉也插不上手，只得在一旁观看。

方仲见势，道："老匹夫，你我开战的时候到了。众位英雄在此，不能教他们白来一次。胜者掌家、灭了白家，败者就去见父亲、服侍他老人家罢！"

方伯运起护院心法，道："那就要看父亲想见谁了。"于是这边也打了起来，方仲一个箭步袭来，使出"虬龙出洞"，手掌以利爪之势抓向方伯。方伯毫不闪躲，双掌迎前，一掌抵住方仲双手，另一掌向方仲腹部拍去。方仲用双手压住方伯一掌直至腹部，挡住了方伯进攻。方季退后，在方府这边观战，准备在必要时拆散二人。

那白依广将金杖环绕周身，扫向莫清泓，莫清泓使宝剑扛住金杖，而后又使左手抬住金杖，使右手宝剑刺出。白依广闪身之际，莫清泓抓住金杖，用力向里一扯，白依广顺势而来，眼看将要中剑，白依广无奈，只得松了右手，莫清泓将金杖抢在手里，扔了出去。白依广见状拔出宝剑与莫清泓对战，莫清泓乃是青城剑尊，白依广如何占得了优势？虽是一把好剑，然毕竟不是莫清泓的对手，白依广且战且退，自知力量不足。莫清泓愈战愈勇，绝妙剑法令人叹服。白依广气喘吁吁，敌他不过。

这边方伯反手一掌，向方仲天灵盖击去，这一式唤作"倒运西天"。方仲双手一推，将方伯推开，使出木日神功，只见方仲身后黄绿之气掺杂，奔涌升腾。不多时，众人已感觉到种种气浪袭来。方季想到阻拦，已是来不及。却看方伯轻念口诀，将周身置于一保护罩中，木日之气冲来，方伯毫无知觉。而周围已是震荡不断，剧烈颤动，险些房倒屋塌。所幸方仲此式"昏天黑地"刚刚习得，若是练到深处，只怕众人就要遭殃了。当下众人纷纷走远，不敢接近。

却说莫清泓使剑左划右划，且战且进，白依广这边丢了金杖，自是不甚有利。不经意间已被莫清泓刺中锁骨，猛地一挑，白依广锁骨断裂，鲜血喷涌。白依广回击，仅仅削下莫清泓的青衣。却在此时，白铭观将金杖捡回，掷向白依广，大叫："叔父小心！"白依广接过金杖，弃了宝剑，莫清泓恼羞成怒，挑起宝剑，一掌击去，宝剑直插白铭观胸口，白铭观鲜血喷出，应声倒地。白府上下慌乱，搀起白铭观，白铭泽见状大骂："狗贼莫清泓，敢与我父动手，现又伤我堂兄，活得不耐烦了。"莫清泓并不答话，只是杀向白依广，白依广拼命抵抗。

这时青城剑派走出一人，冷笑道："我师父与你父亲对战，恐怕轮不到你插嘴吧？少侠要是想和青城剑派一争高下，在下陈云生乐意奉陪！"旁边一人手握剑柄，似要拔剑，高声道："师兄，我来陪你！"司空玉璋低声道："这是青城剑派首席大弟子陈云生，是莫老前辈的大弟子。旁边的是二弟子王种坤，深得莫老前辈真传。"白铭泽心知敌他两人不过，又无甚作用，于是不去理会，弄好白铭观，便专心观战。

三方混战，纠缠不清，欲知后事，下文便见。

第七回
宸阳圣主惨遭偷袭　青城剑尊大显神威

上回说到莫清泓与白依广对战，白依广苦苦坚持，尽占下风。

却说这边方伯与方仲二人对战，越战越凶，方季看得乱了，一时也不知道该当如何，只是紧紧盯着，不敢放松。白铭泽见状，寻思：方季刚才那么叫嚣，现在却毫无动静，看来他想找准时机拆散二人，如此三位高人在此，白府定然吃亏，不如现在引来方季，打乱方家计划，也好从中渔利。

于是白铭泽提剑上前，猛地杀向方季。方季年纪虽大，却如何能让白铭泽杀到？方季连连闪躲，同时目不转睛地看着伯仲二人。白铭泽趁机骂道："无能小儿，看招！"方季被他一激，顿时怒火中烧，道："老夫现在就送你见你爷爷！"方季主动出击，白铭泽自为得计，一阵窃喜。

通天居大会局势愈见混乱，众人看得不知如何是好。这边伯仲二老对战，那边青城剑派老掌门与白府当家人对战，中间方季、白铭泽二人对战。圣教护教尊使领众英雄后退出茅舍，茅舍中仅剩得司空玉璋师徒、方府众族人、白府众人、青城剑派众弟子及圣教众教徒。

这通天山虽然矮小，不过山顶却是一片平野。通天居外尚且有一大片平地，圣教众位尊使一再挽留，众英雄便在此等候结果，不时有人向内望去。

恰在此时，只见寒月率朱殇、怜香及众弟子而来，此乃寒月有意迟到是也。李知兴眼尖，看到来者，却不知方仲用意，于是李知兴提示东方鸿宇道："贤侄，龙门前来，还请代为圣主接引。"东方鸿宇这才看见，于是领护教尊使走到龙门旁边，拱手道："圣教统教尊使东方鸿宇领圣教护教尊使李知兴等见过龙门客人，贵客远道而来，本教有失迎逐，还望恕罪。"寒月听了，忙拱手道："东方尊使客气了，本座因为派中急事来得迟了，还请尊使见谅！"言罢率众退到一旁。

众英雄听闻龙门到来，人群中不断响起咒骂之声，更有不少侠客举起手中兵器，要找龙门报仇，场面一片混乱。

瑞鹤临江楼主人玉代天讽刺道："哟嗬，我道是谁来了，原来是大名鼎鼎的龙门众尊使光降通天居，在下失敬，失敬！"众人本就乱作一团，听了这句冷嘲热讽，更是心中痛快，场面更加混乱。

李知兴提醒道："贤侄，还是维持一下秩序罢，龙门是我圣教的客人，他们这样对待龙门，圣教坐视不理，岂不是折了我北天圣教的威风？"

于是东方鸿宇走上前去，拱手道："各位，各位，你们和龙门都是我圣教请来做见证的贵客。龙门怎么处置，还得听从方老圣主尊意。"

玉代天道："东方尊使这么说，岂不是将我等等同邪教、将老夫比作这女魔头一般么？"玉代天言罢，众掌门、各路英雄一齐呼应。

曾相高声道："玉叔要是非得这么理解，倒也可以。反正你们胆敢动龙门一根汗毛，就是对方老圣主不敬，就是蔑视整个北天武林，动手不动手，你可想好！"圣教护教尊使发话，北天武林各门派都是按住兵器，只待东方鸿宇下令，便拔出兵器，列阵防御。

玉代天刚要发怒，李知兴道："玉掌门请息怒。曾相心直口快，此言虽是无理，却是话糙理不糙。玉掌门不问老圣主尊意如何，就妄加行动，未免也太伤我圣教。老夫在此代他向玉掌门道个歉，请诸位英雄一消怒气，暂解仇怨。我们共同等待老圣主的结果，询问他老人家的意思，但不知玉掌门意下如何？"

玉代天眼见占不到便宜，便道："原来贵教之中尚有通情达理之人。李叔叔，玉某今天给你这个面子，我们一起等待方老圣主的意下。"众人听了，知圣教既为东道主，又人多势众，便都停下，暂不报仇，纷纷说等待方仲传令，该当如何。自思就算方仲保护龙门，待圣教走后众人一样可以收拾龙门，便给了圣教这个面子。

寒月对李知兴拱手称谢，李知兴还礼道："不敢，不敢，这全是东方贤侄的功劳。"于是寒月又向东方鸿宇称谢。曾相不知自己险酿大祸，却以为寒月受恩不言谢，于是斜眼望向天空，装作一切都没看见。

却说这边三方酣战之时，又一道白影闪过，虽只是一瞬工夫，然早被曾相看到，众人尚未察觉。曾相大呼不好，众人方才发现。东方鸿宇眼看不好，飞身进入通天居保护方仲。众人重新拥入通天居。

朱罹眼见方府伯仲对战，天空中白影掠过，想起了方才莫清泓的"踏空掠影"绝技，正在想时，忽听一声闷响，心下暗叫不好，抬眼看时，只见白影位于伯仲二老之间，同时伯仲二老被白烟围住。过不多时只见方伯、方仲自空中坠下，方府这边众族人接住方伯，东方鸿宇及时接住方仲。众族人看时，方伯已死，身上肋骨全断，胸口大片殷红，嘴角鲜血不停，便是中了方才的"昏天黑地"掌力也不如这般惨重；方仲身受重伤，一时不能动弹，众尊使齐齐上前护卫。

一白衣人飘飘然着地。

这边方仲口吐鲜血，伸手指白衣人道："你是何人，从背后推我一掌？"方仲此语一出，全场英雄尽皆骇然：此人竟然能将武林中两大门派掌门、方府伯仲二老弄得一死一重伤。况且武林中人对圣教敬之不及，又有谁人胆敢偷袭圣教圣主，而此人却能轻易得手，借力打力，以致方伯登时毙命，方仲身受重伤。又想此人武功高深难测，以一掌之力弄得方伯死命、方仲重伤倒地，前来搅局定是有备而来，不禁胆战心惊。

东方鸿宇怒道："竟敢藐视圣教，偷袭圣主，你不想活命了？！"

白衣人笑道："老夫就是西域武林西轩东凌玄老。识相的快滚，免得丢了性命。"原来他已将方才莫清泓与白依广的对话一一听在耳中，通天居上上下下，武功好手就不下数百人，竟然没有一个发现，足见他内力深厚，轻功超凡。他见三组人马对战，方季与白铭泽无足轻重；若是出手救下白依广，打伤莫清泓倒也可行，只是依着伯仲二老的性子，莫清泓虽是帮手，然他受伤也不会使自己为之停手，坏了复仇大计；唯有出手袭击伯仲二老，旁敲侧击，围魏救赵，才能使三组人马一起停手，达到救人效果。这份胆识，这等机谋，在中土没几人能是他的对手。

黄迟夫闻言大惊，只因自己放浪江湖，所以不敢问话，毕竟就算问了方叔之死因，这"东凌玄老"也不会以实言相告。

那边四人本是继续激战，听得这句，齐齐住手。方季猛醒，回身探望方伯，痛哭不已，后悔自己不该逞一时之快，与白铭泽争斗；白铭泽大喜，自为得计，虽不知他东凌玄老是白氏哪支，但据莫清泓方才所讲，他确是白氏子弟，心下感激他解围之恩，便前来拜会东凌玄老。

方仲道："白家的下流人物，竟敢趁人之危。方府的人听着，原当家的方伯已死，现方府所有人等一律听我号令：斩杀白家，一个不留！"

方府这边众族人犹豫不决：方伯毕竟死于方仲之手，众族人一时间难以适应，况且白府实力此时非同昔时，东凌玄老、白依广二人同白府大大小小众族人联起手来，就算伯仲叔季四人合作也未必是对手，何况眼下方府内乱，白府得利，方府已是元气大伤，实在不敌白府。

方仲怒道："若不是狗贼东凌玄老偷袭本座，方伯也不会死。你们不听号令，那便坐以待毙罢！"言罢咳血不止。茅舍外只留得众多圣教徒在保护龙门，维持秩序。

方仲转身过去，对东方鸿宇道："孩儿，为父受伤太重，现在传功与你，你继任圣主之位，壮大我们圣教！"东方鸿宇含泪答应。只见方才青黄之光在此亮起，方仲身上真气不断输向东方鸿宇这边。众人瞧见，甚是惊奇：圣教圣主久居圣教，从不轻易露面，木日神功传授之情景，更是闻而未见。今日之事，个个难得一见。

曾相眼快嘴快，见状怒道："咱们老圣主现在可是方府的新当家人。当家人发话，你们竟敢不听！方府不听当家人号令，看你能耐几时！"

东凌玄老乘势道："小贼方季，你我较量一番如何啊？"

方季既知自己不是对手，而方仲受伤不轻，命不长久，方府实力尚需保存。于是无奈，也不答话，只是低吼道："我们走！"方府众人抬起方伯尸体，跟着快步离去。黄迟夫眼见方仲命不长久，又看复仇无望，便也跟着走了。

东凌玄老不依不饶，道："既然来了，就别走了！"言罢上前出手，却见一把剑直冲自己正面刺来，于是连忙闪躲。持剑之人正是莫清泓是也，当下挡住了东凌玄老去路，笑道："师兄莫急，人家都走了，又何必赶尽杀绝呢！"

东凌玄老心下一惊，不知何时多了个师弟出来，只道这人叫错了，怒道："谁是你师兄！"而后思虑起方季之事，全然不顾莫清泓。

莫清泓刚要发言，却听身后游竺鲲厉声道："北天武林麾下门派听令：将通天居茅舍包围起来，只等老圣主发落，切不可放走一个姓白的！"他言下之意，显是施恩于方府众族人，帮着他们脱身。随之牛通寿附和道："北天弟兄，咱们效忠老圣主多年，而今老圣主有难，咱们北天的弟兄不能忘了报恩，老圣主的事，咱们都当是尽心尽力而为。"莫清泓于是暂且退到一边，看事情如何发展，青城剑派弟子亦是放下剑来。

当下北天武林众门派中推推搡搡，不知如何是好。既不敢抗旨不遵，又不敢公然挑衅威风赫赫的白府，实在难堪。

敖融道："尔等助我圣教压制白府已久，我圣教可都记在心里，不会忘记诸位。你们此刻上去列阵包围，有我圣教给你们撑腰。要是迟了半刻，哼哼，老圣主怪罪下来，就算你们从前立功种种，也都没人记得了！"

众人听了后悔不迭。圣教与白府针锋相对，白府多次来到北天采购珍奇药材、稀世玄铁，各门派无不遵从圣教意思故意为难白府下人，杀之残之，害之辱之，想必白依广早有耳闻。这下众门派就算背叛圣教，也不得讨好，于是各自散开，准备将通天居茅舍团团围住。

白依广眼见此景，甚是惊恐，心知圣教、青城剑派两大门派与自己为敌已是招架不住，众门派虽小，然又怎能逃过众门派的重重包围？于是朗声道："各位朋友，你们往日待白府下人的方法实在不对。然今日老夫和家人受困于此，危急十分。各位英雄好汉若是不再为难于白府，咱们双方的恩怨就此一笔勾销，今后大家也好有个照应，如何？"

众人心下再次犹豫，碍于往日之事才不得不效忠圣教，围攻白府，这下听闻白府既往不咎，便都不再动。

忽听一人道："把白家围上！"语声甚轻，却足重千钧。众门派英雄听闻此声音，甚是惊恐，敖融怒道："老圣主的话你们没听见么！"于是众人迅速行动，顿时将白府围了个里三层、外三层，水泄不通。

就在此时，东凌玄老大笑道："方老兄，你这样较劲又有何用？明明知道围不住我，还在传功之时分散真气。你难道不怕传功不全，伤了你父子二人么？"话音未落，只见方仲、东方鸿宇双双口吐鲜血，众使者俯身看护，东凌玄老、白依广以及白府众人无不放声大笑。

众护教尊使看见此景，可谓是敢怒不敢言。圣主人人敬畏，这几人从未见过有人敢在圣主面前出手，更是无人敢伤害圣主。眼下丢了圣教威风，却又敌他不过，奈何不得。这几人是又气又恼，不知该如何是好，只是狠狠瞪着东凌玄老，只等东方鸿宇号令，便冲去拼命。

却在此时，白依广道："小弟感谢阁下出手解围，但不知阁下是谁？与我白氏有何渊源？"

东凌玄老解下面罩，道："我是谁并不重要，白府与我渊源甚深，此时不是说话的时候，待我解决了此间事情，自会和你解释清楚。"

白依广见他摘下面罩，脸上大惊失色，旁人知他吃惊不小，又不敢贸然相问。只见他瞠目结舌，一言不发。

东凌玄老道："二十年了，我白氏老族长的祭日愚兄实不敢忘，今日是特地前来扫墓的，不想遇到这么多故人。"

忽听莫清泓笑道："师兄，师弟找你找得好苦啊。"

东凌玄老环视四周。只见方府这边虎视眈眈，却又都不敢接近；圣教这边老圣主传功，护教尊使环绕护卫；白府这边众人尽皆欢喜；却见方才阻挡自己之人向自己说话，此人面若冠玉，眼神中带着犀利和不可阻挡的锐气，想必年轻之时也是一代豪杰，身后数十弟子虎视眈眈。

东凌玄老背手望天，道："两老六仙，赫赫百年；景落何处？唯我西轩！你究竟何人，竟敢与西轩长老论资排辈？"

众人惊愕，西轩一派今日还是头一次听说，况且这派武功路数，竟与中原武学惊人相似：全然不靠蛮力取胜，而是以快速巧妙见长。众英雄顿时十分诧异：西轩究竟是何来历？

莫清泓道："我是青城剑尊莫清泓。师兄，家师日月新老你可还记得么？他老人家在青城山山洞教我武功，给我宝剑，让我找到三位师兄，送去那边见他。师弟手中的这把宝剑你可还记得？"

东凌玄老微微惊讶，道："你错了。西域武林人人皆知，家师日月新老乃是暴病仙逝于我西轩之中，怎么会到什么青城山山洞，再传你武功呢？"

莫清泓道："这把剑可是你送给师父的啊。师弟我本是药农，承蒙师父指点，才得此身手，创立青城剑派。师父亲口告诉我，是你们三个孽徒将他打下山洞，所谓的暴病而亡不过是骗人的鬼话！你没想到吧，师父被你们打下山洞之后，居然没死。师父非但没死，心想复仇之计，而且教我武艺，更是倾囊相授。后来师父要我杀三个人，莫某感念师父传功授艺之恩，这点事当是应下。"

在场英雄听得真真切切：原来东凌玄老前往西域拜师学艺，后又弑师作恶，不想师父未死，这日另一同门找上前来，真是善有善报，恶有恶报，不是不报，时辰未到。莫清泓一句一句，全场一片哗然。莫清泓先前并非无端挑事，此仇实是不得不报，白府顿时挂不住了颜面。全场顿时哗然，众人面面相觑，一片非议之声旋即传来。

白依广虽知他是白氏子弟，也看得出这确实是白府的宝剑。可这把宝剑却是从未见过，因而实在不知这把白府宝剑什么时候到了这东凌玄老的手里。

朱瞿寻思：看来威风八面的西轩也有这许多旧事，真是家家有本难念的经，霸道西轩倒不如通天居来得简单、安逸。西轩不可小觑，自己什么时候能赶上这东凌玄老门派神功的十分之一，有那么一点风范，也就够了。

东凌玄老十分难堪，心知瞒不过莫清泓，倒不如坦白直面莫清泓，于是笑道："哈哈哈哈，这些事你都知道了。如此，我该叫你一声师弟。师弟，我念及你我有同门之谊，不与你计较，放你回去；况且你并非西轩弟子，西轩内务，与你无关。师兄我今日有家事处理，不送了。"而后拱手行礼，准备道别。全场顿时非议四起。

莫清泓放声大笑道："师兄，师父说你无情，今日一见，你当真如此。我们同门之名已有数十年，今日咱们弟兄初次相见，就匆匆告别，实在不是礼法。师弟探得承天阁南臣玉老师兄、北智寿老师兄尚在人世，当年三位师兄干的好事师弟早有耳闻，只是未得相见。还要靠师兄引荐，送三位师兄去伺候师父，怎么能就此别过了呢？"

东凌玄老道："师弟，师兄让你，你却得寸进尺，岂不是自讨没趣？当真不走，师兄就要生气了。"东凌玄老自知理亏，不好随意发作，因而才对莫清泓一忍再忍。

莫清泓心道：我正要与你算账，不逼得你出手，师父大仇如何得报？于是道："师兄好生不懂礼貌，师弟好言相劝，你却不耐烦起来。"言罢使绝剑一指东凌玄老，继续道，"西轩弟子东凌玄老，你弑师大罪难逃，今日就是我一人，也要教你血溅当场。假使今日莫某不能，全青城的人也会与你为敌，直到西承两派的三个孽徒归西为止。"众人传来叫好之声。

东凌玄老怒目而视，道："藐视西承两派，你可知罪？"

莫清泓亦怒道："亲手弑师，你可知罪？"目光犀利，十分威严。

东凌玄老朗声大笑，道："亲手弑师，哈哈。这个老不死的师父开创神功，自己不练，却手握秘籍，早就该归西了，我们做徒弟的不过是顺手送了一下而已。他要是不死，将这些神功秘籍外传，又不知会给我们树立多少对手。不想他命大福大，居然没死，而且还等到了个傻徒弟，他自以为大事已了，复仇有望。不过在老夫看来，这不过是幻想！既然秘籍终究外泄于你之手，不如就让老夫结果了你这个旁门师弟，维护我西承两派神功。"

莫清泓道："说什么神功外传，师父当年被尔等不孝之徒偷袭，怎么会携带神功？我看你分明是想杀我灭口，好掩人耳目罢了。你想杀我，我也想杀了你，不如我今日就用师父教的剑法与你一决高下！"说罢运起青影心诀，便要扬剑开攻。

东凌玄老道："不知天高地厚，就是找死。"言罢随手抄来一把铁剑，握在手中。

众人看时，只见东凌玄老手握长剑，剑锋朝下，侧目而视，登时将一把普通至极的剑弄得杀气腾腾。这番逍遥自在、淡定潇洒，好似玄教传说的天庭尊神北极真武大帝，又好似古书中写的古东海神若一般，天神下凡。虽然老态尽显，却可一窥当年之神武，看得众人一时没了神、丢了魂，不由得后退几步。

莫清泓看这架势，便知东凌玄老的威名不是随意可得。于是提剑冲上前去，又以极快的剑法在瞬间划出二十几道剑锋，每个剑锋各冲向一处要害，寻常侠客见了此景必定手忙脚乱，难免中上几剑。然东凌玄老并不慌张，更是使出了比这种剑法还快上几倍的剑招，不但霎时间破解莫清泓的青城剑诀，更以剑招还击莫清泓数十剑。寻常无比的铁剑在东凌玄老手上立刻变成一柄神剑，让人不可小视。在场练剑之人，亦是不由得掏出佩剑，学着比画起来，然无论如何都难及万一。叹气之余，心下十分佩服东凌玄老的武功内力，不知哪位剑客发出了第一声由衷赞叹，在场众剑客都忘却了什么"弑师孽徒"，转而纷纷发出惊叹之词。时江南苏杭有才子杨英壑听闻，赋诗赞之曰：

> 西轩长老气不凡，直比真武守天关。
> 东凌东海神若在，铁剑神剑不由乱。

司空玉璋见状叹道："江湖传言西轩长老习的是号称不败神功的'西征神功'，此功威力天下无两，今日一见果真不同凡响。"

朱罹问道："不知这东凌玄老使的铁剑却是哪路剑法，怎的也没个路数？"

司空玉璋道："他这套剑法实在太快太精妙，里面包含的意思又太多，一时不能将招式名字一一辨认出来。这既不是任何一路剑法，又是每一路剑法。它既有西域剑法的力道，又有中土剑法的巧妙。形似青城剑法却更为灵动，好似应朝禅宗剑法却更为沉着，形似齐云观上清剑法却更为潇洒，好像舟山东海剑法却又更加浑厚。他西征神功的内力已臻化境，任何一家的武学只怕都能信手拈来。旁的不说，只一把普通铁剑就能对抗青城神剑，大道至简，他使剑的路数乃是无招胜有招。"

莫清泓见状，举剑还击，来不及喘息，又攻出数十剑，剑影重重，好似手握数十把倾城绝剑同时向东凌玄老攻去一般，东凌玄老自然是举剑还击。这下两人也分不出谁攻击谁几招，谁还了谁几招，只是纠缠在一起，难分难解。地上尘土飞扬，四周剑气环绕，甚是壮观。

此刻莫清泓才算使出全力，左手不再背后，而是左右运力，来回周旋。东凌玄老迅速出击，莫清泓使剑招将身体完全包围，好似神龙护体，活像"剑球"一般，东凌玄老剑术非凡，却也不能找到破绽。东凌玄老正思如何破招之时，却见莫清泓之"剑球"向自己攻来，心知若再不能破招，便会死在莫清泓剑下，额头上汗水淙淙。

陈云生见状叫好道："白家小子，我师父的这一手'剑慕青城'如何？你们和青城剑派为敌，再不滚，就叫你们来得去不得了！"白铭观道："堂弟，咱们需得小心才是。"白铭泽依言喝道："白府的，都给我提起精神来！"白府众家丁环绕四周，将白铭观、白铭泽围在中央。

却说东凌玄老虽然剑术非凡，但手中铁剑毕竟敌不过白府神作倾城绝剑。东凌玄老使剑拼命抵挡，霎时间攻出的数十剑被莫清泓绝剑一一压住，东凌玄老急忙抽身后退，铁剑此时已被莫清泓削成数段向东凌玄老飞来。东凌玄老命在旦夕之间，却见身后一人举杖冲上前来抵挡残剑。此人原来是白依广。

当下兄弟二人奋战莫清泓。东凌玄老丢了兵器，不敢强攻；白依广毕竟不敌莫清泓。东凌玄老见状，忙道："把金杖给我，你退下罢！"白依广闻言道："使不得，莫老贼剑法不凡，你一个人打不过他的。"这时白依广已被残剑击中三处，若不是白依广突然前来打乱位置又受伤躲到偏侧，只怕白依广早已被命中九处大穴，毙命当场。东凌玄老道："你不是他的对手，他是冲着我来的。"于是左手夺过金杖，右手拨走白依广，使金杖对抗莫清泓的倾城绝剑，硬生生挡在白依广前面。

那莫清泓年岁已大，不宜久战。"剑慕青城"消耗内力过多，不可久用。若是四十招内不能取人性命，便是自损内力，于己不利。方才眼见得就要成功，却又蹿出个白依广打乱计划，莫清泓暗叹连连。东凌玄老此时刚刚接过金杖来，内息不匀，加上惊吓过度，于是招数渐渐紊乱。只这一瞬，见莫清泓一剑劈来，东凌玄老使金杖扛住，由于剑锋偏走左边，因而金杖不得不向左方倾斜。这下右侧便露出一点空当，莫清泓自知东凌玄老武功甚高，极难取胜。于是瞅准空当，起手就是一掌。东凌玄老也心知剑锋偏左，应当有诈，于是反应过来，使金杖反压绝剑向右回防，同时抽身回去。这两招本是神妙非常，既是守住了自己，又可后发制人，反攻莫清泓。攻击之人看到此状，也都该放弃了，求自保才是。莫清泓左掌显然没有击中。

众人看过之后，心知莫清泓妙计失算，东凌玄老反攻将成，都为莫清泓担忧、惋惜不已，同时对东凌玄老神功自叹弗如。不料莫清泓竟然撒开右手，撤下宝剑，迅速回运内力，而后双掌齐出，俯身对准东凌玄老胸口就是一招。原来莫清泓招中有招，不但众人没有预料到，就连东凌玄老本人也是暗叫不好。既然宝剑撤下，东凌玄老就用金杖向下猛地砸去。这下双方各有杀招，又不知谁占了上风。

　　终究还是莫清泓先发制人快了一些，没等东凌玄老金杖打到莫清泓身上，东凌玄老早已被莫清泓两掌打个正着，口中鲜血喷出，顺势倒退数十步，情形甚是狼狈。

　　东凌玄老受伤，不知后事如何，且看下文。

第八回
败青城豪杰俱死难　走龙门奸贼并逃离

　　却说西轩护派长老东凌玄老与青城剑尊恶战通天居，被青城剑尊莫清泓使掌力打得胸腔喷血。当下东凌玄老后退数步，白依广伸手接住。东凌玄老一心只求反败为胜，不想莫清泓招中有招，计中有计，因此被打了个措手不及。

　　东凌玄老暗暗调整功力，缓步走上前去。莫清泓知他受伤不轻，便没再下杀手，举剑对准东凌玄老道："师兄，我这招如何？"

　　东凌玄老道："师弟，既然你诚心想要杀我，师兄只好拿出西轩神功给你看看了！"莫清泓见他愤怒不已，心知东凌玄老此时杀气十足，若不在这时打倒他，只怕更无机会取胜。于是提剑闪电般刺向东凌玄老胸口，这一招招式凌厉，虽隔十数步距离，然令人猝不及防。

　　就在此时，只见东凌玄老十指向内抠去，双手下垂，颤抖不停。随之只觉大地也是颤抖不停，莫清泓武功高卓，却从未见过这种功夫，顿感意外，倾城绝剑仍然刺去。大地颤抖，好似海浪波涛一般翻涌不断。莫清泓站立不稳，剑锋侧偏，锋芒之处距离东凌玄老面门只差一步，却再也刺不过去。莫清泓心中悔恨自己若是能将剑法练得更快些，也许就能杀了东凌玄老，这下他神功一展，取胜希望便极少了。

　　说也奇怪，这神功似乎只是认准了莫清泓一人，局部震荡，旁边则无人感应到。只是旁有一人看到莫清泓脚下土地翻滚，吓得面如土色，惊叫道："地动来了！大地动来了！！"他这一叫，当真配得上"语惊四座"这几个字了。功力尚浅者，便真的分不清，以为是海神下凡，制造出大地动来了，四散逃命者不下百人；功力高深者，也为之吃惊不小——此人竟有如此内力，直能催动大地翻滚。

　　当下莫清泓脚前土地"嘭"地掀起来，将莫清泓脚下、身后土地一并掀起，形成一条"土浪"。莫清泓招架不住，被"土浪"掀飞，重重摔倒在地，受伤不轻，挣扎起身。身后三棵松树拔地而起，莫清泓刚刚站起身，准备向前出击，恰在此时三棵松树"啪啪啪"地砸向莫清泓。那古树已有数百之龄，苍劲有力，声音甚是清脆，莫清泓没有防备，被砸得毫无招架之力，兀自冲向东凌玄老，顺势拔出剑来。东凌玄老知他想要借力打力，与自己同归于尽，于是抛出金杖，重重砸向莫清泓，莫清泓早已无力反抗，被反击出甚远，后身撞开三棵古松，直撞到一间茅舍的土墙边上才停下来。莫清泓重伤倒地，再难爬起来。

　　陈云生、王种坤见状，喝道："东凌老贼焉敢伤我师父！"言罢率众杀向东凌玄老。浩浩荡荡数十人向前奔来，东凌玄老并不慌张，双手更加颤抖，这次不到数步前，只在三十步前，众人便站立不稳，武功低微者竟不由得刺向同门，这下青城剑派自相残杀，死了二十几个，余者皆身受剑伤，倒地难起。陈云生、王种坤等几人并未受伤，便上前拼命，这几人哪里是东凌玄老的对手，不出二十招便都败下阵来。陈云生武功不及王种坤，受伤最重，最先倒了下来。

　　这下青城剑派齐齐败于东凌玄老一人手下。没走的众人有人低声惊语道："这是什么邪门功夫？"东凌玄老耳力高超，早就听到耳中，笑道："师弟，我这'地动山摇'神技练得如何啊？"莫清泓倒地难以动弹，但是心智俱全，听闻此事，惊道："这就是师父开创的'地动山摇'神技？！"

东凌玄老笑道："第三式'山河同震'我练了二十多年，才有小成。这功夫还真是集百家之长。"这招说是"山河同震"，却实在是包罗万象，远非一两个绿林招式可比，所以这个第三式，实在可以理解成西征神功的第三种诠释，其博大精深，实在比寻常门派的所有武功路数还要多。

莫清泓暗自叹道："没想到我竟然死在这神功之下，复仇未成身先死，也许是天意罢！"于是闭目等死。

陈云生爬上前来，道："要杀师父，就杀我罢！师父要是死了，我也不活了！"他此时重伤倒地，只怕再难活命，便想和师父共赴黄泉。

东凌玄老微微一笑，手握金杖向下重重一跺，直穿陈云生胸口，青城剑派大弟子登时毙命。东凌玄老拔出金杖，金杖之上沾满鲜血。余下众弟子大呼"师兄"不止，莫清泓亦为之伤心不已。

莫清泓见他大弟子死于东凌玄老之手，自是懊悔不迭，伤心之时，又生一计，猛地自地上横跃而起，再运青影心诀双掌使出，这一招着实迅极。可是东凌玄老早有防备，抛弃金杖，也是双掌运出，这两掌运得是浑厚有力。实是以柔克刚、以慢制快，四掌相对之时，莫清泓立时被掌力击出甚远，倒地不起。身边之人知他已经死了，却找不到任何伤口。后杨英螯有诗祭此二人曰：

> 丈夫只身战神功，师徒都把大义从。
>
> 可叹英雄投末路，绝剑青城贯长虹。

白依广道："玄老，快杀了他以绝后患！"

东凌玄老笑道："他已经死了！"

白依广问道："瞧他一滴血也没流，可是受内伤而死？"

东凌玄老道："当家的眼光不错，凡是中了'地动山摇'神技之人死状俱是如此，哈哈，敢与西轩为敌者，定叫他不得好死！"一时间，众人纷纷讨论起"地动山摇"神技的来历，可是没人能说得清。

司空玉璋怒道："东凌玄老，你到底要干什么？竟然在通天居大开杀戒。为了你的西轩，你还想杀多少人？要不要把我也杀了，树立你西轩的天威？"

此言一出，众人吃惊不小。一方面佩服司空玉璋正直为人，刚直不阿；另一方面又为司空玉璋担心。

东凌玄老道："贤侄，你误会了。我与令尊可是情交莫逆，怎么会杀了你呢？不过这些人要杀了你的白叔叔，叔叔只有防身而已。只是让你这通天居见了不少血色，对不起，贤侄！"这东凌玄老对司空玉璋倒是客气得很，语气倒不似前番那般飞扬跋扈，盛气凌人。

于是东凌玄老走到莫清泓尸体之前，身旁众武林人士不由得退后数步，连兵器都不敢摸，眼神中满是惊惶、惧怕。东凌玄老环顾四周，十分得意，仰天大笑，众人听了惶恐不已。

白依广道："玄老武功卓绝，岂是这等凡人可比的！"

东凌玄老得意至极，听了这句恭维之语，道："这人剑术倒是不差，只是要为老不死的报仇，又不会'地动山摇'神技，那边只有等死的份儿了！"言罢从手袋里向地上扔了件物事，厉声道："喘气的都听着，反抗西轩，反对白府，就是个死！"众人眼见那物事黑乎乎的，再仔细一看，都不由得惊了一惊，甚至有人失声叫了起来。

原来地上是只黑黑的断手。

东凌玄老得意道："方家老三也不过如此。"

众人都不敢插一句嘴，冷冷地盯着方叔断手，心中满是恐惧。

方仲闻言，也不管它是不是方叔断手，想到方叔惨死、方府今朝破败，已是欲哭无泪。此时木日神功已然传毕，由于方仲在传功之时说话泄了真气，因而木日神功的功力已经折了不小。

方仲神功传毕，奄奄一息。这一悲倒是令他更少了几口气，顿时说不出话来，众尊使见状慌了手脚。只见方仲指指朱罹，又指指司空玉璋。东方鸿宇等人并不知晓他的计策，方仲也并未想到会没时间交代此事。东方鸿宇看看朱罹，心想他平日里在圣教表现不错，更是在决战之前受到老圣主单独召见，其中必有隐情。于是向方仲道："义父放心，孩儿明白。"方仲点头。

方仲又指指茅舍大门，东方鸿宇这下会意，知是要圣教撤离。转而又问道："义父，龙门如何处理？怜香小侄怎么办？"

方仲连连摆手，摇头不止。东方鸿宇道："放弃他们？"

方仲点头，而后溘然逝去。任他许多尊使唤他也不醒来，任他百十个麾下门派唤他他也不曾动上一动，魔教老教主一命归天，一时间通天居内，除了北天武林放声大哭、沉痛哀悼之外，也有不少江湖上游走之士唏嘘不已，感叹一番。此间数百人，竟无一人敢有异议，与圣教有过梁子的，也都是缄默不语，甚至不敢轻哼一声。

东方鸿宇命人传信朱罹，令他帮助司空玉璋处理后事，而后返回圣教。朱罹一头雾水，却也只好应下。

众尊使来不及悲伤，东方鸿宇抬起方仲尸身，缓缓走出茅舍。李知兴道："司空小侄，打扰了，圣教告辞！"司空玉璋还礼道："众位慢走，后会有期。"北天武林众门派本就无心对抗白府，这下见方仲已死，自己更无靠山，便跟随圣教一同撤离，将什么"包围白府，一个不留"的命令抛到九霄云外去了。

于是一行人马自通天居缓缓而出。一时间，北天武林中人一个不剩，都跟着圣教去了也。通天居内，少了好些人。

却说通天居内，慕容雪萍冲上前来，问道："这是三哥的手？"

东凌玄老傲然道："不错。"

原来堂堂方府三老爷方叔竟然死在东凌玄老手里，众人想到方叔武功高强，然彼死在东凌玄老这样的高人手下，却也是情理之中。

东凌玄老道："原本老夫要拿来给老族长看看的，尔等有福，便都看看罢！"

慕容雪萍拾起断手，把在自己脸旁。泪抹朱颜，伤心已极。自语道："三哥，你怎的就舍我先去了呢？我等你等得好苦啊！"想当年一对侠侣，最终也未能在一起，而今弄得阴阳两隔，再难相见，众人无不叹息。

白依广见状，上前搀扶道："夫人，人死不能复生，你节哀罢！"

慕容雪萍一把推开白依广道："走开，我不要你管！"

白依广并不走开，道："雪萍，我这么爱你，你都不看我一眼；方叔舍弃了你，你为何却对他一往情深？"

慕容雪萍哭道："你胡说，三哥何时舍弃了我？我嫁给你，不是因为我爱你，而是因为三哥。若不是三哥要我嫁给你，我早就和他浪迹江湖了。"

白依广道："你骗我，你若不爱我，怎么会和我厮守三十年？"

慕容雪萍道："我恨你！要不是你，我就可以和三哥在一起了。"

白依广道："这个世界上，没有一个人比我还爱你。我可以容忍你犯下的任何错误，就算你恨我，想杀了我，我还是那么爱你！我对你的心意永远都没有变，你看不出来么？"

慕容雪萍道："你走，我现在不想看到你！"

白依广轻拭眼泪，黯然退回，眼中满是悲伤。

慕容雪萍不再哭泣，起身缓缓走向东凌玄老。只见她脸上两道泪痕，一字一字问道："是你亲手把三哥给杀了？"

东凌玄老道："正是老夫。他在西域当众伤我弟子，老夫我便出手杀了他。"

慕容雪萍内中暗暗运力，冷冷道："真的是你。"说着手中运功，心知功力不及，便想要偷袭得胜。就算不济，也能重伤于他，此仇也算报了一半。

此时两人只有三步距离。

东凌玄老忽然双掌齐出，慕容雪萍慌忙出掌应对。要说慕容雪萍这一手，藏在衣袖之中，也算是瞒天过海之计。却不想早被东凌玄老勘破，心想偷袭不成，便只能出掌保命。

只见慕容雪萍与东凌玄老四掌相对，只这一瞬，慕容雪萍便一声不吭，暗自倒地。

白依广听得身后没了声音，急忙回头去看，见慕容雪萍倒地不起，便上前搀扶。这不搀还好，一搀惊个半死：慕容雪萍几处大骨皆已粉碎，手筋脚筋全部断裂。白依广急道："雪萍，雪萍，你怎么了？"

东凌玄老道："不用看了，她心脉俱断，如何得活？"

白依广放声大哭，质问道："为什么？"

东凌玄老道："这个女人每天想着为方叔报仇，留这样一个祸害在白府，迟早会害了白府！我本想废她武功，谁知她用力过猛，我将力道弹回，是她自己害了自己，这就叫自取灭亡。"

白依广道："你想杀她，还说什么自取灭亡的话呢！"

东凌玄老道："当家的果真聪明，知道便好。"

白依广道："可是我爱她，你知道么？！"

东凌玄老道："天下女人这么多，你为什么非要与方家的争呢？白府富甲天下，你想娶谁都可以。但只有她这般有害于白府百年基业的妇人不行。"

白依广道："为什么？为什么？？"

东凌玄老道："总有一天，你会明白的。"

白依广摇头，默默不语，抱起慕容雪萍的尸体远远走出茅舍，走下山去。

在场英雄见了，都是大吃一惊：这白依广是现下浙赣白氏一宗的族长，慕容雪萍可是族长夫人，两人地位之崇高无以复加。东凌玄老纵是白氏一族的重要人物，也不应插手族长家事，更不该出手打死族长夫人。而白依广见爱妻死后，又理论不过这玄老，竟也不出手还击。就算自己不敌，白府众族人可都是站在自己这边，也能围住他。他怎的一声不吭就走了去也？这般反应，也忒不似他平日里的威风八面。

白府众人纷纷追上，白铭观跟跄走上来，道："你不回去么？"

东凌玄老道："老夫尚有要事在身，不能回去了。你要好好照顾你叔父和你娘，走罢！"

白铭观手捂胸口，怒道："如此，请前辈多多保重，晚辈告辞！"于是便走。

东凌玄老道："照顾好家里人，长大了替白府出力。"

白铭观头也不回，恨恨地道："前辈放心，我父亲早就死在外面了，我一定对娘好好的。"

东凌玄老听了，默然许久。

东凌玄老回身道："老夫多有打扰，令通天居见了不少血色。对不住了，贤侄，老夫告辞。"

司空玉璋不想多说一句，拱手告别。

只见一道白光飞也似的蹿过密林而去，东凌玄老顿时没了踪影。众武林人士见了，知道是没什么热闹好瞧的，便都退出了通天居茅舍。

青城剑派一人道："青城剑派二弟子王种坤，请求司空兄救救我们！"

原来此人便是司空玉璋的毕生至交、莫清泓眼中的掌门继任者王种坤。莫清泓、陈云生死后，王种坤定是掌门人无疑，然他也身受重伤，难以料理善后事宜。

司空玉璋连忙同朱罹一起，将王种坤等人搀到茅舍内。医治众人剑伤，埋葬弟子，将莫清泓棺椁送回，不在话下。

却说圣教东方鸿宇手捧方仲尸身，寒月走上前，问道："老圣主仙逝了？"

东方鸿宇点头不语，继续下山。

李知兴停下，道："老圣主仙逝，本教将回去处理善后事宜，也请龙门就此移驾罢。"

说话间圣教徒众已走了数十步远，李知兴快步追上。龙门见状，立即跟上圣教，心想自己若是没有圣教庇护，只怕会葬身于此地。

只是此时想走为时已晚。茅舍外众门派听闻圣教离去，不管龙门，便放开胆子，纷纷上前，挡住了龙门去路。

众人簇拥着一老妇走上来。旁有一年轻侠士道："叶大娘，快说说这些妖人都干了些什么！"

那老妇人厉声道："寒月，我洛阳齐三刀一家与你有何瓜葛？你竟然杀了我丈夫和我的两个儿子，要不是老身躲在隔壁，只怕没人指认你了。"

寒月冷笑道："他姓齐的父子三人处处阻碍龙门行事，你说该不该杀？"

那老妇人怒道："我看你才该杀！"言罢手提利剑刺向寒月，寒月斜闪一下，躲过那剑，回头看时，那叶大娘早被朱殇一招"鸿断鱼沉"利剑穿胸而过，死不瞑目。

朱殇这一手虽较茅舍内众人相差甚远，然在茅舍之外，可说是一等的好手。众人吃惊不小，内中一人道："这小子是谁，武功这么高？"

朱殇冷冷道："龙门朱殇。"

武林人士惊愕不已，一人道："你就是单挑应朝寺的朱殇？"

朱殇厉声道："知道还不滚！"这一嗓子着实惊走了不少人。

另一人道："不管他武功多高，毕竟是寡不敌众，咱们这么多人，足够将他们邪教一网打尽。"

另一人附和道："对，洛阳城里死在寒月这魔头手下的可不止齐三刀一家，我福临镖局还不是一样！寒月杀了我们的总镖头，不能叫他们跑了。"

寒月笑道："你这镖局同当今圣上名字犯冲，遭了天谴，倒也活该。"

那人道："皇帝老子算什么东西，咱们今天就送你见阎王老子！"

又一人道："咱们中原、南国、东滨武林的弟兄们今天联合起来，消灭龙门，为武林除害！"

众人纷纷响应，抄起家伙来。寒月勃然大怒，道："你们这乌合之众，也敢同龙门动手？"

众人骂道："跟龙门拼了！"于是一拥而上，众人混战开来。

寒月嘴上强硬，也知道自己寡不敌众。此时不能恋战，便告诉朱殇、怜香不可恋战，速速离开。混战三十多回合后，便同朱殇、怜香分别趁乱逃跑。众人分作三股剿杀龙门。

且说寒月奋力逃跑，身后众人穷追不舍跑进一片竹林。却在身前蹿出一伙人马，为首的女子手持铁鞭，道："魔头，襄樊田氏铁鞭传人在此，纳命来！"寒月急忙飞身爬上竹子，身后铁鞭早已尾随而至，寒月急忙闪身，右手死命一抓，这叫"扼龙手"，抓住了铁鞭，手臂上却是道道血痕。竹下众人却是一惊，寒月运力几拽，将铁鞭拽到自己手中，而后飞上更高处，暂作歇息。竹林之中田氏铁鞭传人惊道："糟糕，祖传铁鞭教女魔头抢走啦！快快拦下她！"

寒月听罢，冷笑一声。正想稍事休息，包扎伤口。过不多时，忽然竹子一阵晃动，寒月心下起疑，便向下望去。这一望差点从竹子上跌下来：原来竹下有一老者正在用双手倒拔竹子。"喀喇"一声，竹子被连根拔起。寒月吓个半死，却听竹下一阵叫好声。"高老先生好神力！""高老先生掷下竹子，将这女魔头摔成肉酱！""寒月，碰到高力神算你倒霉！"那高力神全神贯注，使的是"拔山举鼎"的独门绝技，不能说话分散真气，只听身边之人在竹下不断叫好、挖苦寒月。

寒月自思：这亳州高大力居然没死，十几年了，力气一点没减。便心下定计，运起独龙功飞向另一竹子，借助竹林逃跑。抬眼一看又是一惊：旁的竹子上尽是青蛇环绕，对自己怒目相向，寒月这下慌了。

忽听底下一人笑道："美人儿，我在你身上喂了诱香。都说你心如蛇蝎，我倒想看看蛇认不认你！哈哈哈！"

寒月背后冷汗直冒，这下热力催动，香气更甚。十几条青蛇跳上寒月所在的竹子，一点一点向寒月逼近。寒月着急，忽然一阵恍惚。底下那人更是朗声大笑，道："这诱香之中，更兼迷香，纵然你定力再高，也难撑片刻。说实话，看着你被毒蛇咬死，真的有那么一点不忍心。下辈子做个好女人吧，我或许会看上你。哈哈哈！"众人听了，不禁跟着大笑。

寒月问道："你是何人，我与你有何冤仇？"

那人向地上啐了一口，转笑为怒，道："我是亳州高力神的侄子高琴。十四年前你刺杀我叔父，我叔父重伤未死。没想到吧，今日冤家路窄，我们又见面了。我为你养了十年的毒蛇，今天你就好好享受吧！"

寒月急中生智，扯下外层薄纱，将身上汗水沾到薄纱之上。这下薄纱上便有了一分香气，寒月顺着竹子向下扔去，连同十几条青蛇，直接砸到那高大力脸上，登时将高大力砸个跟头。高大力扔下竹子，拼命扑腾，高琴慌忙上前施救，然为时已晚。高大力双手双脚呈挣扎状，被自己侄儿的毒蛇咬死，高琴也被蛇咬了几口，疯疯癫癫地、头也不回地跑开了，竹林中传出阵阵惨叫声，众人听了无不骇然。

众人不知所措，眼见寒月使铁鞭甩向青蛇，青蛇个个毙命。寒月在竹林间飞来飞去，暂时解了围。众人飞奔而去，绕开毒蛇，紧追寒月去也。

却说朱殇这边带着怜香逃跑，前面一人举剑刺来，那剑势快极。朱殇抓紧怜香，霍地闪过。于是朱殇与之打了起来，未过二十招，朱殇左掌击出，将那人弹出去，那人后退十几步后缓缓停下。

那人手捂胸口，身后数十人跟上来。只见他生得娇小可爱，眉清目秀，好似女流。那人剑指朱殇，怒道："小贼朱殇，鸡公山峻岭山庄少庄主在此，还不快快束手就擒！"这人声音也是这般尖细。朱殇握紧怜香右手，微笑、眯着眼道："孙太仪，你怎能叫我'小贼'？你忍心让我送命么？"朱殇存心调戏孙太仪，想要使他分心，从中取胜，更兼戏弄峻岭山庄，羞辱众人。这分温柔，那等眼神，若是换了女子，可是谁也抵挡不住。因而怜香在身后不免吃醋，死死瞪着朱殇。

孙太仪本是娇生惯养的少爷，听到这声挑逗，不知该如何回答，心下又气又羞，脸上已经红透了。身后一人走上前来，道："少庄主让你死，哪那么多废话？再不自己动手，老子成全了你！"这人说罢，又一人应和道："对！老庄主惨死于你剑下，咱们少庄主今天头一次带领大伙出战。大伙一起上了，将这小贼千刀万剐，为老庄主报仇雪恨！"言罢众人便要上前，孙太仪拦住，众人便都停下。

朱殇仰天笑道："孙庭非，看看你的好部下！怪不得你敢联合小帮和龙门作对。太仪，你真的不忍心了？"朱殇话音一转，柔声不断。

孙太仪恨恨道："你……你杀我父亲，竟然还敢用这等淫词艳语羞辱于我。孙某此仇不报，誓不为人！我拦住他们，是要亲手杀了你！"

朱殇敛容，道："龙门饶你性命，你却偏偏不要，哥哥可要杀你了！"于是运起独龙功，使了一招"临渊羡鱼"应战。

孙太仪提剑上前，再度与朱殇比画起来。要说这峻岭山庄的武功，号称"啼鸣剑术"，着实与龙门相差甚远，加之孙太仪年纪尚轻，武功更是使不出来。朱殇早就看穿此事，因而在出手时用力更加多了几分，以便压住攻势，控制局面。果然，孙太仪被朱殇剑招压制住，想要反抗，却又怕朱殇宝剑砍伤自己。三十回合左右，孙太仪只能勉强招架朱殇剑招。

朱殇见时机成熟，便狠下杀手，重重向下一刺。不想眼下却多出四把剑来，挡在孙太仪胸口前。朱殇抬眼一看，道："原来是'四大护法'来到，失敬失敬！"言罢趁机退了回去，自思：当日我杀孙庭非之时，这"四大护法"便在身后，若不是我剑法快，一剑刺死了他，等这四人插上手来，只怕不能那般成功，还极难逃脱。

那四人也自思：当日老庄主命丧你手，我等已是丢了颜面，若今日不杀了你，他日我们如何讨回颜面？因而更不答话，齐齐冲向前去。

群雄搅乱通天山，朱子复是输是赢，且看下回。

第九回
讨血债终须血来还　要解铃还须系铃人

却说鸡公山峻岭山庄四大护法一齐向朱殇刺来，朱殇回身准备携怜香逃跑，却见怜香一脸冷峻，忽然十指并发暗器而来，朱殇吃惊不小。此时朱殇已无处闪躲，却见暗器与自己擦身而过，原来却是攻击四大护法之用。怜香一把拽过朱殇，挺身上前，迎战四大护法。朱殇叫道："师妹小心！"

那怜香使的是一对双钩，暗器过去，四大护法纷纷舞剑防御，全然不知怜香前来。四人躲过暗器后抬眼一看换了人，顿时诧异。怜香趁此机会，使双钩钩向四人，四人反应不及，有两人已被钩走了兵器。朱殇奋力出击，刺死了一名护法。另一名护法迅速捡起宝剑，继续过招。朱殇剑法虽然受到龙天寒月等高手特训，成熟老辣，然应变之术、实战经验，却不及这等小门派来得更快，一时之间变化不来。以二对三，已然有些余力不足。

二人对阵四十几招后，体力渐渐不支。原本二人年少，功力有限，加上一路逃命，内力消耗不少。这下遇到强敌，更是手足失措。朱殇原本想与怜香合力杀死三大护法，不想内力不足，剑法愈来愈乱。于是这二人便携手逃跑，杀开后身重围，直向密林深处逃去。

二人暂时躲开了峻岭山庄等门派追击，自密林中向山下奔去，只听孙太仪在背后大喊追击不止。奔了一阵，即被又一伙僧人拦住去路。

那些僧人口中叫道："朱殇小贼，你独闯应朝寺，也太欺负我禅宗了罢！"

朱殇道："独闯也好，欺负也罢，反正你爷爷我是干了。你们这群秃驴也太多事，有什么事冲我一个人来，你们放过我身后的女人，咱们就开战！"群僧附和道："可以，咱们是非分明，绝不为难局外之人。"

怜香道："师兄，我不准你这样，我们要死一起死！"

朱殇道："妹妹，你又没招惹他们，与你何干？还是走吧，迟了就来不及了。"

怜香听罢，举起双钩，钩向身旁一僧，那僧急忙使戒刀挡住双钩。那双钩一震，便钩住了戒刀，继而双钩一挺，将那僧胸口划出两道大口。原来这双钩狠毒之处就在于双钩弯处磨得十分锋利，既可做钩，又可做刀，因而唤作"奈何双钩"，这一招，便叫"生死奈何"。这等设计，若不是出自龙门之手，只怕也难得第二家了。

那僧受伤之时，力气全无。怜香钩来戒刀，朝那僧掷去，那僧猝不及防，惨死自己戒刀之下。怜香傲然道："这下我们两个都有份儿了，你们这些秃驴，哪个先上来领死？"

众僧心中也是打鼓：本来朱殇一人就不好对付，难免弄个鱼死网破，这下怜香加入，胜算更是少了几分。

正思量之间，忽见一伙僧人挺身而出，一老僧怒道："九宫山无量寿禅寺老僧荣晋愿意与你比试比试。"身后数个精壮武僧一齐闪出。

朱殇道："我龙门不过伤了智通一人，与你们有甚关系？"

那荣晋道："应朝寺智通师兄与我等情交甚厚，况且天下禅宗源出一家，天下的古刹成千上万，武僧之寺不在少数，你龙门与全天下禅宗为敌，实在是下下之策。老衲好歹也和智通师兄练过几十年功夫，就让老衲领教领教龙门高招罢！"说着摆出起手姿势，朱殇见周围尽是人手，却之不能。

朱殇二话没说，提剑上前比试。那荣晋禅师使佛珠做武器，一抡一抡煞是有力，朱殇躲之不及，中了几招，很是疼痛。

朱殇与之打斗一阵过后，渐占下风。玉龙宝剑如何也使不上力，竟不能刺到荣晋衣袖。想来这荣晋大师的五蕴功也并不是吹嘘，直在智通之上。

却说朱殇与荣晋打斗之时，孙太仪等早已赶到。孙太仪挺身上前帮助荣晋对抗，三大护法想要攻击怜香，却见三个武僧合围怜香，自己也不消出手，只在一旁看着。

朱殇正愁打不到荣晋，眼见孙太仪前来，心生一计。将孙太仪一把抓住，孙太仪猝不及防，未能挣脱。这下荣晋有些不知所措，可那孙太仪挣脱不开，朱殇在其身后，荣晋急忙退后。众人想要找朱殇报仇，又恐失手伤了峻岭山庄少庄主，徒生麻烦，便都要三大护法前去解救孙太仪，以便出手斩杀朱殇。三大护法原本见朱殇武功高强，不好惹他，孙太仪虽受制于他，却不曾受害，便没再纠缠；眼下众人提了出来，自己也不愿孙太仪有什么闪失，便一齐出手，杀向朱殇。

朱殇听到身后三大护法杀来，抱住孙太仪弯下腰去，瞬间转过身来，朱殇握住孙太仪右手，使剑横扫向三大护法。孙太仪年纪轻轻，手中力道难以抗拒朱殇，三大护法个个负伤。荣晋趁此机会，双掌运出，直取朱殇后身。朱殇转回身来，将孙太仪挡在胸前，荣晋收手不及，打在孙太仪胸口，虽然荣晋有意减弱了掌力，可孙太仪仍是喷出一口鲜血。朱殇十分得意，甩开孙太仪，迅速出剑，刺向荣晋。三大护法接住孙太仪，狼狈而逃。荣晋打中孙太仪，心下后悔，自然不曾看见朱殇刺来。待看见时已经晚了，抽身回去已被朱殇刺中小腹，伤口喷血。朱殇玉龙宝剑被佛珠缠绕，荣晋忍痛，使了一招"五蕴皆空"，用力将佛珠玉龙剑一并抛出。

却说怜香这边，无量寿禅寺三僧围攻怜香，见住持大师身受重伤，便分了神思。怜香钻住空子，使"奈何双钩钩向三僧木棍，三僧急忙伸手去抓木棍，怜香运起连环腿，将三僧踢飞。怜香看了朱殇一眼，心中满是骄傲。

无量寿禅寺四位高僧败于怜、殇二人手下，众僧见了，甚是惊恐。想出手援助，又怕怜、殇二人武艺高强，一时间难以制服，都不敢擅自上前。

只见朱殇双掌抬起，杀向荣晋；怜香使双钩杀向三位高僧。忽听一人叫道："勿伤大师！"众僧循声望去，只见两位灰衣小僧人自人群中飞出，赤手空拳挡在四僧前面向怜、殇二人跑来。众僧搀起四僧退去。怜殇见了，冷笑几声，杀向前方两个小僧。

说也奇怪，这两僧甚是年轻，却是身手不凡。看上去不过二十左右年纪，然一招一式颇具大家风范，潇洒灵活，运动自如。旁边众僧看得出神，忽闻一老僧道："阿弥陀佛。我管理华严寺罗汉堂二十年，竟然看不穿这是哪路禅功，惭愧惭愧。"另一老僧道："阿弥陀佛。叹慨师兄，这明明不是禅功啊！你将这二人看作刺客、武夫，这不过是江湖武功伪装成的假禅功而已。这武功虽高，却不是佛门武功，这两人恐怕不是出家人，前来此地败坏佛门名声不说，只怕来者不善啊！"此语一出，一片哗然。

那叹慨大师道："还是普陀山普济寺的会心师弟有见识，果真如此，这二人全然不会佛门武艺，实是鱼目混珠之举。"旁有一人道：

"堂堂华严寺罗汉堂首座竟然看不破这一点，我看这华严寺难为南国群寺之首。"

叹慨大师回身道："阁下何出此言？"

只见那人一身灰僧衣，却也是上了岁数的老僧人，唯独面目遮了住，恐怕叫谁看见。那人道："这两人确是僧人，只不过尚且不会佛门武艺，使了些旁门功夫，虽然露怯，却也是人命关天、情非得已。这两人若是想败坏佛门名声，大可助龙门一臂之力，又怎么会铤而走险，对抗龙门呢？"

会心大师道："那依你所见，这二僧是出自哪个宝刹？"

那人道："小僧不敢妄言。只是说出了自己的想法，诸位大师不必见怪！"他虽有意回避会心的问题，但言语中甚是傲气，一点也不露短。

众僧见他没说出什么，便也都不再理会。

却说怜、殇二人奋战二僧。朱殇这边一掌击出，那僧使一掌相迎，朱殇使另一掌击向那僧腹部，那僧接住这一掌，手掌顺着朱殇手掌滑向朱殇手臂，接着使手背击向朱殇胸口。那僧挣脱朱殇，反手一劈，将朱殇推开。他此时年少，尚未练成掌风，若是习得半点掌风，朱殇只怕难以活命。他见朱殇意欲逃走，便一路追将过去，朱殇奋力抵抗。

那怜香与那僧对战数十回合，忽手持双钩直奔灰衣僧人而去，灰衣僧人斜身闪过，使双手抓住双钩内侧，向后用力一拽，而后飞腿踢出。怜香不得不飞腿还击，同时紧握双钩。那僧力道不凡，怜香虽然厉害，然毕竟属女流，不是那僧的对手。自己被那僧踢飞不说，双钩还被那僧抢去掷在一旁。怜香恼羞成怒，以极快速之势攻击那僧，众人眼见她从这一处攻到那一处，却没看见她是如何过去的。那僧毫不慌张，怜香失去兵器更是难敌那僧，不出二十招便败在那僧手下。

众人一齐叫好，那僧武艺实在高强：怜香乃是龙门数一数二的好手，在江湖中也算小有名气，却被这无名小僧打得落花流水，实在匪夷所思。

再看朱殇这边，虽好于怜香，然而情况也并不佳。若是此时朱殇玉龙宝剑在手，只怕能和那僧打个平手，此时剑客手中缺少一把剑，便少了大半威力，若是以自己勤修的十几年内功同这和尚十几年的潜心修炼相比，只怕还差那么一截。因而自己渐渐力不从心，出拳出掌时破绽不断，那僧瞅准时机，使了个"徙薪掌"，两掌齐出，将朱殇打倒在地。两人受伤不轻，暂时不能动弹。

荣晋禅师眯眼笑道："阿弥陀佛，老衲感谢两位小师父舍身相救，不知两位出自哪个宝刹，法号是什么？"

众人细眼看时，那两僧瘦小不堪，跟羸弱之躯没有什么分别，真可称得上是"真人不露相"也。这些习武之人有的欣赏，有的嫉妒，更有的不以为然。其中一僧走上前来甚是紧张，双手合十，十分勉强地笑道："阿弥陀佛，诸位前辈见笑了，我等无意冲撞各位。小僧若尘，这是我师弟若烟，使的是师父传的'拾柴掌法'。我们只是夹山寺生火做饭的两个小和尚，听说这里有武林盛会，便按捺不住，想要来偷看，一饱眼福，这就瞒着住持方丈，偷偷跑出来了。方才见此情形，实是人命关天，不得已而出手相救，希望你们帮我们保密，不要告诉我师父。"

这若尘一番话语，众人嘴上不说，心里却是笑翻了：众人都道这两人武功如此的高，使的又是俗家武学，硬说是生火做饭的小和尚。

众侠客不信，却见会心大师仰天大笑道："你等使俗家武功冒充僧人也就罢了，竟然还说是夹山寺的武僧，可笑可笑！"

那若尘不解道："大师这话什么意思，难道不相信我等的身份吗？"

会心大师道："年轻人，老衲可以告诉你：这第一，佛门武僧必须练习佛家法门的禅功修行；第二，夹山寺几百年下来，从来都是吃斋念佛，隐居一线天，老衲这么大岁数，还没听说过哪一年一线天夹山寺出了个什么武僧。你说老衲笑话你有没有道理？"

这会心大师几句话说罢，众人纷纷赞同，有嘲笑者，有猜测者，那若尘、若烟两人却是十分恼火。若烟道："我师兄说的句句是真，我们俩从小到大就是夹山寺念佛的和尚，怎么就没人相信呢！"

叹慨大师站出来，高宣佛号，道："久闻贵寺奉天玉大师佛法渊深，禅宗了得。你既然说你是一线天夹山寺的僧人，就请介绍介绍奉天玉大师的外貌罢。老衲曾经见过他，若是半分不差，老衲信你。"

若烟道："大师怎么这样刁难我二人？大师既知敝寺住持方丈，就该知道他的脾气秉性。方丈这人很是神秘，小僧两个从没见过他的脸，这叫我们如何证明？"

若尘道："是啊，是啊，你这老方丈如此难为我们，怕是不肯相信了，方丈每次都是背对我们传授武艺，谁知道他到底长得什么模样？"

旁人不语，独听叹慨大师一人道："哈哈哈哈，两位小师父果真是奉天玉大师的弟子，老衲信你！"

会心大师道："叹慨师兄怎知？"

叹慨大师道："师弟不知，夹山寺方丈奉天玉师兄素来是独来独往之人。其弟子难窥宝相，也是不假。若是这等神秘之人教弟子看破，一传十，十传百，岂不是有愧'神秘'的名号了？"

会心大师道："老衲听闻奉大玉帅兄精通江湖武学，如此说来，两位真的是奉天玉师兄的弟子了。失敬失敬！"

若尘道："不敢当，不敢当，小僧久仰两位高僧大名，今日有幸得见，甚是欢喜。"说罢两人双手合十，向叹慨、会心两人行礼。这时普陀山那边闪出一人，朗声道："普陀山会目向两位讨教几招！"

他这般说着，却早已跟着起手出掌。那若尘、若烟二僧听得身后的叫喊声，早就暗自运起内功，只是守住背心，因而倒也奇快。会目双掌运出，果然直取两僧的背心，这一下双手一齐被弹回，他力道太大，弹回的八九成自己也是受用不起，当下双臂阵阵酸麻，继而直传全身，一时再难运起内力来，他自己吃了瘪，向后退了十几步，却不见那二僧出手还击。会目大惊失色，若是这时两僧还手出招，自己不能运力防御，又不能移步闪避，可是在劫难逃了。心下不由得佩服两僧武艺高超，更对他二人身份确信不疑。剩下的江湖人士看到了，也是惊讶得说不出话来。

却听旁边一人哈哈大笑。众人看向他时，只见他使黑布蒙面，头戴斗笠，可以瞧见头顶光秃秃的，头皮的褶皱也显出几分老气，却不是先前那灰衣蒙面老僧是谁？那老僧道："你们这些迂腐之人，什么无量寿禅寺、华严寺，都不过如此。我看南国武林禅宗领军者唯有一线天夹山寺而已！便是中原应朝寺、东海普陀山也不会是夹山寺的对手。"

这声音苍老却又雄浑有力，掷地有声，将这两句话送到在场每一人耳中，看来此人武功定然不在这几位方丈高僧之下，甚至不知道要高过这几人多少。只是隔着蒙面布，看不出具体长相。

别人吃惊不小，再看若尘、若烟二人，已是面如土色、浑身颤抖，再说不出半个字来。众人吃惊之时，那蒙面人缓缓道："老夫在来时路上碰巧拜访了夹山寺，老方丈奉天玉和尚教老夫寻找夹山寺若尘、若烟，老夫想近来江湖上的最大盛会就是这通天居大会了，于是赶来寻找，不想你们自己露了出来，还不快回去，想教老方丈担心生气么！"

两个小僧听了，慌忙道："是，是，小僧这就回去！"于是一跳一跳地飞远了，众人看时，早就不见了踪影。

荣晋道："阿弥陀佛，这位施主既说我等无能，便请你留下来帮助我等斩妖除魔罢，眼下怜、殇二人已经拿到，只剩得寒月了，请快快出手罢！"

那蒙面僧人道："这是你们的事，龙门虽是邪恶，却也不曾害过我，此事与我何干？"

会心道："我等的确不如夹山寺两僧，却也不曾畏惧龙门。施主与夹山寺住持方丈有交，武功自然不低，难道畏惧龙门，不敢一战么！"

那人道："老夫早已习惯隐居生活，此次前来就是帮老方丈找回弟子，天下江湖事，老夫早已不过问，你等要好便好，要坏便坏，老夫管不着。"

叹慨道："施主千里迢迢来助朋友，不辞辛劳，想必定是宅心仁厚、心怀苍生之人。施主见天下饱受龙门欺凌，就不想行侠仗义，惩恶扬善么！"

那人方要说话，却有一阵大风吹过，将地上尘土落叶一并卷起，众人掩面避风。待大风过后，众人看时，只见地上仅仅留下一身蒙面僧的灰僧服，想那蒙面僧已经走远。忽听一人道："和尚跑了！"众人抬眼看，有一僧从竹林处掠去，飞也似的向南方逃走。

会心道："他也是我佛门弟子，却不像出家人那般仁义，似乎不愿过多显露自己，不知是何道理。"

荣晋道："这人只怕是有什么难言之隐。"

叹慨道："刚才两个小僧听他说话顿时吓得魂飞魄散，难道他真的是奉天玉师兄的江湖朋友么？"

荣晋道："也许这人真的与奉天玉师兄有什么重要联系也未可知。"

叹慨道："既同是佛门弟子，大可不必这么来往。况且奉天玉师兄与我们交游甚少，又怎么会和他相交过密呢？"

会心道："也许这人是夹山寺的某个高僧。"

叹慨道："夹山寺很小，不过百人。再者说没有人比方丈更神秘了。"

荣晋道："难道这真的是奉天玉师兄本人？"

叹慨道："老衲也不敢擅自推测，只是觉得很像而已。"

众僧商议过后，人群中一人道："众位大师，我们还是说说怎么处置这两个武林败类吧！"一语既出，群豪附和。

众人方要处置这二人时，朱殇道："你们处置我可以，放了我妹妹！"

人群中一人道："笑话！两人犯罪，哪有一人领罪、一人逍遥法外的道理？"

另一人道："就是，两个都不能跑了！"人群中骚乱不断。

朱殇对怜香道："妹妹，哥哥现在助你突围，回去见师父时，就说为兄无能，打不过这些匪类，死在通天山了。"

怜香哭道："不！要死一起死，我不能没有你。你死了，我也不愿苟活在这世上！"

朱殇道："好妹妹，你活下去，龙门才有希望；若是你我一起死了，龙门不就完了么？"

怜香大哭不止，道："哥哥，不要！"

朱殇微笑，用力一推将怜香推开，怜香缓过气来，捡起双钩，

本想回去解救朱殇，不想众人合围过来，自己只得使轻功飞向
远方，众人大叫不好，荣晋领无量寿禅寺众僧飞奔而去，数十
人追上。

朱殇站起身来，拾起玉龙宝剑，道："来吧，大丈夫死当死矣，
你们有什么法子就都使出来罢，我朱殇不退缩。"

叹慨、会心二人走上前去，道："阿弥陀佛，老衲二人愿以禅宗
武功领教龙门绝学，出招罢！"众人纷纷叫好。

朱殇前去挑战，前方二僧左为叹慨、右为会心。朱殇刺过去时，
两僧分别岔开朱殇，同时向朱殇狠施一掌，朱殇闪开。朱殇自与夹山
寺若尘对战过后，早就没了力气，这下闪得厉害了，险些摔倒，这等
机会，对于报仇之人可说难得。

忽见左边一人舞剑而出，叫道："朱殇小儿，还我父亲性命！"
朱殇接招道："郑家小子受死！"只是一招，郑催躲得慢了，便被斩
断了右臂，手臂应声落地，伤口血喷如注，郑催手捂伤口，踉跄逃开。
朱殇不再顾及郑催，全力应付两位高僧。

哪知叹慨、会心二僧一齐出掌对付朱殇，朱殇连忙闪躲，勉强躲
过。朱殇出剑袭击二僧，二僧将掌力汇于一处，一同击向朱殇，剑气
对抗掌力真气，二者相较，掌力更胜一筹，一道金光闪过，朱殇被伤
了右肩，力量去了大半。

叹慨、会心二僧禅功确实了得，任凭朱殇方才如何生龙活虎，到
了这里却根本不是对手，实为一方得道高僧是也。普陀山会目看了，
也是自愧不如。

叹慨、会心二僧追击朱殇而去，众人跟上，朱殇甩开二僧，数派
高手合围而上，刀光剑影、各家兵器全部上阵，将朱殇压在重重兵器
之下。

朱殇挑开众剑、劈走群刀，使轻功飞走，道："诸位，后会有

期了！"

会心道："施主休走，老衲还有事相告！"叹慨紧随其后。

朱殇用尽全力，只顾逃命。全然不顾身后人追赶，朱殇年轻气盛，脚力非凡。奔跑许久，加之神情紧张，竟也不觉得累。众高僧武功不差，然轻功却是一般，而且年老力衰，追了一段便越追越远，完全跟不上了；年轻僧人脚力不弱，然武功不足，也不敢贸然前进。一行人马竟被朱殇甩开。

朱殇一路向山下奔去，只见山下马车众多，马匹四处皆有不少。寒月仓皇逃到龙门马匹前面，使剑割断缰绳，这时怜香跑来，二人汇合。朱殇奔过去，大喊道："师父，你带怜香妹妹快走，徒儿在此殿后。"

寒月方欲应答，却见密林中闪出几道黑影，且听"啪啪啪"几声，马匹已被惊走，听一人喊道："孽贼休走！"寒月抬眼看时，却见四男两女六个道士围住了寒月、怜香以及朱殇，个个手持拂尘，一人道："寒月掌门好武功，竟使墨虚道长惨死剑下，我'王屋山六道'十分钦佩，特前来讨教讨教！"

却说这"王屋山六道"乃是武林中赫赫有名的几位道长，功力最为深厚者为陈快三，其次依次为冯玉言、孙友云、丁明、邵雅凡以及杨到海。这六人终日于江湖上斩妖除魔，消除武林败类，个个皆是武林中人心中的大英雄，平日里与墨虚等人交往甚多，情深义重。此次听闻龙门前来通天居参加大会，便一起出动，誓要为道友墨虚报仇。

寒月心中明白，这是为报墨虚之仇前来的。眼下受伤不轻，更不能以少应多，于是道："本座之前误伤墨虚道长，实在惭愧，本座绝无杀害墨虚道长之意，对舟山派以及各位道长更是敬重有加，各位千万不要误会。"

　　为首的道长道："寒月，你这个蛇蝎女魔，害了我们墨虚道友，姓陈的跟你没完！"

　　寒月道："陈快三道长，久仰久仰，本座真的无意杀害墨虚道长，龙门每日都会为墨虚道长的牌位上香，以告诫弟子不要再犯错误。请各位高抬贵手，原谅龙门罢。"

　　陈快三道："魔头，你休想！今日你落在通天居，就别想再活着出去了，我们不杀了你为墨虚道友报这个仇，誓不为人！"

　　这时，只见寒月身后一群人马赶来。怜香望去，来者乃是龙门弟子。原来寒月前来参加大会之时，为防不测，早已将部分人马安排在通天山外。方才寒月在竹林中逃跑之时，自袖中发出响箭，那些龙门弟子看到后，自然赶了过来，一路杀入重重包围，驰援掌门人一行。

　　寒月见状，连忙冲向众弟子中间，隐没于人群中。王屋山六道急忙追去，一群龙门弟子蜂拥而上，挡住六道去路。只见六道左冲右突，霎时间便封住了数十龙门弟子的经脉大穴，令其不能动弹。王屋山六道着实了得，冲出龙门重重包围，而且将龙门弟子的大穴全部封住，可谓直入无人之境。

　　寒月见状不好，连忙拔剑回防。王屋山六道齐齐上前，将寒月围住。怜香与朱殇见状，连忙前后出击，企图夹击六道，借此营救寒月。邵雅凡截住怜香，丁明截住朱殇。其余四人穷追寒月不舍。

　　未知后事如何，且看下回分解。

第十回
六道失手龙门逃脱　玉冷得道瑞鹤发帖

却说王屋山六道穷追龙门寒月等人，寒月且逃且还击，陈快三等人追个不停，冯玉言一个箭步拦在前头，寒月停住脚步，回身接招。怜香对阵邵雅凡，朱殇对阵丁明。

只见邵雅凡拂尘过去，怜香忙用双钩抵挡。相比之下，邵雅凡更胜一筹，怜香虽有圣教、龙门两大门派武功，然武功低浅；邵雅凡虽出自旁门左道，然修习数十年，到底有不小成果，内功积累较为深厚。怜香拼尽全力抵抗邵雅凡，邵雅凡轻松对阵，怜香却筋疲力尽。

那边丁明出掌击打朱殇，朱殇抵挡不过，便在胸口横一把宝剑，使双手勉强抵挡攻击。一般状态下，习武之人皆是不会做出这等危险之事，然经过几场恶战之后，朱殇体力本就不支，而且江湖经验不足，只得这样做了。丁明一掌果真厉害，玉龙宝剑并无大碍，然朱殇双手被宝剑印上了两道颇深的血痕。朱殇一口鲜血吐出，随之后退数步，丁明紧紧跟上，朱殇节节败退，丁明只恨年岁已大，脚力跟不上朱殇，否则似此朱殇早被丁明杀死。

这边四人合围寒月。寒月武艺非凡，此四人虽然是旁门左道的功夫，内力却大大胜过寒月的龙门功夫。寒月本就受伤不轻，从山上逃到山下又消耗不少体力。于是寒月且战且退，众人围堵不止。好在寒月轻功飞凡，众人追出了数百丈远，还未伤到寒月要害。寒月不敢远离怜、殇二人，又引着四人打了回来，心里不知如何是好。

众人打得火热，龙门三人渐渐招架不住。当此时，陈快三主动出击，攻向寒月。却见白光闪过，拂尘脱手。而后白光围绕众人走了一圈，众人武器纷纷脱手，不得不停了下来。

却见白影停住，原来却是东凌玄老。东凌玄老道："老夫方才下山，听到几人打斗，原来是尔等。尔等可知今日是什么日子？"

陈快三道："这位前辈，我等确实不知今日是什么日子，然这三人乃是当今武林的祸害，不除不行，还望前辈理解。"

东凌玄老道："今日可是老夫父亲的二十周年忌日，你们有什么事情非要在这里解决不成？除了我们白家的人处理家事，谁都不许在这里动手。打扰了老人家的清静，你们万死难当其罪！"

杨到海道："寒月，你们三个有种就别跑，我们在二十里外的聚福客栈做个了断！"

寒月自恃傲然道："了断就是仗势欺人么？道长的道修炼得也太容易了些！"

冯玉言道："寒月，你这魔头，杀了墨虚道友，却在这里逍遥，实在是天理难容，就算是今日不行，我们追到天涯海角，也要结果了你，为武林除害。"

东凌玄老听闻墨虚，心中不能平静，道："你说的可是东海舟山派徐明烈那老匹夫的儿子么？"东凌玄老明知故问，语音平平，却早已是怒火中烧。

冯玉言道："正是，东海舟山派是我武林栋梁，他龙门擅自杀害墨虚道友，难道不该死么？"

东凌玄老淡淡道："什么栋梁，舟山的人，上上下下都该死！"

寒月自思：这其中定有隐情，我若挑起事端，定可从中渔利。于是道："这位前辈，十几年前，晚辈看到墨虚那厮为非作歹，心中不平，便拔剑出手，杀死了墨虚，不想此人残党不断，这些年来一直找晚辈的麻烦，求求前辈为晚辈做主！"

丁明道："胡说，我见过这么多人，墨虚道友是最为正直的一个，你明明是在血口喷人，贼喊捉贼！"

东凌玄老道："我说过，舟山的人，上上下下都该死。现在看来，我错了。不但是舟山上上下下，就连左左右右的也通通该死！"于是抄起一把铁剑向冯玉言刺去，冯玉言不及防备，便已身亡。一个有名高道，在对方出手袭击时竟然连防备都没来得及做就死在剑下，东凌玄老的出手有多快，众人实在没看仔细。寒月见状，自鸣得意。

丁明惊呼一声，与杨到海联手蓄力。当此时，玄老左掌推去，一股雄劲的内力瞬间注入二人体内，二人当即不能动弹，被内力吸向东凌玄老的手掌。东凌玄老刚刚经历恶战，内力消耗不少，加之年事已高，便不敢随意消耗大量内力，只是集中精力使出一小股雄厚的内力，以扰乱二人内息。二人若是能拼尽全力和这位宿老比试一番，只怕孰胜孰负，尚难预料。当下这二人眼见道友被杀，一时慌了计较，只想速战速决，便少了许多较量，莽撞了些，就是这样的莽撞使二人失去了先机，与这等高人比拼内力，一决生死，自然是被东凌玄老主导战局。说来也怪，这王屋山独家内功"移山术"到了与东凌玄老这般比试时，却是半点也使不出，也顾不上什么招式，这两人只是权且应付罢了。此时这两人大汗直冒，有如雨下，而后浑身抽搐，两眼圆睁，硕大无比，进而口冒鲜血不止。只等东凌玄老何时发力，如何处置这二人便是了。

旁边三人先是看得呆了，回过神后便出手救助两人。寒月见状，急忙领朱殇、怜香救下弟子，乘龙门马车逃跑。三人历尽艰险逃回龙门，广招弟子，重整旗鼓，此乃后话。

　　却说眼下陈快三、孙友云、邵雅凡三人放弃围歼龙门，转而围攻东凌玄老，以期救出道友。三人合力攻击东凌玄老，东凌玄老以右掌对之。按说这三人的功力应当高于东凌玄老，然此三人看起来却渐渐不支。

　　原来东凌玄老将三人内力吸取，并从自己体内疏导到丁明两人身上，丁明二人内力被东凌玄老强劲内力打乱，这下三人内力注入进来，体内功力剧增数倍，真气在体内左冲右突，自身难以驾驭，这二人为了保全自己，不得不运动自身内力来抵御冲击，然这样一来体内自身的功力便被数倍于己的功力打得东一处西一处，再难聚集。俄而这二人便被强大功力震得经脉断裂，七窍流血而死。这等使用小股内力同时借力打力的方法实在是出神入化，令人折服！

　　却说陈快三三人以为将内力不断输入东凌玄老手上便可以同东凌玄老一决高下，救出同伴。忽见东凌玄老左手一松，丁明、杨到海便倒地不动，头部全部是血，脸上黝黑无光，眼神甚是绝望与痛苦。

　　陈快三等人吓了一跳，这才发觉上了当，数十年苦修已经付诸流水，不但复仇失败，只怕还性命不保。这三人的内力早被东凌玄老引导个精光，三人武功全失，轻功也是使不出来，东凌玄老两步追上使铁剑杀死了三人，三人死状极其惨烈，浑身是血，东凌玄老还不解气，又将冯玉言、丁明、杨到海三人乱剑分尸。铁剑沾满鲜血，六条人命瞬间陨灭。东凌玄老余怒未消，使铁剑在空地上写了一十六个大字：两老六仙，赫赫百年；景落何处？唯我西轩！写罢便离去，直奔回西域西轩，不在话下。

却说青城剑派新任掌门王种坤率众门下弟子打道回府，忽见通天山下陈尸六具，都已腐臭不堪。王种坤心下怜悯，便命弟子一边买棺材安葬六人，一边告知司空玉璋，令其飞鸽传书与王屋山宝峰观，以便其知晓此事，做好善后事宜。众人回到蜀地青城剑派安葬莫清泓与大弟子陈云生，举行新任掌门继任大典。

方府这边，方季、黄迟夫二人率领众族人回到方府，厚葬方伯。按照方府祖制，由方府长子方令祺继任为方府当家人，方季辅佐之。方令祺将方伯尊为方府历代当家人中最了不起的一个写入方府家史，更将方仲、方叔二人彻底清除出方府族谱。黄迟夫安葬好老友后，便继续浪迹江湖，过着不羁生活。

白府这边，白依广厚葬夫人慕容雪萍，永不续娶，每日念叨慕容雪萍，每逢过节便为慕容雪萍上香祈福。白铭观身心俱损，便不再出白府，在白依广教导下专注练习锻造神技，继承白府家传，苦苦练习。

圣教这边，东方鸿宇隆重安葬方仲，继任为圣教第三十五任圣主。李知兴、朱瞿等六人率众庆贺，北天武林大小门派尽皆前来恭贺。东方鸿宇本身并无威信，不过是自诩为方仲义子，更兼李知兴辅佐，才能勉强镇住北天武林及圣教上下。因而东方鸿宇一直想找时机，出击其他门派，树立自己的威信。

此次大会过后，一线天夹山寺名声大振，从一个名不见经传的小刹一跃成为武林中一个光彩夺目的新星，而奉天玉方丈更是成为江湖中谜一样的人物。许多武林人士欣然剃度前往夹山寺拜师求学，奇怪的是奉天玉大和尚一个不收，任凭众侠士如何苦苦求情，奉天玉大和尚只是派人传话，不再收徒而已。对于夹山寺的武功，不仅江湖上小门派称赞不已，就连当时下山的圣教之类的大门派对之也是连连惊叹，惊叹之余，更是心生敬佩之情。

这一场武林大会，竟然演变成一场江湖大乱，叹哉！东凌玄老一番搅局，打乱了中原武林众多计划：白府称雄武林，无人能及；龙门意外获救；圣教锐气大大受挫；方府、青城大伤元气，一蹶不振。从此，江湖上对通天居大会避之不及，谈之色变。大家更是对"西轩"这个字眼怕得要命，至于那句"两老六仙，赫赫百年；景落何处？唯我西轩！"的霸道口号，武林中人更是害怕不已。日落之处的西轩对于中原武林来讲，可说就是个可望而不可即的传说。

由此，龙门得以喘息，对不服号令者更是变本加厉地报复，动辄或以"西轩"为旗号压制其他门派，众门派难辨真伪，便都宁可信其有不可信其无，胆子小的也都避开龙门，或听命龙门。这下龙门势力发展很快，旗下小门派年年进贡，龙门在江湖上也终于不可小觑。

可龙门虽然壮大，却知晓通天居与众多武林高手相交甚好，就比如方、白二府虽然过节甚深，可若龙门再贸然进攻通天居，他一人势小，方、白二府却不是好惹的，此事足以牵动整个江湖。

况且龙门已然杀了通天居四十六口，当时清兵入关，江湖大乱，几大门派如今重提旧事，联起手来再替司空端一家报仇也说不定。若想在中原扎根，司空玉璋就轻易碰不得。反是司空玉璋若一时不筹备剿灭龙门，那便谢天谢地。

于是龙门暂时放弃进攻通天居。

却说王屋山上宝峰观内，众道士听闻王屋山六道士惨死通天山，顿时乱作一团。六道弟子互不服从，于是各自为政，宝峰观分作六部分，使得本就实力有限的宝峰观更为虚弱。

寒月听说自己走后，六道皆被东凌玄老杀死，心有不甘。于是在休养两个月后亲自领门下弟子及部分小门派弟了前往王屋山，清剿宝峰观。宝峰观本就实力大伤，加之龙门来势汹汹、志在必得，宝峰观大半道士死在了龙门冷剑之下，余者落荒而逃。

过不多久，江湖各派便已知晓。

联想到数年之间龙门的所作所为，不但手刃舟山墨虚，更是血染通天居、挑衅应朝寺、清剿宝峰观。种种劣迹，令人发指。

却说南国瑞鹤临江楼主人玉代天，也是一号热血英雄人物，自幼便与其妻冷莘茹师从东海舟山派"麒麟仙公"徐明烈老先生，与墨虚道长相交甚厚。此二人本各是老仙公座下首席之男女弟子，辅佐仙公训练舟山弟子、饲养舟山二神兽十数年，后日久生情，相处甚欢。两人向老仙公言明以后，老仙公并不同意两人婚事，而是希望两人竭尽全力辅佐自己壮大舟山，训练后继弟子。两人下跪求情未果，徐明烈老仙公暗地打算把两人就此分开。二人听闻此事后，下定决心离开舟山，携手浪迹江湖。于是二人私奔出东海舟山派，并将舟山二神兽之一的"凌空真鹤"私自带走。自此舟山宣布与二人势不两立，不相往来。

当年，二人行至蜀地青城剑派附近，见岷江江水汹汹，风景独特，便决定在江边定居，终老一生。二人花费数年时间建立起一个锦绣山庄，名号唤为"瑞鹤临江楼"，正楼、偏殿、后院俱是秀丽。二人专为"凌空真鹤"在江边修造平台，供它生长，为本宗祈福，号为"瑞鹤灵台"。

二人终日研习武功，训练弟子，吟诗作画，种花养鱼，逍遥似神仙。江湖中人听闻舟山首席男女弟子出来另立门户，皆是纷至沓来，两人深得舟山真传，座下弟子也是高手如云。这瑞鹤临江楼的名号也就此闯下，威震南国一方。玉代天自号"瑞鹤仙"，冷莘茹自号"临江仙"，二人自在快活，远强于舟山岁月。

不久二人生有一女，可爱动人，名叫玉参星。两人中年得女，对于玉参星自是宠爱有加。玉参星从小养尊处优，生得漂亮，颇有大家风范。

这日，玉代天听闻龙门在通天居意外逃脱后率弟子反过来清剿宝峰观，气愤非常，立即叫来结发妻子和爱女，商议针对龙门大计。

二人到齐后，玉代天道："夫人，女儿，日前龙门刚刚从通天山逃脱，便积蓄力量清剿王屋山宝峰观，龙门力量日益强大，我们瑞鹤临江楼该当如何？"

冷莘茹听罢，朱颜冷冷，道："龙门真乃是小人之帮，北天魔教尚且知足，不敢南下，它龙门竟敢如此欺凌我武林正道。龙门造孽，王屋山六位道长仅仅出于道义尚且拼命为墨虚道长复仇，我等与墨虚道长共事十几年，更是不能坐视不理，即使武林正道都不管，我们也要出头，借着我们夫妻的名声联合各大门派，伸张正义，消灭龙门。"

玉代天道："夫人所言极是。我等应当早点行动，广发请帖，共商剿灭龙门大计，以完成莫老爷子的遗愿，正武林之风。女儿以为如何？"

玉参星道："龙门危害四方，尽人皆知，实在是不除不行。爹和娘做出的决定，女儿十分同意。然女儿有一建议，不知可否说说？"

玉代天道："星儿，从小爹娘就十分注意你的想法，你有什么主意，但说无妨，若是有益于我仙楼，岂不是更好了？"

冷莘茹道："孩子，你说就是了，让为娘的听听。"

玉参星道："爹娘，我们瑞鹤临江楼实力不弱，然单方面出头，毕竟风险过大。女儿建议，联合通天居司空老先生，或是青城剑派王种坤前辈，或者，或者联系舟山老仙公一起抵御邪教，惩恶扬善，也不失为一计。"

玉代天听得津津有味，本想大赞玉参星一番，当听得"舟山老仙公"几字之时，眉头骤紧，不悦道："舟山老仙公，哼哼，我看是'舟山老顽固''舟山老糊涂'。他干扰你爹娘相好那时是何等厉害，现如今，他儿子死在龙门手下，人人皆知，他却无动于衷，龙门真的有那么厉害么？还是他只会压制部下，不敢对外？你爹娘离了他，过得更好，他不出头，咱们给墨虚师兄出头。咱们和他'舟山老糊涂'再无半点关系，此计绝不可行。"

玉参星道："就算舟山不行，联系山上的青城剑派，或是通天居的司空先生也是可以的，望爹娘深思！"

玉代天道："青城剑派老掌门莫清泓莫老爷子和陈云生先生刚刚惨死通天居，元气大伤，要想得到帮助已是不能；通天居司空先生与各家亲密，相交不浅，然实力有限，人手不够，难以呼风唤雨；应朝寺除智通大师外，尽是些一心诵经的'高僧'；方府新主闭门谢客；白府从不过问江湖之事；其余门派大多是无心无力之派，没法与龙门对抗。"

冷莘茹道："孩子，你爹说的对啊。江湖这么大，没人敢出头，实是我武林之悲哀。爹娘行走江湖多年，觉得有必要伸张正义。你以后不管遇到什么事情，一定要心怀正义之心肠，侠义之精神。这次爹和娘广发请帖，龙门眼线必然知晓，想必是凶吉参半。若是爹娘有什么闪失，你可一定要照顾好自己！"

玉参星听罢，早已泪水潸潸，泣不成声。

玉代天见此景，急忙道："夫人何必吓唬孩子，我们夫妻出马，何惧龙门？龙门元气大伤，自己逃亡尚且来不及，怎么敢伺机报复？星儿放心，爹娘不会有什么不测的，待我们剿灭龙门大患，爹娘带你去拜祭墨虚伯伯。"为了女儿安心，他自己撒谎，几十年来第一次这样训斥爱妻。

于是夫妻两人筹划邀请大派，共商大计。

几日筹划而后，两人准备邀请中原通天居、应朝寺，东滨凌空门、齐云观、南国青城剑派、一线天夹山寺一齐于瑞鹤临江楼之内主持大局，会同荆襄田氏铁鞭、鸡公山峻岭山庄、东海普陀山普济寺、支提山华严寺、九宫山无量寿禅寺、青城山建福宫、鲁东崂山太清宫等大小门派，共同商讨对付龙门之计，并借以订立"瑞鹤临江之盟"，共抗龙门。

二人派弟子各地奔波，虽然众弟子十分注重保密，然龙门眼线遍布武林，其中难免有发现报告龙门者。龙门起先并未注意，后报告者日渐增多，且涉及地区不断扩大，龙门寒月渐渐不安。更有甚者截下帖子送给龙门。寒月闻之大怒，下令截杀瑞鹤临江楼信使，并四处准备，调兵遣将，将龙门派往外派的部分高手调回龙门听命，意在伺机报复瑞鹤临江楼。

请帖送出之后，受邀门派大多响应，掌门人等重要人物均承诺届时到场。然应朝寺方丈觉凡大师无意参与，只同意派智通携数名弟子前来；夹山寺不改风格，依旧拒绝出面；凌空门掌门杨连涛愿意前来，只是创立者"凌空五老"云游四海，无法联系，未能出席。

众门派受邀，瑞鹤楼引火烧身。毕竟后事如何，且看下文。

第十一回
显真情既知玉已冷　用伪装又闻龙未寒

却说上回，玉冷二人为维护江湖道义挺身而出，邀请众门派齐集瑞鹤临江楼，商讨龙门大计。

这日，龙门密使盯上一位瑞鹤临江楼信使，决心截杀之。不想那位信使早有准备，吹了个口哨，便引来数个瑞鹤临江楼弟子。几人合围而上，一下子擒住了那个龙门密使，并将其带回瑞鹤临江楼。那密使临走前发出求救信号弹，弹到天上去了。这下龙门业已知晓此事。

彼众回到临江楼之时，玉代天、冷莘茹亲自审问。山庄上下无不震动，人心惶惶。众弟子、仆从纷纷赶到正厅门口，观看审问。

玉代天愤怒非常，讯问那使者为何图谋不轨。那龙门密使也是寸步不让，知道命不长久，便大骂玉代天不止，说其自寻死路云云。玉代天怒不可遏，不想那龙门密使竟抢先一步，夺过玉代天宝刀自刎而死。

原来玉代天使的乃是九天柱景刀，由江湖制器大师孙柱景铸造，即鸡公山峻岭山庄老庄主孙庭非之叔也。这孙柱景铸造极有造诣，常与白府老太爷白令先一起讨论铸造之精义，此人毕其一生终有两大作品，两个皆是名扬四海、威震八方。此人另一作品乃是冷莘茹手持的悬阳古剑，堪称是削铁如泥的神器，剑虽古老，然锋利依旧，而且烈火烧不化。孙柱景与舟山交情不浅，对舟山老仙公更是敬重有加，因而进献两宝予舟山，传为一段佳话。因此，玉冷两人逃离舟山之时，不但带上了一只神兽，而且带上了这两把跟随多年的神器。

龙门密使自刎后，玉代天便知此事已经闹大，十分严重。与妻子商量过后，严令临江楼上下不得将此事告知玉参星，并打发玉参星携仙宫部分好手出游四方。玉参星虽有不愿，然父母之命难违，不得不携随从出走，周游南国。

寒月这边听闻弟子报告有一密使失踪后当即大怒，叫来龙天商量报复瑞鹤临江楼之事。两人一番商量过后，决定带领弟子，荡平瑞鹤临江楼。此时朱殇、怜香伤势未愈，考虑到瑞鹤临江楼高手虽多，却只有玉冷两人能与之匹敌，且时间紧迫，寒月便不等二人，领着龙天及一大批龙门高手前往岷江边上的瑞鹤临江楼，企图荡平临江楼。

一场大战由此拉开。

却说玉参星周游南国大小名山秀水，这日，玉参星回到家，见家里面果真无事，便放了心。玉冷二人在午饭之后便教其上青城山上游玩去了，玉参星不再担心，便领着那般随从上山而去，不想这一去竟成诀别。

玉参星拜别父母，携弟子前往青城山游玩。

这青城山山高万仞，直攀云霄，本是道家发祥之地，山脚之下有一群殿宇，名唤"建福宫"，青城众道士历经数百年风风雨雨，至今仍在此修行。山上不止这一处，却多有道家遗迹，自山脚至山顶，直至后山遍布。

此山半山腰处才是青城剑派，此处翠竹环绕，葱葱茏茏，实是欲界之仙都。不用说青城门内弟子，就是在门外之人心中都是一片圣地，深受当地人尊敬。派中至宝乃是那日莫清泓在通天居使的倾城绝剑，剑两面刻一绝色裸女，出自白府白令先老太爷之手，实在是百里难得其一的神器。派中后院有一大殿，名曰"承师祠"，乃是青城剑派之禁地，江湖传言承师祠里有一密道，可直通丈人峰崖下，却无人亲眼看过。莫清泓死后，王种坤命人悉心守护，每日上香供奉开山祖师莫清泓。至于承师祠，从未有人敢去一辨传言真假。

这日玉参星上山过后，龙门大队人马恰巧随即赶到。这一安排使得瑞鹤临江楼留下了最后一批练武好手。

这日早上巳时一刻左右，龙门人马一齐赶到青城山脚下的瑞鹤仙宫。渐渐走近临江楼门口，临江楼守卫眼见不好，便大声询问："来者何人，前来瑞鹤临江楼有何贵干？"

龙天更不答话，领着寒月等人向瑞鹤临江楼继续走去。那两个临江楼守卫眼见龙门令牌，吓得掉头就跑，准备回身报告敌情，龙天数个暗标脱手而出，瑞鹤临江楼大门刚刚被打开，一人瞬息毙命于临江楼之内，另一人侥幸逃脱，慌忙进去通报。

一声惨叫传出，玉冷两人听到，立刻感到不妙，这时那守卫跑了进来，报告强敌来犯，玉冷二人便组织瑞鹤临江楼上下做好准备，应付来敌。

那龙天沿着通道径直由外庭走到内庭，沿途守卫见了，纷纷掉头跑回内庭，玉冷二人见了，加紧组织弟子，摆好阵势，以备开战。

龙天领众走到瑞鹤临江楼内庭，临江楼弟子个个掏出武器，怒目相向，一场大战一触即发。

龙天背手道："龙天见过二位，在下久仰大名，实是幸会！"

玉代天道："不知阁下兴师动众前来，杀我弟子，我与你有什么幸会可言？"

龙天道："在下有一事不明，前几日我龙门弟子在景元城内闲逛，见到贵派尊使，正想上去拜谒，却被贵派尊使一拥而上，给擒了去，兄长更是不由分说，杀了我的爱徒。在下今日前来，就为了讨个说法，这样也好对江湖上有个交代。"

玉代天心知这人并无好意，不过在为自己找借口，于是笑道："你龙门出动这许多高手，个个身怀绝技，竟然仅仅是为了说法而来么？"

龙天笑道："在下确为讨个说法，不过要看两位是否有诚意了。不知二位是何看法？"

玉代天道："据老夫所知，老夫弟子当日在景元城内休息，早已被贵派弟子盯上，贵派弟子便准备上前责骂。为了了解贵派旨意，老夫特意将贵派弟子请来我临江楼一问究竟，哪知贵派弟子开口便大骂不止，激动之时，更是冲过来拔出老夫的宝刀自刎。老夫一个注意没到，贵派弟子早就死在老夫的刀下，唉，可惜啊可惜！"

寒月恶狠狠道："这么说来，敝派属下可是死在了玉兄的宝刀之下？"

玉代天道："妹妹你不要断章取义，乱做文章。你这么一说，天下英雄岂不是都认为那人是我杀的了？"

寒月道："分明是你动的手，还解释什么！"

冷莘茹道："寒月，你血口喷人，你这分明是在制造事端。今日你若是不解释清楚，姓冷的跟你没完！"

寒月道："姐姐离开舟山数十年，还是不改当初的泼辣性格。只是人明明死在你们手里，你凭什么要我解释！"

冷莘茹道："哼哼，那姐姐就再给你解释一遍。你龙门弟子特意跟踪我徒，姐姐我就派人抓住了他，待押回审问时，这小子乃是一死士，破口大骂我二人不止，不等我们缓过神来，他便抽出我夫君的宝刀自刎，企图嫁祸于我瑞鹤临江楼。我二人在他亲口招供之前是不会动他半分的，事实就是如此，妹妹若是不信，心存怀疑，就请拿出证据来，否则就请班师回去。"一呼百应，临江楼上下都要求寒月拿出证据。

寒月心道：这冷莘茹果真不简单，不但武功在江湖上颇有名气，就连心智只怕也高出常人许多。本想将她一军，如今被她反将一军，这可如何是好？

这时龙天在弟子之中揪出一个上前，骗道："这个就是证据！"

那弟子也是十分惊讶，龙天一指顶在那人身后，直视那人，目光凌厉，那人会意。龙天问道："我且问你，那日你是否看见临江楼之人绑架龙门密使，之后密使消失得无影无踪？"

那人见龙天威胁，慌忙之下便点了头，道："回掌门，确实如此。"龙天暗笑。

冷莘茹怒道："分明是血口喷人，你怎不见你们密使意图加害我临江楼送帖特使呢？这分明是在诬陷我等！"

龙天笑道："可现在人证在此，姐姐你还有何话说？"

玉代天道："是可忍孰不可忍，什么人证。今天本座就问个明白！"言罢提刀冲向那"人证"，因他武功实在不凡，旁边弟子不敢随便插手，只能任他冲撞入龙门阵形。玉代天故意左冲右撞，龙门阵脚大乱。龙天见状，心知玉代天不只想要擒住那弟子详加询问，更是意在打乱龙门阵脚，为临江楼人手破阵做好准备。于是双掌运出，直袭那弟子后背，不等玉代天近身，便已结果了那人，只见那人筋脉尽损，倒地身亡。

　　玉代天大喝："你想杀人灭口么？别是心虚了罢，吃我一刀！"

　　寒月见状，抢道："老家伙进犯龙门，杀！"于是两伙人马一起厮杀起来。龙门这边，玉代天迎战龙天；临江楼那边，寒月出手对抗冷莘茹；众弟子混战开来。

　　龙天运足内力，双掌击出，前方空气瞬间爆裂，直变出六个爆弹来，一齐打向玉代天，这招唤作"莲花六瓣掌"。玉代天不慌不忙使出了一套刀法，这刀法实在迅疾，不但将力道化作的爆弹顿时化开，保住了自己，更是将刀锋对准龙天，划出数十道刀锋回击龙天。龙天使轻功左躲右躲，终于躲过这许多刀锋，竟也毫发未损。这一套刀法和这一种轻功，足够羡煞世人。

　　要说这刀法，可谓来历不小。此刀法便是当日黄迟夫在方府门前用来救援方伯而使用的"战云刀法"，你道他缘何习得这种绝学？原来舟山老仙公当年研习天下武学，将百年之内各门各派的几百路绝学尽数纳入舟山武学之中，因而玉代天这一式却也是不足为奇。再说这轻功，龙天创立龙门，可谓费尽心机，为树立龙门霸主地位，龙天经常亲自暗杀武林豪杰，身手之敏捷，就算是天下第二，也只怕没有人敢称第一。龙天这等身手，却也不是拜什么高人所赐，原是自己多年苦练之结果。

　　那边寒月掏出龙门剑，飞身前去对战冷莘茹。龙门剑虽说也是几十年不遇的好剑，然在倾注孙柱景毕生心血的悬阳古剑面前，龙门剑也不得不礼敬三分。寒月用剑四十九年，但是与莫清泓、白依山等人相较，仍是远远不敌，眼下的冷莘茹也是位"花容剑侠"，深得舟山老仙公之真传，寒月若不用心对战，只怕胜算不大。

　　只见寒月使剑直取冷莘茹左胸，使了一招"鱼若游龙"，出手凶狠，欲早些结束，速战速决。冷莘茹举剑迎战，见招拆招，化守为攻，渐渐封住了寒月的招式，寒月招数渐渐被冷莘茹压制住，再难发力。

开始冷莘茹且战且退，为的是接住寒月的凌厉攻势。现在寒月招数被压制，冷莘茹缓了过来，脚步向前跟去，这下换成寒月步步后退，冷莘茹紧逼不止，二人剑锋交处，不时有电光闪现。寒月被逼到死角，退无可退；冷莘茹猛一发力，向前一挺，直取寒月胸口，这式唤作"福出东海"。她左手同时向前一击，打透筋脉。寒月鲜血喷出，身后高墙轰然倒塌，右臂多了三道剑伤，左脸多了一道血痕，情势十分危急。

那边玉代天在几十回合后一刀砍下，直冲龙天胸口，龙天顺势倒下，使右手一撑向左边滑去，而后迅速收回右手。玉代天眼看失手，刀锋一转，向右杀去。龙天早已双手拍地，凌空一腿踢向玉代天，玉代天横刀拦住。龙天趁机缓过劲来，双掌齐出，狠狠拍向柱景刀，柱景刀向后一顿，龙天立地一跳，复又使出连环腿，将玉代天踢开。玉代天猝不及防，后退十数步。龙天乘机拍出几掌，玉代天一阵招架，龙天眼见寒月受困，出手救援。

冷莘茹这边已经将寒月完全制住，正在盘算如何将寒月解决，不想听得龙天从身后偷袭，于是急忙抽身，拔出剑来刺向龙天。龙天躲闪不及，被刺中了一剑，正中右胸，龙天退后几步，胸口喷血不止，手捂伤口，继续奋战。玉代天见状，唯恐爱妻寡不敌众，上来帮忙，被寒月一剑拦住。这下冷莘茹对阵龙天，寒月过去和玉代天过招。众弟子更是乱作一团，血拼不止。

玉代天盛怒之下，抢起宝刀，转了数圈，趁其不备砍死了十几个龙门好手，众弟子不敢上前阻拦，任由玉代天所为。寒月见状，右脚蹬地腾空而起，又使左脚蹬着屋檐，使剑直刺玉代天，玉代天急忙收手，后退几步。寒月扬起一剑，刺中了玉代天左小腿，玉代天大怒,向寒月右手砍去。寒月正得意之际,精力分散,躲闪晚了一下,被削掉小指。寒月剧痛强忍,紧握龙门剑抵挡玉代天宝刀,伺机反击玉代天。

冷莘茹眼见玉代天得势,更是来了心血,使连环剑将龙天逼到墙角,将龙天弄出不少剑伤,龙天眼看不好,脚踩悬阳古剑,飞到冷莘茹头顶,双手在胸前运气画圆,猛地向下打去。冷莘茹心知抵挡不住,急忙回身,却被几个飞来的临江楼弟子的尸体打到身上,险些跌倒。等到回过神来,龙天掌风早到地面,冷莘茹正中掌风,被打出十几步远,重重落地,受伤不轻。

冷莘茹挣扎起身,龙天赶来,亮出杀手,拍出六掌直奔冷莘茹袭来。却在此时,有一人影闪过,正好替冷莘茹挡了这六掌,那人当时气绝身亡。冷莘茹看时,见是临江楼弟子,老泪纵横。却只听得玉代天与寒月打斗之声,除此之外再无声音,遂环视四周,乃见四周龙门弟子合围上来,竟不见一个临江楼弟子抵挡了,心知龙门好手太多,加之人多势众,临江楼弟子已被血洗净了。院落之内,只剩得她夫妻两人。

继而寒月停手,玉代天也停下手来。龙门弟子将玉冷二人合围起来,全场死一般寂静。玉代天小腿伤及动脉,流血不止;冷莘茹被掌风打到全身筋脉,要想起身十分艰难,说是重伤也不为过。

寒月仰天大笑,道:"玉兄,姐姐,打到这个地步,你二位可也输得心服口服了?"

玉代天忍住痛处,道:"你龙门威胁武林二十几年,出手之狠辣,老夫今日领教了。只恨我夫妻二人无能,不能为墨虚道长报仇,为中原武林除害。今日落于你等之手,倒不如死了算了,也不枉道上的兄弟给我们的清名!"

寒月道:"我就不明白了,墨虚到底有什么好,值得你们,值得王屋山的那六个老家伙这么拼死相报，你二人跟着我龙门，不是可以过得更好么？"

冷莘茹道："那是因为，墨虚道长与我们情深义重，为了江山社稷，我们可以奋不顾身。而你们非但不能毁家纾难，更是助纣为虐，大逆不道。为了，为了大明朝，为了墨虚道长，我们就是死了也不从。"

寒月道："我寒月纵横江湖几十年，难道连个死人都不如么？你们不听劝阻，龙门自然也不徇私情！"

玉代天喊道："要杀要剐尽管放马过来，给老夫来个痛快的，老夫要告诉你们，武林正道迟早会杀了你们为我们报仇！"

龙天道："手下败将，还有脸说什么江山社稷。武林正道，不过是一群废物。有本事，就自己了断吧，省得我们下手费力。"

冷莘茹挣扎起身，紧握悬阳古剑，与玉代天背靠着背，两人互为依靠，勉强站立。遍地都是两派弟子之尸体，场景之惨烈，实在难以言表。

周围龙门弟子围了上来，虽然个个带伤，然受伤较轻。龙天、寒月二人退居众弟子身后，观看这场惨烈之角逐。

玉冷二人退无可退，只得勉强反抗。一个舞刀，一个挥剑，龙门弟子个个生龙活虎，不断上前挑衅，二人体力不支，武功招数自然少了些许周全，不时被人刺伤砍伤。几番突围下来，两人已经弄得遍体鳞伤，再难支撑。

冷莘茹悄声道："哥哥，我们今日看来，看来躲不过了……"

玉代天道："小茹，都是我不好，害得你和这些孩子一起送死，我就是死一千遍也对不起你们啊！"

冷莘茹道："什么都别说了，你还记得舟山老顽固教咱们的最后一招么？咱们突围不成，就给他们来个同归于尽！"

玉代天道："记得，'刀剑合璧，物我合一'。咱们就来他个同归于尽！"言罢一脚蹬地，腾空跃起。冷莘茹紧随其后，拼尽全力，跃至半空。龙寒二人及众弟子始料不及，以为二人要使轻功逃走，急忙飞身跳起来，企图阻拦玉冷二人。

玉冷二人眼见众人主动凑了上来，心下打定主意，两人对视一眼，便知心意。只见两人使出仅剩余力，把宝刀和宝剑挥出撞在一起，这下刀剑尽皆断裂，两人相拥，继而刀剑和两人一起爆炸，众人皆被炸飞甚远。

原来孙柱景当初铸造宝刀宝剑之时，只为了宝刀宝剑彼此长存，不使自家兵器相互残杀，便在宝刀之内灌满磷粉，将宝剑之内灌满硫粉。若是刀剑持有者和睦相处，则刀剑共存，刀剑之坚，除非彼此砍杀，否则不会断裂，更不会泄出刀剑内物。若是两者非要一较高下，则两人同时都会手握兵器而死。而且这日，玉冷二人为了以防万一，都在腰间绑上了一圈火药。于是两人相拥处飞出八个爆弹，这八个爆弹爆炸之后，点燃了玉冷二人身上的火药，这才使得众人被炸飞甚远，而且死伤严重。这一秘密由孙柱景告知舟山老仙公，舟山老仙公又告知玉冷二人。玉冷二人自称此式名为"月明星稀"。

却说玉参星在青城山上游玩，时刻担心山下山庄之安危，于是朝山下瑞鹤临江楼那边看去，果真浓烟一片。心下暗叫不好，急忙率众高手下山。原来玉冷二人为了保护玉参星，特地命临江楼高手陪护在玉参星身边，只留得少数好手守卫临江楼，因而招致寡不敌众，落得这样结局。

玉参星下山之后，率众奔入瑞鹤临江楼，见临江楼之内大火四起，于是命人前去山下的建福宫求助，众道士听闻消息，跟着乘舟前来灭火救援。玉参星率众在临江楼之内四处寻找玉冷二人踪迹，仅仅找到二人衣物的碎片，就连宝剑宝刀都不见踪影。玉参星想起早年冷莘茹同她讲过的"月明星稀"，不禁悲从中来。玉参星在地上拾起一个令牌模样东西，定睛看时，竟是龙门令牌，于是厉声起誓，自此与龙门大仇不共戴天。

玉参星正悲伤时，临江楼弟子大喊，原是看到天上打出信号弹，又远远看见几个龙门弟子手中抱着什么向前踉跄走去，玉参星急忙追去。到门口时，却见另一伙人马也是三五个人抱着什么向前缓缓走动，这几人走得更远些。玉参星忙命一部分弟子去追那些人，自己一马当先，继续去追这几个人。

玉参星眼看就要追上，抬眼看时，已经有一辆马车停在那几人前面，那几人顺势上了马车，马车中放出冷箭，众人连忙闪躲。待玉参星及众人回过神来，马车早就直奔东北方向而去，仿佛直奔龙门。玉参星找不到马，只得依靠轻功向前一边躲着冷箭，一边继续追赶，众弟子紧随其后。

却说那路弟子前去追赶另一部分龙门弟子，也是早有马车停在前面，不断放出冷箭，众人闪躲过后，继续追赶，这马车直奔西南逃跑。临江楼弟子之中不乏轻功上佳者，此刻依靠自己轻功向前追赶，都想拦下马车，一问究竟。

玉已冷，龙寒否？下文便见。

第十二回
胆怯怯良人遭算计　势汹汹恶贼动杀机

却说玉参星追了一阵，眼看着快要追上，玉参星运足气力，使了招"临江泛舟掌"向那马车打去。只见掌力化作一道绿色光波直袭马车，遇到马车，马车当即支离破碎，马车里面的龙门弟子都被打了出来，只剩下车前两匹马拉着残车，拖着破轮逃向远方。

玉参星急忙追向前去，那几个龙门弟子个个不能动弹。玉参星走到跟前，俯下身来，厉声质问道："龙天、寒月在哪？"其中有一人气息尚存，指指西南方向，断断续续地道："往那边的……往那边的才是……你被骗了！寒月掌门妙计……咳咳，天下无双！"言罢咽气身亡。原来寒月早将逃跑计划弄好，若是自己身负重伤，一定向西南绕道返回处在瑞鹤临江楼东北方向的龙门，因而两辆马车之中，逃往西南的才是龙寒二人乘坐的马车，此马车实乃诱饵也！玉参星被寒月算计，心下悔恨。

身后临江楼弟子赶来，听知了此事，都是懊恼不已。玉参星大怒，狠狠道："寒月，龙门，玉参星和你们势不两立，此仇不报，玉参星誓不为人！"这时，追赶另一辆马车的临江楼弟子赶到，言说半路遇到伏击，早有龙门弟子在道路两边阻拦，掩护龙寒二人逃跑，众弟子强过不成，只得回来复命。

众人跟随玉参星回到瑞鹤临江楼，建福宫众道士已帮助临江楼灭了大火，处理好了善后事宜，众人拥戴玉参星为瑞鹤临江楼新任主人，玉参星起誓消灭龙门，等等，不在话下。

这下玉冷二人早已牺牲，龙寒二人却安然撤离。世间不公，大抵如此。

却说龙寒二人回到龙门后，由怜殇二人主持大事，同时遍求名医，以期医治好两位师父的重伤。龙天伤势尚可，不出一个月便可下地走动；却不知寒月当时毫无防备，受伤最重，回到龙门时只是一息尚存，就连龙门剑也不知丢到哪里去了。

这一日，龙天找来怜殇二人，道："两位徒儿，你们寒月师父这个模样，为师很着急，眼下有个法子，可以救救你们师父，不知你们可否愿意一试？"

怜殇忙道："徒儿大恩未报，眼下正是时候，请师父明示，徒儿立刻去办，赴汤蹈火，在所不辞！"

龙天道："说也不难，就是去北天圣教之中向东方圣主求救，圣教一统北天，一定有能人救得你们师父。只是我龙门现在遭人嫉妒，你们此时出去一定要小心才好，若是你们有什么闪失，龙门只怕更难坚持了。"

怜香道："若是这样，就让徒儿去吧，徒儿之前一直在圣教长大，对圣教极为熟悉。徒儿去求求东方叔叔，他一定肯帮忙的，请师父放心。"

龙天道："这样最好了。还有，你大师兄朱罹现在圣教，如果有什么不方便的你尽管找他。若是一时无人能医好你寒月师父，你就把罹儿也带回来，咱们一同商量商量。"

怜香道："师父您放心，徒儿记住了！"于是带了几个随从，直奔北天圣教而去。

却说过不多日，怜香来至北天圣教立桓山前。下马后，径自走到立桓山门口，守门的见了，躬身行礼，道："欢迎怜香小姐回来！"那怜香道："快去通报，怜香求见。"一个守卫忙进去通报，过不多时，守卫回来，道："怜香小姐，东方圣主有请了！"于是怜香跟随守卫进入立桓山内。

怜香自大门向内走去，约莫走了一里路，才来至宸阳宫门口。宸阳宫因是圣主行事之地，因而江湖人往往以宸阳宫作为圣教代称。小小宸阳宫，足以撼动整个武林。圣教大派，雄踞北天，不容任何人忽视其存在。

怜香走进宸阳宫，见东方鸿宇端坐正中央，李知兴坐在身旁。朱罹等护教尊使站立在侧。怜香欠身行礼，道："弟子怜香见过圣主，见过各位尊使。"

东方鸿宇笑颜顿开，道："我们的小娃娃什么时候这么懂事啦，快过来，让叔叔看看你！"怜香见东方鸿宇心情舒畅，自己也越发放开了来，跑过去道："东方叔叔，好久不见您了，您还好么？"怜香过去也是圣教护教尊使，更是方仲和东方鸿宇最疼爱的尊使，若不是怜香硬要去龙门，方仲如何都不会放她走。

东方鸿宇道："好，好，只是有些想你了，小侄，你过得还好么？"

怜香道："承蒙叔叔挂念，侄儿一切都好。"

东方鸿宇道："都好便好，快快见过李爷爷。"

李知兴见了怜香，笑道："丫头，爷爷可想你呢。有空还来看看我们这些孤家寡人，爷爷没白疼你！这次你来了，要是没什么事就多住几日，住够了再走。"怜香应下。

东方鸿宇笑道："还有这几位哥哥。哦对了，差点忘了给你介绍了，这是你的龙门师兄，名叫朱罹，还不行礼？"朱罹自处理完通天居后事，每每想念宸阳宫弟兄，因而在儿日前赶回。

怜香走上前去，对朱罹道："小妹怜香，见过师兄，之前总听两位师父说起你，今日一见，果真不凡。"

朱罹自从到了圣教之后，渐渐对龙门之残酷行事产生反感，近日听闻龙门对战瑞鹤临江楼，龙门、临江楼均损失惨重，对此十分不满，又因龙门抚养朱罹长大，实在不好明确反对。因而冷冷道："妹妹你过奖了。前一阵子我听说龙门灭了瑞鹤临江楼玉冷两位高手。不知此后龙门的二位师父，还有朱殇弟弟都还好么？"

怜香听闻这句话，脸色顿时沉重起来，道："不瞒师兄，小妹此次回圣教，除了看看大家，还想找一位名医救治寒月师父。师父被玉冷二贼伤得很重，至今昏迷不醒。"

曾相听罢，立即道："牛兄，令尊不是行医的行家么？不如，让他给怜香的师父瞧瞧？"曾相快人快语，抢在众人前头。他自幼在宸阳宫内长大，方仲圣主亲授武艺，于是便有些看低牛通寿这些外来之人，行事一向不拘小节。

牛通寿因他口中一直提及自己是蓼风斋中人，而蓼风斋早被圣教纳入麾下，自己伤心往事不愿再提，因而对曾相格外反感。又因曾相自幼在宸阳宫中长大，其祖父乃是第三十四任圣主方仲的得力助手，与方仲情同手足，因而自己不敢过分得罪他，于是道："弟弟说的不错，家父确是有些医术，但是只是医小病，自问没这个本领，能医好这么重的伤。弟弟自幼在圣教长大，就没有听说过天下有什么神医？"

曾相心中确实不知，于是道："这个小弟还真不知道。令尊不能帮忙，那咱们就只好另请高明了。"

怜香听罢，连忙说："对啊，牛哥哥，我听说蓼风斋牛老可是人送外号'圣手神医'啊，他老人家要是肯治这个伤，那我师父可就有救了，烦劳你带我去一趟罢。"

　　游竺鲲道："牛老弟，人家怜香妹妹多孝顺她师父，你就开开恩，带她去看看吧，怎么说牛老也在咱们北天武林创下了名号。就算他老人家真的不能治，咱们再想办法，起码知道个结果。"

　　牛通寿本是忠厚老实之人，这么一听，也犯难了，说了实话，道："游兄不知，家父这人因为有些医术，行为举止方面便有些怪于常人。咱们求医时，他都会有一个条件，时常要人杀人，若是实在无人可杀，这才会要极尊贵的东西，也必与人性命相关。因而江湖人士除了叫他'圣手神医'，更多人叫他'牛阎王'，指的是从生死簿上留住一个名字，便要事先勾掉一个名字。"

　　敖融也道："牛兄，就带着怜香妹妹去吧，难道你这个少主也没有面子了么？且去试试，就是不行，也没什么关系。"

　　牛通寿道："就因为我爱好武学，不好医术，所以他才不愿认我这个儿子。唉，家丑不外扬，今天也算是见天了。"众人听了，也都无不感叹。

　　东方鸿宇道："如此，还是请牛小侄带着怜香小侄一起到蓼风斋走一趟罢，行与不行，还要看造化了。"

　　李知兴道："圣主说的极是，辛苦你们走一趟了。"

　　牛通寿道："既然圣主和李爷爷都这么说，那我就陪妹妹去一趟，好歹也是个办法。"怜香忙道："小妹这便先谢过东方叔叔、李爷爷，谢过哥哥了。哥哥，我们择日出发！"

　　原来这牛通寿的父亲，乃是号称"圣手神医"和"牛阎王"的牛会仙。此人行医半世，大小病症都能治得痊愈。方仲一统北天的最后一派，就是这牛家祖传的蓼风斋，蓼风斋地处北天偏西位置，与北天旧派骊山始皇楼十分接近。江湖中人行走起来，难免有个磕磕碰碰、大病小灾，因此大家都觉得有求于他牛神医，对他格外尊敬。方仲一统北天时，特地亲自来到北天蓼风斋，询问蓼风斋是否加入。牛神医虽然医术高明，然武功却不在行，早对圣教心生归附之情，见方仲亲自前来，已是给足了面子，遂同意归附，并请求自己居住在蓼风斋，儿子牛通寿要求前往圣教学艺，方仲满口答应。从此，蓼风斋在北天仍旧独树一帜。圣教中有谁受了伤，自有牛神医救治，龙门虽不属圣教，却是圣教同盟，牛神医给医治，也不为过，只是不知道他又能提出什么条件。

却说这日，牛通寿带着怜香，辞了众人，带着几个弟子，经由圣教向西而去，直奔北天蓼风斋。

众人行了几日，鞍马劳顿，终于来到了北天蓼风斋。早有圣教教徒在蓼风斋门口迎接，见牛通寿和怜香二人下马走来，连忙分成两列，躬身行礼道："恭迎两位护教圣使驾临！"见那牛通寿更不答话，径直向蓼风斋内走去。怜香从小是孤儿，被方仲捡回圣教，悉心抚养，虽为护教尊使，却从未踏出圣教之外半步，更不知圣教护教尊使在北天竟有这般尊贵待遇，实在超出自己想象。

怜香跟随牛通寿向内走去，见那蓼风斋虽是身处北天，边上却是有山有水，一派江南田园风景，虽然小巧，却不失玲珑。蓼风斋只有一重院落，构造简单。进入大门，牛通寿回身笑道："欢迎妹妹光临寒舍！"怜香道："一代神医生活竟然如此简单，实在难以想象。"

二人还未走到正厅门口，就听里面一声道："不肖子孙，你竟也知道回来了？"

牛通寿听了，不免尴尬，道："爹，外人在这，你怎可这样说我？"牛通寿记起规矩，外人来访，一律站在正厅之外。只见那老者坐在窗户旁，仔细端详着二人。

原来那说话者正是牛会仙，牛神医道："你不承继祖业，非要学习武艺，不学无术，不是不肖又是什么！便是天王老子来了，我也这样说你！"

牛通寿听了，也不答话。许久，听到正房之内的牛神医道："这个小姑娘是谁，怎么见了本神医也不说话了？"

怜香见他不顾牛通寿颜面，对自己也甚是无礼，便也有些生气，道："天下自古都是别人称神医，哪有自称神医的道理？"

牛神医大怒，道："小丫头也忒不懂事。我的儿，你怎么把这样一个丫头带了回来？"

牛通寿道："这是我的师妹，方仲老圣主的干孙女儿，今日带她前来，是为有件事情要求你。"

牛神医道："方老爷子的干孙女儿？哈哈，模样倒还标致，只是脾气急躁了些。我早说过，他身体不好，不能和别人大动干戈，结果他心急，不听我的话，这便送了老命。这回他孙女儿前来，莫不是来向我赔不是的？"牛神医明知故问，语气甚是高傲，故意摆出一副不着急的样子。

怜香强压怒火，道："这次不干我爷爷的事。只是晚辈入了龙门，龙门的寒月师父日前受了重伤，昏迷数月，眼下别无他法，只好来求求前辈，看在圣教龙门结盟的份儿上，能否高抬贵手，代为医治？"

牛神医大笑道："笑话，单凭圣教之盟，我就得治病。若是圣教一统江湖，那老夫我岂不是要忙死？不过圣教这个面子，我还是要给的。小姑娘，老夫我看病是有条件的，不知道我那小子跟你说过没有？"

怜香道："我听牛大哥说过。要什么条件您请开口，晚辈一定尽力去办。"

牛神医道："外面都叫我'牛阎王'，我虽有些医术，却绝对不敢和阎王作对，我只能在阎王爷打盹的时候换个名字罢了。要不然，他勾名字我留名字，这不是跟他作对么？我可怕阎王爷找我算账。只有你先杀个人，我才能救你师父，这样咱们也算不妨碍他老人家办事。你说呢，小姑娘？"

怜香道："如此甚好，不违天命。敢问前辈，想要我们杀谁？"

牛神医道："爽快！你们是龙门的，我听说最近龙门称霸中原，号称一大门派。什么舟山的墨虚、通天居的司空端、应朝寺的智通、亳州的高大力、宝峰观的六个道士、瑞鹤临江楼的玉代天夫妇，跟你们作对可没有一个好下场。你们龙门叱咤武林，可说是什么人都能杀。"牛神医不出家门半步，却早已将江湖大事了如指掌，实在令人佩服。

顿了顿，牛神医继续说道："我的要求不高，你听好了，我要现任青城剑派掌门王种坤的项上人头！"此语一出，足重千钧。两人大惊。

怜香道："前辈，能不能换一个人，这个人龙门恐怕一时杀不了。"怜香知他武功高深，不是轻易可以杀的。

牛神医道："他与老夫我有仇，你帮了老夫这个忙，老夫我才能救你的师父。明白了么？你杀了他，我要你把他的人头给我拿来，送到我这里，为了防止你找人代替，我还要青城至宝倾城绝剑为证，去办吧！"

怜香不知道该如何办，跟这个牛神医说了半天，牛神医也不再说一个字。怜香知道此事已经没有回旋余地，万分艰难，事已至此，就算不行，也要回去和师父商量商量。

于是二人回到宸阳宫，面见东方鸿宇等人。

怜香说明那牛神医的要求以后，众人也都吃惊不已。李知兴深叹一口气道："想不到他还记恨此事。"

东方鸿宇问道："叔叔知道这原委？"

李知兴道："老夫确实知道，不过请贤侄见谅，为了神医的面子，老夫还不能说。老夫只能说，此事事关蓼风斋、青城剑派以及湘南方府，无甚紧要，倒也有趣，是神医的脾气。"

众人听了，也都不再问起。唯有曾相兴致勃勃，跑到李知兴身边打听，李知兴笑而不语。牛通寿虽未说话，却对李知兴敬重有加，更加讨厌曾相之言行。

怜香知道此事重要，记起了龙天的交代，于是连忙叫上朱瞿，辞了众人，与朱瞿一道返回龙门。东方鸿宇立即教朱瞿回去，代表圣教看望龙天等人。

于是朱瞿、怜香二人辞了圣教众人，快马加鞭，日夜兼程地奔回龙门。

却说龙天见到二人回来，便知此事没那么简单。听了怜香的禀报，龙天打定主意，决定暗杀王种坤。因而龙天对朱瞿道："瞿儿，此事你怎么看？"龙天明知故问，是要看看朱瞿的心意。

朱瞿道："寒月师父待瞿儿如亲儿子一般，从小抚养瞿儿长大，又亲手传授瞿儿武艺，瞿儿感激不尽。眼下寒月师父为了龙门基业永固，和师父出去打拼，受了重伤。瞿儿救师父，自当是应该的。只是这神医开出的条件确实有些难以满足，青城剑派掌门武功高深自不必说，就单单是他深居简出，也是难以得手。我们若是这么等下去，只怕师父的伤势再难好转。"

龙天向来欣赏朱瞿，因他重情义，有主见，不似朱殇般唯龙天、寒月命令是从，是个冷血杀手。在龙天看来，朱瞿成熟稳重不张扬，处事老练有善心，实在是能成大器的人物。龙天当初也不愿朱瞿前去圣教，怕朱瞿到了圣教为他人所用，难以再为龙门效力，又碍于寒月要求，才不得不忍痛割爱。若不是这次寒月伤势太重，不救龙门难以自保，龙天也并无什么机会召朱瞿回龙门。龙天在这时，最想听听这位高徒的意见。今日见他谈吐大方，举止得当，分析事情也头头是道，心中满是赞许。但听到朱罹这般说辞，自己也有些糊涂，搞不懂他是什么意思。

于是龙天问道："那依你所见，此事该如何是好？"

朱罹道："以徒儿愚见，不如另请高明，徒儿听通天居司空师父说起过，西北大荒山有一前辈名为万木春，人称'毒手药神'，目前隐居北天，门派名唤'万寿谷'。不知请他来，可否？"

龙天听闻，心知有愧于通天居，即便是找到了，提起龙门，那人也不会医治。龙天想到这里，对朱罹有些失望，便责怪朱罹道："这人与通天居交好，又怎么肯出手医治你寒月师父？你这想法，未免也不够周到了。"

朱罹道："徒儿只是考虑到这人不似那'牛阎王'一般冷漠无情，提出这般无理要求。所谓医者仁心，我们求求他就是了。此人行医六十年，也未出过什么差错，不也是比那'牛阎王'的经验多出许多？"

龙天听了，心想朱罹说的有几分道理，便放下脸色，道："依为师看，'牛阎王'没有八分把握，是不敢向我等先要人头，再去救人的。你说的那姓万的，就算医术高明，我们一时也找不到他。眼下有条明路，倒不如硬着头皮走下去，看看是什么结果。"龙天显然反对找寻"毒手药神"。

顿了顿，又道："这个'牛阎王'我还知道些底细，此人的父亲牛逸凡便是当年北天旧派始皇楼'骊山四公'之一。后始皇楼树大招风，竟可与圣教匹敌。圣教下令清剿，终究略胜一筹。这牛逸凡号称妙手回春，然武功低微，被方仲老圣主逮个正着，从此便给方仲老圣主看病，十几年前暴病而亡，竟然无人能治。始皇楼在时，牛会仙按照牛逸凡安排，另立门户，自号'蓼风斋'，从此以看病为生，也算是远离了宸、皇争斗。谁知此人看到父亲下场之后，便觉天命有数，不可得罪阎王，于是救人时便要人先杀一人，以期在生死簿上换个名字。此后看病人数不减反增，由是创下了名号。"

龙天道："罹儿，这样罢。你与殇儿一同前去青城剑派，你二人趁夜潜入其中，引诱王种坤出来，再施偷袭便可，成与不成，就看造化了。为师留下，同怜香一起照顾你寒月师父，并镇守龙门。"

朱罹面露难色，自己说的龙天根本不当回事，于是道："师父，不是徒儿不孝顺，实在是情非得已，力不从心。一则不能杀害无辜之人，再掀仇浪；二则我二人不会是王种坤的对手，实难取胜。请恕徒儿不能领命！"

龙天道："无妨，为师不让你杀人。你只需潜入青城剑派，将王种坤引出来，剩下的交给殇儿和小荣便是。暗杀方面，殇儿更为在行，无须你来出手，这倒也不算是你的罪过。为师师命已下，不可更改，师门规矩你是知道的！"龙天言语中软硬兼施，逼迫朱罹就范。龙天所说的小荣，却是龙门联系的一位成名杀手，名叫何向荣的，此人师出川南玉龙会，而后脱离玉龙会自立门户，是川南一带一等的杀手，那玉龙会出了十好几位杀手，在江湖上也都是臭名已久的。

朱罹想到龙门对于自己有恩，又不让自己去杀人，便动了心思，方欲讨价还价，朱殇突然出现。

只见朱殇满脸杀气，提剑而入，道："师父请放心，徒儿和师兄去办，师兄若有闪失，有徒儿在。"言罢狠狠瞪着朱罹。朱罹明白，若是自己不能完成任务，朱殇定会先对自己动手。

朱罹见状大怒，道："为了救人，再去杀人，这究竟是善是恶，徒儿想不明白！"

龙天笑笑，走到朱罹身边，在朱罹耳边轻语道："救你师父，是天经地义的事。司空玉璋那老匹夫向来视我龙门为眼中钉、肉中刺，妄图早日灭我龙门，为师对于他也没什么好感。如今你去救你寒月师父，为师感动不已，对于他的无礼，为师也就不再追究；若是你再有半分犹豫，为师可难保他了！"

朱罹想到自己虽不惧怕朱殇的武功，然与龙门此时撕破脸皮、令恩师司空玉璋陷入危境总不大好。

朱罹眼看不能再反抗什么，便应了下来，心里思量着如何将此事做到两不相欠。

如此，朱罹、朱殇前往蜀地青城剑派，一场由朱罹、何向荣主导，朱殇督战的刺杀行动就此展开。众人约定在成都城与何向荣会合，准备暗杀王种坤。未知后事如何，且看下文分解。

第十三回
俊兄弟正邪论成都　俏男女生死议临江

却说上回，朱翟、朱殇两兄弟自龙门出发，为救寒月前往青城剑派，准备刺杀青城剑派掌门人王种坤。二人奔驰数日，终于来至青城山下成都城面前。二人商议，在此地歇息几日，朱殇先行联系何向荣，到时商议计划，伺机而动。

翟、殇二人来到成都城门口，骑马走了进去，见此地繁华非常，人员往来甚是频繁。大街之上，有步行者，有骑马者，有坐轿者。街上略显拥挤，文人墨客、刀剑侠士、富商巨贾、达官显贵、布衣百姓，实在是各种人士齐聚，应有尽有。翟、殇二人从未来过这种大城市，便觉新鲜许多，眼看各处，都觉得很合心意。两人走到一家客栈边上，抬眼看这家客栈名为"龙腾客栈"，心下也觉得十分吉利，便让人把马牵走，住了下来。

到得下午，朱殇已经和何向荣取得联系，原来他前几日有事耽搁，迟了一些，约莫次日晚上可以赶到。朱殇暗骂何向荣耽误时间，朱翟却因此庆幸，准备想个转圜之法。

于是二人入定，坐在桌边。

朱殇首先开起话头，问道："师兄在圣教过得好么？几年不见，你瘦了许多。"

朱翟微笑，看起来那般迷人，道："弟弟牵挂，愚兄在圣教一切都好，大家对愚兄很是照顾。只是一直想念龙门，若是我们能整天在一起，该有多好！"

朱殇道："就算师兄回到龙门，我们也不见得天天在一起。江湖事大，龙门事务繁多，大家出生入死，倒不如你今天过得逍遥自在。圣教一统北天，南下武林，已是无后顾之忧，你这份护教尊使的差事，也算清闲。"

朱罹道："愚兄是说，不如回到小时候。小时候，我们两个一起在会龙亭下，假山石旁玩耍，你都还记得么？那时的我们该有多快乐，没有打打杀杀，没有你死我活，只有一起玩耍的天真。龙天、寒月两位师父就坐在亭子里看我们，心中满是怜爱，不似今日龙门这般无助。"

朱殇道："小时候不懂事。两位师父辛辛苦苦养我们这么大，我们长大了也该回报他们，替龙门担当些什么，我倒是很喜欢现在这样的生活。"朱殇此语，仿佛暗讽朱罹知恩不图报，对龙门没有担当。

朱罹道："师父们老了，我却不知该怎样报答。你说替师门打打杀杀就是保卫龙门，报答养育之恩，我却不这么认为。我以为，在他们生病时，替他们熬上一碗药，送他们终老已是孝顺。如果再能生个孩子，给他们享受天伦之乐，那就更好了。"朱罹此语，意在反驳朱殇的孝顺思想，牵引他回归正道，不要再打打杀杀地生活。

朱殇显然并不这样想，他认为朱罹似有退缩之意，于是道："师兄难道不知道么，那日应朝寺秃驴妄想联合各派，围剿龙门。若不是弟弟前去阻拦破坏，龙门如何立足至今日？我不管什么应朝寺智通，还是青城剑派的王种坤，谁要是威胁到师父们的性命，谁就得死，我绝不允许任何人危害两位师父，我要让师父看到咱们龙门一统中原、称霸武林的那一天。而那一天，需要咱们这些徒儿出力啊，师兄！"
朱殇言语甚是激动。

朱罹道："不管怎样，龙门终究是邪派，整天杀害无辜，更不要
说为武林做贡献，只怕连安分守己也不能。这几年，在寒月师父带领
之下，龙门又杀了亳州高力神，清剿宝峰观，还有最近的瑞鹤临江楼，
据说大火熊熊，里面的人尸骨无存。这一桩桩一件件，不都是龙门欠
下的孽债么？"

朱殇道："你这般侮辱师门，究竟有什么好处？龙门扩张版图，
他们便眼红，个个扬言纠集那帮乌合之众来灭我龙门。武林自古以来
便是强者为王，为什么龙门强大，他们就要一起消灭？我不明白，还
是他们本就该死？"

朱罹道："我们为了扩张地盘，杀死了当地的一方强者，武林
人士见我们这般粗鲁，自然人人自危。况且每个人都有至亲好友，
如果看到自己的亲朋死于非命，谁不是伤心欲绝？寒月师父此番劫
难，虽是意外，实是命中定数。以暴制暴，请问师弟，冤冤相报何
时了？"

朱殇道："我不管这些，我龙门创业至今，万般辛苦，谁人晓得？
那些小门派，他们不思进取，安于现状，看见龙门扩张地盘，他们
又百般阻拦，究竟是何道理？殊不知龙门今日背后究竟有过多少血
汗，在别人背后动刀子、做手脚，这些难道是所谓的名门正派之作
为么？有本事与我们正面较量，纠集一群人和我们作对，算什么英
雄好汉！"

朱罹道："弟弟，你陷得太深了。哥哥要怎么解释你才明白？龙
门养咱们这么大，教咱们武功，就是让咱们冲锋陷阵，为龙门打出一
片天下。难道我们不能为两位师父做点别的么？龙门这么大的门派，
一定要靠打打杀杀才能站住脚跟么？"朱罹此番冷言冷语，实是将龙、

寒二人的罪行放在心头，更将其养育之恩抛在脑后。龙、寒二人虽然不是什么善人，然平心而论，对罹殇这对兄弟也算是疼爱有加，并非尽如朱罹所言，急近功利。

朱殇连连摇头，道："你已经不是我认识的那个师兄了。我小时候的师兄，武功胜我一筹，对师父极其孝顺，这些年你怎么好像是变了一个人似的，弄得我都有些不认识你了。师兄，师父对你的好，你大概都忘了罢？"朱殇有些哽咽，见朱罹这般劝阻他，心里十分失落，脸上表情惹人心疼。眼前的朱罹，弄得他一点都不亲了。小时候，他们两个是最好的玩伴，一起吃饭，一起睡觉，而现在，阔别数年的师兄竟也像是变了一个人，两人的认识差距如此之大，令朱殇有些不敢认了。

朱罹道："师父待我恩重如山，我为师父付出多少也难报万一，我只要活着一天，便要记住这个道理，让师父开心。可是师弟，你想过没有，为了师父这次的康复，我们要将武林一大门派弄得上下大乱。江湖上再掀腥风血雨，你觉得心安么？"朱罹显然是要规劝朱殇，停止错误行为。

不想朱殇被他这一激，火了起来，怒道："你滚，你现在就滚！就当师父没养过你，就当你是没爹生没娘养的，就当你是从石头里蹦出来的！"言语之中，甚是激动。

朱殇拍案而起，想到寒月现在尚未苏醒，便大哭起来。哭声动人，使朱罹也不得不为之动容。朱罹眼角泛起泪水，走上前去，将朱殇抱入怀中。朱殇想要挣脱，却被朱罹紧紧抱住，最后也用双手环抱朱罹，两人紧紧抱在一起。

朱罹本想安慰朱殇，却不想被朱殇感染，想到此前寒月对自己的种种好处，又对自己寄予厚望，百般赞赏，心里十分不快，便也默默流泪，暗自心痛。

而朱殇此前接到龙天密令，若是朱罹半路不从，可以逼之就范。朱殇心里打定主意，如果朱罹此番有不从之事，便痛下杀手，自己虽然不一定打得过朱罹，至少也要让朱罹知道自己的决心。然此时见朱罹安然坐在自己面前，自己竟然下不去手。又想到寒月伤重，自己连分担的能力都没有，便急得大哭。朱罹上前安慰，毫无防备，自己的腰间就藏着一把匕首，若是偷袭，只怕也能得手，偏偏不知怎么下不了手。知道朱罹并无恶意，这下懊悔差点动了杀机，又急得痛哭。

有道是"男儿有泪不轻弹"，这下两人为了寒月大哭不已。两人从小命苦，生逢乱世，龙寒二人含辛茹苦，抚养他们长大。虽说长大要为龙门效力，成为杀手，然龙寒二人都未成婚，膝下自然无儿无女，也把罹殇二人当作自己亲生的儿子一般，教他们认字读书，习武练艺。虽然朱罹先后拜师通天居和圣教，与龙门往来并不多，可说是几年才能回来一次，甚至在知道龙门过往之后有些耻于和龙门相往来。可是龙寒二人从未责怪过，反而鼓励朱罹在外面闯荡，早日干出一番事业。杀人虽不对，然两人孝心又令人顿生悲悯之情，让人心疼。寒月确实不该救，但也不该这么死去。

朱罹抱着朱殇，以右手抚摸朱殇脑袋，柔声道："弟弟别急，愚兄答应你，一定把师父的伤给治好了。就算赴汤蹈火，咱们也在所不辞。"

朱殇听了，安下心来，止住了哭声，仍然紧紧抱着朱罹，口道："哥哥，哥哥……"与朱罹紧紧相拥，不愿撒手。朱罹见朱殇不再哭泣，又柔声道："哥哥还是你的好哥哥，好弟弟，别再哭了。"朱殇只是轻轻抽泣，更不作声。两人重新坐了下来，朱殇日夜劳顿，不出一会儿便在朱罹怀中睡着了，朱罹将朱殇放平躺下，让他睡好。

朱罹把朱殇安顿好，便开始思量。为了救一个人而去杀一个人，这种做法看似公平，却是大奸大恶之所为。自己虽然力量小，但也绝不会助纣为虐。否则杀人医好了寒月，她照样会带领龙门杀尽小帮。

朱罹觉得，他根本没法阻止龙门的行动，既然游说失败，那便索性不去了，到时何向荣和朱殇眼见不是对手，也不会贸然进犯，而自己去西北大荒山寻找"毒手药神"便是。凭借圣教在北天的实力，在北天找到一个门派应该不难，哪怕掘地三尺，也要把他找出来！

于是朱罹打定主意，不再帮助寒月杀人，转而去寻找"毒手药神"治伤。

次日晚间，何向荣果然来到客栈接头，他是西蜀成名的杀手，朱罹看了他，也觉得非比寻常。

这日，朱罹、朱殇和何向荣前往青城山下，意在陪同朱殇一道勘察地形，设计好进攻和逃跑路线。朱罹此时已是心不在焉，并不放在心上。此地翠竹悠悠，绿树擎天，微风过处，自然多一份清新。实是修道养生之所，长居此地，想要长命百岁都是易事。

三人经过一番勘察，决定由朱罹深夜潜入青城剑派，制住守门弟子，假装盗剑引出青城剑派掌门人王种坤，一路奔至山下。在空旷山野，何向荣伏击而出，从王种坤身后动手，以期顺利得手。朱殇在一旁观战，眼见形势不好就来打个出其不意，杀死王种坤后，将其头颅割下，藏在包里，带回客栈。

三人考察过后，回到客栈，准备在一个月黑风高之夜，伺机动手。

一夜，月色皎洁，朱罹、朱殇同床共枕。朱殇道："哥哥，你说，我们是兄弟么？"

朱罹道："当然是，你我从小一起玩耍，当然是生死与共的好兄弟。"

朱殇道："我是说，你我是骨肉兄弟么？"

朱罹闻言犯了难。从那日墨虚死后，两人身中奇毒便失去了记忆。只听过寒月从小教导，说这两人本都是小农之家，难民之后，出自不同家庭，父母早亡，都被寒月捡回收养。哪知寒月为了防止二人查出身世、联合起来不听命令，特意编造两人不是亲兄弟。加上这二人脾气秉性迥异，自己从未想过这个问题。

于是朱罹道："不会吧，师父不是说过，咱们生长在不同家庭，都是父母早亡，由师父捡回龙门的么？"

朱殇道："话虽如此，可是我怎么也想不起来到龙门之前的日子了，难道我们从小生长在龙门，自己竟然不知么？"可怜这两人，明明是亲兄弟，却都不知道，白白被寒月利用，彼此独立，为龙门卖命十几年！

朱罹道："不知道。你想这些干什么，早些睡了罢！"朱罹过度劳累，说完便睡下了。朱殇再说，无人回应，愣神想了许久，就是想不起来以前的日子，也便不再去想，早早睡了。

朱罹眼见行动就要开始，实在不忍对王种坤痛下杀手，所以这日晚上，朱罹趁朱殇睡熟，便走了开，孤身前往北天，准备发动力量寻找"毒手药神"治伤。

却说第二日朱殇、何向荣会合，不见着朱罹的身影，却见房中留下书信，言说了情由。朱殇气得大骂朱罹不义，这两人也没办法，玉龙会的好手都在执行暗杀买卖，谁也腾不出手，于是朱殇不想再等，便和何向荣商量着碰碰运气。何向荣一面是答应了龙门，一面是龙门出价太高，他也不好回绝，于是只想这一次富贵险中求，也便勉强答应了。这么一来，朱殇便不再督战，而是等何向荣引来王种坤后立即偷袭。

这一日下午，朱罹沿着青城山后山官道行进，北面山路堵塞，他便准备南下岷江走一段水路。朱罹遮好龙门令牌，免得徒生事端。路过瑞鹤临江楼，见门口守卫依旧，不似大伤元气一般，向内望去，里面屋舍殿宇整齐大方，心里便有些欣慰。虽然此事与自己无关，现在寒月也受到了惩罚，然自己终归是龙门中人，来之前总觉有愧，因而朱罹此时心情十分沉重。

朱罹钻进临江楼对面的竹林里去，他不愿临江楼看到他这个"罪人"。走着走着，就见前方不远处有一白衣女子。这女子背对自己，从背影看，那女子身形娇小，乌发垂肩，年纪与自己相仿，应该是个少女。只见她远望竹林，背手而立，令人顿生敬意，只想这么远远地望着她，却不敢走近，想来这女子转过身来也定有几分姿色和韵味。

朱罹看得有些发呆，自己自幼在龙门长大，替龙门做事，走遍半个中原，直至北天圣教，天下的女子自然是见了不少。只是如此端庄大气的女子，自己当真不多见。一时间，竟然忘了在竹林中该去向何方，迷了路。

朱罹心想，反正自己也想见见这位少女的花容月貌，倒不如问问她，也好见识见识。

于是朱罹高声问道："这位姑娘，在下想借问一下，渡口该怎么走？"

那少女闻声回头，朱罹见得，愈发呆了。想不到天下竟有这样美貌的女子！只见她圆脸润眉，杏眼樱唇，乌发飘飘，傲然独立。那少女见朱罹生得龙眼凤眉，面若冠玉，也是有了些许触动和惊奇，连忙微笑示意朱罹，心中泛起点点波澜。

夕阳西下，鸟鸣归巢，好似自然天籁一般在旁边伴奏，尽管有着些许凄凉，却也有着几分隐匿，这分半遮半掩，倒增添了不少趣味。此情此景，正所谓是"曲调将半，景落西轩；悲商叩林，白云依山。"

朱罹走了过去，细看那女子，堪称是瑰逸令姿，旷世秀群；艳色倾城，比洁鸣玉。一举一动，应时应景，真当是"仰睇天路，俯促鸣弦；神仪妩媚，举止详妍"的仙女。不但生得漂亮，就连她一颦一笑、一举手一投足都能显出大家风范。朱罹心潮澎湃，自以为看到仙女下凡尘，心中顿时爽朗了许多。这件白纱衣，朱罹似从哪里见过，却怎么也想不起来。

那女子正是玉冷二人的遗孤至爱、掌上明珠，现任瑞鹤临江楼掌门人玉参星是也。

玉参星微笑道："这位少侠一定是迷了路，如不嫌弃，就让在下代为引路罢。"玉参星说起话的声音更是动听，朱罹觉得甜甜的，甚是好听。

朱罹忙道："那就有劳妹妹了。"

玉参星领起路来，问道："这位少侠，前去，请问可是外地来的贵客？"

朱罹支支吾吾，答道："在下乃是中原人士，来此游历数日，想要走一段水路回去。"蜀地酷热，朱罹打开黄天与尊扇，扇起风来。

玉参星回过头来，见朱罹手中拿着黄天与尊扇，惊道："少侠手中的，可是黄天与尊扇？"

朱罹道："正是，姑娘你也认得这把扇子？"

玉参星道："早先我随父亲母亲一同前往通天居拜会司空端老前辈时，他请我们观看玉露堂中的宝贝，最出名的要属这把黄天与尊扇。它由江西白府当家人白依广亲手制作，赠予好友司空端。想不到，今日还能一见。不知能否再给我看看？"

朱罹道："当然可以，姑娘请看。"言罢将黄天与尊扇递了过去，玉参星接过与尊扇，仔细端详，见上面有白府独家印章，更有通天居独门宝物"金身液"印记，再看那扇骨确是楠木无疑，因此确认朱罹是通天居弟子。

于是玉参星将扇子送回，笑道："果然是把好扇子，不愧为'天下第一扇'。"玉参星这下才对朱罹放松了警惕。

朱罹道："如此，姑娘一定对司空玉璋老先生不陌生了？"

玉参星道："岂止不陌生，父亲与司空玉璋老先生情交莫逆，是多年的好兄弟。半年多前的通天居大会，父亲母亲受邀参加，还带上了我。"

朱罹一听，便知此女子身世不凡，竟然受邀参加通天居大会。于是拱手问道："在下朱罹，乃是通天居司空玉璋老先生座下弟子。敢问姑娘尊姓大名？"

玉参星道："原来是司空前辈的高徒。在下玉参星，见过朱公子！"言罢欠身行礼。

朱罹听了"玉参星"三字，便想起那日通天居大会时那个司空玉璋说起过的，站在玉代天身后，时刻守护玉代天的玉参星。只是那日人多，玉参星躲在玉代天身后，未曾见到面貌。这玉参星本来是苏州海门人氏，玉代天与冷莘茹年少踏足舟山岛学艺，后离舟山岛私奔，来到了成都。而今玉冷二人惨死自家，只剩下玉参星孤零零一人度日。想到这里，心中对这位美貌女子便多了几分同情，她父母惨死龙寒二人手下，朱罹更是定下心意，绝不再为救寒月，杀一个无辜之人，于是道："姑娘原来是瑞鹤临江楼掌门人，失敬失敬！"

玉参星于是定下来，道："朱公子客气了。今日参星见到父亲故人的高徒，心中十分激动。不知公子事情是否紧急，可否赏光到临江楼中一叙？"

朱罹听罢，想到并无什么事，于是道："不急。令尊既是家师的挚友，在下与姑娘也算是相识，这也便是访友了。姑娘如不嫌弃，就请前面带路，进临江楼一叙。"朱罹也想看看临江楼之内究竟是个什么现状，正好代司空玉璋看望，便同意了。

玉参星道："那么朱公子就这边请吧。"于是朱罹跟随玉参星前往瑞鹤临江楼而去。

却说走出竹林，便来到了瑞鹤临江楼门口。此时已近黄昏，临江楼守卫仍然在门口把守。两个守门弟子见了玉参星，拱手作揖道："恭迎掌门！"玉参星微笑点头，继续向里走去，不时回头，示意朱罹。朱罹见里面虽有大火痕迹，却也是几经打扫，收拾得还算整齐，心里便安了许多。

玉参星将朱罹引进正厅，两人坐定。玉参星道："通天居贵客光临寒舍，寒舍破败，让朱公子见笑了。"

朱罹连忙答道："无妨，玉掌门客气了。临江楼虽小，然玉掌门心思细致，打理得井井有条，上下一派安逸祥和，在下十分喜欢。"朱罹方才见这山庄之中，不管是弟子还是家仆，见自己到来都很欢迎，山庄上下一片和乐，想那玉参星将废墟之地弄得今日这般，也属不易，心生佩服。

玉参星道："朱公子过奖，父亲母亲走后，参星每日痛苦，也无甚心思打理山庄，这些都是弟子仆人们自己弄的。"言罢，似又想起那日惨烈之情景，内心哀痛，举手拭泪。

朱罹见了，也不免同情，于是劝慰道："在下有一言，望姑娘听取。人生在世，不过百年。生死之事，并非你我可以做主。逝者已去，生者不妨坚强。在下生于明末小农之家，到了战祸之时，父母死于非命，几经辗转，才到了通天居司空老先生门下，现在不是一样过得很好么？"朱罹此语，实是当初寒月欺骗自己编给司空玉璋听的，此时用来开导玉参星，倒也并不为过。只不过朱罹没有想到，自己骗了司空玉璋，自己倒也是被骗者，寒月一句随口谎言，到现在骗了朱罹、朱殇十多年！

玉参星道："想不到朱公子也是苦命人。较参星而言，朱公子享受的父母之爱更是少了。参星只是想不开，父亲母亲那么好的人，怎么偏偏就落得这样的下场！"

朱罹道："玉掌门想得多了。在这世上，有着太多的不公。令尊令堂都是在下心里的榜样，却遭人残害；龙门行事残忍，杀人不眨眼，却是开创出了一番天地。我父母更是本分做人，前朝崩倾，却弄得死无其所，同那无数难民一样横尸街头，这岂不是更大的不公平么？若是这么想了，那朱罹一辈子也不能开心了，整天生活在忧郁之中，人生岂不是失去了太多光彩？"

玉参星道："多谢朱公子开导参星，参星更要学习你的看法。也许是参星想得多了，看到这山庄里的一草一木，都想到逝去的双亲，他们活在参星的幻想里，参星也愿意沉浸其中，不愿自拔。"

朱罹道："玉掌门客气，阁下这么好的人，将来一定会过得很幸福。这么大的山庄都是掌门的，阁下应该知足了。哪像在下，流浪江湖，居无定所，最近几年才找到司空老先生拜师学艺，这才安定下来。现在每日替师父奔波，寒来暑往，在下的家，恐怕也只有司空师父一个人罢。今日见掌门这么安逸的日子，在下打心里羡慕。"

玉参星道："有劳朱公子照顾司空老先生了。参星改日一定登门拜访，看望司空老先生和朱公子。"

二人又聊了片刻，言语甚是投机，也都对彼此产生了好感，

　　临走之际，玉参星多有不舍，欲留宿朱罹，朱罹无奈有事在身，只得告辞。玉参星指明了道路，朱罹依言而去，两人相见恨晚，依依惜别。

　　却说何向荣跑去青城山后山下山道口的官道勘察一番，回去成都城，见城门紧闭，遂使钩索钩住城墙，攀了上去，又使轻功飞回客栈，歇息下来。朱殇见何向荣回来，便与之商议。两人商定，次日午后出动，晚间伺机而动，准备伏杀。

　　一场大战一触即发，下回见分晓。

第十四回
战青城剑者死非命　斗龙门朱殇确无情

上回说到，朱殇、何向荣两人准备伺机动手，刺杀青城剑派掌门人王种坤。这日两人一起出发，带好夜行服，准备晚上穿在身上，方便行事。

却说王种坤此人乃是故青城剑派掌门人、青城剑尊莫清泓的二徒弟。青城剑派自莫清泓下，共有两个徒弟。大徒弟陈云生，武功平平，对师父极其尊敬，师徒情深，并收徒一人，名为周穆。二徒弟王种坤，虽有些不服管教，然习武天资优秀，加上人又聪颖，因此武功颇高，深得莫清泓真传。莫清泓十分爱才，选人不拘一格，非常欣赏王种坤，多次表现出栽培之意。久之，王种坤转而对莫清泓尊敬许多。因莫清泓自号青城剑尊，王种坤便退求其次，自号青城剑者。

王种坤收徒两人，大徒弟名为左容道，此人虽有习武之资，武功高卓，手下不乏好手，但是为人自私，急于功利，难以亲近，众人多有不服；二徒弟名为金建德，此人武功略逊于左容道，然为人宽厚豁达，心存仁义，乐于结交朋友，似此堪当大用。两者各有优点，然王种坤权衡利弊，终究是偏向金建德多些。

于是上个月，王种坤准备考验二人的能力，以最后胜负令左容道心服口服，安心辅佐金建德。

王种坤与司空玉璋相交甚厚，准备邀请司空玉璋前来青城剑派做客，一来感谢那日通天大会后司空玉璋帮助善后，二来准备叙旧。于是王种坤命令二人各自准备一张请帖，在十五日之内将请帖送到通天居司空玉璋手中，并将司空玉璋答复交与王种坤手中，并不准使用同一办法。

两位弟子各自行动起来，准备好请帖后，两人一起下山进入成都城，准备找个法子将信息传到通天山上。

左容道找到驿站，从那里面找到一只信鸽，将请帖绑在信鸽上，让信鸽飞往通天山下面的景元城驿站，信中指令，教驿站中人重新将请帖抄录一份，恭恭敬敬呈到司空玉璋手上，并请求回帖一封，由信鸽捎回。

金建德见左容道奔驿站而去，也是不甘示弱。金建德与应朝寺智通大师交往甚密，智通大师觉得他与佛家有缘，便结下了情谊。金建德平日里时常飞鸽传书与智通大师，于是这次金建德准备求助于应朝寺智通大师，请他派两个小师父前去通天居传信，并将司空玉璋的回帖以信鸽方式回复。

那司空玉璋在家中修炼，首先收到了景元城驿站的请帖。因自己不大方便，便令那驿站之人代笔回信一封，言说自己即刻动身，大约那月廿六到达青城山拜会。

过了九日，左容道收到回帖，急忙返回青城剑派，回复师命。

不想应朝寺智通大师自从被废武功之后，每日饱受寒热交替之苦。司空玉璋收到景元驿站来信次日，又收到了应朝寺小师父的邀请帖。应朝寺小师父还说自己师父智通大师寒热病又犯了，想见见司空玉璋。司空玉璋念及朋友情分，便对金建德亲笔回了一帖，言说自己须得陪智通大师些时日，此请只怕要耽搁。因他事先不知道王种坤之用意，遂先后给了两种答复，以为王种坤收到后来的信，便知自己一时不会去了。

却说王种坤收到左容道呈上来的帖子，见不是司空玉璋亲笔所写，便有所怀疑，觉得左容道弄虚作假。左容道百般解释，并说可等到廿六日看看司空玉璋是否能来，王种坤将信将疑，收下了回帖。等到次日，金建德拿回帖子，王种坤见是司空玉璋亲笔信，帖子上又写明司空玉璋看望智通，不会前来，王种坤便勃然大怒。叫来两人对质，两人各执一词，各不相让。

王种坤平日里就偏向金建德，加之左容道稍快一天的帖子并非司空玉璋亲笔，使得王种坤认定左容道作假无疑。左容道好说歹说，教众人等到廿六，结果众人一直等到这月初十，司空玉璋也没有来。这下左容道无话可说，被杖责六十，关了十天禁闭。王种坤将于下月宣布掌门继任者，众弟子忙活起来。众弟子见左容道被关禁闭，金建德安然无恙，便也都知晓，对金建德恭维有加。左容道本该是青城剑派掌门继任者，却因天公不作美，使之与一派掌门之位失之交臂。左容道心里冤枉，想到平日里师父便偏向金建德，就更是气愤，于是在十日禁闭过后，对王种坤动了杀机。

左容道夜里下山，从建福宫众道士的炼丹房里盗走了大量砒霜，以面粉替之。砒霜本是正骨之良药，因而正骨丸中加入极少量的砒霜有助病人恢复。建福宫道士若是遇到跌打损伤等，均可用正骨丸治疗。

这日，正是朱殇、何向荣两人上山准备暗杀王种坤之日。当天晚上，左容道前去王种坤房中，自称是认错赔不是，说自己不该欺骗师父云云，暗自在茶和糕点里面下上砒霜。因为砒霜属剧毒，因而左容道放得极少，王种坤自然没有发觉。

等到侍候王种坤睡下之后，左容道回到房中，夜不能寐。待众人都睡下之后，左容道仍是翻来覆去，孤枕难眠。

　　此夜月黑风高，朱殇、何向荣两人骑马由官道来到青城后山道口，将两匹骏马拴在树林隐秘之处，穿好夜行服，朱殇在草丛之中伏定。两人约好，何向荣前去青城剑派，引诱王种坤来到后山，而后朱殇伺机杀之。

　　王种坤因服了剧毒，夜里也是不能睡着。因为左容道不敢多放，王种坤没有活动，所以不觉中毒，只是难受得紧，原来毒液已经进入体液，救治已迟。

　　入夜之后，青城剑派守卫依旧不敢懈怠，严防死守。何向荣使轻功，在竹林之中踏竹而行，直有莫清泓"踏空掠影"之风，可说神似。青城守卫只顾地面，何向荣自空中顺着竹子降下来。在那些守卫反应过来之前用剑鞘点住了各人的穴道，趁机潜入。何向荣是成名杀手，出手之快，势如闪电。

　　早在前几日，何向荣便在翠竹之间将青城剑派的屋舍分布摸了个清楚，于是何向荣径直奔王种坤居住的掌门人山房而去。何向荣这些动作，竟没有引起一个人出来应战。

　　何向荣潜入掌门人山房，虽然手脚轻盈，然王种坤早有察觉，知道此人手脚轻盈，只怕来者不善。王种坤从床上坐起，继而下地，拿取青城剑派镇派之宝倾城绝剑迎战何向荣。王种坤提剑便是几个剑锋，向何向荣袭来，何向荣侧来侧去，勉强闪过。何向荣知王种坤是武林中屈指可数的高手，不敢恋战，几回合后立即逃跑。王种坤本是好强之人，见何向荣逃跑，心里面下定主意，一定要将来人擒到手。

　　却说左容道听得王种坤房内打斗声一片，以为王种坤毒发砸东西，便提剑出门。却见何向荣使轻功逃跑，王种坤紧随其后，也使轻功跳到翠竹之上，两人一起踏竹而行。左容道见王种坤还未中毒，只是身手较之前慢了许多，便知他虽有反应，知道中毒，却因自己下毒不够，毒不死他，就算他活动血脉，加速毒液入侵，只怕也毒不死他。若他得胜归来，定然会找自己算账，到时就不是关禁闭这么简单了。

于是左容道一不做二不休，决意下山帮助刺客。这时便有不少人起来，更有敲锣者，纠集大家。众人出来，见掌门飞身而出，便都慌了神。左容道见状，言道："大家不要慌，我去助掌门一臂之力！"言罢一个箭步冲了上去。众人虽不喜他的为人，然他的武功，众人还是信得过的。众人眼见掌门已经飞远，凭着自己的功夫，就是追上了也不见得能帮得上忙，况且王种坤、左容道师徒一起出手，没有几个人能够敌得过，于是众人便都不再追。金建德、周穆两人为防有人再来偷袭，便在青城剑派中严密把守，也不敢再追。就这样，左容道一个人追了上去。

左容道虽然在青城剑派之中算得好手，然相对于何向荣来说也算不得什么厉害人物，若是和王种坤相比，那就更差着一大截。左容道轻功没那么好，只得沿着两人踪迹追至后山。

却说何向荣在前面逃跑，王种坤在身后追。若是在平时，王种坤几个快步就追了上去，哪里容得何向荣跑这么远？王种坤只想追到何向荣前面，将他擒住。不想每每快追上时，就突然力不从心，渐渐又拉开了距离。两人这样，一连跑了百十步远。两人边跑边打，王种坤攻招，何向荣百般防御，只守不攻。

你道为何？原来何向荣哪里是王种坤的对手？他只守不攻，原是想摸清王种坤的路数，好做防备。可他跑了这一阵子，又得时刻提防着后方，早就体力不支。于是王种坤瞧出了破绽，凝神聚力，运起青影心诀，使出"剑舞山河"，杀向何向荣，此乃青城剑法中第二厉害的招数，不逊于"剑慕青城"，适合于追敌伤敌。从空中划出几十道剑气，齐齐杀向何向荣。他本得意之时，忽然想道：这人一定是受人指使前来，除恶务尽，我若不问清楚，那不是后患无穷？于是急忙收手，无奈为时已晚，两人距离不远，何向荣没时间反应，匆忙闪躲，结果中了大半，重重坠地，再难动弹。何向荣吐了一口鲜血，伤口不断涌血。

于是两人在下山的路上停了下来，何向荣看看四周，心叫不好，也不知朱殇能不能追过来。

王种坤使剑直指何向荣胸口，道："你是玉龙会的？"

何向荣哪里有力气说话，正在喘息之间，王种坤知他受伤不轻，便在那等着他调匀气息，反正他是没能力再出手偷袭了。

王种坤接着道："小子，武功不错嘛。你可知我这'青城绝剑式'每每出招，中者必死，今天老夫特意给你留了半条命，可是你打伤我弟子，引诱我出来，这笔账又怎么算？"

何向荣喘过气来，冷哼道："你有本事就杀了我，若没这个本事，那是我的造化，你也休要在这里大放厥词。总之不管你问什么，我都不会据实回答，要杀要剐，悉听尊便。"他眼见被擒住，那是凶多吉少。他这般嘴硬，不过是想拖延时间，他知道自己若是说了，那才是必死无疑，他这般守着话，是在给自己争取时间，以求朱殇能追到山上来。

王种坤恼羞成怒，见问不出什么来，就想一剑杀了他。可倾城绝剑举到半空，却无论如何也落不下来。王种坤知道自己中毒已深，加上剧烈活动，想要活着，除非扁鹊在世。这时却见朱殇站在王种坤身后，手提玉龙剑，道："龙门朱殇在此！"于是使玉龙宝剑刺入王种坤胸膛，这招叫作"鱼游濠上"，这招式看似简单，其实并不容易，更能体现身手快慢，朱殇多习独龙功，出剑快到王种坤来不及反应就出招，手起剑中，倒也不照何向荣逊色几分。王种坤本就身中剧毒，这一刺可说是毫无防备，刺个正着。何向荣拔剑出来，王种坤回身看去，朱殇杀气腾腾，脸色铁青。何向荣心下一安，这下活下来便有望了。原来朱殇生性多疑，见到后山没人，急忙沿后山路追到了这里悄悄埋伏起来。

王种坤这才紧张起来，心知命不久矣，于是提起倾城绝剑就要杀了朱殇。朱殇虽然伤了王种坤，王种坤又身中剧毒，然就功力而言，朱殇根本不是王种坤的对手。

王种坤厉声问道："我青城剑派与你龙门有何瓜葛？竟要你们前来杀我？"于是一剑刺去。

朱殇闪过，俯身划了一剑，直刺王种坤小腿，道："不是我龙门，是蓼风斋'牛阎王'想要你的命！"

王种坤一跃而起，躲过了朱殇的暗袭，自言自语道："凭什么，凭什么他就可以和令媛在一起？我与令媛才是天生的一对！他要救人一命，一定要我的命么？"

朱殇心道，他口中说的令媛，莫不是方府大小姐方令媛么？这样看来，"牛阎王"与王种坤竟是一对情敌。

王种坤顿了顿，又道："你们竟替那老小子前来杀我，实是与他一般可恶，待我先杀了你们两个，再去蓼风斋杀了那个姓牛的！"王种坤言语激动，决心已下。

为了尽早结束战斗，快速脱险，朱殇提起玉龙剑，直取王种坤首级而去。无奈王种坤武功太高，防住朱殇的杀手简直不费力气。王种坤略一闪身，便躲过了利剑，而后使剑向朱殇身下一划，使了一招"剑问苍天"。朱殇见了，连连退步。两人就这样对打了三十几回合。

朱殇为杀王种坤，使出自己近年全部所学。然龙门武功虽是诡异，却无技巧可言。相对于青城剑派这样的使剑行家来说，龙门武功路数简单到极点，直可说破绽百出。三十几回合之内，王种坤凭借老到成熟的青城剑法将朱殇杀得毫无还手之力。朱殇只得拼死抵抗，自己也不知何时会有出路。

朱殇看刚才的样子，以为王种坤应当是中毒了，谁知动起手来，王种坤一改不振面貌，所学武功展示出来，仍然是那么的凌厉。这下朱殇心里十分后悔，若是能再等等，哪怕何向荣被杀，也定能救得寒月性命。这下两人只怕都要死在这位高手的剑下了，就算他之后中毒而死，又有何用？

就在此时，左容道跌跌撞撞，追到了这里。见王种坤与朱殇厮杀，王种坤明显占着优势，若不让他早点死去，只怕朱殇也难保性命。到时候朱殇被杀，自己就算是想杀王种坤也没那么容易了。若要教自己协助王种坤杀掉朱殇、何向荣二人洗清自己，左容道又是极不情愿，万一过后王种坤再次毒发，自己还是难逃一劫。想到这里，左容道扯下一块布头，遮住面庞，提剑前去，准备助朱殇杀了王种坤。

月色昏暗，王种坤和朱殇只见自青城山方向奔来一人，并不知他是青城剑派弟子。朱殇以为青城剑派援手不断赶来，就有逃跑之心，厉声对何向荣道："谁叫你引来他这些帮手的？"何向荣也很是奇怪，自己和王种坤飞在竹林中，此人若不是脚力极好，身轻体健，加之内功高强，怎么会凭借奔跑功夫一路追到这里，眼下自己也不知道该怎么办，只好听天由命了，又道："你先走罢，不要管我了。"

这左容道提剑赶来，月色之下，那剑异常清冷，直将寒光反射到朱殇脸上。朱殇为了救他师父，决定拼命，于是剑锋一转，转而刺向了左容道。左容道一愣，之后便一闪身，闪过了朱殇，也更不说话。

王种坤见这人像是青城弟子，便跟在朱殇后边，打算和左容道会合，忙道："这俩小子前来刺杀本座，你我二人将他们杀了，本座重重赏你！"于是也不等左容道回答，径自冲上去追赶朱殇。左容道待他走后，提起剑来，狠狠插在王种坤后心。王种坤后心一凉，在场三人这才明白，那左容道恰是来索命的。王种坤大怒，回身一剑，本想刺向左容道肚子，谁想右手乏力，剑柄一歪，刺中左容道右腿，狠狠道："你是何人，竟也来杀我？"

左容道并不回答，暗自抽剑，回退几步。与朱殇一起，同王种坤厮杀起来。王种坤身负两处重伤，伤口鲜血直流，好似疯牛一般，使剑向四周乱刺。王种坤两处伤口，内力大量外泄，剑气再难划出。这下两人围攻王种坤，王种坤渐渐寡不敌众。

何向荣倒在一边，看着三人厮杀不停。王种坤毕竟武功高深，只见倾城绝剑上面划出一道亮光，跟着倾城绝剑一同飞舞，将周围的昏暗弄得十分闪亮，点点光芒煞是好看。白府铸造的神器果然不同寻常。

又是几十回合下来，王种坤受伤不浅。除了胸口中了两剑外，双臂双腿及身上又多了十几处剑伤。这下真气大量外泄，无法继续用力舞剑，倾城绝剑再难发光。

王种坤盛怒万分，知道自己命不久矣。于是用尽全身力气，向朱殇和左容道两人使出了青城剑派的绝技"剑慕青城"。这招凶险之处在于：武功低下，防御不足之人，不但会受伤，而且还会被卷入"剑球"之中，越陷越深，也就必死无疑。两人起先猝不及防，只见王种坤挥动神剑，越舞越快，与当日莫清泓于通天居展示的"剑球"虽有几分差距，然能在此刻施展出来，也算是难能可贵。这招出剑实在迅疾，这两人一时间躲闪不及，便已身中数剑。王种坤加快运力，准备将两人一齐卷入"剑球"中杀死。两人都中了几剑，心急之下连忙都退了十几步，竟然退了出来，王种坤十分疑惑。这两人伤口流血不止，青城剑派这一绝技实在厉害！

你道他怎能说退就退，不被吸住？原来那日莫清泓使出了这一青城绝技之后，江湖中盛传这种剑法，一时间青城剑派借此名声大噪。朱殇替龙门行走江湖，对于"剑慕青城"是早有耳闻，因此找来不少习武之人一起探讨这种绝技。那些人依附龙门，自然是知无不言，更有亲身示范者，供朱殇破招。所以这次前来，朱殇可谓是有备而来，料定他必定会出这招，因而时刻提防，不敢懈怠。只等王种坤出招，自己便连忙退后，不想还是慢了一点，被他打伤。

至于左容道就更简单了。他与周穆、金建德作为后辈力量，每日跟随王种坤练习武艺，王种坤为了培养他们早日学会，自然频频在他们面前有意展示此绝技。早在发招之前，左容道便已知晓，只不过因他武功不够，情急之下，退得慢了些。

两人退后，王种坤察觉，脚步迅速移开，打算趁着自己内力耗尽之前将二人乱剑杀死。二人见了，十分害怕，遂纷纷使轻功飞到远处，王种坤不能追上。又因方才三人厮杀之时，越杀越远，此时离何向荣已有数十丈之遥，王种坤谁都杀不到。王种坤浑身是伤，再也不能够杀到谁，于是心里面十分愤恨，便向何向荣奔去。何向荣早被重伤，再不能动弹，仅仅能一点点地爬，此时只得眼看着王种坤的"剑球"杀来，毫无办法。

何向荣心想，这般情形，虽然有着距离，然以自己此时情形，沾到一点，便性命难保。何向荣只得向远方爬去，王种坤拼死追赶，王种坤体内内力大量消耗，就在距何向荣七步远处，刚好精疲力竭，再也舞不动剑，"剑球"随之消失。

王种坤这回不但谁都没有杀死，反而使自己内力耗尽，生命垂危，教小辈看了笑话。想到这里，王种坤跌倒在地，血气上涌，一腔黑血吐在地上。众人见了，也都知他逞强未果，自取灭亡，即将力竭而死。

正在此时，朱殇与左容道两人踉踉跄跄冲来，二人各有十几处剑伤。左容道急于杀人灭口，终比朱殇快上一步，冲上前去，情急之下，竟然使出青城剑派的剑法，瞬间刺出几剑，取了王种坤的几处要害。王种坤根本不能抵抗，这几招全部命中，顿时就咽了气。一代掌门人就此撒手人世，倾城绝剑落在一边。

王种坤死法之惨只怕也无人能及了，不光受到两人偷袭，更是中了剧毒。在这种情况下应对两位杀气腾腾的对手，只怕也是心有余，力不足，能做到这般，也属尽力。三人这番厮杀，也算是拼了个你死我活。

左容道略略放下心来，缓了一缓。左容道寻思，自己虽然杀了王种坤，然他毕竟是青城剑派掌门人，弑师之罪左容道定然担当不起。须得假装做出一副保护王种坤未果的情形来，如此方能使自己真正脱险，自己也能借此顺理成章地当上青城剑派的新任掌门。左容道坐在地上，暗自调匀内息，使自己平复。

待内息调匀后，左容道拾起佩剑，提剑对何向荣道："朋友，我得杀了你！"

何向荣问道："却是为何？我又不知你面容。"

左容道道："因为我看见，是你杀了王掌门。而我，则要替王掌门杀了你！"

青城剑者死于非命，让人想到当年剑尊师徒惨死情景。两相比较，不无相似。到底何向荣性命如何，且看下回。

第十五回
走瑞鹤参星方救伤　居临江朱瘣复痊愈

　　却说上回，左容道想要嫁祸何向荣，威胁性命。何向荣答道："真是笑话，大丈夫敢作敢当。你以为你方才用的青城剑法我没看到么？就算我看不到，这尸体还不能说明么？"何向荣想到自己性命难保，不如将利害讲清楚，也许有希望。

　　左容道这下想起自己方才情急之时，为杀王种坤，竟用了青城剑法，漏了破绽。于是恼羞成怒，准备动手。何向荣又道："你想毁尸灭迹？我化作厉鬼也不放过你！我的师兄弟遍布江湖，肯定会帮我报仇。到时偷鸡不成蚀把米，赔上了掌门也赔上了自己，你是聪明人，自己考虑清楚！"

　　左容道心道：我管你是什么门派出来的，管你有多少师兄弟，是你行刺本派掌门，就是要偿命。于是大吼一声，道："你去死罢！"使了一招"剑动云峰"，提剑直取何向荣正胸。

　　何向荣暗叫不好，却也无能为力。却在此时，只见左容道那剑被另一剑挑起，何向荣看时，原来是朱殇前来救命。

　　左容道本想趁着朱殇在远处结果了何向荣，这下回去也好有个交代。怎奈朱殇出手太快，方才还在数步之遥，现在便已挑起自己的佩剑。左容道自以为凭借自己的剑法可以战胜朱殇，若是两人同时被自己杀死，岂不是更有说服力。因而提剑，准备杀了朱殇。

　　两人没交上几回合，胜负立辨。左容道整日在王种坤手下练武，朱殇在各大门派打打杀杀，如何胜不了他左容道？

　　不出一会儿，朱殇便用自己的玉龙宝剑将左容道右臂划出一道口子。左容道本就伤痕累累，这下又受了伤，再难支撑下去，于是便后退了十几步。朱殇想要追赶，造成师徒残杀的景象，以抹去荣殇二人的踪迹。可是左容道情急之下，一溜烟便逃走了，任谁也追不上他，竟连青城至宝倾城绝剑也忘了拿。

　　朱殇见左容道跑得太快，便也不再追，回头一剑取下了王种坤的头颅放入宝盒，又拾起倾城绝剑插进剑袋，然后跑过来查看何向荣的伤势。何向荣伤得只剩下一口气，说了没几句话就倒头一歪，却是死了。

　　朱殇连忙掩埋起何向荣的尸身，他见王种坤的头颅已经割下，心下觉得也没什么从他这里拿的了，也没掩埋他的尸身，就扬长而去了。

　　却说这日朱罹在北天寻找，为图方便亮出了北天圣教护教尊使的身份，不想寻了"毒手药神"两日，却遇人偷袭，在川北一带受了伤，可也总算打听到了些消息。于是朱罹决定趁早回来，跟朱殇何向荣会合，他哪里知道这许多变故。

　　于是朱罹负着伤，日夜兼程赶回这边。说来也巧，这日深夜，朱罹正巧赶到青城山，朱罹心想这日是动手的日子，便上山寻找他们，准备劝回再行赴北天寻找"毒手药神"。

　　朱罹从后山寻上了山，此时朱殇已经下山。朱罹沿着山路找寻，不偏不倚，正让他找到了王种坤的尸体。朱罹大惊，俯身查看，他见尸体没了脑袋，衣着华丽，加上手上遍布褶皱，据此年龄和身份推断是王种坤无疑！

　　此时只剩得朱罹和王种坤尸身在一起。月下苦寒，摄人心魄。朱罹解下王种坤衣服，想为其遮盖尸身，令其体面些。不想揭开衣服，看到里面，可是大吃一惊，解开裤子更是一样。只见王种坤全身瘀血，浑身乌黑，再看其手指甲脚指甲，都是乌黑一般。朱罹这才明了，方才王种坤早已身中剧毒。他受伤不轻，心想这下子若是能活着查得此案，剧毒一定是重要线索！

朱罹此刻体力接近极限，更兼发现了这许多疑点，他认为一定要将尸身保护好，若有来日，也好尽力去查，揭穿这个大阴谋。他拖着王种坤的尸体到了一片密林中，尽力避开事发地，以免下毒之人回来毁尸灭迹。

于是朱罹遮盖好王种坤的尸体后，便寻了来时的马，一拍马背，伏在马上远去。也不知行了多久，朱罹见前面有一锦绣山庄，也不知那是什么地方，于是策马奔驰过去，哪知那便是真鹤之仙宫——灵台所在的瑞鹤临江楼。

朱罹受伤太重，待得近时，竟撑不住，滚下马去，伤口开始流血，朱罹便疼得晕了过去。

次日早上，被临江楼守卫发现，朱罹身下竟有几十丈的血迹！临江楼守卫立刻报告玉参星，玉参星到来，见竟是朱罹，也顾不上男女之别，运足气力，亲手将朱罹一路抱进正房，亲自为他把脉。

把脉过后，玉参星知道，朱罹身负重伤，脉象微弱，若不得力道助其恢复内力，只怕痊愈已难。

却说那日，罹玉两人偶遇，朱罹在临江楼宽慰玉参星过后。玉参星早对朱罹怀有好感，这几日本要去通天居，以期见上一面，更可以吐露心声。巧的是这日在自家门口见到了朱罹，玉参星又喜又惊。

玉参星将黄天与尊扇拿起，仔细端详。见上面竟有不少血色，便拿出手帕，小心擦拭。玉参星想到几日之前，两人见面时，朱罹谈笑风生，那般健全。今日一见，却快要成废人了，心底不禁涌上酸楚，眼泪夺眶而出。玉参星从小在灵台长大，并未接触过什么世事，头一次见到朱罹那般玉树临风、潇洒自在的美男子，不禁心生爱慕。眼下心上人快要残疾，终身不得下地习武，自己顿觉世事变化无常。

这日，玉参星为朱罹擦拭身体，清理伤口，见那剑法实在高超，想必是绿林高手所伤，还一定不是普通侠客所为，否则单凭通天居身手，怎么也不至于此。

脱去衣服之时，只见从衣服中掉落了两块令牌。玉参星好奇，便拾起来看，不想竟然是龙门和圣教的两块令牌！

脑中那日惨烈情景再次出现，玉参星心绪已乱。自己只知道龙门圣教结盟，双方互派使者，龙门使者姓朱，便当是朱殇了。怎知道龙门竟然有朱罹！

想到这里，玉参星看看昏迷的朱罹，拔出了墙上的宝剑，对准朱罹，狠狠刺去。眼看即将刺中，玉参星又停了下来，如果万一弄错了，岂不是错杀了好人？于是玉参星决定等到朱罹醒了，详加询问，再做区处。

如果这个男人是龙门弟子，到底该不该去爱？玉参星反复自问，内心纠结，难以平复。

又过了十几天，朱罹伤病渐渐好转起来。玉参星又请来建福宫众道士，拿了七种治伤药丸，与朱罹每日服下，朱罹自从服下之后，越发地见好了。又过几日，竟然苏醒了来。

玉参星见朱罹醒来，满心欢喜，道："朱公子，你醒了？"

朱罹道："玉掌门，是你救了我？"

玉参星点头道："确是参星救了你。"

朱罹勉强起身，道："多谢玉掌门救命之恩，朱罹此生，只怕难以为报。"

玉参星点了点头，直接问道："朱公子不必客气。只是参星有几件事情不明，还想请教朱公子。朱公子前去青城剑派拜会朋友，不知怎落得这一身重伤？这龙门令牌是怎么回事？参星愚笨，还请朱公子解释！"于是亮出了朱罹的龙门令牌，朱罹见了大惊。

朱罹知道，临江楼之人最恨龙门，自己若是编了谎，也未必能骗得过。何况玉参星既知自己身份，必将全身上下检查个遍，那日龙天传于自己，教与怜香一起探听神医消息的密信，她肯定也一并看过了。于是决定实话实说，龙门虽有愧于临江楼，然平心而论，自己在龙门麾下十几年，还当真没替龙门杀过一个人，做过一件坏事。

朱罹道："玉掌门恕罪，在下前几日确有难言之隐，欺骗玉掌门，实在是情非得已。在下感念玉掌门救命大恩，这就将实情相告。"

玉参星道："朱公子但说无妨。"玉参星心绪已乱，但也想听听朱罹的解释。

于是朱罹便承认了自己的龙门大公子以及圣教护教尊使的双重身份，更将自己如何在龙门长大，如何奉命去通天居监视司空玉璋，如何被司空玉璋打动，如何进入圣教，如何辗转北天负伤，又如何看见王种坤死于自己眼前种种，都告诉了玉参星。

最后，朱罹道："在下本是要寻找'毒手药神'万木春，谁知在川北受了伏击。在下知道寒月师父乃是临江楼的头一号敌人，然对于在下而言，寒月师父教我武功，对我有养育之恩，因此无奈之下才出此下策帮助于她。造成这个局面，在下确实心中有愧。"朱罹想到那日和朱殇一起争辩时两人放声大哭，又想到寒月现在还躺在龙门里面不能动弹，眼泪再次流下，便举手拭泪。

玉参星听完朱翟讲述，也觉得合情合理，不似编造的那般。不免引发共鸣，顿生怜悯之心，于是便宽慰朱翟道："朱公子，你我皆是苦命人。寒月在参星看来，确是一个不共戴天的仇敌；然在你而言，却又有着养育之恩。于情于理，你的做法虽有过错，却也无可厚非。"

朱翟道："多谢玉掌门谅解，在下愧疚之至。幸蒙玉掌门通情达理，理解在下的苦衷。不瞒掌门，在下也是十分反感龙门的所为，在下一直主张龙门心怀仁义，不要再徒生杀戮。实话说，在下虽有龙门之名，却无龙门之实，只不过碍于这层关系而已。龙门行事，我一向不赞成。"

玉参星道："我与龙门不共戴天，今日碰巧遇到龙门弟子，你若不是黄天与尊扇传人，我也不会留你这么久。"

朱翟愤恨道："我是龙门弟子。虽然我从未帮龙门干过一件伤天害理之事，可我还是龙门弟子。如果你恨我，就杀了我吧。我也恨龙门，是它让你我做不得朋友，让我和许多人注定成为仇人，这样的一生，打打杀杀，实在太凄惨了些。你救我一命，要我一命，我们两不相欠。"

玉参星乱了心思，许久，颤声道："为什么，为什么你是龙门的人？"

朱翟道："没有什么为什么，我从记事起，就一直待在龙门。龙门不是我选择的，我也不想选择龙门！江湖之大，往往身不由己。人的命运，有时要靠别人掌握。"

玉参星坐在床上，向外望去，自语道："我好不容易找到一个对我好点的人，怎么他就是我的仇人？上天未免也对我太薄了些！"玉参星说着说着，想到自己的惨痛遭遇，禁不住泪流满面，惹人心疼。

朱罹眼见，不免心疼，心中十分悔恨。自己若是早就知道那山庄便是瑞鹤临江楼，便是死也不会去那里求救，在玉参星伤口上撒盐。朱罹抬起右手，试图擦拭玉参星眼角的泪水，抬起手时，刚擦到玉参星脸上。谁知这时剑伤撕裂，剧痛涌上心头，紧接着伤口喷血不止。朱罹大叫一声，右手重重垂了下去。玉参星见了，连忙重新为其包扎好伤口。

朱罹道："不要管我，让我去死！我是你仇人，杀了我祭奠你父母，从此别再与龙门为难。朱罹欠你的，现在便还给你。"朱罹言罢，挣扎起身，准备自己走出，却摔在了地上，不能走动，慢慢爬着，大口喘着粗气。朱罹满心悔恨，内心挣扎纠结，心痛之下，不觉昏了过去。

玉参星见他这般可怜模样，更是心疼起来，也不再记恨他，只想帮他疗伤，让他早日好起来。于是抱起朱罹，重新放在床上，包好伤口，盖好被子。

想到前些日子自己的诊断，玉参星不由得打了个寒战：眼下只有自己能救他，如果自己不救，错过了时机，只怕他一世都要躺在病榻之上了。

从小到大，只有自己的父母对自己好，百般疼爱，不在话下。旁人对于自己而言，真是既熟悉又陌生。父母死后，自己独领一派，事无巨细，没人能分担。

那日两人议论生死，几个月以来，玉参星还是第一次这么开心。因她本以为，世上除了父母之外，再无关心她之人。谁知朱罹那般悉心开导，令她感动。

这日，朱罹为了怕她伤心，怕她忆起旧事，甘愿去死，希望能减少她的痛苦，玉参星更是心里暖得不得了。几天前还有杀他的冲动，到这里却烟消云散。

玉参星想到了这些，顿时破涕为笑，道："傻瓜，谁要你去死？"言罢以手背抚摸朱罹左脸。玉参星觉得，自己已经爱上了眼前的这个男人，尽管不知道朱罹是否也喜欢自己。

这一日下午，玉参星决定将自己二成内力输入朱罹体内，以温养剑伤，助其下地习武，早日复功。

玉参星将朱罹扶起，朱罹仍在昏迷。玉参星运起八分掌力，将一道道略欠火候的阴寒真气输入朱罹体内。为救心上人，玉参星甘心将自己并不纯厚的内力分了二成给朱罹，此礼虽轻，然其对于玉参星此时的重要性，以及它代表的情意，足见一斑。

经过半个时辰的传功，玉参星传了些内力与朱罹。为了朱罹能一点点地接受，玉参星此后每日都给朱罹传一些内力，帮助朱罹复功。

过了四五日，朱罹渐渐苏醒了来。玉参星大喜，这日下午，玉参星继续要求传功。朱罹调整内息，过后道："你要做什么？"显然朱罹并不知这是玉参星多日来传功的结果。

玉参星笑道："给你传输内力，我打算传输二成的内力与你。要不然，你怎么能恢复得这样好？"

朱罹听了，倒是犯了难。自己与玉参星只有过一面之缘，怎可受此大礼？况且这样也不利于玉参星以及临江楼回复元气，万一再遭龙门暗算，该如何是好？

朱罹打算拒绝，而恰在此时，有一丫鬟进得房中，对玉参星道："小姐，青城剑派的人请你过去呢。"

玉参星回头道："青城剑派的，有什么事么？"

那丫鬟道："小姐还不知道？今天是青城剑派掌门人继任大典，青城剑派掌门人王种坤老先生遭到不明身份的杀手暗算，死于不久前。”

朱瞿紧闭双眼，不愿回想过去。

玉参星问道：“那么，青城剑派的金掌门今日何时即位？”

那丫鬟道：“才不是呢，这青城剑派的新任掌门乃是王种坤老先生的大弟子左容道。”

朱瞿一脸的疑惑，若有所思。

玉参星大惊，道：“怎么不是金兄？王老先生不是一向最钟爱二弟子金兄么？”

那丫鬟道：“开始我也和小姐一样想的，可是，那日晚上左容道跟随王种坤老先生追杀杀手一路下山而去。虽说最后王老先生不幸遇难，然左容道重伤逃回，言说自己护卫掌门，不敌杀手围攻云云。加之左容道有两个手下帮他说话，于是众人便一同拥立左容道先生为青城剑派新任掌门了。”

玉参星道：“如此，本小姐还要为朱公子治伤，只怕没时间到场祝贺了。你叫上管家，让他替本小姐祝贺左容道先生。”

那丫鬟看见瞿玉两人坐在床上，会错了意，红了脸，拿手帕遮住，便下去吩咐了。

朱瞿道：“掌门，你，你不想杀我了么？”

玉参星道：“以前想，现在不想。现在，我想你好好活下去。”

朱瞿道：“朱瞿感谢掌门的不杀之恩，只是这内力并非小事。传给我二成，掌门便减少了二成的武功威力，若是将来有谁前来冒犯，掌门该如何？”

玉参星靠在朱瞿怀里，柔声玩笑道：“你来。”后江湖有侠客作诗记之曰：

自古红颜知冷暖，生死临江谁人算。

传功救伤定良缘，多情难过佳人关。

朱罹不懂玉参星的意思，正踌躇不知所措，还想着躲开玉参星。只见玉参星牵过自己的手，放到了她的肩膀上。朱罹见玉参星主动投怀送抱，生得又这般美丽，自己也不愿回绝，便搂住玉参星，拍拍她的肩膀，也柔声道："再有困难，我来。"

两人缠绵许久才互相放开，朱罹不好再推辞，只得让玉参星继续日日传功。从此两人情好日密，渐入佳境。

朱罹自从有了玉参星的二成功力之后，便也能下地习武。这些时日，朱罹将圣教招式修习个遍，龙门招式从此不再练习，也便渐渐忘却掉了。

玉参星见朱罹渐渐地好了，心下欢喜。

一个多月下来，朱罹的武功不但恢复，而且竟增长了许多。两人终日在山庄之中牵手漫步，仆人弟子见了，不免羡慕。朱罹早就飞鸽传书一封与北天圣教，言说自己一切都好，教大家不必担心，不日即将回教。

却说龙门这边，朱殇带回了王种坤首级和倾城绝剑。龙天眼见大喜，特别对倾城绝剑爱不释手。龙天见朱殇一人回来，便问朱罹，朱殇说朱罹回北天圣教去了，龙天心下埋怨朱罹为何不来看看自己，又赶忙给北天圣教捎信，教朱罹前来帮助护送寒月前往蓼风斋求医。

不想北天圣教来信，言朱罹并不在圣教之中，圣教也不知朱罹现在身在何方。龙天叫来朱殇，厉声质问之下，才知朱罹远走川北，现在生死未卜。龙天盛怒之下，叫手下砍了朱殇。怜香下跪苦苦求情，龙天才同意教朱殇负责寻找朱罹，找不到也就不必回来了。

　　这日，北天圣教再次来信，言说朱罹已经回教，乃是临江楼女掌门玉参星传输内力救的人。龙天听了，大喜过望，兴奋之余，也感谢起玉参星，后悔自己当初的所作所为。龙天连忙回信，教朱罹不必回来护送寒月，只是好好养病便好。

　　这几日，怜香好说歹说，总算让龙天原谅了朱殇。朱殇为了认错，在院落里、龙天卧房外面跪了整整一夜，起来时双腿瘫软，晕倒在了地上。

　　龙天于是派朱殇、怜香两人护送寒月前往北天蓼风斋，寻找牛神医救治寒月病痛。

　　朱罹已经获救，未知寒月命运如何，且看下文。

第十六回
蓼风斋父子判生死　通天居师徒辩曲直

却说这日，朱殇、怜香两人与数十名龙门弟子来至蓼风斋，早有牛通寿在那里守候。

牛通寿见了，带领圣教众教徒迎上，笑脸拱手道："奉圣主金令，圣教护教尊使牛通寿率众迎驾，欢迎诸位来我北天！"

朱殇见了，慌忙行礼，道："在下龙门朱殇，感谢北天圣教热情欢迎，恭祝圣主万寿千秋！"

怜香见二人行过礼后，急忙跑到牛通寿身旁，问道："牛哥哥，你怎么知道我们来了？"

牛通寿道："不瞒二位，贵派龙天掌门捎了书信与我圣教圣主，告知了此事，希望圣主行个方便。圣主看在龙门和朱罹老弟的面子上，特地派我早早来到这里等候。"

朱殇道："如此，牛尊使辛苦了。"

牛通寿道："客气，客气，事不宜迟，我们还是快快进去罢！"于是怜殇两人跟随牛通寿，将寒月病榻抬了进蓼风斋。

抬到内院中间，又见牛神医大喊一声，道："不肖子，又给我带什么人回来啦？"

牛通寿有些难堪，道："上次孩儿带着怜香妹妹前来央求爹爹，救治龙门寒月掌门一事有结果了。"

隔着纱窗，只见原本卧在炕上的牛神医猛地盘腿坐了起来，道："怎么？王种坤那畜生死了么？"牛神医见病人都带到了，便知此事有了分晓。

朱殇取出了盛有王种坤头颅的宝盒，高声道："前辈请看，这里便是王种坤那厮的狗头！"于是打开宝盒，将王种坤头颅展现给牛神医看。

牛神医看了半晌，不为所动，冷冷问道："倾城绝剑呢？"

朱殇连忙从身后的剑匣中取出倾城绝剑来，双手奉上，道："前辈，这便是青城至宝倾城绝剑。"

牛神医道："不错，给我呈上来！"

牛通寿欲接过两样东西，牛神医道："慢着！"

两人一停，看向牛神医。

牛神医道："我要这小子给我呈上来，没让你上手！"牛通寿忍住怒气，撤回了双手。

牛神医继续道："小子，你来。"

朱殇只好把两样东西亲自抱进正房，他怎知，这正厅中的正房，几十年来都没人进来过！

朱殇缓步走进正房，却见房子里四面墙壁的格子里放满了头颅，这人头倒都有皮肉在，没几个成了骷髅。朱殇吓了一大跳，冷汗直冒。自己虽说杀人不在少数，可还从未见过这么多人头放在一起。

且听一声大笑，牛神医道："想不到大名鼎鼎的杀手朱殇也怕死人！"

朱殇转过头来，才是真真吓了一跳。那牛神医隔着纱窗看还好，看到了真面目，却是如此的狰狞。只见他满脸都是麻子，脸色发青，好像中毒却又不是中毒，像是个死人。

牛神医微微一笑，轻声道："活的你也怕？"

朱殇笑道："不敢，不敢，晚辈见识浅陋，还请前辈见谅！"

牛神医笑笑，看到了宝盒中王种坤的头颅，一把抢过宝盒，将头颅拿了出来。

朱殇以为他只是端详罢了，谁知这牛神医自从见了王种坤头颅之后，便好像换了一个人，不再似方才那般闲适自傲，倒变得越发疯狂。

牛神医挖出了王种坤的双眼，边挖边说道："你说你的双眼比我的更迷人，更吸引小媛，我让你用这对招子勾引小媛，我让你风流倜傥，让你和小媛定下终身大事！"挖出双眼后，掷在地上，下地使劲地踩，那两只眼睛早就被踩扁，惨不忍睹。

而后牛神医将王种坤头颅放在脚边，用脚踢着来回玩。他拿过倾城绝剑，看了几眼，便道："果然好剑，果然好剑！"

朱殇见他如了愿，遂了心意，趁他高兴，便道："前辈要是喜欢，就请收下它吧，这也算是晚辈的一点心意。"

牛神医却道："小子，你太看得起我了。老夫我虽然医术通天，可是对于武功，我却一窍不通。你就是送给我，我也只能挂在墙上，这把好剑，岂不可惜？今日你为我报了大仇，牛会仙此生也算了无牵挂，你我虽是初见，却是有缘人，我看你背上的宝剑也一定不如这罢。你想不想要？"

朱殇见那牛神医这般诚恳，便道："晚辈，晚辈想要！"

牛神医哈哈大笑，道："拿着，这下老夫我也算认识了你。你可比我那不肖的儿子有出息多了，我早就听你独闯应朝寺的大名了，今日一见，果真一表人才！宝剑赠英雄，来来来，老夫给你这把剑！"

朱殇欣喜，下跪道："多谢前辈赠剑之恩！"言罢重新接回倾城绝剑，站起身来。

只见那倾城绝剑似有银狐之亮、荧荧之光。摸起来很是光滑，却是透着阵阵寒气。剑身虽有些许锈迹，种种缺口；然其利之锋，直可说吹毛断发。剑的两面镌有的绝色裸女清晰可见，乃是那裸女洗浴时的画面，乳房、私处等都能分辨出来，写实的画风极具异域风情。朱殇看了，觉得不但剑造得通神，就连其镌刻的美女，也是绝品中的绝品。

牛神医道："小子，陪我待会儿，我救你师父！"朱殇应下，陪在牛神医身旁，却不见他下地出屋，也不见他命人把寒月抬进来，心下甚是奇怪。

牛神医高声喊道："不肖子，你听我号令，代我救活她。"牛通寿虽不愿意成为这"不肖子"，然他对待父亲，却是真的百般尊敬，不敢违拗。

牛神医缓缓问道："小丫头，你师父可是被烧伤炸伤的？"

怜香原本不服牛神医的傲气，这下见他不出房间，远远望去，就能诊断病情，确实佩服，道："神医说得极是，家师前些日子征战临江楼，玉冷二贼眼见不是对手，便引爆了山庄内的所有火药。师父来不及防备，离得最近，所以一直昏迷至今。"

牛神医道："我见她火气直冲天灵盖，便知她是烧伤炸伤的。"

牛神医又道："儿啊，你断断她的脉象。"

牛通寿奉命诊脉，而后回道："父亲，此人脉象甚虚。看起来很旺盛，实则很虚弱，不过体内火气很盛，像是把身体快烤干了。"牛通寿耳濡目染，也算懂些医术。

牛神医道："儿啊，抬她进来，给我瞧瞧。"

牛通寿领命抬寒月进去，直接抬到了正房里。牛神医道："丫头，你若是不嫌弃，也一并进来罢。"怜香不知，牛神医的真面目竟较窗外看来有如此巨大的差别！

于是怜香进来，看见屋内的摆设和牛神医的面容，也与朱殇同样惊讶。怜香吓得一时说不出话来，朱殇见了，连忙上前安慰，怜香顺势倒在朱殇怀里。

牛神医下地，看了看寒月。不时掰开眼皮、抬起手掌、撩起衣裳。牛神医道："烧得不轻啊。"

继而，牛神医又吩咐道："儿啊，去找些柴火来，咱们在屋里面生些火。"

朱殇大怒，举起手中倾城绝剑，对准牛神医，厉声问道："你是救人的，还是杀人的？"

牛神医见状，先是一愣，而后放声大笑，好像没有生命危险一般，道："你当我是在害你师父？"

朱殇道："谁都知道我师父是急火攻心，才弄得昏迷不醒，你是神医，难道连这个也看不出来？你不找去火的法子，却偏偏要生火，这不是害我师父又是什么？"

牛神医道："方才见你那般谦逊，我还以为你是一个通晓事理的人，没想到竟然这样莽撞，实在难成大事。"

牛通寿跟着急道："朱殇，你快把剑放下，否则休怪本尊使对你不客气！"

怜香也道："师兄，你先放下宝剑。我看这位牛神医不像是害咱们师父，不如听听他的解释。"

朱殇放下剑来，直视牛神医。牛神医道："解释个屁。你这事，老子不管了。你提着人头，愿意找谁找谁，天下行医的不少人想要他的项上人头，滚罢！"

朱殇听闻牛神医不管此事，想到自己方才确实言行过激，又想到天底下这样的神医并不多见，于是心生悔意，下跪求情道：

"前辈，我错了，我不该这样对待前辈。前辈要打要罚，要杀要剐，朱殇不会眨一下眼睛。只求前辈收回成命，重新救我师父，让她复原。"

牛神医轻笑道："要我原谅你，倒也不难。给老夫我磕上十二个响头，老夫我这就原谅你！"

想到自己要给这个脾气古怪的神医磕头，朱殇心里满不是滋味，更是感觉自己受了奇耻大辱，然形势之下，不容他有片刻迟疑。于是朱殇放下绝剑，认认真真地磕起了头。怜香心知不能阻拦，只能任人侮辱，心里也替朱殇委屈，不停地抹眼泪。牛通寿见了，并无表情，两眼瞟向窗外，看着窗外守护的圣教教徒。

十二个响头磕过之后，朱殇跪在地上，哀求道："求神医发发慈悲，不与晚辈计较，救救我师父罢！"

牛神医见了，略略一笑，佯怒道："你方才举剑对准我，十二个响头未免也太便宜了你。"

朱殇见了，连忙问道："敢问前辈，还有什么吩咐？"

牛神医正色道："我这个儿子，天生不是习武的材料，正适合做个郎中，可他偏偏不做。眼下他这半死不活的样子，虽生犹死。老夫我这几十年救人不在少数，更是有不少人拿着传世秘籍前来求医，因此老夫我这些年手里头的秘籍也算有了不少。江湖上人多眼红，连我这不肖子也在打这个主意，可他不听我言，弃医学武，那我便偏偏不传给他。你拜师北天蓼风斋门下，老夫我会把始皇楼以及其他所有的武功秘籍尽皆赠予你，看你和我儿谁更厉害，让他心服口服！"哪知此语一出，足以引发江湖又一轮腥风血雨！

朱殇听了，心里大惊。正想拒绝，又听得牛神医笑道："方才你惹怒本神医，十二个响头里面，有六个算是对本神医的道歉，还有六个嘛，算是本门的拜师礼！你便算是我蓼风斋的后人了。"

朱殇听了，更是吓得站了起来，拍了拍裤子，好像自己从未给这个行事奇怪的神医磕过头。一面抬头看向怜香，询问自己应该怎么做。

怜香破涕为笑，道："师兄真是好运气，就连牛神医都看得上你。你可知江湖上有多少人每天跑到蓼风斋拜师，都是无果而返，这下牛神医主动提出来，师兄还不快快从命，还想着婉言拒绝牛神医不成？"怜香早知，这个时候，不如顺着牛神医，朱殇根本没有回绝的余地。不过怜香所说，应该算是事实，江湖上确有不少热血青年知道牛神医不会武功，又手握各派秘籍，拜师之人当然为数不少。

朱殇不敢耽搁，听完怜香的说辞，更加坚定，下跪道："师父在上，徒儿有礼了！"

牛神医朗声大笑，道："好好好，乖徒儿，为师这就给你们师父治病，你不会再反对了罢？"

朱殇道："不会，不会，请师父继续救治！"

于是牛神医仍然令牛通寿拾了些柴火，在屋里面生起火来。这下牛神医解释道："你们师父受到烧伤，十分严重。经过你们细心调养，烧出来的泡也都快消下去了。不过瞧她一脸的急火，就知道真正的内火还没有逼出来，这样淤积在体内，难怪她气息不匀。老夫我的这把火，乃是要复原当时的场景，把她的内火引出来，将整个人恢复到原状。"

朱殇想到自己刚才有些着急，得罪了神医，便道："师父说的是，徒儿方才有些着急，您老别见怪！"

牛神医笑道："我的徒儿什么时候这么客气了？"说着说着，双手抱起寒月，将她立在屋子里面。使双掌直拍寒月后背，掌力纯厚，来回几掌，寒月全身散发内息，热腾腾的。

这般三个时辰之后，寒月全身热气散尽。牛神医眼见得差不多，命朱殇熄了火焰，将寒月放到床上，用被紧紧盖好。又写了个方子，命牛通寿带领怜香拿药。

怜香出了右房，进了左屋。看到房间里面满是箱子，又看见牛神医开的方子，上面净是千年人参等一些补阳气的东西，全无温补之材，都是猛药。牛神医开方十分大气高贵，不拘泥于凡间的寻常药物。想来是由于寒月热气散尽，身体虚寒，需要这些药物补回元阳之气。

两人按照分量抓好了方子，回去献给牛神医，牛神医道："儿啊，你替我熬这个药。"牛通寿不好拒绝，只得应下，熬起药来。

这晚，几人忙完了寒月的事情，将她安顿好，怜殇两人便住在了偏房。牛神医父子守护着寒月，一刻不敢歇着。

牛神医看到王种坤的头颅，指着道："儿啊，你可知我，还有江湖中人为什么这么恨这个王种坤？"

牛通寿答道："孩儿不知，可是这王种坤做过不少坏事，欠了不少血债么？"

牛神医摇头道："非也，此贼欠下的，乃是情债！"

牛通寿听了，急忙问道："可是和娘有关系？"

牛神医听罢，轻笑道："正是。苦了你了孩儿，跟着我这么多年，我都没告诉你你娘是谁。"

牛神医继续道："我和你娘生下你后，这淫贼公然勾引你娘，是不是该杀？"

牛通寿怒道："他敢勾引我娘，就是死一万次也不为过！"

牛神医道："你娘便是湘南方府千金大小姐方令媛！"牛通寿听了，脸色大变。想不到自己竟然是方府的后人，那日死在通天居方仲之手、自己眼前的方伯竟然是自己的外祖父！都说造化弄人，可是点也不为过。

牛神医缓缓道："当年，我与小媛双双相爱。那时的我，风华正茂，小媛楚楚动人，我们两个是江湖上人人称赞的郎才女貌，堪称一段佳话。可是那方伯老匹夫和他四弟都不喜欢我，说你爷爷是始皇楼的小角色，我根本配不上方府的大小姐，硬要拆散我们两个。"

牛通寿打断道："我们始皇楼竟然也配不上方么？这些人未免也太迂腐了些！"

牛神医起身望向远方，道："当时方府老二老三相继出走，势力倾颓，那两个老家伙有意联盟青城剑派的莫老爷子，于是要把你娘许配给莫老爷子的二徒弟王种坤。"

牛神医又道："此贼放荡成性，是武林中出了名的风流浪子，凭借一套勾魂的青城剑法，不知道迷倒了多少家的痴情侠女，也不知他到底玩弄过多少家女子的心。你娘要是跟了他，这辈子都不会幸福。你娘生性倔强，不愿服从，于是我二人一起私奔北天，筑下了这个蓼风斋。"

略顿半刻，牛神医道："过了几年，我们生下了你，你爷爷高兴得不得了。与此同时，方府眼线早到了始皇楼，连日打探下来，便查到了蓼风斋。此时始皇楼'骊山四公'毫不知情，王种坤跟着也带人来到了蓼风斋。

"王种坤势大，不出一会儿，便擒住了咱们爷俩。你娘见咱们两个被青城剑派的人擒住，被逼就范，跟着王种坤走了，那日，是你娘最后跟咱们两个在一起的日子。

"我恨王种坤，凭什么他武功胜我那么多，凭什么他可以随意掳走别人的妻子？我恨我自己，没有能力保护小媛。那几年，我为了救回小媛苦练武功，在始皇楼的天机阁中苦修秘籍。不想自己内力尚浅，操之过急，最后弄得体内水汽散发，形容枯槁，成了这般模样。王种坤他欠我的小媛、欠我的一脸容貌、更欠我一生的幸福！

"王种坤这淫贼，半辈子的风流丑事，引得无数家庭就此破碎。小媛并不爱他，找个机会便逃回了方府，更以死相逼。方伯老匹夫一怒之下，将她关在方府，终身不得回蓼风斋看望孩子。当时，我怕那老匹夫派人来抢你，就把你托付给始皇楼的叔叔婶婶照顾。后来我听说小媛苦苦求情，那老匹夫才保证不再找咱们两个的麻烦，只是不许再有人知晓他的丑事了，将此事封存箱底，再不公开。"

牛通寿想起前些日子听到的，方令媛为了保护慕容雪萍死在方伯手下的伤心事，情不自禁跪了下去，放声大哭。

牛神医安慰道："苦命的儿，你也不必哭泣了。人死不能复生，你娘为了保护咱们，已经牺牲了一辈子的快乐。所以，咱们两个要好好活着，看到方家那几个恶贼的死期。"

牛通寿点头起身，不再痛哭。牛神医又道："救人事小，报仇事大。我要王种坤老贼的狗头要了几十年，今天终于让这小子办到了。他给咱们父子报了几十年未报的仇，咱们和他可说是有缘人，我把这么多年积攒的武功秘籍都给他，也算是酬谢他的大恩了。"

牛通寿道："爹的决定是对的，朱殇这小子虽然冷血，却很懂感恩，为了他师父甘冒奇险。也算是个有情有义的汉子，孩儿敬佩他，愿意和他交朋友。"

牛神医道："我收了这么个徒儿，他便是始皇楼的弟子。这也是顺应天意。孩儿，天意如此，你还在惦记为父的秘籍么？"

牛通寿不知该说什么，低头不语。他从小梦想成为一代大侠，对牛神医手中的秘籍自然也是垂涎已久，而今秘籍易主，心中多有不快。可是朱殇替自己报了这个大仇，自己也确实无以为报，便勉强同意了。

牛神医道："你还是不愿回来继承祖业、悬壶济世么？"

牛通寿仍旧不语。

一夜就此过去。

寒月受到神医救治，渐渐苏醒。而后领怜殇众人辞别牛神医父子，返回龙门，此乃后话。

却说这日，朱罹辞别玉参星，径直前往中原通天居去寻司空玉璋，探望其近况如何。

朱罹走上通天山，进入了通天居。见到了司空玉璋，两人在玉露堂落座。

司空玉璋道："徒儿，最近下山云游得如何？"

朱罹道："回师父，一切都好。师父身体可好么？"

司空玉璋笑道："都好。只是前一阵子青城剑派掌门人王种坤来请，赶上应朝寺智通大师犯了老毛病，便耽搁了一阵。这一阵有了时间，却听说王掌门被人给杀了，为师心痛老友的离去，准备去一趟青城剑派。"

朱罹听了，想起那日王种坤死状之惨烈，不禁打了个哆嗦。朱罹勉强回答道："王掌门早逝，实在令人痛心。师父这次，也是一个遗憾。"

朱罹道："还请师父节哀，徒儿会尽心照顾好师父的。"

司空玉璋道："你不知道，为师与王掌门的感情有多深。中土武林之中，我们五兄弟交情最笃，这五人分别是东海舟山的墨虚道长、中原应朝寺的智元大师、北天万寿宫'毒手药神'的儿子万秋尘、南国青城剑派的王种坤和中原通天居的为师。"

司空玉璋又道："在这其中，为师与王掌门交情最深，亡父司空端更是收下他作为义子。不知道这次到底发生了什么，以致王掌门突然为人所害。"司空玉璋说着说着，抬手拭泪。

朱罹见了，也不免动容。

司空玉璋道："徒儿，此去路途遥远，陪为师去一趟罢！"

朱罹不好回绝，只能应下来。

朱罹想到司空玉璋与王种坤交好，又想起王种坤的死状，心中很是不安。想着若是照实了说，司空玉璋难以接受，若是瞒着自己的身份，那自己这关又过不去。朱罹内心纠结，心情难以平复。

思考良久，朱罹对司空玉璋道："其实，那日徒儿知晓此事。"

司空玉璋惊道："你怎么知道？"

欲知朱罹如何回答，下文便知。

第十七回
明善恶师徒在通天　探虚实老少赴成都

　　却说上回，司空玉璋听完朱罹的陈述之后，便怀疑起朱罹来。朱罹禁不住怀疑，又不好欺骗待自己如亲生儿子的好师父。

　　朱罹道："不瞒师父，徒儿曾经为人所迫，被逼刺杀王掌门。"朱罹知道司空玉璋在江湖中关系甚广，自己早晚都瞒不过司空玉璋，便大胆说出了自己的真实身份。

　　司空玉璋闻言不免惊讶，自己一向老实心善的乖徒儿怎么会去被逼杀人。

　　司空玉璋道："孩子，你在说什么？"

　　朱罹起身下跪，道："师父，事到如今，我也不想再瞒，便照实说了罢。徒儿是龙门弟子，也是圣教教徒。"

　　司空玉璋伫立良久，道："你真的是么？"

　　朱罹道："确是无疑，不过徒儿自有苦衷。"

　　司空玉璋已然惊呆，许久，道："那你还有什么想说的么？"

　　朱罹道："徒儿从小生于明末难民之家，大明倾颓，父母双亡。徒儿是被龙门抢去的，可是龙门却又养育了徒儿。"

　　司空玉璋打断道："那你今日这番承认，可是要杀我的？"于是拿起扇子，摆好姿势。他不想再听，一时也不想面对朱罹这个徒弟。

朱罹听了，忙道："不是，不是。师父待徒儿恩重如山，徒儿怎么会要杀了师父？徒儿历经此事，触动很大，不愿再瞒师父。因此今日，特来向师父请罪！"

司空玉璋收起扇子，道："你继续说罢！"

朱罹道："徒儿在龙门长大，学到了一些武功。寒月听闻师父您招收徒弟、准备对抗龙门时格外紧张，于是派徒儿前来，企图教徒儿偷学武艺，令龙门找出破绽，再里应外合，杀害师父。"朱罹知道司空玉璋为人和善，大肚能容，自己坦诚相对，他必不会计较。

司空玉璋激动道："好个阴险小人，我通天居欠他什么？要了我四十六口人命，连我这一个也不放过！司空玉璋此生不灭龙门，誓不为人！"

朱罹道："徒儿早觉龙门行事狠毒，便趁此机会，来到通天居拜师。师父这些年的教诲，徒儿谨记心中。徒儿早对龙门行事倍加反感，这次乃一时糊涂，念及两位师父的养育之恩才做出的傻事，徒儿自知已经闯下大祸，因此特来向师父请罪。"

司空玉璋道："你且仔细说来与我听听。"

朱罹道："前些日子，龙门灭掉瑞鹤双雄时，寒月受到重伤。经圣教推荐，找到了'圣手神医'牛会仙。牛会仙答应救治寒月，条件是要青城剑派掌门人王种坤的项上人头，一命换一命。"

司空玉璋道："这倒是牛会仙的脾气。"

朱罹道："正是。那时徒儿正在圣教任职，担任龙门驻圣教的使者，于是龙天召徒儿回龙门商议此事。徒儿听闻后百般阻挠，推荐出师父说过的西北大荒山中的'毒手药神'万木春。可是龙天一番权衡后还是觉得牛会仙更有把握，于是软硬兼施，逼迫徒儿前往青城剑派杀人。"

司空玉璋质问道："那你便也答应了么？！"

朱罹道："师父息怒。那时龙天、朱殇两人苦苦相逼，徒儿只能先应下来再做区处。龙天计划着，由徒儿将王掌门引到山下朱殇的伏击圈中，再由玉龙会的何向荣、朱殇暗施偷袭。徒儿想着另去北天寻觅万老前辈便是，于是当晚远走，想着以他们二人之力也不能贸然进犯。"

司空玉璋道："为师知道你的为人，也许你有你的难处。你今日既然与为师挑明了，那也足以说明你有改过自新的决心。你且将事情一一道来，帮为师好好分析分析。"

朱罹接着道："我当时远走，可谁知他们二人还是行动了，当夜徒儿受伤，冒死赶到青城山，没想到还是晚了一步。徒儿赶到的时候，王掌门便已经死了。徒儿见尸体有异，王掌门已然中了毒，便找地方掩埋了尸身。"

于是朱罹将自己如何与玉参星结识、玉参星如何知晓自己身份，又如何救治自己的伤病，以及两人目前的关系一一告知了司空玉璋，并说玉参星准备择日拜见，等等。司空玉璋听了，又见朱罹这般诚恳，想他平日里对自己很是孝顺，火气消了大半，便叫朱罹起身说话。

朱罹怕司空玉璋情绪激动，便竭力解释道："徒儿进入龙门，实在是身不由己。徒儿严格要求自己，一向是反对龙门的所作所为，为此招致龙寒二人以及朱殇的多次非议。徒儿敢说，从未帮助龙门做过任何伤天害理之事，此番承认，望师父明察！"

司空玉璋道："你方才说王兄中了毒？这一定是有人预谋，阴谋，绝对的阴谋！"

朱罹道："徒儿以为，何向荣与朱殇一定是赶到了时候。一定有人事先下好了毒，此事定与另外一个行刺之人有关系。"

　　司空玉璋道：“如此，你要陪为师走一趟青城剑派，找出那个幕后小人，为王兄报仇！你也好将功赎罪。”他这一说，显是原谅了朱罹的罪过。

　　于是师徒两人收拾行装，奔赴成都。

　　过了十几日，师徒两人一道来到成都城落脚，准备择日上山，一问究竟。

　　这日夜里，司空玉璋与朱罹说道：“徒儿，你可知龙门到底有多狠？”

　　朱罹道：“龙门屠杀宝峰观，又为此荡平伸张道义的临江楼，最后为了治愈寒月的重病，更是不惜再杀王种坤前辈以求神医医治。龙门的存在，对于江湖上实在是一种灾难。”

　　司空玉璋道：“你走之后，为师便以为你下山云游去了，没再叫你回来。前几日应朝寺智通大师犯了老毛病，为师便前去探病。这几日回来，就见通天居内东西凌乱，有些被胡乱丢在地上，再看文案上的书信，却是龙天亲笔威胁之信。为师打听山下的村民，这才知道那几日龙天曾率龙门高手前来刺杀于我。为师若不是前往应朝寺探病，只怕此时已不在人世。现在想想，时间上竟是你前往青城剑派参与刺杀王兄的那几天！”

　　朱罹想到那日龙天、朱殇两人一齐要挟自己前去青城剑派杀人之时，提到了司空玉璋的安危。这时猛地想起，龙天出尔反尔，自己已经按约定前去刺杀王种坤，龙天却不依不饶，依然故我，不禁怒从中来。

　　朱罹怒道：“当初龙天以师父的性命相要挟，徒儿别无他法，只得被迫就范，可谁知这是他的瞒天过海之计！眼下寒月治愈，徒儿也已还上了龙门的人情，今后，徒儿与龙门决裂，再不为龙门效力，更应与武林同道一起，共抗龙门！”

司空玉璋道："龙门小人之帮，冷血至极。你既然想改过自新，那与他们决裂，便是弃暗投明，明智之举。来日我们共抗龙门，誓将龙门铲除，还天下一个太平！"

朱瞿点头称是。

这一日，师徒两人走上成都城贵宾楼酒馆，准备听听江湖传言，再做判断。刚一走进酒馆，就听见酒馆众人一番争论。

一年轻侠客道："要说这王种坤，也算是一代枭雄了。如今倒在无名杀手手底下，怎么对得起青城剑派的威名？"

旁边一个武师附和道："据说，王种坤是被人下了药了。要不然，凭借青城剑派的武学神技，就算他王种坤无能，也不会身死无名杀手。"

朱瞿心道，王掌门之死，全在于他粗心大意，若是他能有半点小心，也不至于此。

那侠客道："极是，极是，小生我此次前来，原本想去青城剑派观武拜师，一窥神技。谁想到王掌门偏偏死于非命，可是世事无常啊！"

那武师道："学剑并非青城剑派一家独大。青城剑派元气大伤，少侠你可以去白府当个看家护院的家丁，我听说白府研究剑术也一样高明，甚至某些地方超出青城剑派，而且白府神器频出。若是能蒙白老爷子指点一二，别说是王种坤，就算是莫清泓在世，也难敌于你。"

原来上次通天居大会之后，白依广成为江湖人心中神一般的人物，莫清泓自输了那次之后，青城剑派在南国武林中便再难抬头。白府的一切，变得神秘又高大。

对于小门派而言，白府外出采药的家丁都是惹不起的大人物。白府家丁号令南国武林小门派，众小门派唯命是从。还好白依广醉心锻造神器、无意一统南国，否则南国武林尽归白府门下，只怕也不是难事。

那年轻侠客道："白府大家，小生我可是高攀不起。这辈子只求找个好师父，学点剑术罢了。能够行走四方，伸张正义便好了，白府该不会看上小生的功夫。"

那武师道："其实，莫老爷子的剑术还是很高明的，王种坤深得真传，想必也不会太弱。就算有什么杀手，也不会一下子就取了他的性命。真不知是何方高人，难道是西轩长老斩草除根，寻到青城剑派来了？"

另一桌刀客道："西轩要是想杀人，白天就去了，又怎么会在夜里杀？这也太不符合西轩的行事。"

另一桌的壮力士笑道："我听说王种坤极好女色，当年更是勾引方府大小姐方令媛。别不是被绣花楼的姑娘们给算计了吧？"这人说完，立即引得哄堂大笑。

朱罹两人听完，觉得这样臆测下去也不会有什么结果，便与司空玉璋一道上了二楼，来到阳台之上喝酒。

两人点了些酒，饮着饮着，听到楼底下忽然鸦雀无声。过不多时，便见一剑客身披青纱，一袭绿装走上楼来。此人年纪轻轻，走起路来很是稳重，昂头挺胸，姿态大方。

那人走上来后，底下便继续喧闹起来。

店小二见了，连忙上去笑着迎接道："欢迎青城剑派金大爷光临本店，您想喝点什么？"

那人道："七两竹叶青。"

店小二领命便去吩咐。

想是方才楼下众人见到了青城弟子，便不敢继续讨论王种坤之死，一时又没什么话题，便安静下来，紧紧盯着这人。

朱罹见是青城剑派弟子，便起身上前去搭讪。

朱罹落座拱手道："敢问这位兄台，可是青城剑派的弟子？"

那绿衣人拱手还礼道："正是。在下青城剑派金建德，阁下是谁，有何指教？"

原来这便是青城剑派的二号人物、曾经的掌门继任者金建德。此人为人和善，最喜与人交游。

朱罹道："在下是中原通天居司空玉璋的徒儿朱罹，今日在此见到青城剑派的高徒，幸会幸会！"朱罹拿出黄天与尊扇，递给金建德观看。

那金建德拿起扇子，便问道："这可是黄天与尊扇？"

朱罹道："正是。"

金建德道："原来是通天居的朋友，金某从小跟随通天居司空前辈习武，今日得见高徒，实在心生羡慕。"

朱罹道："家师前日听闻老友去世，现已来到成都。在下跟随师父前来，是想陪师父核实一些江湖传闻。在下想代为引荐，但不知金兄愿意否？"

金建德道："在下对司空前辈敬佩由来已久，自从小时别后再未曾相见，前些日子的通天居大会忙于派内事务没能参加，心中很是遗憾。而今朱兄肯带小弟前去，那是最好不过。"

朱罹道："如此，就请这边走吧，家师就在酒楼之上。"

于是二人来到司空玉璋桌旁落座，金建德拱手道："侄儿金建德，拜见司空叔叔！"

司空玉璋道："金小侄，那年我在青城山参加青城会武之时还见过你。十几年过去，你早已长大成人。"

金建德道："十几年前，师父与叔叔在青城山技压群雄，冠绝青年才俊。而今，叔叔武功高卓、身体硬朗，师父却被害他手，就这么不明不白地去了，留下我们这些弟子空悲伤。"

司空玉璋道："王兄的死实属意外，这次叔叔帮你做主。"

金建德道："侄儿日夜怀念师父，记着师父的谆谆教诲，每当想起，总是心中伤痛。"

司空玉璋道："前些日子你与左小侄都代表王兄邀请我来青城剑派，帖子我都收到了。我先应了左小侄的帖子，而后你通过智通大师传信之时，不幸赶上智通大师旧病复发，所以我告诉你一时去不成了。这回我有了时间，可是王兄去世，实是人生一大憾事。"

金建德惊道："叔叔是说，收到了左师兄的请帖？"

司空玉璋道："正是，左小侄的先到，过了一天，你的请帖便跟着到了。"

金建德道："那为什么不是叔叔亲笔呢？"

司空玉璋道："那日请帖到时，我正在习武修炼，一时没闲下来回帖，便叫驿站的车夫代笔回帖。后来你的请帖到了，我觉得前一日实在有些失礼，便停下习武，专门研墨，亲笔回帖。也不知这两封信王兄看到了没有。怎么，可有什么问题么？"

金建德道："恕小侄直言，叔叔这般，可是令左师兄受了委屈，差点被逐出师门。"

司空玉璋问道："怎么回事？"

金建德道："前些日子邀请叔叔前来青城剑派做客，一来是要答谢叔叔在通天居大会后帮助师父处理后事；二来是师父要与叔叔叙旧；这三来，乃是要考验侄儿和左师兄，看我二人谁更堪当大任。先得到叔叔回复者便是获胜者、下任青城剑派的掌门人。左师兄先将请帖寄到，又先将回帖送给师父。"

司空玉璋道："那后来呢？"

金建德道："不想师父起疑，认为他不能这般快。等到侄儿带回了不同的消息后，师父大发雷霆，怒斥左师兄偷懒造假，觊觎掌门人之位。谁知左师兄是真的。左师兄好说歹说，大家等到了那月廿六，可是一直到下月初十也不见叔叔来到。于是师父认定左师兄造假，给他杖责六十，还关了禁闭。"

司空玉璋道："如此，确实让左小侄受了不少委屈。这次前去青城剑派，一定要好好宽慰左小侄一下。"

金建德道："后来左师兄那晚为了保护师父，不幸身受重伤，师父也被不明杀手杀得惨死山中。左师兄不教我们去看师父，说是太凄惨了，只教他的两个徒弟去处理。"

司空玉璋道："当晚只有他一人出去么？"

金建德道："正是。左师兄说有他去就好了，要我们在派中做好防守，不叫我们跟去。左师兄深得师父真传，武功比我们高出许多。照理说，有他在，一定会保得师父平安归来。再说，那晚有人袭击本派，瞬间就封住了十几个站岗弟子的穴道，武功很是厉害，如果我们太多人出去，要是再有人大举进攻本派，我们就真的中了调虎离山之计。所以侄儿带领派中弟子，严防死守，等待师父和左师兄回来。"

金建德接着道："那晚事发后，侄儿命弟子死守住师父的房间，后来发现，师父房间好久没人住，竟进了几只老鼠，那老鼠无一例外，全都死在了房间里。侄儿觉得奇怪，私下查探，竟然发现师父的茶点中混入了剧毒砒霜，看来此事早有内应。"

司空玉璋听了，不免心中起疑。于是辞了金建德，带着朱罹回到客栈，两人商议起来。正在此时，忽听见有人敲门，朱罹朗声询问，对方高宣佛号，原来是大师来了。

朱罹为其开门，来者是两位老僧。左首者中年光景，面带红光，一代宝相；右首者更老一些，瘦骨嶙峋，青筋显露。司空玉璋见了，起身迎接道："原来是智元大师和叹懈大师，不知前来，未迎乞罪！"

那面带红光的便是智元大师了，道："司空兄客气，老僧等深夜造访，也是打扰，不过此事事关重大，也是不得不来。"

那叹懈大师便是当日通天山下华严寺叹慨大师的同门师弟了，这人不似叹慨大师那般循规蹈矩，办起事来雷厉风行，但也是一般的刚直不阿。

众人寒暄过后，便坐下详谈。叹懈大师道："前几日我华严寺的一位'戒'字辈师叔圆寂了，智元师侄率众禅宗过来吊唁。不想这几日，应朝寺一位'同'字辈师叔跟着圆寂了，我二人由是带着禅宗几派在江湖上奔波了月余。中间听闻青城剑派的王掌门不幸遭难，智元师侄大悲数日。我知司空大侠也与他王掌门情交甚笃，多方打探之下，方知你师徒二人来到了成都。本想叫上奉天玉师兄一起来，可他本性归隐，不愿多事，便由我二人跟了过来。"

司空玉璋没接这个话茬，而是感叹道："最近实是各家有各家的难事。前不久白府的老爷子白依广郁郁而终，白府为怕方府报复，也没敢怎么发丧，只是叫了几个江湖上的好友去看看罢了。也只是应朝寺的觉净大师、华严寺的叹慨大师、无量寿禅寺的荣晋大师和我这几个人去看了看。龙门假情假意地为了坐实他与白府所谓关系，据说也派人去过，可白家连门都没让他进。眼下的方白二府，早已是大不如当年了，江湖各派纷争四起，他们也渐渐被疏远了。"

智元大师道："江湖上世事繁多，变化也是一日更胜一日。从前的名门也都渐渐销声匿迹，就连青城剑派也是多逢难事。只是不知这次王掌门的死，可有了什么进展没有？"

司空玉璋道："此事我等尚未弄清楚，所以没有知会旁人。既然两位大师来了，那我们便谈谈此事，以期早日水落石出。"

两位大师点了点头，司空玉璋解释了朱罹的经历，单刀直入道："徒儿，依你之见，那名凶手是谁？"

朱罹道："以徒儿愚见，应当是青城剑派掌门人左容道嫌疑最大。"

叹懈大师道："说说你的见解。"

朱罹道："起先，他与金建德两人并争掌门继任者之位。而后，他在考核中优先胜出，却又遭错怪，掌门之位眼看落于他人之手。再后来，那晚王前辈追下山去，只有他一人跟来，加之之前的事，左容道有可能因怨生恨，动了杀机。"

智元大师悲道："这个王兄，怎生这么用人失察。他的武功在中土也是排得上名号的，当时噩耗传来，我原本也不信此事。出家人不便多说，但是真没想到是始皇楼那个人头鬼脸的要了他的命。"顿了顿，又道，"当年之事我们都清楚，这是与方府商量好的婚事，怎么偏偏闹成了这样。"这智元大师年轻时也曾在江湖上闯荡，人到中年之后才拜师觉清大师修习佛法。有些事情虽已看开，但现在说起来，仍不免有些叹息。

司空玉璋想了想，道："那牛神医当然也不是省油的灯。话说回来，左容道不让青城弟子前去料理后事，这就非常可疑。"

朱罹道："师父说的是，不如过几天徒儿陪您去青城剑派走一趟。"

司空玉璋道："为师正有此意，我倒要见识见识这个左容道是个什么人物。"

叹懈大师道："我等此次前来，也是想跟着两位去青城剑派打探打探，了了智元师侄这个心愿，也好告慰故去的王掌门。"

司空玉璋道："多谢两位大师挂念，但此事不宜声张，一旦动静太大就有可能打草惊蛇，还是我二人去，不引人怀疑。"

　　智元大师心有不平，但是仔细想想，眼下左容道迅速继位，事情还没被太多人知晓。如果禅宗介入，那此事便轰动武林、成了一件大事了，纵然行凶者不是左容道，那也肯定会掩盖踪迹，到时真相永远无法查清，那也真是不明不白的了。

　　两位大师商量过后，决定不去青城剑派查问。众人分析了许久，纷纷对左容道表示怀疑。

　　于是师徒俩做好准备，择日前往青城剑派，一探究竟。

　　师徒前往青城山，欲知后事如何，且看下回分解。

第十八回
两高手青城方见恶　一师徒蜀地初复仇

上回说到，司空玉璋师徒两人准备前往青城剑派一探究竟，这日，两人上山，准备调查左容道。

两人行到官道边，见到瑞鹤临江楼门口时，司空玉璋想到不必惊动玉参星，便没去拜访。

两人又行了几里路，路过建福宫门口，司空玉璋见门庭依旧，小道士安然打扫，停下脚步暗自道："也不知碧微道长是否无恙。"朱罹见状，也跟着停下。见里面香火旺盛，求神之人不断，顿了顿，师徒俩继续向山上走去。

这两人走着走着，朱罹开始熟悉起来，渐渐回忆起当晚的情形，于是跟着回忆找到了当晚打斗的地点，也就循着找到了当晚的藏尸地。朱罹刨土，果然过一阵就刨到了尸体。朱罹当晚到现在一来一回也有半年，王种坤当时穿衣入土，但是江南雨水太多，尸体已经开始腐烂，只是衣物可见，又看到他全身黝黑，没了头颅。司空玉璋痛哭失声，发誓一定要为王种坤报仇。两人取好证据，掩埋了尸体，重新上路爬山。

两人行至半山腰丈人峰时，远远望见上面一面大石牌坊，上书四个大字，曰"青城剑派"，牌坊下端立着四个绿衣弟子。两人走了过去，四名弟子拦住了两人盘问。

司空玉璋拱手道："老夫是通天居的司空玉璋，有黄天与尊扇为凭，劳烦通报一声。"

朱罹连忙亮出了黄天与尊扇，那四个守卫见了与尊扇上盖着通天居大印，一守卫忙恭敬道："请两位稍等片刻，小的这就去通报。"于是慌忙跑了进去。

过了一阵，那守卫跑回来，拱手笑道："本派左掌门在正殿门口恭迎二位驾临本派，快请进入。"于是两人走了进去。

这大门距离青城剑派正殿尚有一段距离，两人继续走着。

朱罹忍不住问道："师父，这黄天与尊扇究竟是什么来历，为什么江湖上的人见了它都倍加惊诧？"

司空玉璋笑道："不是见了它惊诧，是看到你拿着它惊诧。"

朱罹不解。

司空玉璋继续道："这本是白府的当家人白依广亲手为亡父司空端打造的神器，当年我父亲与白依广一起闯荡江湖，惩恶扬善，在江湖中立下了名声和威望。父亲拜了白府老爷子白令先为义父，与白府往来密切。"

朱罹道："如此说来，司空端老前辈肯定是个大英雄了。"

司空玉璋点头道："后来白依广父亲白令先与方府老爷子方侯双双亡故通天山，白依广不得不回家继承白府祖业。"

朱罹道："方白二府就此结下了梁子。"

司空玉璋道："白依广念及闯荡江湖的艰辛，苦学铸造神技，最后铸造了这把黄天与尊扇，赠予我父亲。"

朱罹道："果然出自白府之手。天下名器，除了白府旁人真的无出其右。"

司空玉璋点头道："当时尚没有通天居，于是大家为了感谢他们的义举，齐聚白府，一起起誓，今后见到黄天与尊扇的持有人，如见我父亲本人，一定要尊敬有加，有什么要求，一定要尽力满足。"

朱罹道："原来如此，与尊扇有这般威力，也不足为奇了。"

司空玉璋继续道："后来，父亲为了感谢白依广的赠予，又念及当年的情谊，便定居通天山，建立通天居，替白依广守灵尽孝。白依广十分感谢，每月派人送来一万两白银并一些吃穿用度，出手十分大方。父亲也因此获得'通天杰'的称号，江湖上人人敬重，对父亲敬畏有加。"

朱罹道："司空老先生重情重义，实是我辈之楷模。"

司空玉璋道："罹儿，为师之前没有告诉你，是因为你年纪尚轻，武功低微，拿着扇子是防身之用。今后若是遇到江湖事，不论事大事小都要秉持公道，记住了么？"

朱罹道："徒儿记住了。"

司空玉璋转头道："罹儿，为师既把扇子传给了你，还望你能记着我父亲的德行，替为师行走江湖，一定要秉公办事。作为黄天与尊扇的传人，一定不要让大家失望！"

朱罹听罢，躬身拱手道："徒儿定不负重托！"

两人行了许久，见丈人峰上云雾缭绕，沿途不时有绿衣弟子巡山护派，很明显，青城剑派加强了警戒。继通天居大会青城剑派损失了老掌门和大弟子之后，王种坤本就人力维艰，整个剑派全靠他支撑门面。这下王种坤死于非命，左容道虽然如愿当上掌门，却实在难当大任。若是再不加强警戒，抓紧训练弟子，哪日西轩这等门派寻上门来，只怕要弄得被灭的下场。

两人走上山去，见一年轻男子率众等候，想必他便是青城剑派新任掌门人左容道。

待到两人走近，左容道走上前来，笑脸相迎，拱手道："小侄左容道，恭迎两位贵客到来！"

司空玉璋拱手道："左小侄，我带徒儿前来凭吊老友，在此多有叨扰。"

左容道道："叔叔客气了，叔叔光降，小侄求之不得。只是师父的事，还请叔叔节哀。"

司空玉璋道："我知道，左小侄太谦虚了。"

左容道道："哪里，哪里，这位是？"

司空玉璋道："这位是我徒儿朱罹。徒儿，这便是青城剑派的新任掌门左容道。"

朱罹拱手道："在下朱罹，见过左掌门，幸会幸会。"

左容道拱手道："见过朱兄，早就听闻朱兄一表人才，今日一见，果真不凡。"

于是司空玉璋两人跟随左容道走进青城剑派正厅。朱罹环顾左右，只见青城剑派虽然是在深山之中，然一砖一瓦，却是铺设得整整齐齐，宛若城池一般端端耸立山中。

剑派两边红花绿草，绵延不绝。守卫弟子、巡山弟子、训练弟子各司其职，王种坤虽死，然剑派秩序井然，有条不紊。可见左容道确有一番能力，令青城剑派重整旗鼓，危而不坠。

青城剑派占据青城山半山腰的一大块平坦之地，修建得气势恢宏，大气典雅，不失为南国武林一个响当当的门派。

进入正厅以后，两人看到正厅灵堂般布置。只是少了棺材，香火牌位样样俱全。司空玉璋走上前去，取香拜祭，朱罹、左容道紧随其后。司空玉璋看到，正厅之内满是尘土，香案之上尘土更大。与外面的整整齐齐形成对比，以左容道的能力绝不至此，很明显是故意为之。

拜祭过后，左容道与众人入座，哀道："小侄愧对掌门之职，派中之事弄得不甚有条理，恐怕无颜面对师父。师父走后，小侄夙夜叹息，实在惭愧，惭愧！"

司空玉璋道："怎么不见金小侄、周小侄？"

左容道道："师父走后，本派门人继承武学，维护青城剑派大派地位是关键。师弟他二人负责训练本派弟子要务，一时走不开，迎接叔叔不到之处，还请叔叔谅解。"

司空玉璋道："无妨，我只是问问。贤侄能否将王兄的遇难经过说与我听听？"

左容道道："当日晚上，小侄服侍师父进过晚餐，师父便命我退下。等我躺到床上，准备就寝之时，就听见一阵响动。小侄跟随师父多年，行走江湖还是有些经验的。小侄觉得好像有人偷袭本派，于是直奔师父的房间，准备告知此事。可是刚刚奔出房间，就见内院里边几个守卫已经被人点了穴道。师父早就已经追着那个杀手下山去了。"

司空玉璋道："只有一个人么？青城剑派弟子可有伤亡？"

左容道道："确实就他一人，这人点住了这么些青城守卫的穴道，出手之快，武功之高，可见一斑。而且，这人很明显是冲着师父去的。"

司空玉璋道："那后来呢？"

左容道道："待侄儿到达现场之时，师父已经受伤，渐渐坚持不住。侄儿提剑上前，誓要索了那刺客的性命。可怎奈那人武功甚高，我与师父两人才能匹敌。"

司空玉璋道："那你们战胜那贼人了么？可曾找到什么证据？"

左容道道："我与师父奋力拼杀，却也未曾胜过他。最后师父被杀，临死前将侄儿推开，教侄儿替他报仇。"

司空玉璋点点头。

左容道突然离席下跪，青城弟子见掌门人下跪，在场的都跟着跪了下来。左容道道："侄儿想来杀人者必定武功盖世，恳请叔叔为侄儿做主。"他这般说，为的是打消众人疑心，显示王种坤没有因为中毒而功力大减的事实。

司空玉璋见状，连忙离座搀扶起左容道，道："贤侄尽管放心，叔叔一定给你做主。"

左容道闻言起身，众弟子随之起来。

司空玉璋未做久留，问清楚左容道的答复过后便带着朱罹下山去了。左容道率众送行。

下山路上，司空玉璋同朱罹一起走着。

司空玉璋道："小贼竟敢骗我，为了一个掌门之位，竟然这般丧心病狂。"

朱罹正想安慰司空玉璋，却听到身后阵阵竹林响动，想是风吹竹林之声，却不觉有风，猛地回头，却见左容道已经举剑向司空玉璋刺来。

朱罹连忙举起黄天与尊扇，想要与左容道一决高下，了结了这阴险小人。谁知司空玉璋早就奔了过去，举扇迎战左容道。

左容道一剑攻出，剑芒微荡，司空玉璋不慌不忙，使扇子格挡住了，眼见师父遭人暗算，朱罹怎能无动于衷？当下挺身上前，挡在师父面前，跟左容道过起招来。

你道左容道如何敢以一敌二？原是他本人行事不大精细，想到司空玉璋师徒俩前来，必是兴师问罪的。方才略一思索，便察觉自己言语有疏，定会被二人找出嫌疑。便一不做二不休，索性连这二人也一并杀掉，方能保自己掌门之位无人动摇。他深知青城剑派之中自己无人能管束，青城剑派的交情里，也只有这位司空叔叔在剑派中说话最有分量，派中人也最识得、敬重他，只要这位叔叔一死，自己便真的没有什么顾虑了。

　　时间紧急，他并未蒙面。他只道是凭借自己师祖传下的半点"踏空掠影"，便想在两位高手面前蒙混过关，暗施偷袭，料得先取了司空玉璋的性命，再取朱罹的性命。殊不知他仅仅学到了皮毛，便是稍有些内力之人，便也会有所察觉，更何况是两位身出名门的武学行家？

　　当下朱罹迅速出掌，攻向左容道的右手，想着抓住他持剑的一只手，自然也就比较容易制服他。

　　这左容道日夜修习青城剑法，武功路数又正。虽然青城剑派自通天居大会、王种坤惨死之后实力大折，少了许多好手，然究属名门剑法，练到莫清泓一般高度时，天下剑术已少有敌手。眼下青城剑派虽失镇派之宝倾城绝剑，然这套剑法还是足以称雄武林的，毕竟莫清泓师出奇缘，这种机缘难得的紧。众后生只需提升根骨悟性，勤加练习，便可以名震江湖，稳居一流高手之列。况且左容道本人确实是块练武的材料，即便无人指点，也已到达高手的境界。

　　然朱罹此时，却是不同。他虽然体内暗含龙门、通天居、圣教等数家内功，又兼玉参星传功渡难，可毕竟照着左容道有些差距。北天宸阳宫护教尊使，论武功与旁的掌门尚可比得，与青城剑派的掌门相较，那还真是差上一截。

　　却说这时左容道迅速抽身回力，借着这股力道斜过身去。朱罹眼看就要扑空，这边也是急忙收回力道，以防中了左容道的诡计。左容道回过神来，使剑回击朱罹，使了一招"剑动云峰"，定要将两人击毙剑下，否则猛虎归山，自己就成了众矢之的，到时候自己也就成了武林败类，千夫所指。

　　这时只见左容道身后闪出两人来，俱是青袍剑客，径直往司空玉璋那边攻去。朱罹再难抽身相顾，只好尽全力抵挡左容道的剑法，好在黄天与尊扇非同一般，到底挡住了这等神妙剑法。

司空玉璋这边奋力抵抗，应接不暇。这两人虽是力道刚猛、血气方刚，剑法终究不高；司空玉璋习武半生，虽然年老力衰，但是对付两个无名小辈，自以为还是绰绰有余的。青城剑法内功无一不是极其精妙，用起来随心而动，旁人自叹弗如，只可惜他二人年轻学浅，功夫还是没有练到家。

这二人说来奇怪，一人使剑，另一人却也是使的扇子，说起青城剑派，自然是以剑为宗，青城剑派之中使扇子的人物旁人倒是闻之未闻。不过青城武功的要旨在于巧妙灵动、飘逸潇洒，这人依照青城剑法、掌法的要旨，"依样画葫芦"出来的"青城扇法"竟然也能与司空玉璋这样的使扇行家过上几十招，青城武功的博大精深，果非寻常门派可以比肩。他两人这般怪异，若非掌门人的亲信密使，自然也是不配参与这等绝密艰难之事。

想到这里，司空玉璋不敢懈怠，说不定这两人还有什么独到之处。果不出司空玉璋所料，两人前番因为实战不足才贸然使出了不在行的低微武功，这下眼看性命难保，便使出了自身内功护身，司空玉璋见他二人使出了内功，便想试探一番，使了一招"通天飞虹"，以便瞧出两人的来头，也好找出对策。几番试探之下，司空玉璋吃惊不小，这两人各怀独有内功，功力不算十分浑厚，但在年轻小辈之中也算是翘楚，少有敌手。这两路内功甚是诡异，不似运用阴阳之气调动全身内息，更不与手三焦、足三焦有甚关系，只是凭借蛮力，加以巧妙运用，令人难以防备。司空玉璋平日里熟读医经，于内功修习原理早就烂熟于心，对于天下各门各派的内家心法、武功路数可说都曾有过目睹，自然也是了解不少。他二人明明用的是青城武功的巧妙灵动、飘逸潇洒，可是这两人的内功心法，司空玉璋却是半点眉目也没瞧出来，更是与青城剑派的内功没有任何关系，当真奇怪得很。司空玉璋无法，只得硬着头皮抵抗下去，以期险中求胜。

却说朱罹这边奋力抵抗左容道的青城剑法。左容道的青影心诀师出名门，加之自己多年勤修，已经修到了第六式"剑随心动"，正在第六式的大关头。须知一旦掌握住第七式"剑问苍天"的招式要领，便是天下少有的剑侠，就算其他一流门派的高手也未必抵得，朱罹当然也会不在话下。第六式虽然厉害，然莫清泓座下的弟子陈云生、王种坤等人无一不是八九式上的好手，左容道想要超越前人，还需走很长的路。

朱罹予以回击，使了个木日神功的功夫，名唤"卷云拖雷"，此时单凭龙门的身手，早就不是左容道的对手，幸而深得司空玉璋的真传。圣教老圣主亲授"木日神功"入门功夫，虽是入门，然可令圣教护教尊使行走江湖性命无虞，无人敢去招惹，再加上瑞鹤临江楼玉参星身传内力。所学虽杂，也可算得上是刚柔并济，阴阳相辅，尚且能够拼上一拼。

左容道手起一式，朱罹感觉冷风阵阵掠面而过，霎时间已经攻到了胸口前数寸，朱罹大吃一惊，连忙展开黄天与尊扇，挡在胸前。左容道也知晓与尊扇的厉害，这下用上了十成力，可仍是久攻不破，左容道震惊之余，心下也是对白府神器暗暗佩服。

两人斗了好一阵，左容道左手虚出一掌，这一掌攻势很是凌厉，朱罹不知是诈，急忙使与尊扇挡住左容道的左掌，谁知左容道右手使剑攻出一招"剑伐蜀江"，朱罹毫无防备，这下情势便是万分危急：朱罹若不是送出左手任他削断，以减弱长剑的力道，伺机遁开；便是让出胸口，教他长剑穿胸而过，依左容道出手之狠辣，自己定然毫无生路。

朱罹虽身兼多路武功，然实战次数有限。青城剑派武功讲究灵动飘逸，怎知左容道在此基础之上添得一分毒辣，青城剑法从此变得沉稳严谨，左容道座下弟子研习武功，因为武功带有邪气，更有不少走火入魔者，此乃后话。当下朱罹对战左容道，左容道早就见识过龙门、圣教、瑞鹤临江楼的武功，朱罹显然不是左容道的对手。

正在此时，却见一把铁扇横着过来，挡住了左容道的长剑。原来司空玉璋毕竟功力深湛，不是江湖小辈可以动的，任他"青城扇法"如何高超，毕竟不是司空玉璋的对手。司空玉璋抓住时机，一掌将那剑客弹飞，这下刚刚制住使扇的高手，就见爱徒陷于危难，性命难保，于是借力打力，将使扇高手的铁扇压向朱罹一侧，顺着那人挣扎的力道将左容道的长剑挑开。司空玉璋引着那使扇高手，这一控一弧，好似舞蹈一般，端的是好看之极，唤作"通天长空"。

这一救，救下了朱罹。朱罹惊得不小，招式也渐渐显出了不足，仓促之间难以应对。幸得司空玉璋出手援助，才得脱离险境。当下朱罹不敢大意，小心应付。

朱罹闪身一边，司空玉璋制住那使扇高手，应付着左容道，那人给惊得不轻，竟也没有还手之力，就连半分也挣脱不得，只得任由司空玉璋摆布，旁边使剑的高手投鼠忌器，也不敢上前出手，只是惊叫道："祝兄弟，你怎的反去帮了外人也？"

那姓祝的道："掌门人，肖兄弟，我实在挣脱不开，你们须得小心着些。"此刻他受制于人，言语中也不敢对司空玉璋有什么不敬之词。

左容道见了，也不方便说些什么，毕竟一派掌门之尊，大开杀戒已是有失身份，若不是没有把握，自己也不会出手。就听见旁边那姓肖的高手道："祝诗成，你这说的什么话来？难道你失手受制于人，还是我们的过错了么？！"

祝诗成被他一激，转而怒道："肖隐，你不过来帮忙，反而对我说三道四，难道要等到我死了，你再出手相援么？"

肖隐虽是愤怒，却也顾及左容道的安危，于是无奈道："罢了罢了，回去再和你算账！"径直冲上前来保护左容道。

朱罹缓过劲来，一个箭步冲了上去，左掌运起内力，暗自杀出，直取肖隐胸口，肖隐右手使剑劈向朱罹，唤作"巨神劈山"，朱罹起手一个"撑云齐天"，使与尊扇挑开了肖隐的长剑。朱罹见他身子闪到一边，便使左手向右一转，仍是打到了肖隐的胸口。怎奈朱罹内力不深，发出的力道有限，这一掌便似一个彪形大汉的力道一般，不过百十斤力道。若是司空玉璋这样的高手出掌打到肖隐胸口，他内力不浅，当如横飞的巨石袭来，他肖隐纵然有准备也必然是重伤。

然这一下毕竟威力不小，肖隐疼得丢了长剑，向后连连退了十几步，险些跌倒在地。肖隐虽是身形庞大，然这一击他确是毫无防备。

司空玉璋见此情形，知道以二敌三自己不占优势，不能逞匹夫之勇。于是趁势向左容道撤去祝诗成，左容道不敢出剑，只得伸手接住，司空玉璋力道奇大，直弄得左容道两人倒地打了好几个滚方才停了下来，足见他内功不是寻常一等可比。

三人虽然暂时处于劣势，但是他二人这般纠缠下去毕竟不是办法，而且此地是青城剑派的地界，必定后援无数。与其这般缠斗下去置身险境，倒不如走为上计，他日再来报仇。

这下师徒二人瞅准时机，跑了开去。司空玉璋边走边道："左容道小贼丧尽天良，弑师之罪不容你掩盖，今日姑且放过你，他日定教你身败名裂、以死谢罪！"说话声音越来越远，其杀意却一步步逼近左容道内心。左容道听完，不禁打了个寒战。

左容道懊悔武艺不精，偷袭未成，反而坐实了滔天大罪。肖隐、祝诗成两人自知配合不善，误了大事，一路跟着左容道，一句话也不敢说，三人回派重整旗鼓不提。

却说司空玉璋师徒两个在青城山险遭不测，勉强逃脱。两人回到通天居，司空玉璋竖起王种坤的灵位，师徒俩隆重祭奠完毕，发誓要为王种坤报仇。朱罹为防不测，决心留下来照顾师父，以免青城剑派的左容道前来暗算。

却说这一年到了南明永历七年，亦即清顺治十年，鲁王来至舟山已有五个年头。五年来，鲁王势力渐衰，苦撑无果，手底下实在没有什么精兵强将，于是鲁王与总兵张名振商议，退开舟山，另谋出路。

舟山麒麟福地老主人徐明烈依依不舍，送别数里而归，命次孙徐敬忠保卫鲁王至东南福州。徐敬忠领命而去，不想清廷得知细作消息，早在沿途设下埋伏，徐敬忠为保鲁王，战死沙场。鲁王与总兵张名振就此逃脱，从此再未露面。

徐明烈得知此事后悲愤不已，自号"不臣公"，发誓与清廷绝不两立。后徐明烈怜惜爱孙，将唯一爱孙徐敬愿送出舟山，花重金在金陵城边盖上一座小庐，名曰"宁心水榭"，徐敬愿就此和舟山分了家，过上闲云野鹤一般的生活。

却说朱罹两人这般在通天居待了三年，不见青城剑派的人来。这日，朱罹却接到圣教教徒的来访，众教徒奉上东方鸿宇的亲笔信，言说教中有要紧大事，命朱罹速速回宫商议。不觉之间，朱罹自上次面见怜香离开圣教以来已有五年光景，离开之后，朱罹甚是想念，但囿于和方仲的约定，朱罹早已下决心不回圣教，但这次东方鸿宇亲自下令召他回宫，便再也推辞不掉，朱罹也正想回去看看。朱罹自知瞒不过司空玉璋，只得据实相告，司空玉璋虽不喜魔教的所作所为，然方仲在时年年派人为"通天杰"司空端上供祭奠，更对司空玉璋礼敬有加，照顾周详。白府的使者甚至有时会与圣教教徒起冲突，但对司空玉璋极是尊敬，每次也都是嘴上吵架而已，并不敢大动干戈。眼下圣教元气大伤，又急需朱罹，司空玉璋心存感激，也不好阻拦，便命朱罹代为探望，帮着打理教中事务。朱罹受命，深感欣慰，当下不敢耽搁片刻，急忙辞了司空玉璋，率领众教徒下山直奔宸阳宫而去。

众人奔波数十日，方才来到北天境内，早有北天众小门派接风洗尘，朱罹等歇息了一日，继续奔波。又过了数日，方才抵达立桓山。当下朱罹顾不得歇息，下马直奔宸阳宫而去，圣教教徒见护教尊使驾临，纷纷拱手作揖，甚是恭敬。只见立桓山内人人忙着准备什么，朱罹知道此事定不简单，心想一会儿见到圣主，一定要问个明白。

待得进入宸阳宫正殿中，见东方鸿宇依旧端坐正中央，旁边李知兴等却是忙前忙后，各自准备各自的事务，好像圣教即将有大的行动。

朱罹上前，拱手朗声道："属下拜见圣主。属下来迟，还乞圣主恕罪！"

东方鸿宇见了朱罹，想到一别数年，又想到方仲临死前对朱罹的"关照"，也忘了圣主之尊，起身相迎，双手向上面那么一提，直弄得朱罹没有半点下坠之力，被东方鸿宇轻轻提了起来，站直身子。

朱罹看向东方鸿宇，只见他数年之后，鬓发白了不少，眼角的皱纹更是深了一些，精神也不似之前那般好了。可见方老圣主死后，他掌管教中一切，早已是力不从心，加上心中哀痛，竟是老了许多。

东方鸿宇强颜欢笑，道："贤侄，五年未见，本座及教内的众兄弟很想你啊，你来得正好，而今教中有件大事，正好需要人手，有你在，本座也便多一份信心。"众尊使见朱罹回来，也都停了下来，不再向底下人吩咐什么，凑了过来，对朱罹嘘寒问暖。

朱罹不知何事，心下也没心思和他们寒暄。一番交谈过后，李知兴看出朱罹心思，正色道："朱兄弟，我东方圣主日前有个决议，大伙都同意了，这下你回来，正好知会你一声，我们过几日就要走了。"

朱罹满脸诧异，难道圣教找到了新所在，准备搬去了？若是出征的话，根本不用安排这许多人手，即便是通天居大会，也不似这般的大阵仗。于是道："还请圣主明示。"

毕竟东方鸿宇说出什么来，且看下文分解。

第十九回
归圣教商议起冲突　去舟山登岛排万难

上回说到，朱罹回到圣教，见圣教上下一片忙乱，正待东方鸿宇解释一番。

于是东方鸿宇随之正色道："本座继任以来，虽得各位鼎力辅佐，然本座毕竟和老圣主有所差距，因此北天众门派见老圣主去世，多半心有不服，眼下蠢蠢欲动，情势危急。

"基于此，本座便要展示我圣教神威，震慑一下这帮乌合之众，好叫他们乖乖听从本座号令，为我圣教南下出力。

"而今武林，哪家最盛实不好说，但要说哪家的武功最出名、哪家的内功心法最奇特、哪家的掌门人最富传奇，只怕是非东海舟山派莫属了。

"而今，本座便要率领我北天圣教众多高手，去和这个号称'麒麟仙公'的徐明烈比试比试。待我圣教将他提头而归，便可一战扬名，天下武林势必望风披靡，尽皆折服了。"

东方鸿宇提高声音道："命护教尊使朱罹为前头先锋，带领我圣教拿下舟山一派，扬名宇内！此令一出，不得有误！"东方鸿宇语气甚是威严，像是不可违抗一般。他以为方仲临死前特地"关照"朱罹，必然是十分器重朱罹，觉得他有非凡之才，更没准暗中传了他一身好武功。东方鸿宇操劳教中之事，每每到了烦心时，时常会想起方仲的谆谆教导，也就想起了远在中原的朱罹。这次派他做先锋，教他为本教立功，日后号令北天，也就多了个帮手。

不想朱罹迟迟不语，众人这般看着他，他也毫无反应。东方鸿宇见他没有下跪领命，便即笑道："你放心，本座这次不但让你做先锋，以后圣教出征也少不了你。这功劳嘛，当然也不能少了你的。"

朱罹仍旧不语。

曾相见了，怒道："朱兄，本教圣主与你说话，封你官位，那是对你的恩典，你怎的不领命谢恩？难道这些年过去了，你便连圣主也不放在眼里了么？"

朱罹听了，急忙解释道："圣主明鉴，属下绝没有藐视圣主之意。只是圣主交代的事情，属下心存疑虑，不知道该不该与圣主说明。"

东方鸿宇说道："你但说无妨。"

朱罹道："属下以为，此事还需考虑。"

东方鸿宇颇有愠色，冷冷道："本座准备了半个月，全教上上下下忙活了半天，难道因为你一句话，就此前功尽弃么？"东方鸿宇一直对朱罹敬重有加，才没登时发作。

朱罹道："属下不敢，只是有些想法，说出来让圣主思虑一番。舟山之行，去与不去还请圣主定夺。"

东方鸿宇道："说来听听。"

朱罹道："众所周知，舟山派乃是前明海防演化而来，兵卒精良，自给自足。舟山派掌门人徐明烈更是当今武林泰斗，无论是武功智谋，还是辈分声望，在整个武林当中可是无人能与之比肩。别的不说，就说舟山派本身，不但包括舟山岛一处的麒麟福地，还有舟山岛周边大岛四处水寨，更兼周边四十三处小港，还有无数的小船每日往来巡逻。就算我圣教凭借圣主洪福齐天，指挥得所，夺了舟山水寨，上了舟山岛，找到麒麟福地的所在，也未必能胜过徐明烈。到那时……"

"够了！"敖融打断朱罹的话，拱手对东方鸿宇道："贪生怕死的小贼，你不做先锋便罢，为何在此妖言惑众，颠倒黑白、危言耸听？圣主，我只待您下令，便将此人打入大牢，以正视听！"敖融此人最富心机，他知道朱罹当众违抗东方鸿宇的命令，已是大不敬，纵然东方鸿宇对他有所忌惮，盛怒也是难免的。不如借此机会除掉朱罹，也少了一个竞争圣主的对手。还可以借此献媚圣主，讨好东方鸿宇。

却见东方鸿宇面不改色，强压怒火，冷冷问道："那依你之见，该当如何？"他毫不理会敖融的说辞，敖融纵然有心，也不敢轻举妄动，毕竟他也不是朱罹的对手。

朱罹拱手道："依属下愚见，当然是放弃这次南征的计划。"他这一说，曾相早就红了眼，于是他赶紧跟上，"但若圣主权衡再三，舟山非去不可的话，依属下之见，还是发动北天武林的好手一同前去，这样不但使舟山之行多了一分把握，更可以向全天下显示我圣教北天霸主的身份地位，更可以防止北天败类趁虚偷袭，如此一举三得。圣主英明，望圣主三思。"

游竺鲲道："不可，不可，我堂堂圣教一方霸主，南下舟山还需要他们这帮乌合之众帮忙么？不要说我圣教只率高手出动，就是我圣教全教出动，他们也绝不敢打我们半点主意。再者，圣教对战舟山，一派对一派，本是公平之事；外边若是知道我们叫上北天的乌合之众，就会说我们依仗北天武林势大，欺负弱小一派，如此一来，岂非是大大折了我圣教的颜面？此计绝不可行。"

游竺鲲向来思虑周全，足智多谋，然他也是谄媚之人，见圣主不愿听从朱瞿的意见，众尊使也都对朱瞿怒目相向，虽知朱瞿说的不无道理，但也不敢和朱瞿站在一边，与众人作对为难，便替东方鸿宇申斥朱瞿。只见东方鸿宇听罢，微微一笑，并不作声。

牛通寿见圣主微笑，便知游竺鲲所言不差，便跟着帮腔道："老弟你也将我圣教看得太轻了，此次行动可是圣主亲自率领，加上我们六个人，怎么会打不过一个七老八十之人呢？纵然他武功再高，咱们人多力量大，也是可以对付得了的。"

朱瞿见状，连忙下跪，道："他舟山的'东海神功'可不是浪得虚名。几个月前龙门剿灭'瑞鹤二仙'之时，若不是人手比他们多占了优势，又怎么会赢了他两个？弟子尚且如此厉害，何况他们的师父？大敌当前，我们不得不从长计议。"

别人听了，倒也都着实想了想他的这番话语，个人的武功几斤几两，够不够和"麒麟仙公"拼上一场，可实在说不好。偏偏曾相听了，对此不屑一顾，他这人说话行事向来不经思考，对于后果也没有设想，被朱瞿一说，便激起了心中的怒火，于是开口说道："我说兄弟，你能不能不总长他人志气灭自己威风？你怎知我们七个人打不过他一个？我们'杳世六子'每人出去走动走动，都够把他吓破胆了，就怕到时候我们占了他的麒麟福地，他连露面都不敢！"

朱瞿还想再言，李知兴抢先道："圣教之事还是要由圣主尊意裁决，我们几个护教尊使，谁也别想干扰圣主的决断！"他嘴上没说朱瞿的不是，实际上字字都是针对朱瞿发表的不满。众尊使连同东方鸿宇在内都对他的话毕恭毕敬，朱瞿再没话说，只好起身，站在一旁，等待东方鸿宇的决定。

东方鸿宇想了良久，仍旧淡淡地道："命护教尊使朱瞿为前头先锋，带领我圣教拿卜舟山一派，扬名字内！此令一出，不得有误！"

朱罹无法，只得下跪接令。

三天过后，北天武林霸主东方鸿宇率"杳世六子"以及大批圣教好手五六百人，浩浩荡荡南下而去，直取舟山麒麟福地。

为掩人耳目，圣教好手分成十数个小队，东方鸿宇特地命人封锁消息，使北天武林毫不知情，他更是率领六位尊使乔装改扮，装作不会武功的样子，不教江湖人士看出半点不对来。

一个月后，东方鸿宇率领众人抵达松江港。有线报说早有小队在此租下快船，恭候圣主驾临，应当是扬州分舵的弟子前来接应。东方鸿宇率众登船，于是百十来艘快船满满当当，依游竺鲲提议，圣教之人尽皆扮作渔民，暗度陈仓，径直向东，直奔舟山岛而去。

却说舟山派雄居海上，本为前明海防，防范倭国袭击我出海渔民之用。徐明烈乃大明开国神将徐达之后，奉命世代守护渔民百姓。闯逆入京后，鲁王逃难至此，徐明烈率众出山三百里相迎，此后鲁王势微，不得不南下招兵买马。舟山派没了鲁王侍卫守护，自然不如之前。若是换了以前，别说是圣教，就算是清廷也不敢打舟山一点主意。

这下舟山别无依靠，只得靠自己。好在海防优越，水军精良。这舟山派原分为五大部分，舟山岛自是核心，上有高山，山顶为麒麟福地，徐明烈在彼处长住，运筹海上之事。旁有岱山岛、朱家尖岛、六横岛、金塘岛四岛守护，这四处水寨，互为掎角之势，守御着彼此。

四处水寨周边，却有无数小岛，星罗棋布，蔚为壮观。四处水寨每日派出上百艘渔船来回巡视，声势很是浩大。当地百姓深深爱戴，更将舟山派当作再生父母一般看待。

李知兴提议，将百十来艘小船分为七队，圣主率领二十艘，前锋朱翟率领十五艘，其余尊使一人率领十艘小船。他早年做过总兵，对于布阵排列之事十分熟悉，此事由他安排部署，那是最合适不过。

朱翟带领船队直奔舟山而去，东方鸿宇率队紧随其后，李知兴率队守护在旁，其余四队扮作打鱼模样，准备随时上前，攻击四处水寨。

众人行了一会儿，左首一队船队闪出，也都是渔船大小，只不过用的是上等木材。船首一人按剑问道："东方圣主一行远道辛苦，夏某不才，忝为岛主，还请众位上我的岱山岛坐一坐！"这便是岱山岛岛主夏英松，对方显是已经对众人身份了如指掌，只见数十条快船前后包抄而来。

东方鸿宇不禁大惊失色，圣教此次行动极是保密，除了六位尊使外无人知晓，怎的这么快走漏了消息？东方鸿宇虽知其中有内奸，但也无心再查，只盼打倒徐明烈，问出个详细来。

当下李知兴拱手朗声道："多谢夏岛主美意。只是我等此次就是专程前来看望贵老掌门，还望兄弟行个方便。"他言下之意，是想说圣教直取徐明烈性命，并不为难舟山岛以外的舟山派弟子，规劝夏英松早识时务。

夏英松拔剑怒道："看来你圣教是敬酒不吃吃罚酒了。弟兄们，保卫老掌门，跟圣教拼了！"说完仗剑飞身，直冲到圣教的船上来，岱山岛弟子见岛主身先士卒，便齐声呐喊，纷纷使出轻功，跳上圣教打头的小船。舟山弟子常年行走水上，时时从一艘船跳到另一艘船上，这不经意间竟将轻功参得甚透，因而舟山轻功卓绝，舟山武功路数里面，自然也就多了一分轻巧。圣教北方之士，不服水土；舟山水寨弟子个个骁勇善战，水性极佳。顷刻间便淹死了不少圣教教徒。海上的渔民见了，以为有外寇袭击，尽皆四散奔逃。

　　曾相见状，第一个不服，大叫一声，使轻功踩过众人肩头，飞至夏英松身前，与之激战。

　　夏英松宝剑锋利，曾相毫不含糊，从圣教教徒手中接过一把朴刀，化用了木日神功徒手功夫的一招"日照彤霞"，就向夏英松砍去。夏英松双足立稳，上身向后猛地一仰，竟不跌倒。曾相将刀头向下，直砍下去，夏英松快上一步，使剑直取曾相胸口，这招名唤"直入虎穴"。却说早年间，舟山老仙公曾编纂几十本武学奇书，包罗数百种江湖兵器的使用要旨，实是江湖名作，后仙公将这几十本书，统一命名为《天下神兵总纲》。因此舟山派的人，使的武功自然是不拘于一两种兵器，无论拿的什么兵器，照着这《天下神兵总纲》一找，配合着东海神功的入门功夫，总能展其一家之长，在江湖上有立足之地。

　　两人见一时杀不了对方，便同时弹开，准备再战。舟山武功轻妙之极，令人看了不由得赞叹一番。

　　东方鸿宇见曾相率队前去，鼓足士气，便传令朱瞿带队继续前进。曾相缠斗夏英松船队，众人倒是没了阻拦。

　　过不多时，只见舟山岛遥遥在望，依稀可见。这时众人右首闪出一支船队，船首站着一个屠夫模样的人，此人光头赤膊，很是壮实，双手提着一把大锤，怒道："东方小儿休走，金塘岛岛主重病在身，不如教我胡卫提着你的头去看望他！"原来金塘岛岛主唐英风病重，这是金塘岛副岛主胡卫率队守卫着。

　　却见圣教这边一船队开了出来，挡在东方鸿宇船队前边，让胡卫靠近不得。为首的喊道："要圣主亲自出手杀你，只怕你还不配！"原来这是护教尊使敖融，他见曾相出手在前，出了风头，他便也不甘人后，要在圣主面前显露一番。

　　敖融亮出一杆长矛，跳将过去，他见曾相作战勇猛，他便要比曾相还要勇猛一些，主动冲了过去。圣教教徒见尊使出战，莫敢不从，等到再靠近些，便都陆陆续续地跳了过去。

且说那胡卫虽是身形庞大，铁锤沉重，但挥舞起来丝毫不见笨拙，竟也有如年轻侠客使剑一般，轻盈得很。敖融本想趁他舞锤缓慢之际出长矛攻取要害，现看来胡卫并不简单，也可说很难对付。胡卫使大锤用了一招"九鼎之力"，举重若轻，挥来舞去，不时砸向敖融，好在敖融长矛占据长度优势，远远攻了出去。两人这般缠斗了许久，难分胜负。敖融打着打着，头上冷汗直冒，他心知若是一个不小心教他这大铁锤打中了半点，便是骨头粉碎，血肉迸溅。堂堂北天圣教护教尊使竟和一个小小的水寨副岛主打了个难分上下，敖融不禁羞愧难当，感叹舟山武学多奇。

两人缠斗一百余招时，敖融长矛一挺，矛头恰好刺中胡卫右胸，胡卫鲜血直冒，犹自挥舞铁锤不止，竟好像这重伤对他没有半点影响。敖融愣了半响，就在彼时，一个金塘岛弟子冲过来举刀相迎，敖融眼疾手快，化用了一招"神木接天"正戳中他的心口，那弟子登时殒命，却见胡卫大锤砸来，敖融无奈只得放了长矛，空手躲来躲去。冷不丁一个不防，早被胡卫一锤打中丹田，敖融登时觉得五脏六腑剧烈一震，疼痛难忍。好在他手下一壮士名叫张业，平日里跟随于他，很是忠心，武功也是不错的，这时长剑一挑，有如四两拨千斤，轻轻巧巧地拨开了大铁锤，跟那胡卫打斗，这算是救了敖融一命。敖融拔下长矛，继续与胡卫较量。

朱罹领队继续前进，前方一路畅通并无阻拦。朱罹心下奇怪，然仔细勘察周边一遍，却见几处水寨大门紧闭，真的不见有什么水寨弟子。朱罹命方德飞报东方鸿宇，东方鸿宇命令继续前进，朱罹只得继续向前。

行了一会子，只见舟山岛离众人不过两三里远，却见岛边黑压压的一片，再走近时，却看清了，原来是水寨打扮的舟山弟子一齐出动，压了过来。朱罹眼瞧大事不好，急忙回身，想要报告此事，这一回头更是心惊，只见后边也是黑压压的一片压过来，左右皆是舟山水寨，这便是前后夹击，将他们围了个水泄不通。朱罹默然不语，只等东方鸿宇区处，东方鸿宇也是不语，似乎是想等到彼众靠近再下令。

却见前面船首站着两人，一人年纪稍长，只怕比夏英松、胡卫等人大了十余岁，鬓发皆白；另一人年纪很轻，只怕比夏英松、胡卫等人小了十余岁。两人在一起差了三四十岁，然老的却对小的十分恭敬。小的一字一句道："吕老岛主，这里的事就麻烦你了，我回去报知老掌门。切不可让他们上了麒麟顶，打扰老掌门歇息。"那姓吕的拱手道："请老掌门放心，我舟山断不可让小辈欺负到头上来！"那小的道："如此，吕老岛主多加小心。"说罢便闪到众人身后，不见了踪影。

却听得李知兴在身后高声道："朱罹，你让开，退后保护圣主。你不是他的对手，过来待命。"他两人虽是名分相同，然李知兴辈分太高，在教中的威望无人可比，朱罹不得不听他的号令，领着方德乘小船退了下来。李知兴乘小船前去。

待得小船立定，李知兴拱手朗声道："江湖有言，'舟山四寨，万壑松风'。今生能得再见吕老岛主，知兴荣幸之至。不知你我镇江一别后，是否无恙？"

那老者便是舟山四大护法岛主"万壑松风"之首、朱家尖岛岛主吕英万，在武林中也是响当当的一号前辈人物。当年李知兴起兵勤王，他便是李知兴的副总兵，这两人在镇江遇到起义军，吕英万竟被乱军冲散，与李知兴失去联系，直至今日，方始相见。那老者面色和蔼可亲，神态安详。他见李知兴拱手，言辞很是恭敬，也跟着拱手高声道："吕英万何德何能，值得李尊使这般挂怀。我吕英万平生只佩服三个人，这第一，便是你李尊使，镇江一别后，吕某日夜思念，没想到今日在这里见到了李尊使。不知李尊使为何执迷不悟，不听我那松弟的劝阻，偏要上这麒麟顶啊？"吕英万言语之中，透出了几分无奈。

李知兴拱手道："惭愧，惭愧，吕老岛主还记得我。实不相瞒，在下当日落难之时，恰逢圣教故老圣主方仲搭救，才有了今天的这般模样。在下受人恩惠，当涌泉相报。故老圣主临终将圣教托付于我，在下受人之托，忠人之事，当年故老圣主的大恩大德，实不敢忘。然今日见到吕兄，却又真是左右为难。"

吕英万道："既是惭愧，为免尴尬。小弟劝李兄回头是岸，莫要你我兵戎相见。到那时，便是追悔莫及了。你若回去，小弟别的不说，可保你全身而退，不伤分毫。"

李知兴想了想，道："多谢吕兄美意。只是小弟不敢忘记故老圣主的大恩，这舟山岛是定要去的了。还望吕兄看在我们多年交情的份儿上网开一面，小弟定当铭记于心，感念吕兄的恩德。"

吕英万道："莫要再说。你蒙方仲搭救，我当年走后，若不是徐老掌门收留了我，我根本活不到今天。你我之间，是敌非友，算不上是同室操戈。"

李知兴愣了半晌，道："那便请吕兄使出你的拿手剑法。而今你我各为其主，也是身不由己。"

与此同时，后边船队接近，为首的四五十岁光景，虽有些年老，却不失当年英俊，威风霸气一分也没少，想必年少之时，也是出了名的风流倜傥。他举棍道："六横岛岛主杨英螯前来领教圣教高招！"原来这便是江湖上出了名的江南四大才子之一的杨英螯，此人吟诗作对，江浙一带的迁客骚人没有一个是对手。他十几年前在江湖上销声匿迹，竟是到了舟山派，舟山派这些年实力壮大，实是有目共睹。江湖上只知他持扇君子模样，却不知他还有一套拿手棍法。

圣教这边为防变故，早派朱罹守护圣主。这下牛通寿殿后，自然也就应声出战。牛通寿拱手道："圣教护教尊使牛通寿前来领教，杨岛主进招罢。"

却说吕英万放出六艘小船，这小船皆是用铁链连在一起，好似当年赤壁的铁索连环一般，小船缓缓到了双方中间，约莫离了四十丈远。吕英万拱手道："请了。"言罢展开轻功，飞上了小船。他身着紫衫，只见一道影子掠水而至，有如紫电一般，难以捉摸。朱家尖岛弟子见了，纷纷叫好。朱罹见了，心知李知兴所言不虚，他说打不过，朱罹便是真的打不过。

李知兴听罢，终于拱了拱手，闭目微思。而后双目一挑，在船首双足一蹬，贴着水面霎时间便到了那船上。他去时身影有如一道白绫，任谁也看不出究竟到了哪里。等他到时，众人眼前一惊，低头看水，却不见一点水花，却不知他是如何贴着水面，却不踩水，过的这几十丈远。圣教教徒见了，也是纷纷惊叹叫好，朱罹见了，心生佩服，知道李知兴在教内的威望无可撼动，也是名不虚传。

只见吕英万疾步奔来，他右手提剑，剑锋上边映射着耀眼的光芒，他的宝剑精钢锻造，旁人莫当其锋。李知兴看他杀气腾腾，心下也是一凛，握住宝剑，拔了出来。李知兴担任圣教护教尊使以来，极少出剑，大部分只靠徒手功夫。圣教教徒见过李知兴出手的就不多，见过他拔剑的，也就更没几个。当下李知兴拔剑迎敌，不但是圣教教徒看得两眼发呆，就连东方鸿宇和朱罹也是为之一振。

吕英万起手一式"金佛降世"，便是舟山独有剑法——普陀剑法的起手式。舟山群岛之上，便有那普陀山，这套剑法绵绵长长，颇有以柔克刚之意，徐明烈为了表示对佛法的崇敬，特地潜修十年佛经，创造出这一套剑法。这一式并非杀招，算是礼敬李知兴。李知兴会意，起手便将宝剑指向天空，有如古时祭祀之人舞剑一般，握紧宝剑在胸前划了两个圈子，他使剑博采众家之长，并不拘泥于某一家剑法，这招实是他临阵自创的"星月清辉"，但总也哄住了吕英万。吕英万细细思考，也没个结果。

吕英万奔到李知兴眼前，李知兴径自倒下，你待怎的？李知兴左足点地，右足不停在船上滑动，使宝剑挥舞了一圈，剑气四出，吕英万不敢接近。他使这一招，却是要和之前的夏英松双足点地比上一比，这下大长了圣教的士气。吕英万毫不示弱，使麻绳钩住剑柄，向着剑气抛去，他在后面左一提右一拽，操弄宝剑对付道道剑气。你道他缘何不用铁链之类的东西控制宝剑？原来他也想炫耀技艺，便故意用了容易被砍断的麻绳，以表明剑气伤害不到他。

且说这边牛通寿见杨英銎快船接近，跳上小船迎战杨英銎。过了几十招后，杨英銎俯身横扫船面，牛通寿拔出宝剑，使出了始皇楼剑法。他见杨英銎俯身，便飞身而起，向下直刺，这一式名曰"天降秦威"。杨英銎连忙起身闪躲，举棍向牛通寿砸去。牛通寿不慌不忙，使剑一挑，将他一根铁棍挑到一边，而后并不收剑，看来他想顺着下落之势将杨英銎从上至下劈开一个大口子。杨英銎一边要收回被拨走的铁棍，一面还要防守，实在难当，急得后退了十几步。战到这里，杨英銎有心乏力，不得不停下来喘息一阵子。

李知兴荡剑而出，吕英万冲到剑锋前，向后仰去，两人擦身而过，同时向身后刺出一剑，两剑擦着过了去，两人都不愿示弱于彼，所以两人右手都被划伤，使剑的力道也不觉都弱了几分。两人相比，胜负与轻功高低关系极大。他两人垂暮之年，比拼蛮力则体力有限，谁也没有完胜把握。只有倚靠技巧，看谁的功夫最精妙，在内力耗尽之前将对手打倒，才是要旨。这一点，二人心里都很明白，在场的人也都理解。

牛通寿奔了过去，杨英鏊使铁棍斜着挡住，他左手握紧，右手一松，铁棍向牛通寿捅去，牛通寿冷不防，被他打中胸口"上脘穴"，登时觉得胃内翻江倒海，疼痛之极，这招唤作"撞钟式"。牛通寿不得不出剑挡格，再难有攻势。杨英鏊不愧是穴位高手，牛通寿醉心武学，武艺不低，牛会仙虽愿教他医术，然他毕竟没有兴趣，对医术见解太浅，穴位之事也不甚了解，所以吃了这个大亏。

李知兴左掌向前轻轻一送，一道气浪推向吕英万，这叫"十里烟波"。吕英万一手不敌，只得抛下兵器，双掌齐运，也跟着送出了一波气浪，名为"东海迎风掌"。三掌相对，巨大威力竟将中间两条快船拦腰崩断。这下子，六条快船只剩得四条。中间靠两条大铁链维系着。两人若想接近彼此，须得到对方的两条快船上去比拼。海上风大浪大，一个巨浪打来，两人衣襟尽湿。铁链过于沉重，向下沉去，两人的船都向中间翻去，慢慢沉了。

李知兴、吕英万两人性命如何？圣教到底能否攻进麒麟福地？欲知后事，下文便见。

第二十回
老麒麟仙公陷大阵　少东方圣主困高山

　　上回说到，李知兴、吕英万两人斗着斗着，竟将脚下船只击沉，两人脚下没了东西，便都大叫一声，跳入水中。两派弟子眼见不好，便有十几个水性好的跳入水中，以防不测。怎知两人水下缠斗更是激烈，甚至较水上还好出几分。两人都是南方总兵出身，水下功夫自然不弱。舟山弟子本以为李知兴不服水土，必败无疑，岂知到水下一看，个个都服了。李知兴不但没有水土不服，而且水下功夫不知道高出众弟子多少。要知舟山水寨弟子时常在水下练习闭息之法，习武练功也是常有的，可是而今两人在水下缠斗，少说也有大半个时辰。这段时间过去，别说是比武过招，就是单单憋气，只怕也没几人能憋住这么长时间。可看着两人，犹自斗得正盛，丝毫没有倦意。这份胆识气魄，这等武功内力，两派弟子均是叹为观止。

　　水上只见起泡，不见别的。约莫又过了一炷香时间，忽见两道影子自水中飞出，同时落到圣教这边的船上。两人的身法太快，圣教教徒实在看不清两人究竟是谁胜谁负，纷纷拔出兵器。

　　等到众人看清之时，便纷纷收了家伙，你道为何？却见李知兴左手抓着吕英万的左肩，右手横剑在吕英万脖颈，却不动手。众教徒见了，纷纷跪地拜倒，口里歌功颂德，一片拍马逢迎之词。李知兴不知用了什么办法，擒住了吕英万。朱家尖岛弟子见了，慌了手脚，在对岸大叫开来。

李知兴早已点了吕英万穴道，下令船队前进。他便那么湿着衣服，一动不动。看来他想要以吕英万为筹码，让朱家尖岛弟子让开一条路。

船队走近之时，朱家尖岛弟子吓得个个面如土色。李知兴朗声道："我圣教借道此地，还望行个方便。你等听我吩咐，让出一条路来，我便不伤你岛主性命。"

吕英万怒道："朱家尖岛弟子听令，而今正是将魔教众贼一网打尽的好时机，谁若是放走了贼人，便是舟山派的千古罪人！"

李知兴提高调门，道："你们不想要你们岛主的性命了么？"

朱家尖岛弟子见了，相互推搡，终于在中间让出了十丈宽的水路，圣教船队可以勉强通过。

却说这时后面的六横岛船队早就让开了一条路。原来是敖融飞身跃过六横岛包围，飘然到了杨英罄身边。杨英罄猝不及防，手下弟子不是对手，一下子变成了以一敌二，手脚顿显慌乱。

杨英罄抵挡了约莫六十招，牛通寿一剑直劈过去，杨英罄使棍子挑开，轻蔑一笑。他只想着牛通寿这招太过简单，略一喘息便可对牛通寿使出杀招，却把后边的敖融忘了个干净。

敖融瞧他后心无防，使了一招"祸至无日"，也跟着使长矛劈下去。六横岛弟子大喊小心，杨英罄听到声音，回身已晚，长矛甚是锋利，自上而下，杨英罄便被敖融长矛之锋劈成了两半，一代才子就此命丧黄泉。当下六横岛弟子见他惨死，群龙无首，谁也不敢上前一步。敖融高声道："你们岛主已死，现在前后都是我圣教的船队，我劝你们让出一条路，教我圣教通行，否则前后夹击，定教尔等死无葬身之地！"六横岛弟子听了，急忙让出了水路，敖融手下船队过来，另一队船上，只见敖融已然负伤。

东方鸿宇见身后三人船队归来，回身望去，却见曾相、牛通寿二人搀扶着敖融前来拜见他。东方鸿宇急忙问道："事情办得怎么样了？"

曾相道："启禀圣主，属下已将那夏英松右胸刺穿。谁知慢了一步，让他手下救走了，不过他伤势严重，料他也活不过一个月。"其实夏英松伤势不重，曾相夸大其词，不过想邀功罢了。

牛通寿方欲开口，曾相抢着道："至于牛兄，敖兄弟拼死杀入重围，帮他杀了杨英壑，余下弟子失了方寸，被我轻轻一唬，便不敢再包围我等。"他这般说，好像牛通寿一点功劳也没有了，牛通寿心中顿时不忿。

待到他再想替敖融回答时，牛通寿抢先道："启禀圣主，敖兄与那胡卫缠斗多时，不想遭胡卫暗算，使随身匕首插入敖兄肋骨。敖兄受伤虽重，却也忍痛杀了胡卫。"只见敖融兀自喘着粗气，受伤不轻。

东方鸿宇道："如此，敖兄弟先回松江港罢，回去路上也好有个接应。"

敖融本来无精打采，这下顿时来了精神，起身说道："启禀圣主，舟山艰险，属下不愿自己苟且，愿同圣主一起浴血奋战！"他这人用心最深，也最喜揣测别人的心机，他以为若是退到松江港，便再无在圣主面前展现的机会，于是无论如何也要留下。

东方鸿宇并未多想，只道他并无大碍，便不再管他，高声道："传我令下去，前往舟山岛，出发！"一时间一呼百应，圣教船队浩浩荡荡，直奔舟山岛而去。

众人下了船只，将船只绑在岸边。李知兴教众人先行上山，待到众人走远后，便将吕英万放在小船上，但并不解开穴道。他深知吕英万性子耿直，若是解开穴道，他一急之下，弄不好会丢了性命，便故意不解。李知兴口中黯然道："吕兄，我欠你的，不知何时能还上。"言罢缓缓走上山。

东方鸿宇率众在远处等候，见李知兴走来，道："李叔叔来了，我们这便走罢。"众人便跟着开拔，上了麒麟山。

麒麟福地下设龙吟、凤鸣、龟寿、雀屏四厅，遥想当年，龙吟厅主人便是玉代天，而冷莘茹则执掌凤鸣厅，时过境迁，早已物是人非。而今，龟寿厅弟子死守麒麟顶，其余三厅杀手早已杀到跟前，暗暗等待时机。龙吟、凤鸣二厅主人早已奉师命下山云游济世，雀屏厅主人便是远在金陵城外宁心水榭的徐敬愿，所以而今四厅尽皆归龟寿厅主人、舟山老掌门的贴身护卫齐武掌管，徐明烈对他极是信任，将他视为亲孙一般。便是他方才在水舟之上传令吕英万，教他拦阻圣教船只。现下齐武正在麒麟顶调兵遣将，安排人手沿途堵截。

且说四厅杀手正在沿途堵截。此去麒麟顶只一条大道，除此之外别无近路。东方鸿宇下令众教徒小心戒备，以保万全。此时朱罹作为先锋，依然走在最前，方德在后，小心护卫。

众人来至一片黄杨林中间，只听一阵箫声响起，众人只觉箫声悦耳动听，舒心愉悦。突然李知兴冷冷道："不好！"他内力极深，这句话声音不大，不觉间却也传出了甚远，那箫声当即停下。当下"唰唰唰"三四十人闪了出来。

东方鸿宇大惊，问道："李叔叔，怎么回事？"

李知兴低声道："舟山老掌门徐明烈年过耄耋，近些年从未动过手，很是神秘。在我年轻的时候，他便极少出手，只是江湖曾盛传，舟山掌门徐明烈的兵器乃是一把玉箫，只不过谁也没见过，此事便无法证实。而今传言已有四五十年，此刻听到，方才知道是真。

老夫之所以传音出去，就是想教他们自以为得计，全部现出原形来。而今从装束看，应该是龙吟厅的高手。"游竺鲲问道："李爷爷，请您仔细想想，若是徐明烈的箫声，那凤鸣、龟寿二厅的高手怎么会袖手旁观，只让他龙吟厅的人马出战呢？"他这一说，东方鸿宇几人也都有同感。

李知兴微笑反问道："你怎知箫声来自徐明烈？"游竺鲲顿时哑口无言。他这一句也传了出去，他也以为是徐明烈所为，故意没说，是想逼出徐明烈准备开战。

谁知舟山弟子后边一人朗声大笑，声音洪亮有力，明显是个年轻人。那人并不露面，只在人墙后面叹道："李尊使果真聪明，这样一个豪杰如何不为我舟山所用？"这人显是也把李知兴的话当了真。

李知兴听了，不免失望，原来那人真的不是徐明烈。他高声道："怪道，齐总管上侍仙公、下理舟山，这样一位少年英才，怎的偏偏不与我圣教为谋？"他知晓吹箫之人不是徐明烈，那便是龟寿厅主人齐武了。

齐武肃然道："龙吟厅的兄弟们，替我照顾好魔教客人！"于是飞身便走，他形迹可见，起落有声，虽然与青城剑派的"踏空掠影"的无声无息不能相比，然行动速度，却是另有高明，任你如何看到他的踪迹，可就是追他不上。李知兴细眼看去，见他手里果真有一把玉箫。

东方鸿宇想要朱罹保存实力，帮助他攻克徐明烈，便抢先下令："方德，本座命你率领四个小队肃清来敌。"方德领命便去厮杀，东方鸿宇率众继续上山。

众人沿途走去，一路箫声时有时无，齐武身影时时闪现，众人紧张十分，却不见敌人到来。这一计虚实相生着实惊坏了众人，圣教几番探查，毫无结果，每人战战兢兢。便好像当年长坂坡上张翼德领几百兵马曳树而走，造出的"数十万大军"一般。

这一次箫声响起，众人开始有些不信，突然间却杀出了三四十名好手，圣教教徒损失不少，东方鸿宇忙命曾相家奴李平率四队抵抗，又道："游尊使，本座命你率众在麒麟山上指挥清野，完成后马上到麒麟顶复命。"游竺鲲领命便去，东方鸿宇仍旧率众上山去。

而后齐武故技重演，却再没人敢掉以轻心。又是反复十几次，雀屏厅高手现身，东方鸿宇命令敖融属下张业率领四队消灭。其余人继续跟着齐武上山。

接着箫声长长短短，统共一十三次，却不见一个人影。东方鸿宇走着走着，竟然到了麒麟福地门口。东方鸿宇回头望去，只见麒麟顶上视线极好，哪处海上有了险情，便可第一时间下令传达。是以方才众人在水上缠斗的一番情景，舟山岛弟子可谓尽收眼底。再见麒麟福地门口很是奇特：左首放了一个仙鹤金像，右首却放了个麒麟金像，两者并不对称，却也不失威严。

恰在此时，游竺鲲领着方德等三人及百余教徒归来，言说三厅众杀手被杀得干干净净，然圣教损失也是不少。

大门敞开，朱罹走在最前，众人跟着鱼贯而入。

麒麟顶上一片平坦，舟山派以此修建了麒麟福地这个道场。只见大殿里边安安稳稳地放着一把玉箫。看来齐武早就停下来歇息好了，只是不知埋伏在哪里。

众人进去之后，麒麟福地大门跟着关了起来。只见齐武持剑，从大殿上面飞下，直刺东方鸿宇而来，那动作实在迅疾，还未等后边的曾相等人反应过来，剑锋已然到了东方鸿宇面前。朱罹眼疾手快，抢在前面，使黄天与尊扇挑开了宝剑剑锋。东方鸿宇岿然不动，倒也不失一方霸主的威仪。

众人并不慌乱，都立在旁边，看着齐武和朱罹两人谁胜谁负。

齐武无意和朱罹对战，他心知就算打败朱罹，后边的护教尊使也要一一降服才能取东方鸿宇性命，那样绝对没有胜算。便想施展轻功，一边和朱罹打斗，一边暗中左绕右绕，直取贼王性命，这样众人就会不战自乱。然而东方鸿宇身边有护教尊使冲上前来保卫，不到万不得已，毕竟不能亲自动手失了身份。这便难坏了朱罹，明明轻功技不如人，还要硬撑保护圣主。

齐武身形一晃，便到了朱罹三丈远处，朱罹紧着跟上，暗运掌力，左掌袭击齐武。齐武听得声音，连忙闪躲，不弱的掌风已然将两人中间的假山石削去了大半。朱罹跟着一掌拍出，齐武又是闪躲。他本想甩下朱罹，全心去刺杀东方鸿宇，却没想到朱罹吸引了他大部分精力，令他难以自保，于是恼怒之下，决定与朱罹这个先锋比试比试。若能杀得先锋，也算大挫了锐气。

当下齐武回身追击朱罹，朱罹执扇防御。齐武离他尚有六丈远，但只这一瞬，便到了朱罹眼前。朱罹不敢大意，因他是圣教护教尊使，便使出圣教武功，他圣教武功不低，在外五年，他日日练习，圣教的拳法掌法，加上内功心法，尤其是"木日神功"的粗浅入门功夫，都让他受益匪浅。圣教门规甚严，圣教教徒只能习得圣教的拳法掌法，宸阳宫下各个小头目可以习得圣教的内功心法，就算是地位崇高的护教尊使，也不过可以习得"木日神功"的粗浅功夫，只有圣主才能精研"木日神功"。眼下他作为圣教作战先锋，当然要一展"木日神功"的入门功夫，以震慑来敌，他天资聪颖，一招一式都是那么纯熟。

齐武轻功极佳，朱罹身法也不曾弱了多少，在圣教之中，也算强中强者。齐武年龄较朱罹而言小上几岁，然而就是这么几岁，在年轻侠客中意义非凡。少了一岁光阴，也便少了一分内功的积累，少了一年的习武经验。对于高手来说，武功倒是差不上多少，重要的是比拼内力；而年轻侠客之间的对抗，更重要的是外功的强与弱。

朱罹这般想来，也就不再害怕，毕竟他不攻东方鸿宇，朱罹便没有后顾之忧。齐武一剑攻出，远远见他剑锋指向朱罹胸口，可到了跟前便成了小腹，朱罹执扇横胸，霎时间便移到了下边。黄天与尊扇向下砸着宝剑，弄得宝剑"腾"的一声，只见宝剑微颤，想必齐武的右手足够酸麻一阵，这一式"日落西山"正是"木日神功"的招式，朱罹用得驾轻就熟，运起内力，其威力巨大无比。圣教教徒一片喝彩，就连东方鸿宇也不禁点了点头。朱罹见到此景，当即了然：齐武习武的大部分时间都用来练习轻功，他小小年纪，轻功着实了得，令不少前辈高手佩服，只是疏于练剑，剑法的巧妙、持剑的力度都不甚了解。想要胜他，须得打起精神，与他近身相搏，教他轻功毫无用武之地。

当下朱罹左手一挥，十几个圣教教徒围了上来，将二人围在其中。齐武和朱罹斗得正盛，并未在意旁边的人墙。

朱罹右手攻出，他想起那日青城山上左容道，那虚虚实实的一招，险些害得他丧命。今日他便仿效左容道，右手跟着虚晃一招，齐武见他宝扇攻出，急忙使剑格挡。朱罹得意一笑，左掌迅速跟着递了出去，名叫"孤日双星"，一掌分作两掌，这下齐武大乱方寸，无奈之下只得运起左掌，使了一招"破浪掌"送了过去。朱罹所料不错，齐武果真内力不深，这几年朱罹深明圣教武功心法的要义，勤加练习，齐武却哪里是对手？齐武虽然手法极快，挡住了朱罹的黄天与尊扇，然这么一掌过去，毕竟不是朱罹的对手。两掌相对，齐武力道不足，朱罹乘势一推，只听"喀喇喇"的一声，齐武的左手手骨早已被力道打断。齐武剧痛难忍，右手也跟着使不上劲。朱罹要树立圣教威风，却也不想伤他性命，便运起第二道力气，将齐武推出了三丈远。齐武登时飞身而出，狼狈落地，圣教教徒见了，大笑不止。这一次伤筋断骨，只怕没个十月八月是好不起来了。

朱罹回过身去，背对齐武，展开与尊扇，悠悠地扇着扇子。齐武狼狈不堪，恼羞成怒，悄悄抄起宝剑，以迅雷不及掩耳之势再次来袭。他便在地上这般躺着，使两腿在底下挪动，等到朱罹跟前，猛地一起身，直奔朱罹左胸而去。

朱罹好似并无防备，圣教教徒虽然看不清齐武的身法，但也知他不怀好意，纷纷出声大叫，更有的想要拔出家伙，替朱罹出手。霎时间，齐武身子再次僵住，停了下来。

众人望去之时，只见齐武宝剑直抵朱罹后胸，可却怎么也刺不进去，再看朱罹，原来他将展开的与尊扇背在身后，挡住了这雷霆一击，众人心里都捏了一把汗。

朱罹也很是愤怒，原本饶过齐武的性命，是想让他进去报信，教徐明烈出来，奈何他血气方刚，偏要置人于死地。这下朱罹体内热血沸腾，贯通全身，收起与尊扇，便要将它当作利剑一般刺进齐武的胸膛，齐武大惊之下，不及防备，性命可危。

舟山弟子纷纷抢了上去，要保护齐武性命，救他出来，怎奈他两人早被看热闹的圣教教徒围了个里三层外三层，如何得救？

恰在此时，但听"砰"的一响，朱罹的与尊扇跟着被弹开，朱罹不但是右手，就是整个右半身，都跟着酸麻了好一阵子。众人望去之时，却是一枚小小石子。朱罹吓得急忙展开与尊扇护身，抬眼望去，吃惊不小：一个蓝衫老者无声无息，飘然而至。他手中拿的正是那把玉箫，玉箫雕成竹节状，活灵活现，玉箫上面还有些许金花点缀，端的是一方宝物。金玉箫正抵着朱罹胸口，幸而得有与尊扇保护，才未让金玉箫穿胸而过。两人这般僵着，那老者突然发力，与尊扇的扇面已经凹进去一个小坑，朱罹为免扇破人亡，急忙向后退去，那老者如入无人之境，向前攻出了三十步，朱罹也跟着退开了三十步。

朱罹本以为活命无望，谁知那老者忽然停了下来。朱罹惊得是面如土色，也不顾什么尊使颜面，全身瘫软过去，身后教徒抢在前面，扶起了他。

众人这才看清那蓝衫老者的相貌，只见他头戴簪缨，身形瘦削，衣着考究，配饰华贵，黄发垂肩，银髯及胸，丝毫看不出是个年过耄耋的老人，他背手而立，衣角边隐约可见金玉箫轻轻晃动的红穗子。这便是东滨武林领袖人物、舟山派掌门人、麒麟福地老主人、当今武林的泰山北斗、号称"麒麟仙公"与"不臣公"的徐明烈。后北天神探黄迟夫有诗记徐明烈曰：

大明江浙多良将，仙风世外高人相。

玉箫弹指催人老，退隐让事福未央。

圣教教徒吓得急忙向后退去，不少人甚至绊住手脚，跌了个大跟头。李知兴在东方鸿宇身旁轻言几句，东方鸿宇当即喝退众教徒，只留得几位尊使在他身后，亲自走了上去。

东方鸿宇拱手道："晚辈东方鸿宇，在此见过徐老前辈。"

那徐明烈却开口问朱罹："这位小尊使，你叫什么名字？"徐明烈方才出手时，见他有些面熟，却又叫不上名字来，故而有此一问。

朱罹道："圣教宸阳宫护教尊使朱罹便是在下。"

徐明烈点了点头，道："这位小尊使怎的有'通天杰'兄弟的黄天与尊扇？"他是世外高人，说话并无怨气，似乎并不知道刚才发生的一切。他语音平和，却令人感到不可违抗。堂堂圣教圣主在他眼前，他却并不言语，想是根本没将圣教放在眼里。东方鸿宇大感不快，这下子进也不是退也不是，当真尴尬。

原来他是看到了黄天与尊扇的扇面才现身的，可当时众人都在场围着两人，能看到的不过几人而已，他能看到，当真不可思议。

朱罹不敢隐瞒，于是据实道："实不相瞒，'通天杰'老先生已然过世，晚辈是他儿子司空玉璋的徒弟，家师以宝扇相赠，是以在晚辈身上。"

徐明烈道："哦？这便奇了，我只知方仲与他交情不浅，却原来他与通天居是一伙的，敢问，司空尊使今日怎么没来？"

朱罹道："前辈不要错怪家师，此事家师并不知情。"

徐明烈道："既是如此，是你瞒着你师父了。怪道，司空小友收徒也太不明白了些。"

朱罹道："此间缘由，实在是一言难尽，但晚辈方才所言，句句属实。"

徐明烈道："好，老夫姑且信你。想当年'通天杰'司空端行走江湖，除暴安良，惩恶扬善，做尽了好事，才得到这把黄天与尊扇。不想黄天与尊扇的主人今日竟做出这等事来，妙哉，妙哉！"这几句话说得朱罹心中悔过，心想若是今日还能活着回去，一定要做个好人，只是这次，怕是凶多吉少了。

徐明烈道："李尊使未曾伤我吕兄弟，老夫在此先说一个谢字。"他仍旧不理东方鸿宇，李知兴见他在山上一览无余，也没什么好说，只是拱了拱手。

徐明烈道："至于敖尊使、曾尊使、游尊使、牛尊使杀我岛主一人、副岛主一人、水寨弟子无数，龙吟、凤鸣、龟寿三厅好手百余人，这笔血债却怎么还？"

曾相不知高低，抢在前头道："我等杀几个人算得了什么，你舟山派暗中勾结内奸，引我等入你彀中，老仙公好不威风！"

徐明烈闻言微怒，左手一扬，蓝影飘过，曾相左脸已被扇了一个大大的耳光。等到徐明烈归位，他方才觉察出来，自知不是对手，便也不敢声张。

徐明烈道："是你圣教出了奸细，主动派人通风报信，你这无知小辈竟还在此信口雌黄，真是可笑。"

东方鸿宇大惊，接着问道："可否告知内奸是谁？"他这一说，圣教这边立即沸腾起来，但碍于尊使地位，众人虽想知道，却也不敢胡乱臆测。

徐明烈道："告密者岂会自报姓名，授人以柄？老夫不知。"

东方鸿宇心想："你不肯说，便是袒护于他，待我踏平舟山，扬我圣教神威，那时再查内奸不迟。"

徐明烈转头道："东方圣主，老夫与圣教既无过节，又无交情。你今日这般兴师动众，到我舟山来乱杀一通，只怕是冲着老夫的名声来的罢？"他一语中的，所言不假。

东方鸿宇回答道："不错，久仰徐老前辈的'东海神功'，晚辈心里甚是钦佩，是以率领六位尊使前来，讨教讨教。"

徐明烈仰天大笑："老夫我近来年事已高，本不愿与人结下梁子，所以近些年来，武林中的事也不大管了。谁知不找麻烦，它却自己找上门来。都怪我一时疏忽，枉送了杨兄弟、胡兄弟他们上百条性命。你们便一起上罢！"他年过八旬，语气豪迈依旧，这份傲骨也不想输给年轻人。

东方鸿宇回顾身后六人，道："敖兄弟可还行？若是不行便不要上了，保全性命要紧。"

敖融想到机会难得，若能得以建功，那便让圣主从此更加器重，所以忘却了伤痛，道："属下没事，劳圣主挂心。属下保卫圣主理所应当，怎能推辞？"

东方鸿宇道："说是我七人一起围攻老仙公，倒也有些说不过去。晚辈承袭'木日神功'衣钵五年有余，未逢对手。晚辈想要先和老仙公过过招，若是不敌，那时我七人一起同老仙公比拼内力，也算不得以多欺少。"

徐明烈想也没想，道："好，就按你说的办，进招罢。"

东方鸿宇心下大喜，于是双手分别立在左右胸前，胸前升起青红两道烟来，木日相撞，极难融合，木日神功便要这两种力量相互碰撞，将威力送给敌人。他生性愚笨，仅仅练到了第三层。

徐明烈见他摆开阵势，也不敢怠慢，将玉箫插在腰间，运起内功行遍全身，将力道聚在双臂双腿之上，也跟着摆好了姿势。

李知兴等六位尊使领命之后，便上前去围住了两人，这阵仗若是换了一般人，只怕早就吓得魂飞魄散。却见老仙公气定神闲，似是胜券在握。他几十年不出手，兀自在麒麟福地闭关不出，当今天下，谁也不知道他武功究竟深到什么地步。如果非要找个对手，只怕也只有应朝寺觉清方丈、西轩的东凌玄老一流的人物可以与之匹敌，因此东方鸿宇等七人打一人，却也没有完胜的把握，不一定能占到什么便宜。

麒麟仙公陷入圣教大阵，东方鸿宇也是骑虎难下，到底谁输谁赢，且看下文分解。

第二十一回
金玉箫得胜麒麟顶　与尊扇入主宸阳宫

　　却说上回，东方鸿宇摆好姿势，准备与徐明烈一较高下。他自信满满，以为方今天下已然没有对手。

　　只见他双手忽然分开，左手木气，右手阳气，两者在空中飘荡，谁也不敢接近。圣教六位护教尊使见了，不禁感叹一番，至于更远的圣教教徒见了，那就更是一片喝彩，称颂不断。

　　任谁都知道他此刻正在凝聚内力，这便是乘虚而入的最佳时机，可是徐明烈却迟迟不动手，似乎是想让东方鸿宇的"木日神功"发挥到极致才肯出手。

　　他舟山的家传神功之首便是这"东海神功"。老仙公造诣非凡，已然将九层的"东海神功"练到了第八层。这路功夫集百家之长，乃是将拳法、掌法乃至诸般武器的运用技巧融入这路功夫里面。学习这路功夫，哪怕是不得要领之人，与人比武之时，那也是有没有兵器都可以的。也就是说，练习了"东海神功"，便是赤手空拳，和一个武功内力与自己不相上下的剑客刀客相比较，也不会落于下风，还有可能尽占上风，因为这路功夫包含的剑法刀法实在太多，少说也各有近百种，任你一家功夫如何高超，总是无暇应对各路功夫不停变换。

　　所以老仙公平时只用一把金玉箫，然它毕竟变化多端，可以如宝剑一般斜劈直刺，也可以如宝刀一般左砍右砍，还可以如金枪一般高挑直戳，又可以如棍棒一般横扫千军，如此种种，甚是了得。小小金玉箫，威力可谓无穷。

他"东海神功"的要旨，顾名思义，便在于倚靠内力越是源源不断涌出，出手便越是绵绵无尽。所以"东海神功"的高手，内力之深厚无可比拟。修为浅的自是没什么成就，但是越是练到深处，武功就越是超凡脱俗，自有一番新的造诣。练到后来，就算是绝顶高手也不是这路功夫的对手。他老仙公自幼练起，二十几岁成名江湖，几十年来闭关不出，想必这路功夫已经练出了另一番心得，若说圣教七大高手联手对抗，或可匹敌；但若是东方鸿宇一人出手，那是必败无疑。

当下东方鸿宇左手将木气打出，徐明烈运气当胸，胸前白气越来越浓，而后推将出去，只是瞬间就黏住了木气。东方鸿宇吃惊不小，这一式狠招，他竟能硬生生地接住，可见他功夫着实了得。好在徐明烈真气绵柔，他本人又不计得失，若是这便下了杀招，东方鸿宇抵挡的工夫也是没有的。

东方鸿宇心有不甘，右手运气更久，阳气更胜一筹，抬手便将右手的阳气输送了一道过去。这圣教的武功也算是高明，火能克木，两者遇到一起便即点燃，人乃血肉之躯，无论如何也经不起烈火的威力，就算你神功盖世，到了火场也一样是死。只是设想是一回事，实际情况又是一回事。木气倒是可以被阳气点燃，可是若是对手强大，打不过去，那便如之奈何？

徐明烈家中将门虎子，世代相传走的是正大光明之道。虽然明皇室倾颓，此刻偏安东南，徐家虽然落草江湖，却也不失了武林正道的风骨。舟山派虽不理江湖之事，但却绝不会与魔教为伍，令天下英雄耻笑。

徐明烈此刻见到东方鸿宇的邪门功夫，不禁怒火冲上心头，决心一举荡除魔寇，以正武林之风。

于是他又一股力道冲将过去，那真气本来悬于二人正中间，这下子失却平衡，冲着东方鸿宇急速袭来。东方鸿宇慌了手脚，自知抵抗不住，于是将右手上面的部分阳气一股脑地打到真气上。这下那股真气顿了一顿，而后继续向东方鸿宇袭来，只是速度上面慢了许多，却也是一点点地逼近。徐明烈悠然自得，手掌只微微发颤；而东方鸿宇这边，却早已是额头上大汗淋漓。

只见阳气与木气烧成一团，但是徐明烈那一团白白的真气却不为所动，一点也不随之燃烧，好似一堵厚实城墙挡住了火势，从徐明烈这边看来，却似一片雾一般，只见火光，不见火势。

随着火球的接近，东方鸿宇大汗越来越多，脸上被火光照得通红，眼睛好似冒火一般。渐渐地，他脚下开始发颤，跟着手脚一起抖动。身旁六位尊使看在眼里，急在心里。身后的圣教教徒个个都是目不转睛地看，却也不敢出声，生怕打扰了圣主神功施展，影响胜负。他们哪里知道，圣主这已是竭尽所能，就算没人打扰也是必败无疑了。

东方鸿宇越来越不是对手，对于接下来的七人合战徐明烈，更是少了把握。

眼见火球越来越近，李知兴大叫道："保护圣主！"六人知道情势危急，连忙摆好姿势，大喊一声，冲了上去。

他六个一起攻上，各取要害，徐明烈不禁皱了皱眉头，打到东方鸿宇身上的真气便少了许多，火球猛地停住，东方鸿宇心头一震，使出更大力气，竟将火球一步步推了回去。徐明烈抽出玉箫，向右用力一抛，只见一股真气包裹金玉箫，六人尽皆难挡其锋，一个个都被气浪推回原地。玉箫归手，真气融入体内，加在东方鸿宇那头的力量便多了一分，火球重新顶了回去。东方鸿宇正在发功，若是向后退去，拔足势必分散内力，火球失去控制，说不好会袭击于他。因此虽见火球袭来，却也奈何不得。

李知兴等见圣主受困，此计不成，便要聚在一起，令徐明烈首尾不能相顾。于是大计商定，六人准备聚到一起。金玉箫再次抛出，游竺鲲惊道："此计甚妙，连这老贼也害怕了！"他果真冰雪聪明，徐明烈此举正是防范之意，六人合一，那岂不是相当于应对两三个东方鸿宇这样的高手？一个自然不是问题，可若是换成两三个，甚至另两个比东方鸿宇更强，那便很难对付了。

可眼下这真气裹挟着金玉箫再次来袭，六人虽见东方鸿宇压力减轻，却实在没法聚到一处。那金玉箫好似一枚令牌，只在六人面前一晃，便即挡住了六人的去路。六人武功不足以同金玉箫战斗，连个边都碰不到。

这下金玉箫再次回到徐明烈手里，东方鸿宇渐渐又坚持不住了。情势万分危急，若是堂堂圣教圣主这般给他磨死了，那到时群龙无首，众高手争权夺利，圣教岂不分崩离析？

六个人里，李知兴、朱瞿的轻功算是不错的了，他两人眼神相对，轻言两句。徐明烈专心对敌，根本没听见他二人的说辞。这两人分别施展轻功，只见李知兴飞到了游竺鲲、敖融中间，朱瞿飞到了曾相、牛通寿中间，左右互相比画了一番。六人当即分作两队，分别由李知兴、朱瞿率领，从两翼进攻徐明烈，令徐明烈左右不能顾。

徐明烈果然再次抛出金玉箫，那金玉箫直奔李知兴等人，朱瞿瞅准时机，带领曾相、牛通寿直袭过去。李知兴等三人皆被打倒，可朱瞿等人袭击成功，这下徐明烈不得不抽出真气来和朱瞿等人对付。待到金玉箫回归他手，李知兴等人也冲了过去。徐明烈再次分出了一股真气与之对抗。

这八人分作四队，战了许久。两边人手见他八人开战，便也按捺不住，跟着打了起来，场面甚是热闹。齐武率众迎敌，却被方德等三人夹攻，也是应付不迭。

这八人战着战着，毕竟消耗体力，这点八人都很明白。徐明烈年老，更是经不起消耗。于是徐明烈纵身跃起，七人会意，跟着跃起，而后都盘腿坐在地上，一动不动，明显是在比拼内力。俄而八人外面都被真气笼罩，看不清面目。

原来这八人比拼都是什么功夫招数？却也似有似没有。若论起内功，自然是木日神功对东海神功。可说起招式，这真气之内就不知有几百招了，旁人看也看不到，真正过什么招只有他八人知道。便有如当年通天居大会的东凌玄老动手一般，既有这家那家的风范，又不拘泥于世俗武学，实在是无招胜有招了。若说什么名字，那也是万法归宗，名为"狂澜百川"之神技了。

徐明烈运起家传护身神功，专心对付东方鸿宇，其余六人通过李知兴、朱罹两人集中力量打到他身上的真气附近，他则以内力回敬之。恰在此时，有一圣教教徒不明就里，举刀便向徐明烈砍来，徐明烈纹丝未动，他砍下去力道奇大，却还没碰到徐明烈的身子，就被弹了回来，这下他被弹飞，直飞出麒麟福地，掉下了麒麟福地后身的百丈断崖，摔得个粉身碎骨。

这七人力道不小，就武功而言，个个都算得上一等一的好手。他七人联手，除非是这样的绝顶高手出手应对，否则就算是几百人上来，也未必是对手。原本徐明烈右手攥着金玉箫，东方鸿宇那边是木日相燃，这边朱罹等人发出木气，李知兴等人发出阳气，他等三人发力，照着东方鸿宇的一人发力倒也差不了多少。

眼见左右两翼即将融合，徐明烈心中也不禁一凛。他抛出金玉箫，这次却并未分散真气，只见金玉箫悬空而立，浮于徐明烈身后，将木日之气渐渐引来，本来袭击徐明烈的真气不知不觉到了金玉箫边上。

奇怪的是，这次真气并没有燃烧。金玉箫好似融合了两种真气的力量，只见一道道金光发出，将原本六人发出的真气变了个颜色，纷纷倒逼了回去。

八人斗了个把时辰，圣教七人早已战得大汗淋漓，身子发虚；徐明烈头顶上真气越来越浓，只是隐隐望见蓝衫衣角，还有身后的一把金玉箫。

且听平地一声响，有如晴空霹雳一般。

麒麟福地之内，一片震荡，便好像风婆施法，将舟山麒麟福地吹了个透，地上飞沙走石，那是看也看不清。不少人定力太差，跌倒下去。众人明白对战有了结果，便都停下，站到两边，静静地看着麒麟福地中央发生的一切。

许久，八人身上的真气渐渐消散，众人方看清了八人的面目：只见东方鸿宇歪坐在地上，胸口一片殷红，地上洒了一大摊血。李知兴、游竺鲲受伤较轻，敖融已然卧伏在地，难以动弹。朱罹方才被徐明烈出手袭击，加之这次，受伤也不浅，牛通寿、曾相伤无大碍，却也已口吐鲜血。

此时齐武等也已停了手，方德、张业、李平三人败于齐武剑下，受了不少剑伤。齐武宝剑入鞘，甚是得意。

徐明烈缓缓站起身，齐武见状，连忙抢进屋去，拿出一根手杖来，递到徐明烈手边，眼力一般之人便是看到他手里平白多了一根手杖，却并不知从何而来。徐明烈接过，拄着杖走出圣教七人的包围，缓缓来到大殿前边立住，其间不时重重咳了几声。显然，他虽无外伤，内伤却也不轻，至少要悉心调养数年才能痊愈。他数十年未出手，这回算是遇到了真正的对手。

徐明烈走开后，圣教教徒望着他的背影，也不禁却步三尺。舟山弟子瞅准时机，一拥而上，挟住了东方鸿宇等七人，其余圣教教徒为保头目，也都束手就擒，被控制起来。

东方鸿宇一口鲜血吐出，他力气耗尽，阳元大损，怕是命不久矣。六位护教尊使站不起身，个个爬了过去。李知兴在前，争着抱起东方鸿宇，东方鸿宇勉强半卧着。剩下几人都被舟山弟子拦住，不能再前进。

敖融在最后面，他爬了几步，觉得再无力气，便道："圣主……属下……属下……"他本是想说些什么，应是些虚伪之词，说没能保护好圣主云云。但是话头刚起，便再也没说下去，倒在地上，一动不动，英俊的脸上不但没有一丝生气，口目皆张，甚至有些狰狞，却是死了。六人见了，也不免心悲，他平日里虽是很有心计，但对圣教是绝对的忠诚，武功也是极好的，圣教少了此人，难免可惜。

齐武讥讽道："方才你英姿飒爽，哪知现在却成了这般模样。"圣教众人听了无不愤怒，然受制于人，却也是敢怒不敢言。

徐明烈呵斥道："人死不能复生，已是一件大憾事，你却在此冷嘲热讽，难道为师平日里就是这么教育你的么？"齐武听了，低下头去，不敢再多一言。

徐明烈高声道："老夫失手，致人死命。然死者长已矣，望生者节哀。"他这几句话，已算客气。平常人报了大仇，定然幸灾乐祸，落井下石。

东方鸿宇道："手下败将，要杀要剐，请便。"他这般说，圣教教徒听得真真切切，却没一个人逃命，都是端端地立在那里，圣教教徒，个个都不失好汉之名。

徐明烈道："敢问圣主，圣教是否是汉人教派？"他这一问，不少人吃惊，众人都道他会发落圣教，谁知他有此一问。

东方鸿宇道："是便怎样？"他对圣教早抱必死决心，不堪受人羞辱。

徐明烈道："你我两派既同是汉人，眼下鞑子涂炭我中华，竟能置之不顾，反倒内斗起了来？"他一句话，让在场所有人低头懊悔不已。

东方鸿宇不知该说什么。

徐明烈没有回答，转身问李知兴道："这位李尊使就是当年起兵勤王、一路杀向北方的李知兴李总兵罢？"

李知兴听了，苦笑一下，道："十年飞逝，旧景不再，老仙公何必旧事重提？"

徐明烈道："吕兄弟与我说过，愚兄很是敬佩，今日得见，不禁想起。不想这些年你的武功精进了这许多。"

李知兴道："吕兄的武功也是精进许多，我等各奔前程、各为其主，老仙公休要再劝。"

徐明烈道："你可记得我子墨虚，我孙敬念？"

李知兴闻言一怔，说不出话来。

徐明烈道："初时，老夫面临乱世，只想死守舟山派，并未北上勤王，李总兵壮举，老夫心里佩服。舟山毕竟不同，若是丢了舟山，失了祖产，老夫万死难当其罪。因此子孙殉国，老夫并未出头讨公道。时至今日，老夫次孙敬忠为保鲁王战死沙场，老夫再也忍耐不住，眼下便要扛起大旗，带领武林同道反了它这清廷！"

李知兴听罢，拱手道："老仙公高义，为恢复江山社稷尽心尽力，知兴愚钝，目光短浅，在此受教！"

徐明烈道："今日老夫已然挑明此事，造反事大，你等今日寻上门来，若是同意了此事，老夫便不再计较过往恩怨。否则休怪老夫无情！"

东方鸿宇道："按照江湖道义，老仙公若不与我圣教计较此事，圣教日后定当奔走，效忠犬马。"东方鸿宇一头雾水，想也没想便随口答了。

徐明烈道："宸阳圣主，语出千金，你可想好了？"

东方鸿宇确实没有仔细思量，被徐明烈这一问，一时语塞，暗叫不好，刚才光顾脱身，随口而出，这下思考起来。

徐明烈道："同室操戈，相煎何急！老夫正自伤心不已，哪知你们乘虚而入，早就打起了我舟山的主意。老夫再问一句，就算你圣教一统江湖，你会对清廷做出什么'不忠'之事么？"

东方鸿宇闻言惭愧万分，道："晚辈糊涂，险些害了忠良之士。还是请前辈赐我一死，以谢重罪。只求老仙公放过其他人，他等皆是奉命行事。反清复明兹事体大，我身为一教圣主，实不好替大家做了这个主。"他言下之意，便是自己身死，挽救圣教众弟子于水火，并不想反清复明。

徐明烈道："赐你一死，那也容易。只是你死后圣教群龙无首，上下一乱，清廷有近水楼台之便，弄不好收编了你的圣教，到时圣教除名江湖，我看你怎么向列位圣主交代！"

东方鸿宇踌躇道："我罪恶滔天，不光是舟山，就连始皇楼那样的大派，都被义父和我带人剿灭，我这一生，手下的冤魂实在太多。他等皆受指派，身不由己。"

徐明烈道："你率众作恶，本已不可饶恕。只是前两日会心大师来此宣讲佛法，要我普度众生，你本十恶不赦，但若从此一心向善，劝导弟子，也有可教。"

东方鸿宇道："愿闻其详。"

徐明烈道："我要你在此立誓，圣教从此再不作恶，今后改邪归正，与我舟山一道，匡扶明室。老夫痛恨清廷已久，只是舟山势小，这才一直忍辱含恨。若得北天武林鼎力相助，我大明得以喘息，那大明复兴，清廷颠覆，势必指日可待。"

东方鸿宇迟疑一阵，几位尊使凑了过来，他与几位尊使商量片刻，方道："我圣教进犯舟山战败，本该以命抵命，老掌门不杀，已是大恩大德。我们这些人的性命都是老掌门给的，这誓，我立！"众人听了，也没人反对。

东方鸿宇重重立誓，圣教教徒听得清楚。

徐明烈道："大丈夫一言既出如白染皂，你等记住此事，便可走了。"所有人都不敢相信这是真的。

齐武道："师父，就这样放过他们，未免太便宜了些！"舟山弟子也不愿放手，都想为同门报仇。

徐明烈道："放人。"齐武他们虽有不愿，却也都照着做了。圣教教徒围到圣主身边。敖融手下壮士张业，忙带领几人，为敖融收尸。

徐明烈道："我能说服圣教改邪归正，令北天加入，与我们一同反清，已是重大收获。至于杨岛主他们的后事，我会好好料理。"众人听了，不免心伤，却也都心服。

东方鸿宇环视五人，目光与朱罹相对时，不禁流出泪来，道："早听足下半言，何至于此？"

朱罹受伤不轻，勉强调匀气息，慢慢说道："属下何能，值得圣主这般抬举？都是属下功夫太浅，没能保护好圣主。"他语音甚是凄凉，六人相聚难免低声痛哭。

忽见东方鸿宇一腔鲜血喷到地上，五位尊使都慌了神，目不转睛地盯着东方鸿宇，吓得不敢作声。

东方鸿宇转头道："李叔叔，你看，统教尊使之位，谁人能继？"

李知兴道："老夫曾经答应方老圣主，帮他辅佐圣主，成就霸业，而今老夫失职，实在无颜面对他。统教尊使高位，当从朱尊使、游尊使、牛尊使、曾尊使四位当中裁决。"

东方鸿宇直言道："那你以为，朱罹如何？"他这一言虽轻，但五人不禁心头大震。谁都知道朱罹既是圣教护教尊使，又是龙门大公子，他若继位，到时他归顺回龙门，那岂不是将整个北天拱手送给了龙门？若是人心不服，那么北天武林四分五裂，方仲开创的一统岂不是付诸流水？

没等几人说话，东方鸿宇早已猜到几人的心思，他见五人深深思考，没有一人站出来反对，只是有些隐忧，显然是对他的能力并无怀疑，只是怕说穿他身份，令东方鸿宇怀疑他人有野心。于是道："护教尊使朱罹，本座要你发誓，本座养伤期间，圣教中事须得尽心处理，你虽是龙门大公子，但圣教遇事，绝不可为龙门起私心。从此往后，你若为龙门而出卖圣教利益，那你便是圣教的千古罪人，圣教的历代前辈都不会放过你。"朱罹本不愿归属龙门，圣教弟兄又待他不错，他早就不想再为龙门拼命，便按他所说，立下重誓，东方鸿宇笑了笑。

东方鸿宇继续道："护教尊使朱罹，本座命你为圣教统教尊使，承继大业，带领众兄弟，扬我神威，耀我圣教！"言罢咳了几下，竟又咳出血来。朱罹领命叩头，东方鸿宇从腰间取下一块玉佩，朱罹认得，那是一块秦裕圣主传下来的老玉佩，是秦裕圣主之后历任圣主的象征，于是颤抖着双手接过，系在腰间。朱罹便知他虽命自己为统教尊使，实际上已经把圣主大位留给了自己。

东方鸿宇命朱罹坐在他前头，挣扎起身，双手运功，木日之气悬于两人头顶，甚是壮观。他虽不是传授神功的功夫，只是输送些许内力，却也不得活多久了，其余四人见了，难过之极。

圣教历任圣主本没有传功后任的习惯，只是那日方仲担心东方鸿宇不能服众，才传功与他。这时东方鸿宇自知将成千古罪人，别无他法，只能将自身仅有内力源源输出。

过了些时候，内力输送完毕。东方鸿宇手掌一撤，登时昏厥过去，众人都慌了神。

圣教几百年兴衰，还未到如今境地。现在朱罹临危受命，挑起统教尊使大任。他虽不乏才能，却也终究太年轻了些，圣教中恐有人不服。

旧主病重，新主继位，毕竟圣教怎个去向，且看下回。

第二十二回
入戏迷梨影假作真 受伏击金仙险化夷

上回说到，朱罹承继统教尊使大任，起身道："承东方圣主信任，朱罹定当竭尽全力，将我圣教发扬光大。"圣教众人嫌他年纪太轻，恐不能胜任，因而迟疑许久。李知兴在众人里面辈分、威望最高，因此众人都看着他，瞧他做何反应。

只见李知兴俯身下拜，道："恭祝圣主万寿千秋，恭迎统教尊使登位！"他这一跪，游竺鲲、牛通寿、曾相等人都跪了下去。众教徒见了，也都跪了下去，真可谓一呼百应是也。

徐明烈走到朱罹身旁，轻声问道："你可知我为何放过了你等？"他声音轻飘，好似仙语一般。

朱罹拱手低声道："前辈当然是想借圣教势力早日反清复明，我等性命尽在你手，圣教从此听候差遣便是！"

徐明烈微微一笑，轻道："老夫反清不假，拉拢圣教也不假，但老夫给你们机会，也算是看在司空小友的黄天与尊扇的面子上！"谁想到一把武扇，竟能救命。

朱罹愣了半晌，觉得羞愧难当，拱手正色道："晚辈定当尽心竭力，不负仙公厚望！"

徐明烈点了点头，笑道："这便走罢。"

朱罹拱手朗声道："仙公，我等今日对你不住，圣教无以为报，唯有带领北天弟兄一起反清。日后谋划，朱罹定当奔走，还请仙公放心。"

徐明烈道："善哉。传令下去，让山下的吕兄弟接应，送他们回松江。"齐武虽不愿意，也只得施展轻功，下山而去。

众人抬起昏厥的东方鸿宇，抬起敖融等人的尸首，浩浩荡荡下山了。李知兴等心中感慨，这徐明烈竟是这等大肚能容之人，我等与他仇深似海，他不予计较，看来此人统领舟山五十年，的确不是浪得虚名。我等性命既是他给的，此番回去，定当信守承诺。

山脚下，吕英万带领舟山四岛弟子，率队相送。吕英万不失大家风范，不与圣教计较，派船队将圣教护送到对岸。李知兴与他依依惜别，很是不舍不提。

且说这圣教出征，早就引起北天武林的怀疑。平日里护教尊使亲自巡狩北天也是常事，可这时护教尊使只是到了仪仗，并未露面。有些胆大的北天豪杰冒死接近护教尊使的马车，却发现有人假扮护教尊使。这下消息在北天不胫而走，北天群雄里有几个大着胆子的，几家联合向圣教逼宫。圣教守备虚弱，早被他们攻破，这些人胆子更大，便整日在宸阳宫中作威作福，发号施令。更有不少家闻讯，暗中派出探子，遍布江湖，仔细查访，近来才得知圣教进攻舟山派败北，元气大伤。

北天众豪杰索性纠集到宸阳宫，要推翻圣教的统治。这几年下来，圣教征战北天，不少门派和他有血海深仇，统治之时，更是搜刮各个门派，弄得大家很是不满。

统一后，圣教为了彰显北天霸主之身份，每每出现在江湖，必有北天门派紧随其后，作为仆从。北天门派被打压已久，心底早就是敢怒不敢言，这下圣教倾颓，大家索性杀了各派的圣教督使，上宸阳宫来寻仇。

却说朱瞿等率领圣教教徒登岸，早有圣教教徒赶到。众人很是吃惊，却听朱瞿道："惭愧，之前来时，在下暗暗又点出了一百名壮士，教他们迟几日出发，在松江港迎候圣教大队。若是我等得胜而归，他等便前面开道；若是我等不幸败了，路上也有个照应。"众人听了，心里暗暗佩服。曾相道："尊使思虑周全，属下佩服。"

朱瞿等走近，看见为首的走出来，那人见了东方鸿宇，又见朱瞿走在最前，李知兴、游竺鲲走在后边，便知朱瞿继了大位。于是下跪道："属下参见圣主，恭祝圣主万寿千秋！参见统教尊使，参见护教尊使！"

朱瞿道："起来罢，一路上还顺利么？"

那人急道："启禀统教尊使，属下有要事相报。"朱瞿几人听了，面面相觑，不知怎的。

朱瞿道："你说。"

那人道："启禀统教尊使，自大队走后，到了巡狩北天的时候，弟兄们依计而行，却被他们看穿。眼下北天各派纷纷杀了我圣教当地督使，造起反来。大小门派齐聚圣教立桓山，不少反贼攻入宸阳宫，等待我圣教大队归来。更有甚者扬言要与我圣教算算总账，实在是可恨至极。"

游竺鲲大怒道："这帮狗奴才，是我圣教待他们太好了。他们竟敢恩将仇报，反了圣教。"

朱瞿道："如此看来，我们还得尽快赶回宸阳宫。"

李知兴道："依属下愚见，我们还是不急为好。"

朱瞿问道："却是为何？"

李知兴道："他等聚众闹事，占据宸阳宫，不过是想以此为要挟，早日找我们寻仇。我等若是早些回去，倒也正中了他等的奸计。

圣主新继大位，我等若是慢些回去，路上正好修炼'木日神功'。等到小有进步，加上圣主内功心法，对付北天的几个妖魔鬼怪已然足够。"

朱罹依计，大队缓缓而行。原本十天左右的工夫，一个半月时间还未到。大队计划途经扬州府、徐州府、济南府、河间府四站，每到一地，当地分舵的圣教弟子便早租下一家大客栈。一路上百名壮士随身携带药箱，为几位尊使以及受伤徒众包扎伤口，众人在路上已经恢复得差不多。朱罹每日赶路之外，更与李知兴、游竺鲲、牛通寿、曾相四人拆招过手，修炼神功。月余下来，继第一层后，仅仅进了一层。秘籍尚在宸阳宫侧殿密室中，几人也只得凭借记忆和经验判断。不过就算如此，朱罹的武功也是胜过四人，虽勉强超过李知兴，然进步不小。东方鸿宇时而清醒时而糊涂，但是虎老余威在，谁也不敢起二心，在此危难时刻，众人都聚在一起。东方鸿宇对朱罹褒奖有加，他几人对此也很是认同，对于此后一战很有信心。

却说众人离开济南府，准备向河间府行进，谁知路上前方探子回报，河间府境内早有北天邻近各门派聚到一起，就等圣教从那里经过拦上一拦。朱罹细想了想，和众尊使研究，觉得还是保存实力为上，不与他们争这一时之气。于是禀明东方鸿宇，改道太原府古晋州，而后再向东北而行，折回圣教。

这一日，众人在太原府境内，来到一深山前，朱罹觉得此处气氛不大正常，忙遣探子前去查看。不想一连派出了两拨探子，皆没有回音。这下人心惶惶，进退不定。

朱罹禀明东方鸿宇，想要改道而行，东方鸿宇却不愿抛下先遣的弟兄，说是要大家一起前进为好。他是一教教主，谁敢不从？众人没得理由，只得收拾行装，硬着头皮前进了。

朱罹打开地图，就见此处深山名为羊角山，是有道名山。可名字跟宸阳宫的"阳"犯冲，不是吉祥之地，透着一股诡异，朱罹没有办法，只好小心行事。

为保圣主周全，朱罹带了方德，又点了四十人，算是先锋，再行探路，众人跟在后头，约莫百十丈远，一旦有危险，也好相互照应。

朱罹走着走着，就见山脚下有一潭清水，想是山上的清泉流下。烈日当头，众人走得口渴，当下便有几人跑去抢着喝了几口。朱罹连忙喝止，然还是有两人喝了泉水。那两人喝了以后，也没什么异样，只是神清气爽，原本紧张的表情瞬间变得轻松欢喜。

朱罹这时听到了敲锣鸣鼓的声音，在这僻静的山谷显得更加奇怪，循声望去，就见这一潭清水的尽处，有一方巨石，那石头高出水面，甚是平整，好似一个天然的戏台子，再看边上的曲艺人，这声音不是他们发出的却是谁？

朱罹正思，在这深山，难道真有唱戏的？那这戏却是唱给谁听？他正这么想着，就听几声清嗓，接着是一个极有腔调的声音"咿咿呀呀"的出来了。

走上前来的，是穿着戏服，画着白脸的伶人，方德认得，这是秦腔的打扮，唱戏的是一位生角。就见他左手提着一条马鞭，右手提一把钢鞭，身穿乌黑甲衣，头戴将军帽，帽子旁边伸展出来一对翎子，背后插着四杆靠旗，画着白脸，真是英武十分。朱罹自思，这山西地界有几个陕西人也是常事。但是山西人没有听秦腔的习惯，自古戏曲都是一方有一方的不同。如此一来，只怕来者不善。

朱罹正想着，那边又上来一位，只见那人身披黄衣，头戴将军帽，脸是红脸，右手里拿着一杆盘龙棍，左手里仍旧是一条马鞭。

那白脸的问道："你是哪一个？"

红脸的唱道："我本是宋王天子差来的巡营瞭哨的一老兵。"

白脸的唱道："俺观你头戴黄来身穿黄，胯下黄骠走阵忙。盘龙棍斜搭鞍桥上，你背的牛头不认脏。"

这两人唱着，根据唱腔来看，那是极有韵味的。方德精通戏曲，跟着插话道："尊使，这是秦腔里的《下河东》，白脸的是大将呼延赞，红脸的是宋天子赵匡胤。讲的是呼延赞为报父仇，前来刺杀赵匡胤一事。"他话音刚落，就觉不对，朱罹和他四顾左右，只见那两个刚喝了泉水的弟兄手舞足蹈地跳了起来，这两人跳着跳着，就来到了湖边，两人各自一跃，就准备往水里跳去。朱罹使人拦住，然还是晚了一步，有一人已经扎猛子跳了进去，再也没上来。众兄弟联手，才死死抱住一个，那人不断扑腾，众人无法，只得捆了他。这人浑身扭曲得动个不停，嘴里还喃喃唱着戏文。

紧接着那台上的呼延赞又问道："你是哪一个？"

不待那赵匡胤回答，被捆的教徒就唱道："我本是久游江湖的赵玄郎。"瞧他的样子，是真的痴了。朱罹命人给他服下防痴癫的灵丹，那人沉沉睡去，不再发疯。历经鏖战，死伤无数，众人心神不定，偶尔发疯的弟子也是有的，众人便也没太在意。

却说听着唱词，这戏文倒真的是《下河东》无疑。那呼延赞听得大叫，甚是激动起来，想是遇到了杀父仇人，报仇心切也。

呼延赞举起钢鞭，跟赵匡胤的盘龙棍打了起来，赵匡胤虽是将军出身，可也难敌呼延赞少将英风，终是打他不过，于是弃战奔逃，好一顿周旋。这两人打得真是精彩，台下的朱罹等见了，也不忍就此离去，还想再看一段。

呼延赞又唱道："听说来了赵玄郎，七窍冒火发雷霆。我的父身犯何等罪，为何将他斩御营？"

台上的赵匡胤唱道："欧阳芳斩坏你的父，为何赶着杀孤穷？"
那赵匡胤在台上唱，气氛着实诡异。朱罹虽觉不对，却也实在喜欢这
两人的唱腔，一时间挪不开步子，也就跟着这么听了下去。

过了一阵，就听两人唱着唱着，大约是赵匡胤给呼延赞拿了住，
无法脱身，于是开始跟呼延赞讨价还价地拖延时间。呼延赞一会
儿大叫一会儿大闹，把少将复仇的急切和愤怒演了个透。赵匡胤
给他封官许愿，他这也不要那也不要，看起来是铁了心要赵匡胤
偿命了。

赵匡胤无法，跟着唱道："少将不必性儿急，为王和你分社稷。
倘若能放王过去，王把江山四六分。"

呼延赞道："不要。"

赵匡胤唱道："三七分。"

呼延赞道："不要。"

赵匡胤唱道："二八分。"

呼延赞道："不要。"

赵匡胤唱道："一九分。"

呼延赞道："不要。"

赵匡胤无奈，唱道："若不然你为君来王为臣，少将军，王与你
保乾坤。"

呼延赞唱道："你何必四六三七分天下，二八一九分社稷，
十万江山俺不要，俺要先行的老父亲！"接着喊道，"不要，
不要！"

朱罹听得入迷，方德也觉这两人唱得实在是好，他几人听得过瘾，
拼杀十多天，好不容易回到北天地界，又遇上唱戏的，实在是难得听
上一曲。况且朱罹心思，这些人既然在这摆这么一道，想必是有什么

花样，只是眼下后退不得，只管向前躲又是躲不过去的，也就只有见招拆招了。众人心想，反正就算你也是对圣教不利的，看你还能耍出什么花招？

呼延赞本是面对赵匡胤唱戏，这下转过头来，对着朱罹、方德等唱道："魔教围剿始皇楼，'骊山四公'逃不休。嗟尔与我有何仇，又有什么苦情由？尔魔教便在眼下跟我分这北天江山，谁管你四六三七，还是二八一九，那我也只要尔等性命，别的都不要，不要！"

他这般唱着，朱罹脸色大变，此人竟敢在圣教面前如此不敬，当真是活腻歪了，听这般说辞，想必是始皇楼旧部。他等既知这是圣教人马，那便是有备而来。于是朱罹严令手下戒备四方，把守住各大关口，不放他一人逃脱，须得带回去细细审问。试想若是圣教一统北天之时，那这几个宵小便不足为虑，眼下圣教有难，各门派人心不服，始皇楼的来闹事，那是容不得的。防人之心不可无，最少得让大队平安过去。

呼延赞这般唱着，赵匡胤也跟着转过头来，厉声唱道："你魔教是天下各派的大对头，专养恶魔和杀手，眼下在东海舟山吃了瘪，逃到这地界，便教你能来不能走了！"于是两人同声大叫，那鼓点和敲锣声更加密了，众人听得心烦意乱，暗叫不好。呼延赞飞身而起，从台边抄了一把钢枪便踏水袭了来。赵匡胤不甘示弱，高举盘龙棍，也杀了来。呼延赞奔着朱罹，赵匡胤奔着方德，来势汹汹。赵匡胤显然武功照呼延赞有差距，但事出突然，也足够方德应付的了。

这两人来时，就见自两边的密林中又跳出十六位穿着各色戏服，涂着各式花脸，头戴将军帽，背插四杆靠旗的伶人，手持武器各异，是凑齐了十八般武艺。朱罹哪里知道，这便是西北天近来名声大震的

"梨影将军阵"，这十八人里，当属呼延赞武功最高，其余人武功虽不及他，但也都是以一当十的好手。这始皇楼旧部也不知排练了多少年，在这天赐良机，得在此处伏击到圣教全部精锐。他等好不容易有了这个机会，谁也不想轻易放过，把守关口的教徒各自撤回迎战，于是拼杀得很是惨烈，不过一会儿，朱罹身边就仅仅剩下方德和四名圣教教徒勉强抵抗。

这几人眼见不行，方德朝天上放了一个明弹。就见李知兴、游竺鲲、曾相带着随从张业、李平及一百名好手一起杀了过来。牛通寿在这中间最是老实，众人便让他守护东方圣主。

朱罹跟那呼延赞交了半天，猛然想起这人的武功路数在哪见过，原来是那次他返回北天寻找"毒手药神"万木春的时候，途经川北，受到高手袭击，受伤不轻的那个刺客。那人也是一柄长枪，这个枪法是再熟悉不过了。

可他此时的武功在圣教都已是首屈一指，早已不比当年，所以三下两下，就在比拼中占得上风。朱罹得到喘息，就大声问道："那日在川北袭击我的，是不是你？"

那呼延赞更不搭话，全神贯注在枪法上，他力道刚猛，长枪直刺朱罹胸口，这一招更无花样，只是力道大得非常，比寻常武将使的还多了九十斤力道。这是模仿当年的长坂坡赵子龙，名唤"单骑救主"。

朱罹见他也不说话，也没否认，那十有八九就是他了。心中怒火猛起，打开与尊扇，凝聚内力，对着呼延赞上下左右各来了三招，绕开长枪，攻他一十二处大穴，叫作"星汉灿烂"。那呼延赞无法，只得舞枪防守。他此时功力，却照朱罹差上一截了。他防守不住，眼见就要中招，朱罹听得后面曾相猛叫道："尊使小心！"他回身看时，只见又一个全身戏服的舞刀大将朝他砍来，这人红脸绿服，手持长刀，美髯二尺有余，想是扮的关公了，使的是一招"温酒斩将"。他正准备撒手回防，就见一员猛将闪出，挡在他的身后，这人却是游竺鲲。原来这"梨影将军阵"变化多端，仗着他等多年修炼的默契，不断变化阵形。这关公眼见得呼延赞要吃亏，便拿着长刀向朱罹砍了过来，这般看似不守章法，实则牢牢保护住呼延赞这个"阵眼"。朱罹眼见游竺鲲拦住了他，便也安了心，回头继续跟呼延赞拆招。他心下明白，若想破此阵，必先从呼延赞破起，只要他败下阵来，那其余人，便也可不攻自破。

那呼延赞一计不成又生一计，使长枪向朱罹乱戳，这一记却是岳家军的看家枪法，在距离上占尽优势，朱罹不得近前。朱罹打出一记"暗无天日"，一团黑气全压在呼延赞的身前。呼延赞看不清朱罹在哪里，这下在四周扫来扫去，浪费了不少力气。这时旁边的大将叫了一声，原来是手持盾牌的樊哙杀了过来，他要和呼延赞攻守兼备，对付朱罹。使双锤的武安国也杀进来，使了个"定音诀"，三个打一个。其他尊使虽有心护卫，但也确实无力。朱罹应付虽不吃力，但想要一举破了这个"阵眼"，却是不能了。

放眼望去，李知兴等人一人打了两个，分别是舞剑的韩信和持双鞭的尉迟恭，游竺鲲对阵手持青龙偃月刀的关公和手持长戟的薛仁贵，曾相勉强对付持长槊的项羽和手持蛇矛的越王勾践。方德携众人对阵手持盘龙棍的赵匡胤，李平携众人对阵手持四棱铜的秦琼，张业携众人对阵手持板斧的程咬金。还有六名各执宝器的高手混在圣教教徒之中，朱罹只知道他们手持武器的名字，却也实在看不出他们到底是谁。双方各有胜负，僵持不下。这十八人穿的是宽大的戏服，并不合身，脚底踩的是厚底官靴，也不是习武的行头。可这十八人却是越战越勇，丝毫不觉得累。

朱罹对付三人，起手就是一记真气打过去，这力道由下而上，贴着地面而走，待得碰到三人，却是形成一股劲风，将满地沙石卷了起来，都变成暗器攻击三人的穴道，这叫作"洪波涌起"。看起来朱罹的"木日神功"用得是越来越熟了。他此时的武功，在北天中已属少有，大约跟几个北天前辈人物不相上下。所以以呼延赞的年纪来看，就是他跟樊哙武安国一起上，也不会是朱罹的对手。

他等这般战着，旁边的鼓点鸣锣却不曾停。这十八人跟着鼓点，好像在唱戏一般，在圣教人群中穿梭，舞刀弄枪，好不威风。游竺鲲知道不是对手，脚下这么一使劲，就从这边踏水飞到了戏台上。他这么一动，莫说是这十几位将军，就连圣教众人也是一惊。只见他不慌不忙，使出圣教的功夫"孤木惊鸿"，而后一声暴喝，同时发功，早将这一干乐器震碎，这些人也都震飞了。与他缠斗的关公和薛仁贵，方才还在他身后追赶准备阻拦，这下他一发功，这两人都被气浪震到了水里。

这两人到了水里，呼延赞暗叫不好。他这等精细的打扮，到得水中，便是脸上妆也卸了，身上的衣服全湿了。不但轻易舞动不起来，就连那二人也好像中了方才圣教弟子中的那招，嘴里胡乱唱着什么戏词，一时间也没了武功，竟是废了。游竺鲲以一人之力力破奇阵，也属难得。

呼延赞这下大惊，一是阵法意外被破，本想利用水来借势，在水中下毒蛊惑人心，却没想到自己人也中了招；二是节奏鼓点已经没了，恋战无用。

眼见得众将军个个不敌，樊哙胸口中了一掌，盾牌被朱罹击穿；武安国的双锤打断了呼延赞的左腿；李知兴巧施妙计借力打力，使韩信用宝剑刺死了尉迟恭；尉迟恭的双鞭将韩信全身震碎；方德、李平、张业联手杀了赵匡胤，余下的几人乱作一团，眼看就要落败。

就见呼延赞闪到一边，咿咿呀呀地唱道："啊呀呀，始皇楼弟子何在？"这一叫真是吓死在场的人了。始皇楼是多少年前就被灭的门派，门人也早已各奔西东，眼下抬出这个名号又有何用？若说始皇楼这么些年还在北天活动，哪怕就是在这僻静的羊角山，那打死他们也不相信。难道圣教巡狩这么多年，尊使和弟子的眼睛都白长了？

正寻思间，这山头的四面八方便真的来了许多杀手。粗略一数，还真是不少，少说也有三百人。这么多人隐在深山中都没被发现，也真是难得。只是眼下圣教正元气大伤，总共人数加起来也不到三百人，还要保护圣主，照顾伤员，这下可糟了，弄不好圣教会在此地全军覆没。众尊使这般想着，心下好生自责，都怪自己大意，这么多年连三百人这么大的队伍都没发现。朱罹转念一想，或许他统一了川北也未可知，毕竟那里不是北天的地界，也不是南国的地界。

霎时间三百高手已有三十余人使轻功飞到了半空中，准备打这个头阵。众人暗自懊悔，本已是心灰意冷。可恰在此时，就听头顶上"呼呼"地刮着狂风，这些人出来的也真不是时候，偏偏还在空中，就遇到这么大的风。这下地上的人还好，全都卧倒在地上，空中的这三十来名杀手多半被狂风卷走，不知所踪，余下的见得怕了，以为是鬼神来了，也逃走了大半。众尊使心中狂喜，道是天不亡我。

呼延赞这边的人见了，也只好暗叹上天不垂怜，或许圣教命不该绝也未可知，连忙收拾好同伴的尸体，向山谷中逃去。

圣教这边见呼延赞等跑了，个个朗声大笑，更有些许讥讽者。东方鸿宇这边更是夸张，好几百人对着东方鸿宇下拜，都道是东方鸿宇洪福齐天，圣教大难不死。东方鸿宇面无表情，想是还在糊涂中。朱罹等见状，忙赶回来，查看东方鸿宇和各伤员。

就在众尊使一片欢喜，众教徒一片歌功颂德之声时，众人都感觉头顶上又刮来一阵大风。这次的风不像上次那般力道巨大，却也得众人抱紧方能不被吹走。

又一阵风吹过，众人心头满是疑虑：难道深山中有鬼不成，怎的凭空刮起阴风阵阵？但想到这里他等都在心里自抽了嘴巴，圣教大难不死是好事，怎能在这个关头说不吉利的话。

于是向山谷内望去，却见山谷里什么也看不清，一片云雾缭绕。朱罹无法，只得下令全队休整，继续向山内进发。毕竟返回北天这条路最安全，否则刚才的血拼就毫无意义。

众人走了十来步，都是小心翼翼的，而后见也并没什么，都感觉是山风罢了，便敞开步伐，大步流星地走了开来。

谁知刚走了没几步，又来了一阵狂风。众人躲闪不及，被吹飞了好几个，所幸并无大碍，各自狼狈爬了回来。只听一个声音说道："真是天热！"这声音飘飘忽忽，像是从天上传来的。朱罹心里纳闷：这是谁在故弄玄虚，难道这天上的狂风是你用扇子扇出来的不成？

却说三阵大小不同的狂风过后，山谷中雾气渐渐消散。这雾气一开，太阳光照进来，山谷中登时出现了一道多彩的飞虹。众人都站起身，望向山谷中间，只见山谷中七彩生辉，一派仙境大观，隐隐约约的两个人影立在当中。

只见远处左边的人回过身来，朗声道："帝高阳之苗裔兮，朕皇考曰伯庸，摄提贞于孟陬兮，惟庚寅吾以降，皇览揆余初度兮，肇赐予以嘉名，名余曰朱罹兮，字余曰子清。"这声音跟先前的有所不同，却都是那么空旷，让人觉得悠远而又仿佛近在耳边，这等缥缈的距离，而又实在的声色，倒有些不像人间的声音了。众人嘴上不说，心里都想着这辈子从没听过这么令人难忘的声音。这声音虽然很轻很舒缓，但却句句留在各人的心里，便是再过个十年八年，他说的每一个字，也都能一样不差地记得。

这人面相几乎不能见，只见他手持一样长东西，似是渔鼓筒板，弓着身子，须发皆白，不用细看就知道十分衰老，说不定脸上皱纹纵横，牙齿早就掉光了罢。远远看他的样子，实在跟普通人家的老叟没什么区别。他以朱瞿比作古帝后裔，自是很有深意的。

曾相向前走去，这中间他最不安分。他以为这人说出了朱瞿的名和字，便是有意在这中间为难圣教。于是朗声道："哪里又来的邪魔外道，却在这里装神弄鬼？速速退下了，否则教你二人跟前面那几个戏子一个下场。"

他这样说，先前那老者倒不生气，只是放声大笑。曾相怒道："你笑什么？"他这般讽刺人家，那老者不做计较，那已是大肚能容了，却还在追问，众尊使也都不知说什么好了。

只见右边那个原先背着身的也转了过来，众人远远瞧着，就见他袒胸露乳，身材肥大，一条青翠的绫带环绕周身，这人的须发倒都是乌黑的，只不过头顶光亮，下身的裤子满是褶皱，想来是尺寸宽大的缘故，这人手持一把芭蕉扇，正在一点点地扇风纳凉，看起来方才那句话是他传过来的了。瞧这人的岁数，也不在年轻人之列，少说也有五六十的光景，也是上岁数的人，只是不像先前那人那般衰老罢了。

这稍稍年轻一些的道："照你所说，方才的'梨影将军阵'和那三百川北高手是你惊走的了？"这声音听起来是方才那人无疑了。他不起眼的样子，说出来的话却让朱瞿李知兴这样的尊使都刮目相看，这些人是哪里来的，叫什么，又怎么走的，他似乎都尽收眼底，甚至好像他安排好的一般。

曾相一时语塞，就听身后一人惊道："难道是你？"朱瞿李知兴回身望去，却见这句话是东方鸿宇说的，这下子吃惊不小。东方鸿宇自传功之后，一直时而清醒时而糊涂，就算是清醒的时候，也不过是问问到了哪里，能听懂众人的话罢了。这下子他的反应却比谁都快，而且这推理看似没有道理，但是看这二人的意思，应该的确是他们所为了。他这句话既是要问明真相，也想给这两人一个面子，承认他二人的能力，毕竟他们看着大有来头。

正是多事之秋，方才胜了"梨影将军阵"，又来了"羊角山二老"，毕竟圣教结果如何，且看下文分解。

第二十三回
听真言山谷幡悔悟　蒙点化圣教返本源

上回说到，圣教的东方鸿宇问出了一个问题，那手持蒲扇的中年汉子仰天大笑，朗声道："东方圣主眼光果然了得，能坐上北天头把交椅，也不是来得虚妄。"

东方鸿宇苦笑，道："尊驾既然是救了我等，我等也定当铭记心头。尊驾是宸阳宫的大恩人，只是眼下我等有事急需处理，待得来日，我圣教宸阳宫定当备足厚礼，某自然率众登临羊角山拜谢才是。"

那中年汉子只是笑笑，而后道："浮华利禄，不过是过眼云烟。圣教统率一方，自是有金山银山的了，只是在我看来，这些都是浮云而已。"

东方鸿宇又道："莫非尊驾心中可是有什么想要的奇珍异宝？只要是尊驾开口，我圣教就是将全天下掘地三尺，也要将宝贝奉上。"

那中年汉子摇了摇头，笑道："也不是。"

东方鸿宇想了一阵，正要发问，就听先前的那个稍老一些的道："大将军，不要再卖关子了，还是办正事要紧。此间事情完结，我还要和你一起上山赏花下棋了是正经。"众人听说这位中年汉子是将军，更是心头一紧，心想难道是京师派出了军队杀过来了？当下各个全神戒备，不敢有误。

东方鸿宇拱了拱手，道："不知阁下是将军，失敬失敬！"那大将军摆了摆手，道："这倒无妨。"

那大将军又对着那道长道："道长，今日正好你在此地，你我一起化解，岂不是一桩美事？"

那道长道："原来你找我来，说的事情就是这个。你我修行相若，若论起点化育人的经验，老道还是比你多些。也罢，我既喝了你两坛百年的佳酿，这会也正好助你一把，只是待会下棋，你可要多陪老道下上几局。"

那大将军道："好说，好说。"

那道长道："东方圣主，老道方才虽未出手，可是这位救你的大将军和我可是情交莫逆，眼下我替他问你三句话，你若是如实回答，这份恩情，也就算你圣教还上了，如何？"

东方鸿宇道："道长有话要问，那我自然知无不言。"

那道长道："那便好了。老道要问你的第一句话是，圣教是何人所创？"

东方鸿宇听了，心里不免寻思，他居然问这等人尽皆知的事，想必是有什么特殊的目的。他正这般想着，就听到曾相嘴快答道："老道长，这个问题在北天谁都知晓，我来替圣主回答你。我北天圣教宸阳宫，乃是北宋景德年间洪讳应泉祖师在立桓山闭关修炼四十六年，参透天地要旨，彻悟俯仰之道开创而成。"

那老道点了点头，道："是了，这洪小友本是我师东华帝君指点过的一位道友，他修道时最喜想东想西，也因此没被我师纳入门下，不想他日成才，当初的一点小心思，到了而今竟是离正宗越来越远，以致这般误入歧途，可叹，可叹。"

那曾相不等东方鸿宇回答，更是气不打一处来，跟着道："这老道，本尊使是看在圣主的面子上跟你答话，若是在平时哪里有人敢这么跟宸阳宫尊使说话？我洪祖师开天辟地，是万物之源，整个北天都是因我圣教安宁至今。"

那老道却道："道之大原出于天，他洪小友缘何成了天？"

那曾相先前已经是多有不满，现在听了这般说辞，跟着就双手运力，想要偷袭那老道，让他长长记性。他向前疾奔，那速度也实在是快，众人也看不清他脚步是如何换的，可见使出了全力。

众人看他跑着跑着，却是停了下来，说是停了，也不准确，就见他脚下还是飞快，只是身子不动地方，脚下的土刨出了小坑，这可真是怪了。曾相也觉察不对，他一惊之下，也顾不得离得十几丈远，就朝着地下打了去，这两掌力道非凡，圣教众人脚下微微一震，众人远远望去，曾相脚下的土地已经裂得七块八块，可是他脚前方的土地却是一点没坏，完好无损。就算他力道是向后使的，也不至于脚前一点没变化。那老道也不知使了什么法术，只教他立在十几丈远处，还能让他力道向后不向前，当真奇技。

众人看着眼前的两人，都是呆了。一个能用手中的蒲扇扇走三百川北高手，一个能在意念之间控制堂堂宸阳宫尊使。眼见得都不是等闲之辈，众人个个立在那里，说不出话来。他等无意还好，若是有意为难，那也是凶多吉少。

东方鸿宇思量一阵，朗声道："曾相，还不快回来！"曾相听了，愣了一会，跟着拔腿跑了回来。于是东方鸿宇朗声道："方才的问题本该由我回答，多有得罪，在此给两位赔礼了。"

那大将军道："功夫倒是不弱，就是脾气急了些。这位道长是本将军的贵客，尊使这般着急，只怕不妥吧。"

东方鸿宇朝着曾相使了个眼色，曾相急忙拱手，道："多有得罪，多有得罪！"

那老道点点头，转头道："请圣主听好，老道要问的第二句话是，你平生所愿，最想要的是什么？"

东方鸿宇想也没想，跟着答道："自然是带领宸阳宫南扫武林，一统天下。"顿了顿，又道，"只是目前的境况，圣教遭此大难，只怕元气大伤，想要恢复尚需时日，我此生已没有机会了。"

那老道道："那也容易。"于是众人隐约看见他从大袖中拿出些纸片，撒在地上，手中敲打着一杆长物，似是渔鼓简板，打得是快三下、慢三下、不快不慢又三下。口中念念有词，好像是"浮华是空，一统江湖亦是空。一切随缘，万物法道，道法自然"云云。众人只觉他在念着唱词，也并没觉察到什么。

平地里大量雾气突然凝集，众人只觉眼前什么也看不清，过了不多时，近处的雾气渐渐消散，众人看着眼前的一切，浑身颤抖不堪。

原来雾气中，隐约见到十几个人立在当中。定睛细看，那是空灵山应朝寺的觉清大师、舟山麒麟福地老主人徐明烈、江西白府当家人白铭泽、湘南方府当家人方令祺、青城剑派掌门人左容道、齐云观道长楚江开。细细想来，凡是武林中雄居一方、号令左右的实力大派掌门，大体都已到齐。这些人一同出动，就是千变万化的"梨影将军阵"也难及他等的万一。圣教就是放在平时，纵有宸阳圣主和统教尊使、护教尊使六大高手俱在，也敌不过他等。更何况他等身后黑压压的站了一片人，想必是带着个中好手前来寻仇的。

朱瞿握紧与尊扇，他虽知这几人他没一个能胜得过，可是大难当头，他也不敢有丝毫懈怠。

这几人中，觉清大师先开了口，道："我等久慕宸阳圣主高义厚德，转眼间大破'梨影将军阵'，击退三百川北高手，实在是佩服。眼下宸阳宫势大，木日神功参天法地，是武林中的无上神功，宸阳宫圣使威震八方，号令群雄。我等情愿归顺，万望宸阳圣主不念旧恶，将我等纳入麾下！”

他甫一说完，舟山的徐明烈就跟着道：“老朽先前不知深浅，误伤了圣主，害得宸阳圣使归天，实在是罪无可赦。老朽自己显是罪责难逃，情愿领死，但求圣主高抬贵手，将我舟山上下人等一并赦免了，以后为奴为隶，只是保全性命就行。”

这两人可是当今武林中的泰山北斗了，他等这般说辞，实是将宸阳宫捧得比天还高。东方鸿宇及众人听了，都以为是他等不知情，将这两件事记在了圣教头上。又见远远的，雾气实在太浓，那大将军和那老道已经看不见，想是云游上山去了，这里的就里也是不能明白的，既然天造良机，那也不便推脱，于是便含含糊糊地应了下来，且看他等到底怎么说。

白府的白铭泽跟着道：“我等之于宸阳宫，那便是蝼蚁对大象、燕雀如鲲鹏，自是大大的不及。宸阳宫望风披靡，当成一统武林、雄霸天下的大派，我等情愿归顺。但求我等成为应朝分舵、麒麟分舵、江西分舵、青城分舵，恳请圣使定期巡狩，代圣主行天下之命。”

他说完这些，就见各大派掌门都跪了下去，他们这么一跪，后面百十来个好手也都跟着跪下了，一时间山呼万岁之声不绝于耳。东方鸿宇见了，朗声大笑，他这几日，实在是把人生峰谷体验个透。刚刚吃了败仗，险些被山谷的伏兵一网打尽，又体会到群雄朝拜的快感，心下大是舒坦。

宸阳宫这边朱罹等见了，也都恭敬下拜，众尊使齐道：“恭贺圣主一统武林，宏图霸业在此达成，我等实感幸甚。恭祝圣主万寿千秋，带领宸阳宫平步天下。”

此时此刻，他便成了武林至尊。他雷霆一怒，就是万千人头落地；

他双手一扬，就有无数人发抖。

宸阳宫众人这边庆贺着，就见人群中闪出一人，他右手伸向左袖，边急着向前走边道："属下粗制宸阳宫版图，还请圣主和各位圣使过目！"他这么一说，旁人没觉出什么，游竺鲲倒是大叫不好，原来他猛然想起荆轲献图的旧事，暗想，方才碰到的就是给始皇楼寻仇的，骊山始皇楼与前秦一脉相承，此时用典，必是行刺！

他循声望去，就见到手持宝图的人须发暗黄，苍老十分，身体瘦弱，却又遒劲有力。那不是别人，正是始皇楼"骊山四公"之首的黄迟夫。他以极快的速度在卷轴中抽出了他的宝刀，使出了毕生绝学"战云刀"，刀锋雨点一般，横七竖八地飘了过来。众人不及回防，死伤惨重。曾相的胸口中了一刀，李知兴的胸口被割出了口子，东方鸿宇脸色大变，朱罹跟游竺鲲见状，三下两下地冲入人群中，将黄迟夫拿了住，黄迟夫不能动弹，游竺鲲一跃而起，朝着黄迟夫的天灵盖猛拍了两掌，将黄迟夫立毙掌下。可他刚松了一口气，就见身旁闪过一道白影，紧接着他小腹一痛，原来是白府的白铭泽使宝剑刺中了他，他大叫牛通寿，牛通寿随即赶来帮忙，却早被青城剑派的左容道和齐云观的楚江开拿了住。朱罹早被觉清大师在二十招之内封住了路数，舟山派的徐明烈在旁边轻轻一指触到了他，他就立即败下阵来。

直到此时，东方鸿宇才明白，这些人都是在试探，谁也不会一直跟从，方令祺一个箭步，将方府宝剑搭在了他的肩头。群雄怒目相视，眼下宸阳宫可是又栽了一个大跟头，彻底没了还手之力，唯有等待裁决的份了。

恰在此时，群雄中间让出了一条道来，云雾中就看之前的老道和大将军走出来，老道口中念道："浮华是空，一统江湖亦是空。宸阳宫虽强，但也不能一家独大。否则武林群豪，岂是你能支使得了的？圣主这下，可是明白了么？"

他一说出口，方才的群豪跟着附和。东方鸿宇想了想，点了点头。

那老道抚须而笑，那大将军轻摇蒲扇，问道："东方圣主，如若今次得回，你可还想养精蓄锐，有朝一日再南下舟山了？"

东方鸿宇思考良久，默然摇头道："某自认没那个本事。就算侥幸得胜，统治个一年半载，他日舟山兵强马壮，来个反攻复仇，冤冤相报，总也没有尽头。"

东方鸿宇道："直至此刻，我才明白。就算真的能一统江湖，也未必能驾驭住所有英豪，就算我一时制得住，也不能一世都凌驾在他们之上。原来一统江湖，也不过就是一场大梦。"

那觉清大师又道："那你说说，你都做过什么恶事？"

东方鸿宇见这许多高手在这里逼问宸阳宫，自己自然是首当其冲，不如就服个软，说说便是。

东方鸿宇想了想，道："我不该在围剿始皇楼的第七天杀了黄迟夫的独子。"

那黄迟夫听了，悲道："我老来得子，立儿从小就懂事听话，我只将他养在骊山上，不想让他涉足外面的危险。我没有将一身的本事交给他，没想到最后让他从地道遁出还是让你们发现了。可怜立儿年少，只有九岁。"

东方鸿宇道："这是我对你不起，现在想来，年轻之时，为了圣教称霸，确实做过不少错事。"

黄迟夫道："这是你头一桩恶事。"东方鸿宇想起这一桩事，本来手下众人被拿了住，只是想应付群豪了事，但是提起自己的恶事，面对这许多人的灼灼目光，心中不禁泛起一丝丝愧疚。

东方鸿宇又道："还有一件便是，我不该照义父指令，将北上采药的二百四十余名白府家丁活埋在贺兰山谷中。"

那白铭泽道："方白二府交恶不假，但是冤有头债有主，你这般跟着方仲作恶，杀害这许多无辜之人，吃人不吐骨头的魔教名声也是当之无愧的了。"

东方鸿宇道："如今想来，我平生的恶事，也算做了不少。"他这般说着，心中便有千百个冤魂向他讨着血债。他闭眼一想，又想到自己身受重伤，命不久矣，不禁潸然泪下，竟有一点悔恨在心头。

不等徐明烈发问，他又道："舟山一事，自是对不住老仙公。尤其不该害得杨岛主、胡副岛主殒命，齐大总管受伤。"

徐明烈道："你知道便好，事已至此，我也不想再多说什么。我也一样打死了圣教尊使，打伤了你和众位尊使。只是自此之后多行善事罢！老夫与你商量之事，你要多加思量。"

东方鸿宇道："这是自然，我自知罪孽深重，此番过后，自会思过悔改，反省罪恶。"他这三件事说下来，自己也是幡然悔悟，觉得做下许多错事。许是人之将死其言也善，他这几番话倒确实是肺腑之言。

那老道听了道："万物法道，道法自然。日月星辰，高峰飞流，虽各不相同，却都有各自的意义。红日虽火，却也不能遮盖夜月光辉；险峰虽峻，若是飞流跟它一样静止，那大好河山，又有什么看头？"

那大将军点点头，道："大道泛兮，其可左右。万物恃之以生而不辞，功成不名有。以其终不自为大，故能成其大。强盛与否，不靠自吹自擂，因为不自大，才能成就大。江湖不是朝堂，也由不得谁人一言而决。若是这般，谁能活得自在？"

　　东方鸿宇正思考间，胸口猛的生疼，不久疼得厉害，就昏厥了去。众尊使大惊，朱罹见状，立刻朝着羊角山二老拜道："两位前辈功力精湛，我等受教。眼下圣主危难在即，求求两位老前辈再施绝技，救救我宸阳圣主，大恩大德，圣教感激不尽。"他这一说，其他尊使跟弟子也都跟着跪了下来，哭拜不停。

　　那大将军缓缓走到东方鸿宇跟前，众人都知他有些实力，谁也没敢拦着，就见他在东方鸿宇身边轻轻扇风，口中轻唤"东方圣主"，左手摸着东方鸿宇的面门。过了不久，那大将军摇了摇头，垂头叹气，走开了。众人都以为东方鸿宇是没了气，谁知等大将军走远，东方鸿宇眼睛又睁了开，众人尽皆欢喜，不少弟子给那大将军磕头拜谢。

　　那老道道："兵者，不祥之器。汝辈江湖中人，须得常怀慈悲之心，切不可徒增杀戮。"

　　东方鸿宇叹了口气，道："死生一梦，既不带来，也不带去。一世功名本就是尘土，我走到如今，没什么可说的了。"

　　那老道笑道："好，好。"

　　那大将军道："死生虚诞，彭殇妄作。天地间本就没有什么，乃是凡人自取其扰罢了。东方圣主能有这番见地，总也是好的。"言罢他又朝着众人扇了扇蒲扇，说来也怪，他这清风拂过，众人方才的伤也都好了，只当是从没发生过一般，这真是众人平生未曾见过的奇事。

　　那老道见状，复又敲打他的渔鼓筒板，也照旧是快三下、慢三下、不快不慢又三下，口中也是念念有词。便见先前出来的那一众豪杰，都放开了宸阳宫众人，跟着这节奏走了来，众豪杰走到那老道跟前，一句话也不说，只是发散着雾气，等到雾气弥散，就见地上散落着无数纸片。那纸片上各写着方才众豪杰的名字，满满一地，一个没少。

众人只看得瞠目结舌，却也不知说什么好。他唱的这一出，可真是应了那句话：三五人可做千军万马，六七步如行四海九州。假的，假的，全是假的。

众人还没反应过来，那老道又道："东方圣主，老道问你的第三句话是，自洪小友至今，圣教渐行渐远；从今往后，宸阳宫上下行事的作风可是能改改了？"

东方鸿宇想了想，朗声道："宸阳宫上下听着。从今往后，咱们弟兄不再打别人的主意，各省的弟兄各安一方，谁也不犯着谁，咱们打理好内务便可。若是谁今后还是秉性难改，宫里决不宽恕！"

曾相听了，略有不满，他刚想出言反驳，就见东方鸿宇怒道："谁敢不从，现在就站出来！"他原本心有不忿，这下可是不敢说半个字了。

就见李知兴、朱罹等人拱手道："我等谨遵宸阳圣主金令，如有不遵，甘愿领受处罚！"东方鸿宇点了点头。

那老道笑道："老庄有云，知人者智，自知者明。胜人者有力，自胜者强。那此间一事，便是了了。老道尚有一件小事，想要跟统教尊使朱罹讨教讨教。"

朱罹即道："前辈尽可以问，晚辈定当知无不言。"

那老道只是道："没什么可问的，只是你现今掌管全教武功修炼，那你施展一套，教我瞧瞧如何？"

朱罹道："老前辈有厚恩于我圣教，这个自然可以。"

于是他双手运劲，只见他胸前黄绿之气渐渐浓厚，众人看得出，他眼下的木日神功已经达到新一层的境界，放眼北天，只怕难逢对手。假以时日，加上日夜修炼的纯厚内功，登顶武林应当不是难事。

他一招一式，将圣教的精妙武学演示个透。他这一番演示，已将木日神功的精义全都展现了出来。按照武学上讲，已经是当今天下的上乘。

等他行功完毕，那老道点了点头，跟着道："尊使武功精妙，宸阳宫果然名不虚传。"

朱罹拱手道："不过是班门弄斧，让前辈见笑了。"

那老道道："老道有个建议。你既是洪道友的传人，那想来将你的武功结合道术心法，应当不弱。你的黄绿之气，就好似太极阴阳，所谓木日神功，也有阴阳相称之理。若是今后行事少一分邪气，多一点正道，那么大道之行，将在不远。你的神功心法，也不妨改叫'大道诀'。"

朱罹道："前辈的意思是，若将圣教武学回归道学武术，会有更大的精益？"

那老道道："正是，还望尊使时刻谨记心头，莫忘此心！"这老道虽然话少，但是他的每一个字，都深含奥妙，实是微言大义。

朱罹听后拱手深揖，若有所悟。

不等众人反应回来，那老道和那大将军早已走出百十丈远。远远地，只看见他仿佛在敲打渔鼓筒板，从口袋里又是掏出一个纸片，就见他念着念着，身边突然出现了一头驴子。他倒骑驴背，打着渔鼓筒板伴歌而行，唱道："自是神仙多变异，肯教踪迹掩红尘。"那驴子速度奇快，脚下奔个不停。

再看那大将军，他仍旧是扇着蒲扇，身上碧绫飘飘，迎风而动。脚下移的步子也是奇快，竟能跟上飞奔的驴子。那大将军高声念道："坐卧常携酒一壶，不教双眼识皇都。乾坤许大无名姓，疏散人间一丈夫。"大笑数声，声音依旧是那般空荡，又稳稳地送到了各人的耳前。这两人不出多时，就隐匿在羊角山的山路中。

　　他二人走后，山谷中的雾气渐渐消散，多彩的飞虹也慢慢消失。空灵的山谷中除了几只野鸟乱鸣，便再没有了别的声音。

　　宸阳宫这边，自知是百年难遇的高人前来专门点化，齐齐下拜，朝着羊角山深处叩了三个头。自此心底暗誓，再不做伤天害理之事，从此朝奉道学，法自然故事。

　　且说这时众人都朝拜着羊角山二老，谁也没看到东方鸿宇在坐榻上干笑三声，喃喃道："自言住处连沧海，别时蓬莱第一峰。"便歪过脑去，不再动弹。

　　毕竟东方鸿宇性命如何，且看下文。

第二十四回
客羊角山下领大任　在宸阳宫前斗龙王

上回说到，东方鸿宇见羊角山二老走后，喃喃口中念叨，便即歪过脑去，不省人事。

众人拜别高人，站起身来，回过头看，慌乱一团。牛通寿粗通医术，给东方鸿宇搭了脉，就见他脉息已停，早已气绝。众人慌忙又跪下，哭拜东方鸿宇。原来他方才那一时清醒便是最后的回光返照，那大将军的一阵摇头早就注定了这一切。东方鸿宇虽然事前糊涂，鬼迷心窍想要南下一统，但临终前还是弃恶从善，给圣教立下了规矩，也算与有功焉。

众人一阵叩头过后，李知兴起身道："宸阳圣主殡天，圣教不可一日无主，我等一同推举统教尊使朱罹承继大位。"

游竺鲲也道："我等护教尊使恭请尊使登圣主大位！"牛通寿、曾相附议。

朱罹起身道："朱罹惭愧，得各位推举。只是从今往后咱们须得照着东方故圣主的规矩行事，惩恶扬善。不准烧杀抢掠，不准进犯大小门派，从此在武林中行侠仗义。朝奉道学，回归本源。方不愧北天第一大派的名声！如有谁人不服，可就此离教，分道扬镳！"

众人叩拜朱罹，道："恭祝圣主万寿千秋。我等谨记教诲，从此不再作恶，唯圣主命，如有违背，愿领重罚！"

　　于是朱罹承继大位，领众在羊角山下草草拜祭东方鸿宇，抬着东方鸿宇和敖融的尸首继续往北天进发。羊角山一事过后，朱罹在心底立誓，圣教有朝一日重归本源，不再走旁门左道的功夫。眼下北天群豪闹事，便是圣教展现新面目的好机会，朱罹自思，一定要借此收复北天众门派的心，化干戈为玉帛。

　　却说一个半月之后，大队缓缓而行，终于来至北天，却见各门各派大门紧闭，也没有圣教督使前来迎接，想是出了大事。

　　又过了几日，大队来到立桓山脚下，只见立桓山外众派弟子露营野炊，很是放肆。朱罹道："游尊使、牛尊使，本座命你二位在此保护大队前进。李尊使、曾尊使，且随本座进入宸阳宫，一探究竟。"于是几人分头行动。

　　他三人轻功是圣教里边最好的几个，眼下朱罹习得"木日神功"的高深功夫，内功方面已居翘首，轻功更是出类拔萃。

　　将至大石门前，早有两人拦住，朱罹不动声色，李知兴、曾相直取左右两个，他两个哪里是对手？只这一下，便取到了他俩的要害，朱罹忙道："不可伤及性命！"他二人顿时回过神来，遵命而行。旁的看见如此，知是圣主归来，吓得纷纷让出道来，大队得以安然渡过。

　　于是三人走进山体，只见其中虽然灯火通明依旧，但是一片欢天喜地之声，将圣教糟蹋个够。朱罹带领两人，直奔宸阳宫而去。将至门口时，早有人拦住。李、曾二人照旧放倒他们，里边的人闻讯赶了出来。台下众人也不再吃吃喝喝，拔出兵器，准备和朱罹等开战。

　　那为首的道："三位尊使，好久不见。鄙人甚是想念，特来宸阳宫探望，哪知你们远走舟山，也不跟弟兄们知会一声，教弟兄们好一阵苦等！"他语气甚是不恭，显是挑衅。

朱罹展开与尊扇道："众位，你等乘虚而入，在我宸阳宫中如此放肆。还与我宸阳宫称兄道弟，不妥罢！"

那为首的道："朱尊使今日怎的如此面孔，真是一改往日。"

曾相忍不住急了，道："好你个顾建龄，跟我们圣主说话最好长点眼睛，否则教你求生不得求死不能！你以为你是大同府武林第二把交椅就没人敢动你了？"

那顾建龄道："我金枪顾建龄从没服过谁。魔教压制我二十年，你当我金枪寨可欺否？"

这时外边进来数百人，服饰各有不同，却是北天大小门派的掌门长老一类的人物，不是想寻仇的，就是要讨个说法来的。

顾建龄身旁一人笑道："顾兄，人都到齐了，我们也不要跟他们废话了，且看他等如何区处罢。"这原来是天津卫的冯春胜先生，他祖传掌法堪称一绝。顾建龄听了，左手一挥，宸阳宫大门里头十几个衣着不凡的人跟着走了出来。三人看去，却都是北天武林里的厉害角色，此事定是他等挑的头。

朱罹并不理会，只是领着二人，上了宸阳宫大门口的石台。宸阳宫中出来的十几个角色跟着身形一展，飞下台去，以防圣教偷袭，站到了各自门派面前。台底下乌压压的一片，这时游竺鲲、牛通寿两人刚好赶到，大队抬着两副棺材，直到台底下方才停住。

李知兴道："圣主，眼下情势危急，我圣教虽不惧他们每个门派，然他们聚少成多，难以对付。是战是和，还须好好商谈一番，否则战事一开，受害的还是我们。"

朱罹点头道："李尊使所说极是。要说是战，我等确是以寡敌众，极难取胜。本座决定以德取胜，安抚他们。"

于是朱罹朗声道："诸位，你等平日里素不来往，近日纠集起来，霸占我宸阳宫，到底意欲何为？"

他这一说，台底下乱作一片，有人道："我等就是要一雪前耻！"有人道："将圣教一把火烧了解气！"还有人道："报我一家血海深仇！"语气甚是不和，一时间众人都亮了家伙，险些冲将过来，将圣教众人乱刀分尸。

朱瞿道："种种罪愆，尽是前人结怨。方老圣主早已故去，眼下圣教东方故圣主新丧，本座承继高位，一切罪责，该由本座一人承当。"

底下人方才吵吵闹闹，这一听，便都停了下来。

只见一中年女子仗剑道："毛头小子，有何担当？圣教要赔罪，就找了个小的当替死鬼么？"

朱瞿一时语塞，这么大的场面，人人都冲着他圣教来，他倒是第一次经历。这时冯春胜站出来笑道："朱圣主，内人不会说话，还请你不要见怪。你勇于承担，实在比某些胆小之人强得多。然我等都知道，你虽是魔教中人，但你担任护教尊使之时，慈心仁厚，从未制造杀戮。你对我等的恩德，我等没齿难忘。我等要算账的，是那些身负血债之人，此事与你无关，你不必参与进来。"他这一说，不少人响应。

朱瞿道："我本人与你等并无过节，这几年里，本座巡狩北天，也交下了不少朋友；但圣教兄弟对我情深义重，东方故圣主临终更将圣教托付于我。基于此，本座建议，今后圣教不再控制诸位的言行，诸位也就此作罢，咱们北天一道结盟，共克外敌。你们今天若是回去，圣教的损失本座一概不究。"

冯春胜道："若是我等定要和圣教算算总账呢？"

朱瞿道："若是你们一定要与圣教为难，先过了本座这一关，在本座倒下之前，你们休想再靠近宸阳宫半步！"

于是朱瞿走上前去，展开与尊扇，怒视群雄。群雄中间倒真是有被他震到的，他年纪轻轻，敢以一人之力阻挡外面的千军万马，也是英雄的模样。

可顾建龄并不买账，金枪一挑，向前走去。却在此时，立桓山石门大开，一伙人马赶了进来，为首之人踩着众人肩膀掠过，众人看时，却是一道青影。

那青影落在顾建龄前头，挡住了顾建龄去路，顾建龄不怒反喜，笑道："不知'北海龙王'驾临，失敬失敬！"其后十几个门派掌门一齐拱手作揖。

却说那人便是敖融之祖父，人称"北海龙王"的金州卫朔龙湾主人敖镇海。朱瞿望去，这人皮肤偏青色，瘦骨嶙峋，碧眼黄须发，甚是威武，倒真似水中青龙一般。头戴金丝帽，身着紫金衣，一派华贵模样。江湖早年传言他生于极北严寒之地，似有罗刹血统，幼时便水性了得，五十年前南下金州卫，就在江湖上小有名气，也是辽东一带德高望重之人，此人水上功夫无人能及，当年方仲都对他敬重十分。当年圣教战至辽东，方仲拿他无法，只得与其定下同盟之约，倒也不算纳入麾下。他此次前来，怕是有人通风报信，将敖融死讯报知了他。

敖镇海道："老夫听说大队归来，特地前来迎接，没想到还是晚了一步，圣主莫怪。"

朱瞿拱手道："我宸阳宫今日得龙王驾临，实在是蓬荜生辉。不知龙王来此，有何贵干？"

敖镇海道："老夫近来研习出一套功夫，想要传给孙儿，不知他现在哪里？"

朱瞿心道，他果真是前来问罪的了。二十年来他不踏进京师半步，今日前来，算是师出有名。于是道："实不相瞒，我等南征舟山时，敖尊使英勇杀敌，为保东方故圣主，不幸战死在麒麟福地。"此语一出，举座哗然，圣教护教尊使这样的大高手竟死在出征之时，舟山派的功夫更令人生畏。

敖镇海闻言大怒，道："你们好大的胆子！二十年前，我将次孙送到圣教，做了护教尊使。而今方仲死了，到了你们这里，你们竟把他给害死了？"

朱瞿道："龙王息怒。此事虽是我等照顾不周，但也不全是我等之罪。临战之时，东方故圣主特意教他休息，是他定要上场，这才出了事。"

敖镇海不依不饶，道："那你等害死我孙儿，就想这般了了么？二十年前，方仲到我的朔龙湾，我瞧他待我不错，语气诚恳这才与他击掌为誓，结了盟。连你们方仲圣主都敬我三分，你小小年纪，竟敢如此对我说话，你可知罪？"他倚老卖老，嘲笑朱瞿年幼无知，身后弟子为他帮腔。北天中人，大多与朱瞿有过交情，知他是明理之人，敖镇海大闹宸阳宫，虽事出有因，然全赖在朱瞿身上，众人实在觉得他无理。

曾相道："龙王明鉴，敖兄可是我们的好兄弟。我们面临大敌，保护他尚且不及，怎么会加害于他？"

敖镇海毫不理会，背着双手，直视朱瞿。

这时李知兴走来，道："敖兄这般说，真是欲加之罪何患无辞。你朔龙湾的武功，养出的后辈绝不会比我等差，为何我等同时作战，偏偏他死在当场？明明是他不听劝阻，自己逞能，这才送了性命。再者说，命是舟山老掌门徐明烈取的，你老水上功夫了得，为何不去找他？却在宸阳宫门前要什么威风？"他一番说辞，说得敖镇海面红耳赤。

敖镇海道："舟山我自会去的。老龙我一生行事，难道要李尊使教我么？"

李知兴道："我看你是成心滋事，我圣教虽然伤了元气，一条上岸的老海龙还对付得了。"于是展开身形，便要开战。敖镇海一惊不小，当下也展开身形。

朱罹抢在前头，使扇子挡住李知兴，道："晚生不才，愿意领教龙王的高招。"

李知兴大惊，低声道："圣主，万万使不得！"

朱罹不作回答，笑面直视李知兴，示意他离开便是。

敖镇海道："那就让老夫的龙爪，领教领教圣主的'木日神功'罢。"

敖镇海双手向内抠去，张开双臂，冲着朱罹招呼了过去。朱罹缓缓展开双手，手掌上渐渐聚合木日之气。圣教创教圣主洪应泉本是道士，深受道教影响，又结合自身特点创出木日神功，所以朱罹左右手虽有太极两极之象，却不完全是阴阳之气。

神功单传，虽有衰减，然朱罹此时已然到了第四层，武功虽不算高，但也是占到了优势。"北海龙王"水性当然不差，若是阴柔的功力打到他身上，他便如游鱼入水一般没了踪影。但相反，若是木日之气融合燃烧，就算他不惧烈火，也是不习惯，想要胜过朱罹倒也不那么容易。加之他年老力衰，每日海边风吹日晒，难免苍老。他力道虽然苍劲依旧，可却显得有些单薄。

朱罹左手一晃，打了出去。果然，木气属阴，打到他身上确实效果不佳。敖镇海双爪在胸前运起真气护体，便好似那日徐明烈运功护体一般，将木气一点点向朱罹推去。朱罹见了，也想到那日惨景，不由得加了几分力道，瞬间又有不少木气生出，直打到两人中间，那团真气当即停住。

朱罹与东方鸿宇不同。东方鸿宇天资平庸，继任圣主五年，只想着统御北天，却是极少练功。朱罹生在帝王之家，自幼聪颖实不必说，先前这五年之中，他每日闲来无事，便苦练圣教功夫，以前练的虽不是"木日神功"的高深功夫，却是将"木日神功"的原理参透了大半。他江湖经历丰富，小时便是龙门大公子，尽得龙寒二人真传，长大后又与黄迟夫、王种坤、司空玉璋、左容道等高手相互过招拆招，着实学到了不少。东方鸿宇深居宫内，极少外出，却又怎能学到更高的技艺？

朱罹见势，右手跟着拍出去，直打到那团真气上边，当时便燃烧了起来。敖镇海掌力阴柔，"唰唰唰"接连拍出三掌，这是"朔风烈"掌法的前三式，想要化去朱罹的真气，不然他的真气被烧，朱罹运出的只是气道，那可太不划算。

敖镇海并不甘心，又拍出了六掌，这六掌全是真气，直打得朱罹无还手之力。敖镇海到底是武林前辈，统辖一方，武功胆识不输后辈。

朱罹眼见不好赶忙撤了掌力，急急一躲，那真气打了过来。朱罹身后之人连忙闪躲，那真气一直打到山体附近，震下不少山石，众人感到脚下微微一震。众人见了，不免心服。李知兴内力也不及他，游竺鲲、牛通寿、曾相等人就算联手也未必能赢，北天众人里面，不少人惊呼出声。

只见朱罹退了开去，他轻功极佳，只这一瞬就与龙王有了数丈距离。龙王不惊不忙，当下长啸一声，他门下弟子听得信号，立刻应了，只见朔龙湾弟子个个拿出了背上的大葫芦，足有五六尺高，同时按动机栝，却见葫芦中喷出的不是别的，正是朔龙湾的海水。这一来，海水借射出之际形成了一道道"海浪"，老龙王敖镇海凌空跃起，踏浪而行，只是一瞬就跟着抢到了朱罹面前，同时"海浪"跟着拍打向朱罹。此举实出在场所有人之所料！

这竟是"踏浪闻涛"！

老龙王当然不莽撞，他敢到圣教生事，必是早有上岸准备，可谁知他竟有此法，将水上功夫毫不打折地送到了宸阳宫中来。这下朱罹拉不开距离，还要面对龙王和"海浪"的袭击，几乎喘不过气来。他既有此法，难保他不会接连使出那套令人闻风丧胆的水上功夫。

朱罹眼见"木日神功"难以完胜，谁知他便抢上前来，不依不饶，对朱罹动了杀招。朱罹眼见，只得手持与尊扇，跟他一决高下。敖镇海见到与尊扇，也是心下一紧。

朱罹当下运起内力，展开与尊扇，只见与尊扇周围聚满真气，眼见奔袭而来的滔天巨浪，朱罹面不改色，将内力运了出去，与尊扇助威之下，内力化作漫天花雨，点点真气顿时凝住了来袭巨浪，龙王的万胜之策登时去了一半，这招名唤"为霞满天"，是将临江楼功夫与圣教功夫结合之后的一招。在场之人不得不佩服朱罹的武功，以及他惊人的应变之能。

朱罹当下再次运起龙门轻功，出招迅捷无伦。他深得龙寒二人真传，龙门杀手一套，他很是明白。朱罹一个转身，便到了敖镇海身前，敖镇海出掌防身，以攻为守。

朱罹合起与尊扇，朝着敖镇海身上点去，直取一十二个大穴。贴身而战，不留一丝机会，让敖镇海再施神技。敖镇海急忙运功护身，使手臂格挡。朱罹灵机一动，便将与尊扇点到敖镇海的手臂上，敖镇海防不胜防，手臂中了好几处穴位，痛得连连后退。

朱罹跟着一个箭步，接着逼了过去，敖镇海运起足下内力，索性顺势退了甚远。

只见敖镇海身子向后仰了过去，躲过了朱罹的攻击，他躺在地上，朱罹向下出掌，那敖镇海双足跃起，向着朱罹腹部踹了过去，跟着背上一使劲，跳起身来，好一式"鲤鱼打挺"！朱罹见他功夫变化多端，心知不是对手，只是勉强维持而已。

那敖镇海愤怒已极，若是换了朔龙湾，没有一人敢这样折他的面子。这下朱罹使出龙门的功夫对付他，他觉得朱罹似乎并未使出全力，所以他双掌一运，掌势凌厉，又使真气护体，令朱罹不得不出手相对，无法闪避。

朱罹见了，心里很是无奈。若是退去，不但伤了圣教的面子，而且难免受伤；如此一来，倒不如放手一搏，使出全力跟他一拼，就算不敌，也无愧于教中兄弟。

于是朱罹运起圣教"木日神功"和龙门的内功心法，加上瑞鹤临江楼的内力，三力合一，聚于手掌，直对着龙王敖镇海的两掌对了过去。李知兴等见了，禁不住捏了一把汗，圣教徒众里边功力较好的，也都看了出来，心里边焦急得很，明知龙王有意为难，却也无可奈何。

当下朱罹跟敖镇海四掌相对，只是刚刚接上的一瞬，两人便都急急向后退了十几步。众人看去，两人立定之后，全是气定神闲，谁也不输半分，似乎是打成了平手。

他等哪里知道，朱罹早已不敌，若没有人旁观，只怕朱罹此刻已然吐血倒下，那雷霆一击，朱罹哪是对手？他"北海龙王"敖镇海也算当今的世外高人，水上功夫了得，就是舟山的徐明烈也未必是对手，可是到了岸上，功力便折了三四成。然即便如此，朱罹承受他全力一掌也是困难，若不是他后退的步伐快，难保他不心脉俱断。敖龙王两掌拍出，本有完胜的把握，但见朱罹手劲奇大，又好似后劲十足，似有集大成之感，心中猛地一惊，以为圣教集百家之长，武功已然大进，便不敢再轻举妄动。

朱罹受伤不轻，眼看快要支撑不住。李知兴等看出端倪，众人大为感动，他眼下武功虽不及前人，但大义凛然，挽救圣教于水火，这等功绩，实不知超出了前人多少倍！

于是李知兴走上前去，道："我圣主神功盖世，龙王宝刀未老，双方各有千秋，功力相若。知兴在此，规劝双方各自就此罢手，否则缠斗下去，必定是两败俱伤。敖兄弟的后事，我圣教定教他风风光光，给龙王一个交代！"他虽以中间人身份调停，却是处处回护朱罹，逼迫龙王停手。

敖镇海心下大骇，心知深入险境，想要以少胜多也没多少胜算，既然圣教给了台阶，倒不如就此作罢，也不失了颜面。于是冷哼一声，道："谅你也不敢怠慢，我们走着瞧！若是有半分不妥，我要你圣教好看！"于是背起双手，拂袖而去。他此番受折，竟也郁郁终老，此后窝在朔龙湾，便再没出过水寨，更是不再过问江湖大事，此乃后话。

朱罹见他走后，身上内伤开始微微发作，但仍强忍伤痛，口道："列位英雄，本座既是圣主，便当为圣教保全竭尽全力。你们有谁想要寻仇，便请站出来，若是谁能胜过本座，那时再算账不迟；若是胜不过，那本座也不为难，便请回去，从此再不许同我圣教为仇。"

游竺鲲道："眼下石门紧闭，你等乱党匪首在内，匪众在外。圣主只消一声令下，便可将你等悉数杀尽。我圣主仁慈之心，日月可鉴。圣教早已立誓改邪归正，你等若从此退去，我圣教定然既往不咎，但若执意进犯我宸阳宫，别说是圣主不悦，就是我们几个也不答应！"他这一计恩威并重起了不小作用，不少门派领人向石门退去，由于顾建龄等为首的毫不松口，他等也不好私自退去，便在门口处僵持着。

朱罹见状，知是众门派已然化解仇怨，只顾建龄儿个为首的坚持不走，便拱了拱手。顾建龄抢先道："游尊使既出此言，那我等本该撤去，只是今日一睹圣主神功，我等看得是热血沸腾，若不趁此机会和圣主讨教讨教，他日再蒙圣主指点又不知是几时了。我等诚心请教，还望圣主勉为其难，指点一番。"他语气甚是不恭，显是要乘人之危，拖垮朱罹。李知兴等人见朱罹心意甚决，也都没去阻拦。

说话间顾建龄已然金枪在手，众人屏住呼吸，欲知谁胜谁负，且看下文分解。

第二十五回
纳北天通天杰显圣　退京师少圣主结盟

上回说到，顾建龄挺枪而出，要向朱罹讨教一番。冯春胜站出来道："堂堂圣教圣主，岂是顾兄一人能够应付得了的？冯某功力虽浅，却也愿意用家传掌法助你一臂之力。"

他两个在江湖上也算小有名气，人到中年，都已是一方好手。各人武功虽不及朱罹几成，但此时朱罹体内气血翻腾，两人合力仍是不可小觑。

众尊使眼见朱罹负伤坚持，自然很受感动，心下佩服之时，竟也有几分惭愧之感。朱罹本是龙门大公子，却为圣教舍得身家性命去拼，自己本就是圣教护教尊使，紧要关头竟然帮不上什么忙，实是惭愧得紧了，当下不禁对朱罹高看一眼。

当下只见朱罹身形一展，便要上前应战。忽闻一人道："圣主且慢，属下愿意领教他两位的高招！"朱罹回头一看，此人竟是曾相。

他这番义举，朱罹倒多少有点摸不到头脑，毕竟舟山一役之前，他态度强硬，咄咄逼人，此刻怎么转变得这般快？

原来曾相虽是自幼在圣教长大、养尊处优之人，却也武功不弱，有一番真性情在其中，旁的不说，就是朱罹这几日来的表现便让他刮目相看，当下抛弃旧见，替朱罹挡了下米。

见朱罹面露难色，曾相当下笑道："圣主放心，属下武功虽不及圣主，对付两个宵小之辈还是有余力的。"他这番话，倒是快意十足，潇潇洒洒，在场之人不禁心动。

冯春胜依旧笑眯眯道："朋友未免也太小瞧了咱们，我若说你魔教是乌合之众，你能接受么？就凭你一个，想拦住我与顾兄两人的合力，怕是不及，还是退下让你们圣主来吧。"

游竺鲲眼见，也跟着道："那就让游某助曾兄一臂之力。"他这一来，可就不一般了，冯春胜两人本想趁火打劫，利用圣教根基不稳搅和一番。谁知圣教正逢危难，自是人心大齐。更有朱罹大仁大义之举，如何不敌？

现下顾建龄进退不得，本想一人单挑朱罹，胜了得彩，输了也没性命之忧；这下冯春胜的加入，引得圣教两大护教尊使罕见出手，自是胜负难料，而且生死不知。

圣主虽然动了手，但是毕竟年纪尚轻，资历不够。要知圣教统御北天，原本五位护教尊使代圣主巡狩北天，就算是面也难得一见，更不要提护教尊使亲自出手。在场众人个个伸直了脖子，看看纯正的圣教神功到底是什么样子。

当下场面看似瞬时尴尬，台底下的十几位掌门却是蠢蠢欲动。人群中走出一老妇道："管你如何，咱们十几个门派的人难道还怕了你这歪门邪道不成？"

曾相闻言，直视其人，反是拱手一礼，恭敬道："秦姥姥，咱们敬你是老圣主的家人，你可得向着咱们说说话。如今，怎么反倒帮了外人？"

那老妇人铁杖一杵，怒道："胡说八道，若不是你等危害武林，妖言惑众，老身的叔叔又怎么会踏入歧途？而今大错已然铸成，他早已被我平凉府秦家除了名。老身又怎么会与你等同流合污？"

　　那秦姥姥身边站出一人，口中道："说得对，咱们此次前来，就是要替北天武林讨回个公道。你圣教纵然贵有圣主和四大护教尊使五位高手，也架不住咱们十几个门派的力量。咱们绝不退缩，他也奈何不了咱们！"说话之人乃是河间府境内沧州县城赫赫有名的聚英门门中长老贾进仙，只见他红光满面，鹤发银眉，已在江湖上成名三十余年，是北天之中少有的几位高手。

　　李知兴愤然道："你等废话少说，堂堂圣教岂容你等败类小人品头论足？难道我圣教怕你不成？够胆的走上前来，咱们比试比试，若能胜得过我们四个护教尊使，再去领教圣主神功。多说无益，动手罢！"他这一番话，实是保住了圣主的实力，以应万全。当下更是走了几个门派，昏暗之下，更显四大尊使威风凛凛，令人生畏。

　　便就在此时，山外阵阵闷响，众人顿时慌了神。朱罹派人到窗口查看，回报山外火炮声阵阵。要知此时清军入关，为了巩固统治，早将民间火器收缴了去，若是有火器声响，那便是官府派兵来了！

　　不需多说，一定是直奔宸阳宫而来。清军入关，汉人备受欺凌，现下文字狱正兴。北天武林众门派尤其是圣教距离京师太近，早就成为清朝廷的眼中钉。就算你北天武林解释只是聚众议事，并无谋反之意，清朝廷也会说你等蓄意谋反，以铲除隐患。

　　众人想到此处，便都慌了神。朱罹打量众人，心知此时宸阳宫被围，他等已是逃不出去了。不如趁此机会拉拢众人，便可大大提高胜算，更或许此后尽释前嫌、化敌为友亦未可知。

　　正此时，秦姥姥怒道："都是你魔教作恶多端，将官军都引了来，现在大家都完了，老身先拆了你这魔窟！"言罢举起铁杖，怒目而视。

李知兴怒不可遏，道："若不是你们大举进攻宸阳宫，我等也不会就这么引来官军。几百年来都相安无事，而今圣教会毁在你们这帮狗奴才身上，真是笑话！"

秦姥姥欲再还口，朱罹抢先一步，运起内力，高声道："圣教位居京畿，自有方法对付官军骚扰。我堂堂大派，岂能惧了来犯之敌？而今大家都在一条船上，晚生不才，师承中原通天居，家师在晚辈下山之前特赠黄天与尊扇。晚辈在此恳请大家看在当年通天杰的面子上，同心协力，共克大难！"说罢，只见与尊扇金光大闪，虽然只是一瞬工夫，却照得立桓山内通明透亮，众人见了，不觉一惊，都道是通天杰显圣。

曾相见状，跟着朱罹说道："我圣主有好生之德，可怜你们，要不这宸阳宫里的暗器一发，你们还有什么退路？立桓山宸阳宫乃我圣教总坛之地，你等不愿合作，那便滚出去！"

秦姥姥受了打击，不敢再出言相讥。此番进攻圣教，便是众人举她为一号头领。若不是众人看她秦家与圣教颇有渊源，圣教不会太过追究，谁敢前来造次？圣教虽是霸道北天，但是门内教规甚严，历任圣主的家眷，凡是在北天的，都要好生照应着。秦裕一代，励精图治，自然受到后世教徒的格外尊重。若不是秦姥姥不肯，圣教早有教徒前去秦府伺候起居，半点不能差了。现在她令众人身陷囹圄，自然是有责任的。更何况有通天杰信物在圣教手中，他等既是武林中人，更兼通天杰显圣，总要给这个面子，不然就算侥幸逃出去，令与尊扇主人丧命敌手，对外人不好交代，今后也难在江湖上立足。

当下秦姥姥道："那依圣主之见，该当如何？"众人见她语气软了，也都安静下来，收起武器，看朱罹做何解释。

朱罹道："大家须听我圣教指挥，一同御敌。不过，不可趁火打劫，令我北天弟兄自相残杀。"他深知北天武林各派这几日放荡惯了，早就不将圣教放在眼里，这几日的仇恨也到了顶点，便先取他们一诺，约束于他们。

秦姥姥道："老身答应你。"众人听了，也都跟着点点头。

朱瞿继续道："圣教弟子听令，牛尊使、曾尊使、顾掌门、冯掌门率领圣教弟子和其他北天各派的弟子在立桓山内利用山孔发射火箭，以御来敌。请李尊使、游尊使、秦姥姥、贾老前辈以及其余各派的掌门长老带领本门精锐跟随本座进偏殿拿取武器，由通道走上紫极顶御敌。"

一位掌门道："走上紫极顶，那不是送死去么？"

朱瞿道："本座自有安排。"

却见左偏殿内各派弟子搬运弓箭，进进出出；右偏殿内各派弟子手抬巨型圆筒，运上紫极顶煞是费力，更有巨大石球运了上去。

远远见得一大队兵马汹汹而来，却是列阵整齐，俨然是官军清剿来了。圣教北天一众，毕竟久居江湖，散漫成性，不可能做到整齐划一，当下唯有占地利之优，与他等僵持僵持，或许机会到来也未可知。

却说圣教紫极顶，可说是北天十大胜景之首。周边一圈满是花岗岩石柱，地板由江南花岗岩精雕细琢而成，石柱上刻历任圣主的丰功伟绩，以昭后人。圣坛外青草密布，立桓山倒是勃勃生机。此山不高，却也有几百丈，可说自有险峻之处。若不是从山内由通道上来，除却轻功好手之外，寻常人却是不能的了。紫极顶正中央，却是上等汉白玉精雕而成的太极图。前文说到，圣教首任圣主洪应泉本是道家出身，因而对于太极十分中意。据说其中暗藏机关，上阵对战的双方若是内力够强，则可令太极图金光大放，高速旋转起来。只不过自有传说以来，并未有人能做到此点而已。

当下李知兴、游竺鲲命人将圆筒放定，只见紫极顶六六三十六个花岗岩石柱每两个之间都架起了一个圆筒，朱罹回身拱手道："各位前辈同道，今日之役，还需我等同心协力才是。"

贾进仙道："而今之计，当要以击退乱军为主。不知圣主有何妙计？"他此时也比较佩服朱罹的智计和权变，故而有此一问。

朱罹道："列位都是一派之长，武功内力自不必说。既是北天高人，咱们自当献出一份力来。"

人群中一人低声道："要不是你魔教树大招风，我等也不会被迫出力。"他声音虽小，在场的高手却都听得真切。

朱罹反击道："朋友若不跟了过来，为难圣教，也不会恰逢此事。而今大家命悬一线，被抓到了百口莫辩，还是一起合作的好。"李知兴见了，点了点头，很是赞许。

秦姥姥道："别的不说，今日我等遭此大难，幸得圣教早有准备，此刻定当尽力。老身许诺，此番过后，圣教若不为难我等，老身第一个带人离开，再不与圣教为敌。还请圣主将退敌之法示下。"她为人虽骄傲跋扈，却也最在乎名声，她此刻说出的话，当是绝不反悔，自然很有分量的。

朱罹道："秦姥姥深明大义，晚辈佩服。还请列位站到圆筒对应的后方，待到片刻乱军将至之时，便请诸位与我圣教同心协力，使内功将这百余个石球一一发射出去。纵然乱军有千，也不惧他！到时阵脚已乱，加上山下的火箭万发，敌军必狼狈而逃。"

贾进仙抚须大笑，道："哈哈，果然妙计！老夫力薄，愿尽微力。列位掌门，可是同意了？"

众人沉沉不语，显是默认了。

朱罹拱手道："而今宸阳宫内外千余性命之关键，便在我等手中了，还望诸位不遗余力。我们同仇敌忾，敌军定然无法！"

李知兴附和道："而今宸阳宫与北天众弟兄蒙受敌军骚扰羞辱，若得诸位鼎力相助，危机得解，实是幸运之至。来日方长，圣教也自当视北天诸门派为亲友弟兄，我们平等相处，也是应该的。"他此番打消众门派疑虑，更加坚定了众人的决心。

于是山上各派掌门长老跟着本门精锐，到了各自地点。

远远只见为首清军头领振臂长啸，山下顿时杀声震天。步兵做先锋，骑兵紧随其后。一大队人马瞬时便蜂拥而至。

却说山下牛通寿等人率众御敌，顾建龄心中不忿，坐在一角，默不作声；冯春胜心中明白就里，跟着牛通寿一起指挥，曾相见圣主不在，也便使起性子，坐在宸阳宫中养神，只留得牛通寿二人在场指挥。

山外乱军渐渐逼近，加起来千人左右。各派弟子急忙发射火箭，那乱军虽自京师而来，可却全然不见金盔铁甲，只穿着上好的软甲，足见不是御林军出动，倒似是王府大公的内家亲兵，武功身手、防御能力也都不足为奇。

山下众人早有准备，将熊熊烈火点燃箭头，一齐施放"火箭"。须知软甲虽能抵挡枪挑剑刺，却是极易燃着，面对多如牛毛的漫天火箭，软甲非但不能保住性命，还会使穿甲之人迅速葬身火海。

只见先锋步兵冲到了约莫半里开外，牛通寿右手一挥，大喝一声"放箭！"，各派弟子遵命放箭，后面的弟子在岩壁洞口与偏殿武器房和火堆之间来回穿梭，忙个不停。

山内众人忙个不停，山外的先锋队个个起火，步兵前队早被烧得惨呼一片。后队见了，连忙闪躲，不敢往前，可是前有火箭，后有骑兵向前，步兵后队逃无可逃，大多被火箭烧死、被骑兵踏死在铁蹄之下，能逃者寥寥数十人。步兵乱作一团，惨呼声不绝于耳，不出一个时辰，步兵早已是作鸟兽散。整个清廷军团，整整折了一半。

朱罹向山下望去，山下骑兵也是一片混乱，原来山下四处起火，着实惊着了马匹，骑兵难以驾驭，骑着战马四处冲突，失去了控制。当中有人看到上山小径，遂带领一大队人马向小径冲过去，企图由下而上，直接进入立桓山内部。

朱罹高举与尊扇，下令道："动手！"各派掌门长老调整方向、运起内力，将一个个石球击了出去。近者沿着小径滚到山下，将那一队人马打得人仰马翻，个个滚下山去；远者直打到骑兵面门，或是马腹，直打得乱军更乱，首尾不分。

如此十几个来回之后，这股清军已然是溃不成军。且听一阵鸣金之声，步兵骑兵听了，如获至宝般朝京师退了开去。朱罹循声抬头望去，只见对面山头有人摆放金锣，更有一人身着锦华服，虽远亦可见其身份地位之高贵。朱罹道："李尊使、游尊使，本座命你二人速速将那对面山头一干人等擒过来，本座有话要问！"

李知兴、游竺鲲二人领命前去，却见对面锦服之人不慌不忙，指挥手下收起金锣，自己坐进了大轿，旁边四个黑衣人抬起大轿，施展轻功，足下一使劲，弹得飞了起来，这四人凌空虚渡，在空中竟然腾云不落。李知兴、游竺鲲轻功了得，却无论如何也使不出这等绝技，自然追之不上。这四人武功暂且不论，但就轻功而言，可说是世间罕有。

朱罹见了，心中一震，却也看不出是何门何派的技法，各派掌门长老尽皆在此，也是个个目瞪口呆，显然没听说过这等功夫。不想清朝廷竟有如此高手，北天高手自叹弗如，人言天外有天，今观的确如此。高手不在别处，就在京师驻守，各派不得不有所忌惮，各人默不作声。朱罹望向秦、贾二人，就连秦姥姥、贾进仙这等人物，也是纷纷皱了眉头。

真个是"兵马不足畏，大将皱眉头"。

众人默默不语之时，牛通寿等自通道上来，面有喜色，想是山下视角过低，根本没看见神秘人的身影。

当下曾相拱手笑道："恭喜圣主，贺喜圣主，圣主力挽狂澜，救北天于倾颓之间。圣主此番一战扬威，令他朝廷也不敢小看了咱们！圣主今日作为，堪称是留名青史、泽被四方的大功绩啊！"朱罹在想刚才之事，只是拱了拱手。游竺鲲看出朱罹若有所思，忙将刚才之事与他等说了一遍，这几人一时语塞，就连曾相也说不出话来。

李知兴见状，大步向前，高声拱手道："诸位弟兄，我等能有今日之大胜，一来仰仗圣主智勇双全，天下无匹；二来全靠我北天弟兄不计前嫌，同仇敌忾。我圣教既是地主，也该款待诸位一番，还请各位到宸阳宫中歇息，今夜定要一醉方休！"

秦姥姥屈膝下拜，道："老身糊涂，若没有今日圣主团结大家，浴血奋战，我北天就此栽在他清廷手里了。老身请求朱圣主原谅，老身保证，北天弟兄与圣教再不为难，我们前嫌尽释，今后大家兄弟相称，再不要那些打打杀杀。"

众人见她一跪，一时间不知该如何是好，贾进仙见状，也跟着拜了下去，各派掌门长老见状，一个一个地都跟着跪了下去。

朱罹见众人拜倒在地，回过味来，赶紧招呼北天武林的几位宿老。当下化敌为友是要紧事，神秘人的身份日后再查。

牛通寿听了，急忙下去通知伙房好生招待。李知兴、游竺鲲、曾相在紫极顶上与众人一同说笑，化解仇怨。

于是众人晚上把酒言欢，一时间立桓山宸阳宫欢声笑语不断，各派相谈甚欢。

酒席之间，李知兴再次起身道："诸位，老夫奉东方故圣主之命辅佐少圣主，在此有一言。"

贾进仙道："李兄请讲。"

李知兴道："清军入关，前朝覆灭。几十年前，江湖人来去何等自如，自打清军入关之后，百姓上缴火器，夜晚不得出门，就连江湖中人在此聚会亦是被人剿杀。清廷如此下去，必不长久，我江湖同道跟他也一定不共戴天！"

李知兴说完，在场的北天其他门派一齐呐喊助威，北天各派掌门长老也纷纷怒气大发。

待到众人安静下来，李知兴道："诸位跟我圣教有过过节，而今我等前仇旧债一笔勾销，即是一家人。圣主功高盖世，在此老夫斗胆提议，北天各部何不歃血为盟，同声出气，却为何要受朝廷欺负？！"此语一出，大多数纷纷响应，少数人迟疑片刻，也没有异议。

朱罹见状，高举与尊扇道："诸位请看，这与尊扇来到北天，自是主持公道而来。本座既是与尊扇传人，定当竭心尽力，为北天武林维护一个公道。我等备受清廷欺凌，各派势小，可是合则势大，个人有难，大家做主！"

曾相眼见得朱罹意欲结盟，便跟着道："今后大家有什么危难，我宸阳宫绝对不会袖手旁观，不管是朝廷，还是江湖上别家，谁敢招惹我北天中人，宫里决不轻饶！"

贾进仙闻言，起身正色道："多谢贵教美意，今日幸蒙贵教搭救，老夫感激不尽。他日若是宫中有难，我聚英门也绝不善罢甘休！"

秦姥姥见了，也跟着起身，高声道："说的不错，宫中若有事，秦府也管了！"

　　眼见两位前辈这般说，顾建龄、冯春胜等小一辈的也跟着道："我等愿同贵教结盟，从此肝胆相照，患难与共！"立桓山内，宸阳宫下，一片欢腾。

　　有道是"渡尽劫波兄弟在，相逢一笑泯恩仇"。毕竟后事如何，且看下文。

第二十六回
居临江瞿玉生真爱　过成都朱左又争强

话说那日，朱瞿与北天旧部歃血为盟，众人在立桓山内欢饮数日后，依依惜别。众人走后，朱瞿按李知兴指引，打开宸阳宫侧殿密室，取到了"木日神功"秘籍，此后闭关不出，在密室内精研神功，而后又去石屋之内研习武学。这样下来，就是一年有余。出关后，又与李知兴等四人练习武艺，他四人早已不及，按照秘籍上的记载，虽有之前圣主传功之折损，然朱瞿一年工夫，已到了第四层。圣教虽经通天居大会、麒麟顶之战后元气大伤，一年下来，总算出了一位武功可与前人比肩的圣主，圣教威名大增。

这些年月忙去，朱瞿想起玉参星，心中甚是想念，便将教中事务委托给李知兴等人，亲率方德及二十位徒众南下直奔瑞鹤临江楼而去。

众人来至临江楼门前，未及下马，早有门口守卫认了出来，欣然进门通报。其余守卫过来牵马，朱瞿谢过，走进临江楼。进入内庭，但见一女子盈盈而出，正是玉参星。几年未见，她竟也标致了许多。

玉参星迎上道："哥哥，你终于来了。"于是张开双臂，扑到朱瞿的怀里。朱瞿用手拍着玉参星的后背，言道："妹妹，我好想你。"玉参星道："我也好想你。"

两人走进屋中，屏退众人，玉参星依在朱瞿怀中，口中喃喃道："人家好担心你。"

朱瞿笑道："担心我什么？"

玉参星攥起拳头，捶向朱瞿，嗔道："我整日让人出去打探你的消息，临江楼一别后，你去了通天山，然后你随司空前辈来青城剑派复仇，那日我本想专门上去等你，可在服丧守孝期间，实在不便出门。也不知你那几个月，瘦了没有。"

朱瞿轻抚玉参星长发，她头发乌黑发亮，中间散发出淡淡花香，朱瞿闻着如痴如醉，低下头去吻了吻玉参星额头，道："那日我也本想寻你，可师父在那，我怕你见了想起旧事，倒会伤心难过，于是狠了心，跟随师父回了去。"

玉参星道："后来我服丧期满，又听说你跟随魔教南下寻峚麒麟福地，那时间什么传闻都有。有的说魔教一举大胜，攻占麒麟顶；有的说魔教失算，全军覆没；有的说魔教得到仙公原谅，痛改前非。人家每天都在家里为你烧香拜佛，求你平安，还好菩萨保佑，你全身而归，让我今天看到你。"

朱瞿道："舟山福地一事，多亏徐老前辈不与我等计较，否则后果不堪设想。"

玉参星道："你回到宸阳宫，又遭遇了龙王挑战，加上京师乱军，我好怕失去你。"说罢抬眼望向朱瞿，眼眶中隐约有点点泪花，满眼的楚楚可人，脸上出现一丝绯红，好似冬日梅花绽放初时浅浅的红晕，当真是人见人怜。

朱瞿道："你放心，有你在此守候着我，我当然要毫发无损地回来看你！"

玉参星点了点头，在朱瞿胸口蹭了蹭，抱紧了朱瞿。

往后数日，朱瞿带着玉参星游历川中丽山秀水，两人相处甚欢，或是林溪垂钓、或是花间过招、或是月下起舞，日子过得逍遥快活。

　　玉参星见朱罹对她疼爱有加，心中甚喜，于是待两人回到临江楼之后，便约定婚期，定下了终身大事。朱罹从小被人抚养，今日终于得到爱侣，心中也甚欢喜，于是二人相约，待到半年之后一切妥当，定然迎娶玉参星入门。

　　却说朱罹在临江楼久居，与玉参星日日苦练武功，一日施展神功，光华大放，朱罹参阅秘籍，却原来已然练到了第五层。朱罹欣喜之余，命方德飞鸽传书与宸阳宫，方德回报李知兴等知晓后，极是欢喜，精心安排庆功宴，只等朱罹回宫。

　　两人这般住了一月有余，朱罹心知刚刚击退京师清军，难保清军不回来报仇，也便没再耽搁，辞别玉参星，径自返回圣教去也。玉参星依依不舍，两人含泪分别。

　　却说这日，朱罹来到成都城中，便到龙腾客栈歇脚。朱罹安顿好方德等人便沿街闲逛，却见菜市场尽头围了好些人，朱罹心下好奇，便跟着冲上去看热闹。

　　只见人群中央摆着一个擂台，上书"比武招亲"四个大字。过不多时，擂台走上一人，此人年近半百，衣服外套是正宗的蜀绣，手上戴着三枚金戒指，头顶扎着金簪，笑容可掬，拱手高声道："各位乡亲父老，我家宋府老爷膝下现有一女，年方廿三。相貌端庄，活泼可爱，更兼多才多艺，尤其喜欢武学。所以在此比武招亲，只是我家小姐贵为千金，不便下场挨个比试，因此今日特命在下在此设擂，就请各位才俊侠士尽管上擂台比试，优胜者与我家小姐比试，若能胜了我家小姐，便可成为川中首富宋府的乘龙快婿，抱得美人归。下面有请大小姐上场！"这人衣着打扮如此高雅，却只是宋府管家，足见宋府实在有万贯家财。

于是台底下更是一片骚动，众人个个伸直了脖子，便是要看看堂堂宋府大小姐到底是何等的国色天香。

只听鼓声一片，一青纱女子缓步走到擂台中央，她转过身子，对着台下拱了拱手，只见她：头挽金发髻，身着翠青纱，腰佩金宝剑，脚穿玲珑靴。清瘦的玉面庞，醉红的甜嘴唇，乌亮一对明眸，纤纤一双玉手，颇有沉鱼落雁之势。众人见了她的长相，不禁再次鼓掌，欢腾起来。

那女子双手背后，开口道："在下姓宋，名襄瑶，在此见过各位，幸会幸会！"这女子声音虽是不差，可是字里行间一股子男子气概，实在让人觉得有些别扭，好在她生得好看，也就不显得让人难以接受。朱翟见了，不觉好笑，只是下午闲来无事，倒不如驻足观看一番，也好解闷。

原来这宋襄瑶便是川中巨商金丰票号老东家宋丰之唯一千金，金丰票号遍及全国，甚至远达海疆，宋府家大业大自不必说。宋丰平日求子不成，只有一女，便当成儿子一般养，因此她自幼喜好武学。宋襄瑶目今长大成人，还是须得找个好丈夫，可宋襄瑶不计对方家世是否显赫，提出招亲设擂的方式，只是追求者太多，宋丰心疼女儿，不肯让她下场比试，宋襄瑶便想出与优胜者比试的方法，既可保护自己，又可省时省力。宋丰拗之不过，只好同意，于是老管家出面设擂招亲。擂台到今天已有五日，前五日的优胜者都败在宋襄瑶手下。

宋襄瑶甫一退去，便有一人冲到擂台之上，口道："滇西点苍派弟子吴求真请各位赐教！"那吴求真相貌堂堂，一表人才。朱翟心想，宋府果然影响够大，只怕是附近几省的好手都来了吧。话音刚落，台底下又跳上去一人，道："在下川南玉龙会弟子何会卿，请赐教！"

　　吴求真拔剑相向，何会卿举刀迎上。吴求真一套"雪山剑法"练得在川滇两省小有名气，也是不少少女的梦中情人；玉龙会近来在川南迅速崛起，倒也算是南国武林为数不多的后起新秀，只是派中刀法如何，还没几人见识过。

　　何会卿横刀砍过，吴求真闪躲开来，随即一式"寒梅胜雪"挑了过去，何会卿举刀奋力抵挡。何会卿年纪不大，朱罹望去，他内功根基不深，吴求真早已成名多年，如何打得过？

　　两人对着拆了三十余招，到底是吴求真根基深厚，占据上风；何会卿战了三十几招，早就气喘吁吁，于是一个筋斗，翻下擂台，举着宝刀对吴求真拱了拱手，转身走远了。

　　吴求真得意扬扬，拱手道："何兄弟技不如我，这美人我要定了！"台底下一片鼓掌声，宋襄瑶也跟着点了点头。

　　只见人群中又一人跳上擂台，口道："点苍有雪，西岭亦有雪。西岭派弟子曹子英前来求教！"曹子英乃是西岭派二弟子邬敬宗的唯一传人，人生得俊朗，剑法同样精妙。

　　吴求真见状，知是名家之后，高手前来，心中也不敢怠慢，拔出剑来，严阵以待。曹子英剑光寒气逼人，起手就是一招"风雪漫天"，以极快剑招攻击吴求真，封住了其攻势。这招乃是他师父邬敬宗几十年前的成名绝技，曹子英虽比当年的邬敬宗小上几岁，力道有所不足，可是剑法使得却是纯熟，吴求真应付剑招的同时，登时觉得眼前一窒，几乎没有机会换气呼吸。台下见了曹子英，一片叫好声。

　　吴求真应付过去之后，逐渐稳定下来，点苍派的"雪山剑法"当真比不过"西岭剑法"？吴求真细细思考，眼见曹子英奔了过来，吴求真转过身去，猛地反手一划，一道金亮的剑光闪了出来，众人为之惊叹，曹子英急忙收手，使剑抵挡，这招名唤"扫雪式"。曹子英见了，也不再求速胜，一招一招地跟着吴求真比画起来，两人缠斗甚久，难分胜负。

大约过了百招，两人体力明显不支，场下看客也看烦了。吴求真心知，若不在这几招内胜出，以"雪山剑法"的威力，断然胜不过"西岭剑法"；就算侥幸拖得赢了，也挡不过第三个人十招。于是吴求真心念电转，抽出腰间玉佩，左手使内力击出，直奔曹子英右膝而去。

曹子英正与吴求真拆招，哪知他另有暗器，本来做好的防守姿势却因右腿被打中失去平衡，于是身子一歪，肩膀中了一剑，破了衣服，险些受伤。曹子英一心专注吴求真的剑法，而且少涉江湖，并未看到吴求真耍的阴招，以为是碰巧飞石击中，心中懊悔不迭。

败绩已露，按规矩该当认输，于是曹子英撤了招数，默默离开。吴求真趁乱踢走玉佩，向众人拱手。

吴求真得意至极，心想，我若是胜出得了美人，她家里万贯钱财，我又何必计较区区玉佩？

吴求真心下大喜，回身望向宋襄瑶，准备与她一较高下，忽听人群里一声"且慢！"传来，吴求真停下步伐，又转过身来。

于是吴求真再次拱手，还未开口，便见一青衫男子跃上擂台，那男子生得英俊，平日里定然认识不少妙龄女子。

朱翟见了此人衣着，心下略感意外。

那男子拱手道："青城剑派祝诗成过来讨教讨教！"原来这男子竟是青城派中人，只是青城剑派从来使剑，从未听过有位持扇的弟子，想来此人来历定不一般。

吴求真道："原来是青城剑派的高手前来，只是不知为何剑派弟子并不用剑，却使的扇子？"

　　这持扇的祝诗成道："在下仰慕通天居司空前辈，自幼持扇习武。我铭记青城剑道于心，使的什么都可以化形为剑，有何不可？"

　　朱罹见他使的扇子，不由得想起那日青城山下他与司空玉璋被袭时便有一人使的扇子，细细想来，那人眉清目秀，与此人倒是很像，朱罹定下主意，待到他下场，一定拦住他。

　　吴求真定了定神，刚好调匀了气息，便道："那你我便拳脚上面见真章吧。"

　　祝诗成也不答话，合起扇子冲了过去。吴求真见他来势汹汹，左闪一下躲过一招。祝诗成扇子一甩，吴求真急忙闪躲，方才躲过这两招。显然对方实力在他之上，吴求真躲到祝诗成身后，反手一剑，刺向祝诗成。祝诗成听声辨位，收起扇子回身一挑，也好似手中的是宝剑一般，可见此人深谙持扇之道，玲珑变化，使得是得心应手。

　　五十招过后，两人难分难解。吴求真一计不成，又生一计。吴求真仗剑攻击祝诗成胸口，左手在腰间掏出一把匕首，直向祝诗成命根刺去。吴求真自思，就算你赢得了我，看看宋府要不要一个太监当女婿？

　　祝诗成本想后退几步，可是已然到了边缘，若是再退，一旦下擂，之前的努力便就此付之东流。祝诗成左足一点，由右足支撑转到了一边，这招是仿了肖隐一位师叔创立的"老君洞剑法十三式"中的"蜀水拍山"。吴求真眼见偷袭不成，连忙将左手缩进袖中。此时祝诗成已然与吴求真并肩站立，祝诗成愤怒已极，抓住吴求真左手，用力一握，吴求真藏在袖中的匕首登时掉地，在场看客见了，同声惊呼。吴求真左手被控，诡计暴露，羞愤难当，抄起右手宝剑，也不等祝诗成说出话来，拼尽全力，直向祝诗成小腹刺了过去，可是打得性起，出了杀招。

在此危急时刻，只见一道青影飘过，站到了擂台另一边，与此同时，却听那边吴求真一声惨呼。

朱瞿望去，顿时大惊。

此人不是别人，正是青城掌门左容道。

众人看向祝诗成，只见他一脸不屑，盛怒十分。吴求真手里两样兵器双双脱手，跪在地上大叫："我的手！我的手！"

祝诗成道："你的手还在，只是手腕不能用了。此等败类，休想再用剑！"却原来祝诗成方才眼见吴求真再施偷袭，抓住吴求真右手手腕，将吴求真两手的手腕都硬生生地捏碎了！

众人见了，尽皆骇然，暗道青城剑派近来行事怎的如此之狠辣。宋襄瑶见了，满眼气愤，想要冲上去和祝诗成理论，却被老管家按了下来。

吴求真回头，见左容道与祝诗成俱是青衫打扮，厉声道："你是谁？难不成也是他的同党？"

祝诗成抢到左容道身旁，拱手作揖，回身道："奸贼休得无礼，见了我青城剑派掌门人还不乖乖认错？"

吴求真眼冒红光，咬牙切齿，怒道："好，你便是左容道。你身为掌门，便是这样管教弟子的。你等着，我回去……啊！！"吴求真话没说完，又是一声惨呼，众人看他跪在地上，胯下殷红一片，朱瞿心知，左容道断了他的香火！

左容道轻蔑一笑，道："你要回去，本座让你回去。回去告诉郭掌门，就说是我所为，有什么事情来找我。本座送你一程！"说罢飞起一脚，踢到吴求真脸上，将吴求真一脚踹下擂台。

众人见了十分惊惧，不少人散了去，吴求真少年英侠，风华正茂，这下非但男人做不成，从此还落得终身残疾。他虽有罪过，但并不至此，这等下场，实在令人扼腕叹息。

朱罹见状怒不可遏，跳上擂台。朱罹本不打算暴露行踪，以免圣教那头因此遭贼人算计。可见左容道在成都独霸一方，若是青城剑派再与宋府联手，这等小人有了钱财，难保他不兴风作浪。况且此人处事手段如此狠辣，眼下犯下罪过却无人伸张正义，只怕日后会更加嚣张。

左容道见了朱罹，也是大惊失色，抓起祝诗成的手就要下擂。祝诗成顿觉意外，便道："师父，怎的还没比试就要下擂？"

宋襄瑶见朱罹玉树临风，潇洒大气，不禁好感顿生，起身去问道："你也是来比武的么？"她从小娇生惯养，对人呼来喝去，向来很没礼貌，朱罹也不愿回话，只去拦住左容道。

朱罹挡在前面，左容道知朱罹是为自己而来，躲无可躲，便停下问道："阁下有事么？"

朱罹也没答话，低声问祝诗成道："这位祝少侠，你可记得我们在青城山下见过面？"

祝诗成闻言，想起了朱罹，眼神躲闪，不敢回话。

左容道道："阁下若是没有事，那便就此别过！"于是又要携祝诗成离开。

朱罹拦住，高声道："在下尚有一事不明，想请教左掌门。"

左容道无奈道："请讲。"

朱罹道："请问江湖后生犯了错，是否定要捏碎手腕、断他香火，才算是赎了罪？"

左容道淡淡道："他要诡计在先，本座一派掌门，见他人欺辱本派弟子，理应出手维持公道。"

朱罹道："那若有人亲手弑师，请问该当何罪？"

左容道一时语塞，转而怒道："我不知你所说何意，但是在一派掌门面前无理取闹，戏弄于本座，此罪不轻！"

朱瞿不再答话，高举圣教圣主金令，提气高声道："北天宸阳宫圣主金令在此，分舵的弟兄出来现形罢！"话音未落，也不知哪里陆续跑出来了三十几号人，见朱瞿高举金令，齐齐下跪道："弟子见过圣主，恭祝圣主万寿千秋！"

朱瞿点了点头，应了一声。那为首的道："启禀圣主，我成都分舵的弟兄大多歇息着，只有我们几个在外当差，属下这就去叫醒他们，一起朝见圣主。"

朱瞿笑笑，道："不必了。"

朱瞿转而向着左容道说道："左掌门，今天之事，本座要替吴少侠鸣不平，江湖之大，不能由你一派说了算！怎么处理，划下道来罢。"台底下圣教弟子跟着帮腔。

左容道听了，也不回答，径自高声道："你圣教弟子遍天下，早有一统江湖之野心。我今日遇到你，也只好受你等欺负。"台下的市井流氓听了，也有跟着喝彩的。

朱瞿怒道："是你处事下手太重，反污我圣教欺负于你，真是可笑之极。你既不认错，今日便别想就这么走了！"于是打开与尊扇，摆好了架势。

左容道见了，放开祝诗成，拔出宝剑，口道："青城剑道，天下无双，左某不怕你！"想是这些日子左容道为防复仇，特意苦练剑法，此时功力只怕该与当年的王种坤旗鼓相当了。

宋襄瑶欲出言相劝，老管家看出宋襄瑶的心思，悄声道："小姐放心，江湖传言北天宸阳圣主神功精进，直比当年的方老圣主，他与左掌门交手，不会吃亏的。"宋襄瑶听了，半信半疑地回到座位上。

朱瞿展开与尊扇，左谷道瞬息已逼到了朱瞿眼前。他宝剑斜划，剑气横扫出来，那阵威势，吓得在场所有人一阵惊呼。朱瞿连忙闪躲。老管家见状，连忙和宋襄瑶等一干家丁走下擂台，远远观看，圣教弟子见了，也是远远退去，唯有祝诗成立在原地，驻足观看。

朱瞿闪过第一招，跟着用与尊扇划了一道光弧出来，此乃通天居的武功，宝扇作剑，同样道理不知比祝诗成胜过了多少。光弧好似剑气一般，击向左容道。祝诗成看了满眼，暗自揣度，却怎么也比画不出朱瞿的道道光弧。

左容道冲上前去，左劈右刺，剑气寒光将朱瞿与尊扇的光弧尽数打去，反是攻出了几招，朱瞿早运气接住。两人你来我往，来来回回一百余合，时间虽是长，却有几招堪称对招典范，祝诗成在旁边看了满眼。

左容道运起青影心诀，一式"青城破竹剑"，十余道剑气源源发出，一起攻向朱瞿，招招朝着要害。朱瞿将与尊扇使右手一推，运足内力，一道道黄烟跟着打了出去，却是与当年方仲那一式"昏天黑地"相差无几，令人生畏。左容道的剑气遇到如此纯厚的内力，不及抵抗，便已消散殆尽。左容道自以为近年功力大涨，江湖上已少有敌手，至今看来，尚不及朱瞿的七成而已！

左容道急忙侧身躲闪，飞身而起。朱瞿的内功跟着向后，身后的祝诗成也跟着跃了起来，他心知左容道不会是宸阳圣主的对手，也便展开扇子，加了进来。圣教弟子见状，破口大骂，却没人自认可以助圣主一臂之力。宋襄瑶见了，也跟着骂起来，道："你们青城剑派算什么东西，在我宋府擂前撒野，还敢以多欺少，连无耻小人都比你们好上多少倍！"宋府家丁都拦着她，她不便出手，也只好骂他一番。

半炷香过后，左容道举剑刺来，此式名唤"剑问苍天"，看起来他已经突破了大关头，成了少有的剑术名家。祝诗成看了，也摆出了"剑问苍天"的姿势，但他哪里会得，也只是照猫画虎，似是而非罢了。两人向朱罹刺来，朱罹无法，青城剑派两大高手合围而上，朱罹若是硬接，有点吃力。

却见朱罹右手一抬，打开与尊扇，与尊扇轻轻摆动，一阵微风拂过那两人面庞，却见朱罹与尊扇上头黑气缭绕，想是真气再运，一触即发。

朱罹双手一推，那团团黑气便朝着那两人袭去，黑气将二人视线全部挡住，此式名曰"黑云压城"。对着青城剑派施展，倒有些妨到了，果真压住了他二人。

朱罹再运内力，真气集于胸口，朱罹两掌齐出，大喝道："破！"掌风打过两人，他两人双双飞出，落地后口吐鲜血。

朱罹见了，双足一蹬，飞身而至二人身前，左容道满眼惊惧，吓得说不出话来。祝诗成伸臂挡在左容道身前，紧闭双眼，全身颤抖。朱罹低头轻语道："这次是给你个教训，你放心，在你身败名裂之前，本座不会杀你的！"

左容道见状，心知是胜不过他了，心中知道性命无碍，略安了些，便大叫道："你圣教仗势欺人，你等着，咱们后会有期！"于是带着祝诗成逃走了。

圣教弟子见了，立即拥了上去，恭请朱罹回分舵歇息。

宋襄瑶跑到朱罹跟前，伸手拦住朱罹，歪头说道："你堂堂宸阳圣主，连个责任都担不起么？"圣教弟子连忙上前，护住朱罹，推搡宋襄瑶。

朱罹见宋襄瑶娇小可爱，甜美动人，可是说起话来，这般骄横，莫名其妙，不禁皱皱眉头。于是问道："不知姑娘所说，是何责任？"

宋襄瑶笑道："本小姐在此设擂招亲，你既赢了所有人，那便是我宋家的乘龙快婿，你想打完就走么？"宋襄瑶大家出身，说话是一句也不肯让。

朱罹微笑道："姑娘玩笑了，在下不过是路见不平，上场伸张正义罢了，招亲一事，从未想过。"

宋襄瑶道："笑话！本小姐设擂，说的是上擂者即是对本小姐有意。只有本小姐选你的份，哪里有你扔了本小姐的份？"

一圣教弟子怒道："这位宋姑娘，我们圣主敬你是宋府千金，对你礼遇有加，可你却这般骄横，在此无理取闹。宋府虽家大业大，但在我北天的地盘上若是想混下去，咱们可别闹得太僵！"

宋襄瑶听了，扭过脸去，背手等待朱罹回话。

朱罹伸手拦住那弟子，道："可据在下所知，若想成为贵府女婿，须得再过了姑娘你这关。我看姑娘这般强横，想必定有身手，在下不与你打了，这关便算是你胜了。"他看出宋襄瑶跑过来拦他，表明宋襄瑶心系于他，想与他成亲。只是从小娇生惯养，不便表达出来，便借故闹事，想要引他注意。朱罹本就无意于此，更有参星相伴，当然会拒绝这位富家女，只是她骄横又急切的样子，让朱罹觉得可爱。

宋襄瑶急道："我不管，反正本小姐要定你了，你今晚留下，我让爹爹见你！"

朱罹更觉好笑，道："这位姑娘，还是算了吧，在下本无此意。我们就此别过！"

宋襄瑶更加急了，道："我不管，反正本小姐看上你了，从今往后，你走到哪，本小姐就跟到哪！"不管宋襄瑶如何说，宸阳圣主早已带人离开，留得宋襄瑶一人在原地，老管家见了，连忙遣人将宋襄瑶送回府中。

朱瞿命人通知方德，于是方德领着徒众来到分舵，众人相见甚欢，于是开怀畅饮，喝得是酩酊大醉。次日朱瞿起床，辞了分舵众位兄弟，领着方德等人出了分舵，却见一女子倚着大树，昏昏欲睡，原来还是宋襄瑶。朱瞿见她身上背着包袱，想是辞了家人，专程前来的。朱瞿于心不忍，便走过去叫醒了她。

宋襄瑶看见朱瞿，立即上前抱住，笑道："宸阳圣主，我就知道你没那么狠心的！你这就要带我走了是不是？"方德等见了，不觉好笑。

朱瞿道："姑娘别误会，在下看你起得太早，怕你休息不好。委屈你在我分舵歇息片刻，我这就去寻宋府的下人来接你回去。"

宋襄瑶急道："宸阳圣主，你就那么烦我么？本小姐不求别的，只求跟着你还不行么？"

朱瞿道："这倒不是不可，只是你贵为千金，路上千辛万苦，就算到了宸阳宫，你也受不了北天极寒，到时出了麻烦，在下实不好向令尊交代。况且在下此次出来带了人手，路上多一个女子，实在不方便。"

宋襄瑶道："交代什么，我都跟爹爹说好了。我从小喜欢江湖，你就带着我闯一闯，你走到哪里我都跟着你，绝不给你添麻烦就是了。实不相瞒，北天那里有我一位远房表叔，爹爹让我代为看望，日后兴许留在北天也说不定。至于你那些兄弟嘛，本小姐赏他们十两黄金，教他们先走就是了。"

宋襄瑶话音刚落，众人齐声叫好。

朱瞿无奈道："那如此，到了宸阳宫就请姑娘找寻令叔团聚，若是在下有事忙，也许顾不上姑娘，到时还望你见谅。"

宋襄瑶道："好说好说，跟着你就好。"宋襄瑶说完，笑了一声，朱瞿看来，竟是如此的甜，这笑靥如花，只怕当得起倾国倾城的赞美了，朱瞿不觉心动一阵。

朱瞿定了定神，道："姑娘叫我哥哥就好，今后你我兄妹相称。"宋襄瑶听了，略略一怔，旋即道："朱瞿哥哥，妹妹往后都听你的！"

于是方德领命打探前站，二人北上回宫，毕竟怎个后事，下文便见。

第二十七回
双人路一人频涉险　单人行二人遭暗算

上回说到，宋襄瑶跟着朱瞿一同北上，宋襄瑶一路缠着朱瞿，朱瞿虽觉有些厌烦，可是感觉没有宋襄瑶，一路上也会少了许多乐趣，两人这般走着，也不觉乏味。

却说左容道、祝诗成两人狼狈回去，其弟子见了，听说是北天宸阳圣主打的，个个气愤。唯有周穆、金建德二人知道他二人行事不端，言说此事大大有损青城剑派颜面，并告知了弟子。

这日左容道获知瞿玉二人有情，便欲打劫瑞鹤临江楼，以玉参星相要挟，逼迫朱瞿低头。他吩咐手下祝诗成、亲信肖隐前去张罗此事，不想被周、金二人知晓。二人想，一者此事不能由他任性胡来，二者临江楼这几年势力不小，也不好招惹。

于是二人联手逼宫，阻止左容道。左容道火冒三丈，却又因他二人身份特殊，也不好随意发作。金建德拿出王种坤亲授之宝石指环，以王种坤压制左容道，要他发誓不再有此念头，此事方才作罢。临江楼玉参星知晓后，防范之心渐起，更加敬佩金建德之为人。

此后数月，吴求真雇人将他送到点苍派，将那事告知掌门，点苍派掌门郭扶星年老多病，听罢一腔鲜血喷出，几日后竟然不治而亡，新掌门郭定楼继位，又见点苍派实在势单力薄，想要联系玉龙会、西岭派等主持公道，他几派见点苍派势已没落，况且吴求真也确实折了他等面子，便也都无意相助。点苍派死守尚且吃力，只好暂且将仇恨记下，以图他日报仇。

却说这日朱罹两人来到汉中府，见天色已晚，便要留下歇息。两人选了一家客栈，进去点酒菜。

宋襄瑶一进客栈，四处张望，见客栈陈设一般，转头就走。朱罹一把拦住，道："妹妹，这汉中城远离江南富庶之地，我等行走江湖，还是将就一下罢。"

宋襄瑶听了，娇容不悦，仍是走进客栈，向店小二手里塞进一锭黄金，高声道："小二，给我上一桌上等的酒菜，再收拾两间上房。"店小二见是黄金，看得两眼放光，连声称是，跑下去吩咐了，这下引得客栈大堂内所有宾客一起看向他二人。

朱罹待到坐定，道："宋姑娘，我等实不该如此招摇。"

宋襄瑶听了，颇觉意外，大声道："爹爹说，出门在外不能苦了自己，没有钱了，我这还有银票。"

朱罹忧道："你家里竟放心你带这许多钱出来么？"

宋襄瑶听了笑道："我跟爹爹说，此次我的护卫不是别人，正是北天武林第一高手宸阳圣主，宫里的四大尊使都听你的，整个北天都是宫里管辖，而今已然到了，却还怕了什么？"她话音未落，又是一群人看了过来，都道这小姑娘信口开河，如何请得动宸阳圣主为她护驾，又见朱罹玉树临风，不由得多看了几眼。

朱罹无奈，片刻间店小二已然将饭菜上齐，只见是麻婆豆腐、夫妻肺片、清蒸草鱼、大醉虾、荷包鸭、老参乌鸡汤外加臊子面和两罐陈年杜康。朱罹见了，也不免惊讶，心想两人吃不下这么多菜，未免也太浪费了。

宋襄瑶瞥了一眼，却是不以为然，道："朱罹哥哥，委屈你了，我家里平日的早饭也比这个好的。爹爹前些年特意请了八大菜系的大厨做菜，回去我请你吃。"朱罹笑道："人都说穷家富路，瑶瑶你这般讲究，可算是'富家富路'了。"

两人边吃边聊，宋襄瑶问道："朱罹哥哥，我们要怎么走才能早日到达圣教？"

朱罹道："我等须由汉中府北上，经西安府向东，过河南府向东至开封府，再由开封府北上，经大名府、河间府，最终到达圣教总坛宸阳宫。"

宋襄瑶听了，心想这一路的好风光，更有心上人陪伴，自是满心期待。

于是两人饭毕，沿街闲逛，汉中城虽没有成都城宏大热闹，然秦汉古风，颇有遗传。街头艺人高唱古戏，两旁建筑、吃穿用度无不是保留千年遗风，两人见了，也觉是另一番景色。

回到客栈，两人便各自歇息。朱罹见她这一路实在招摇，夜晚躺下，也不敢轻易入睡，只是等着动静，隔壁房间一有声响，他便要起来查看。

子时过后，朱罹听闻瓦砾声响，忙起身倾听，只听一人说道："报告主上，客栈今日来了一男一女，两人生得俊俏。男的会武功，女的手上有黄金银票。"

只听一低沉声音说道："就是他们两个，现在动手！"于是两人各使轻功离开，楼下草丛隐约有声响，想是高手前来。朱罹心想，这伙人是专门找我们来的。朱罹立即起身，到走廊里，见宋襄瑶的房间一点动静也无，便知她尚在睡梦之中。朱罹顾不得许多，潜进宋襄瑶房间，轻轻叫醒宋襄瑶，告知事情原委。朱罹道："他等多半是为你而来，此番必定先将我放倒，再来捉你，我等在你房间静观其变。"宋襄瑶点点头，不作声响。

两人静坐聆听，只听十余人抢到二楼客房，搭起弓箭，朝着朱罹的客房射了过去。不出片刻，朱罹客房尽是箭头，更有几人手持刀剑，冲到朱罹床上便是一阵砍刺。

果不其然，这些暴徒先对朱罹下杀手，宋襄瑶这间却没有遭遇暗杀，看来他等的目标真的便是宋襄瑶，杀了朱罹之后，便可无后顾之忧。

这伙人掀开被子，发觉里面没人，跟着踢开宋襄瑶的房间。看到两人立在房中，宋襄瑶站在朱罹身边，朱罹怒目而视，不禁感到难办。宋襄瑶吓得直扑到朱罹的怀里，抱着朱罹瑟瑟发抖，朱罹略感尴尬，但看到宋襄瑶好生可怜，便上手抱了抱，以示安慰，柔声道："放心，有我在。"

为首的道："兄弟，算你命大。咱们也不为难你，只消把这位姑娘交给咱们，便可保你平安。"说着向前走了两步，伸出左手，想要抓宋襄瑶。

宋襄瑶脸色发白，娇声道："朱罹哥哥，北天黑道上的是不是都听你的号令？"

朱罹闻言，好生迟疑，没点头也没摇头。宋襄瑶转过头，鼓起勇气喝道："你们听着，这位是北天圣教的宸阳圣主，你等识相快滚，圣主既往不咎，否则要你等死得好看！"

对面的众杀手听了，愣了半晌，为首的退后两三步，举刀道："我家主人吩咐过，必须带走这位姑娘，就算是天王老子来挡我们，咱们也照杀不误！"

朱罹道："藐视本教，你等休想全身而退！"

朱罹一边运气，一边放开宋襄瑶，众杀手见宋襄瑶到了一边，刀剑并举，杀了过来。朱罹见他等人多，难保隔壁房间没有人暗施偷袭，便双手集气，也不与他等比拼拳脚。

　　却见朱罹左手黄气、右手绿气愈来愈浓，众杀手见了，略一迟疑，只这一瞬工夫，朱罹便抬起与尊扇攻了出去。两道真气交相融合，迸发出万斤力道，这招便是那日在舟山使的"孤日双星"，只是他这下用力发功更为纯熟。

　　还未等众人反应过来，朱罹又双臂一振，便打到了那些杀手身上，杀手武功不低，可也没见过这等霸气无比的招式，连抵挡也是来不及，这便飞了出去，掉下一楼。

　　朱罹这后一式"昏天黑地"，不知比方仲当年的强了几百斤力道，朱罹参悟秘籍，他此刻的功夫，只怕早就到了"木日神功"的最后一层！

　　却说两招神功打了出去，周围板壁早已碎裂，两间房内的十几名杀手纷纷被朱罹推到楼下，打成重伤，个个倒地不起。声声巨响震得其他房间的房客惊叫连连，夹着衣服跑出来的房客难以胜数。

　　朱罹眼见暂时得胜，想去楼下拷问个究竟，又怕楼下也有埋伏，到时不但走不了，也会有性命之虞。因此也不敢在此久留，于是抱起宋襄瑶，从窗户跳了出去，直落到后院马棚，牵起他两人的骏马，双双骑马离去。这客栈勾结绑匪，杀人越货，被打得破烂可说是罪有应得。

　　两人夜里疾驰数百里，至天亮时方才到了西安府境内，随便找了间小客栈住了下，朱罹也不敢让宋襄瑶付人金子，便拿出些碎银子将小二打发了。

　　两人简单吃了点东西，惊魂甫定，宋襄瑶问道："朱罹哥哥，你昨晚用的可是圣教神功么？人家也好想学。"

　　朱罹遭到偷袭，心情极差，道："且不要说这些，你家里经商，可是得罪了什么北天黑道上的人了，竟然连宸阳宫出面也不能解决？"

宋襄瑶摇摇头道："不可能的，爹爹生意每每做到一处，都要亲自去那里最好的馆子宴请当地豪杰，而且他从不挤兑别人家生意，这点是每个伙计都知道的铁律。"

朱罹道："这便奇怪了，若说是江湖上的小强盗，对宸阳宫是极为忌惮的。若说不怕的，要么是大派势力，要么便是受雇于人的亡命之徒。"

宋襄瑶听了大惊，眼珠一转，问朱罹道："哥哥，若是请各省分舵的兄弟们麻烦一趟呢？你放心，事情过后，我让爹爹好好犒劳他们。"

朱罹摇了摇头，道："要让他们来，本是极为容易。可是这样一来太过招摇，江湖眼线众多，只怕行踪暴露；二来分舵众人向来武功不高，只是便于联络。昨晚的杀手，在北天除了我圣教护教尊使护卫身旁之外，能挡住他们的也没有几人，即便是就近找到某个门派出面保护，也未必挡得住。只怕露了行藏，反而多了许多累赘。"

宋襄瑶道："此去圣教，尚有千里之遥，即便四大尊使即刻动身，到了河南也要十天半月。只怕还等不到他们，我俩又遭了暗算。"杀手在暗，偷袭实在容易。

朱罹道："不如我修书一封，飞鸽传与宸阳宫，教游尊使、曾尊使他二人去开封府圣教分舵接应我等。到时两方在那会合，便无事了。"

宋襄瑶闻言点了点头，伏在朱罹背上，柔声道："哥哥，有你真好。"

朱罹心中一颤，宋府千金主动投怀送抱，天下几个男人能不动心？当下有些难为情，只好道："你这丫头，路上少惹点麻烦就行啦。"

宋襄瑶又道："朱罹哥哥，你在北天这么久，黑白两道想必都认识不少朋友，难道就没听过这样的组织吗？"

朱罹摇头道："北天武林黑白两道都奉宸阳宫为武林禁地，谁也不敢轻易得罪宫里的人。他等置宸阳宫于不顾，硬要带走你，可见不是与宸阳宫有过交情的。如此高手，数量之多，很是少见，应该是身份很是隐秘的杀手组织。我之前在北天巡狩多年，也没见北天之中有什么这样的门派。"

宋襄瑶低下头去，抓着朱罹左臂，道："朱罹哥哥，这次真是对你不起，没想到你跟我一起，竟然有这么大的麻烦。"于是将头一歪，靠在朱罹肩上。宋府千金小姐本是身居闺阁，刚刚经历打打杀杀，历经此难后更觉彼此相处的珍贵。朱罹眼见她甚是可怜，便伸手搂住了她，拍拍肩膀，以示安慰。

朱罹道："世事难料，人在江湖，打打杀杀的我早就习惯了。这件事实在算不得什么。"

宋襄瑶道："要是能每天跟你在一起，那会多好，即便这样提心吊胆地过日子，也觉得痛快。"她身为千金小姐，这几日历练过后，竟也有几分江湖儿女的情怀。

朱罹不觉好笑，道："妹妹不要多想了，事情总会过去的，咱们一定会平安到达京城。"

宋襄瑶看着朱罹，正色道："叫我瑶瑶。"

朱罹无奈，只道："瑶瑶。"

宋襄瑶笑颜顿开，声音甜美起来，细声道："其实我之前的粗嗓子都是装出来的，爹爹想要我接班，我才不得不练习一副粗嗓门，现在看来，实有不雅。"

朱罹听了这些话，好似佛音一般。这样美的女子，这样甜的声音，直可说是人间少有，可遇而不可求也。于是免不了一阵阵心动。

宋襄瑶娇道："若是杀手前来，带走我定是为了钱财，可是谁会这么做呢？"

朱罹略一沉思，道："瑶瑶，会不会是你认识的什么人与你有过节，这才痛下杀手？"

宋襄瑶听了，道："绝无可能，我这些年很少出走江湖，而且只和家里人来往。既然此事如此紧张，不如我向叔叔求援罢，请他帮着查查杀手的来历。叔叔在京城做官，一定可以帮我们的。"原来她叔叔是朝廷命官，朱罹也觉得官兵若能来，那可比圣教教徒来得妥帖多了。

于是两人商定，朱罹一面传书与宸阳宫，命令游竺鲲、曾相二人率人前来护卫；一面传书与方德，命他即刻赶回。宋襄瑶传书与京师叔叔，说了遇袭地点，并请她叔叔派人搜查北天境内的杀手组织。两人歇息一日，次日一早继续赶路。

两人日夜兼程，在河南府终于见到了方德一干人，朱罹决定早到开封府分舵等候几天，以求万全。于是众人马不停蹄地直奔开封府而去。

这日众人到了开封府，按照街巷旁的圣教标识找到了圣教开封府分舵——紫云茶轩。

朱罹众人进门之后，亮明身份，茶轩众人大感意外，个个出来拜见朱罹。于是朱罹将宋襄瑶留在茶轩，与方德两人分头上街搜寻游、曾两人的踪影去了。

两人搜了个把时辰，将开封府大大小小的酒店客栈找了一遍，却是不见圣教的人马和标识。于是两人决定回到茶轩歇息，次日一早再上街查找。

　　两人回到茶轩，见伙计个个立在原地，酒柜上面留着一张纸，上面写道："今夜亥时，城东五里土地庙，只许你一人来！"朱罹顿觉不妙，方德见众人立的立、坐的坐、笑的笑，也都正常，却无一人动弹，想是众弟子被点了穴，于是伸手前去解穴。

　　方德手到之时，众弟子一个个都倒了下去，方德上前试探，众人都没有了呼吸，身子僵硬，死了已有多时了。却原来是两人出去后，茶轩遭了暗算。从众人死法来看，凶手杀死茶轩众人只是一瞬工夫，来头定然不小。

　　朱罹楼上楼下找了个遍，没见宋襄瑶的身影，他知道宋襄瑶一定不会乱走，如此说来，宋襄瑶定是被劫到了外面。

　　方德惊怒交加，道："瞎了眼的狗东西，中原虽不是我圣教地盘，但岂能让你这般欺负到头上，白白送了我圣教这几十条人命？圣教来日，定当报此大仇！"于是越说越心痛，心痛之余，更兼害怕，于是哭了起来。

　　朱罹见状，暴怒万分，上前安慰方德，教他去寿材店，准备棺木厚葬众人。

　　方德忙去，随后又报告官府，官府命严加看管现场。

　　待得仵作验明死因，原来这些人早在死前已被人点穴制了住，这才毫无征兆地死去。只是此人手法实在太快，就算是点穴手法奇高的几位大家也没把握一时间完成这些，朱罹想了想，觉得不可思议。

　　方德寻了一家客栈，两人住下。

　　待到夜晚戌时三刻，朱罹取走马匹，骑马来至城东土地庙。开封城乃是中原大城，也是豪富之乡，因而土地庙占地甚广。若是白天，到此拜神的田农络绎不绝；到了晚上，反是显得有些阴森。朱罹见了，提高了警惕。

朱罹刚刚走进院门，一阵阴风吹过，大门已然关闭。朱罹向内走去，却见土地庙正殿亮起了灯，只见宋襄瑶手脚被缚，绑在土地公像座下，口中含着东西，正在看着自己，怎么挣扎都挣不开绳索。

朱罹大喊道："瑶瑶！"

宋襄瑶连忙呜呜回应，朱罹不免心疼，快步上前。

宋襄瑶见此情景，连忙摇头大叫，朱罹会意，停下了脚步。

兀自从正殿门后闪出了一人。

此人锦衣宝冠，想是大户人家出身，约莫五十光景。

朱罹愣在那里，那人开口笑道："宸阳圣主果然气宇轩昂，宋某在此恭候多时了。"

朱罹自思：他自称宋某，莫非他是瑶瑶的……？

那人看出了朱罹的心思，笑道："在下光禄寺卿宋未，瑶儿的远房表叔，现在京城做官，从三品官衔。"

朱罹道："你怎能知晓我二人的行踪？"

宋未笑道："汉中府你二人将沿途路线说了出来，西安府飞鸽传书，瑶儿为了让我好找，特将所在地告诉了我，我急忙奔驰，一刻也没耽搁。"

朱罹道："你既是瑶瑶的表叔，何不放了她，阁下引我到这里来，有什么事找我好了。"

宋未笑道："圣主真是爽快人，放人倒也简单，只消答应宋某一个条件就行。"

朱罹问道："是什么条件？"

宋未道："只消圣主自绝经脉，在此以死谢罪！"

朱罹又疑又怒，道："我与阁下有何冤仇，竟至于斯？"

宋未正色道："不久前官军南下，平定立桓山流匪，带头造反，击退官军的，不是圣主却又是谁？"

朱罹心思，原来他是受那日乱军首领所托，前来向我寻仇了。便道："北天武林大会在我宸阳宫召开，难道北天武林同道聚会，也至于让朝廷如此看不过眼么？"

宋未更不作答，笑道："既然圣主不愿，那在下只好用强了。"

只见宋未右手一挥，土地庙里跳出一位黑衣人，这人很是奇怪，手上拿着一把剑，身后还背着一把剑，脸上被黑布遮住，只能看见一对眼睛清丽明亮。

宋未道："圣主且请跟这位中原第一杀手比画比画，若是赢了，我们再进来谈！"于是返身回屋，关了大门。

那黑衣人举起宝剑，也不说话，直接跑步刺了过来，那一剑当真快得紧了。朱罹见过太多高手过招，这一剑竟把左容道的青城剑法也比了下去，这人脚下甚轻，点地即起，轻功之好，便是舟山派龟寿厅主人齐武在这，恐怕也比不过他。

朱罹见此情景，不由得想起紫云茶轩的惨案，想来元凶巨恶，定是这位高人了。朱罹侧身迎了上去，那人反应奇快，剑锋跟着偏了过来，朱罹右手出扇攻击，一道内力输出去。那人剑锋微微一颤，也使出了一道内力，两道内力相撞，双方均是向后退了好几步。

朱罹感到此人反应奇快，加之内力刚猛有劲，应该是个青年杀手。青年杀手中能修到这种地步的，实在没有几个。

朱罹挥舞与尊扇，道道光弧打出去，便如同那日与左容道对战一般，只不过这日，对手明显胜过左容道许多。那黑衣人眼见此景，也不用内力幻化出剑气回击，只是左劈右砍，依此人内力，练出剑气那是简单至极，可他偏偏不用，将朱罹的光弧用剑招里最普通的手法硬接了下来。朱罹看了，也是心生佩服。

朱罹使出"木日神功"第四层的心法，叫"木日两仪"，团聚真气，只见他胸口黄绿相交，煞是惊人，即便在黑夜里也是那么的流光溢彩。团团真气招呼过去，朱罹自思，方才你不露身手，现在我倒要看看你用的是哪派招式。

那人接下来的表现，实在让朱罹这个宸阳圣主都目瞪口呆。只见那人一会使左手轰出一道亮红光，夹着掌风，真气似火带热，烈焰熊熊，也不知火从哪里烧起来的，只觉是一瞬间的事；一会又打出了一道道寒冰真气，大量冰冷的白雾将二人团团围住，方才还觉得热气腾腾，这阵子只觉奇寒彻骨，想要运动身形，那都是难上加难；又过一阵，只见剑上银光闪亮，左一剑右一剑变换太快，若说换作五名用剑高手从五个方位使尽力气快刺，那也难及这个速度；一阵阵攻势过去，此人身后金光大闪，身旁光圈护体，仿佛活佛转世，真气打到上面，就好似以水击墙一般，连声音都没有就皆被化去，那光圈却是越来越亮。

金光过后，他攻出第四招，只见宝剑剑芒化一为十，化十为百，齐齐向朱罹袭来，那阵势当真比一个名门大派的剑阵还要骇人了。前一剑，那是快得厉害，这一剑，那是密得高明，此刻宝剑剑芒早已不像宝剑，而是像密密麻麻的针头一般袭来，可这阵势，若是针头尚且难对付，眼下的剑雨却是更难了。

朱罹哪里知道，这是北天始皇楼失传绝技"阿房一炬"、东滨凌空门不外传的绝学"寒冰掌"第九式、蜀地西岭派数十年没人会使的最后杀招"意动剑至"、支提山华严寺前朝失窃绝学"无色定禅"、鸡公山峻岭山庄镇派绝技"千峰万嶂"。最后一招"千峰万嶂"使得竟能把当年的孙柱景也比了下去。后江南凌空门杨连涛有诗记之曰：

东西奔走不露派，南北武学信手来。

虽有多门采众长，宸阳神功何惧哉。

这几招绝对作不得假，此人竟然会使江湖上失传四十年以上的各派绝学，可从外貌来看，此人年龄断然不超过三十，他到底是人是鬼？

朱罹遭遇神鬼高手，毕竟朱罹性命如何，且看下文分解。

第二十八回
寻假鬼原是自家祟　悟真意终得杳世成

上回说到，朱罹在土地庙遭遇高手来袭，对方年不过三十，却使得一手失传多年的江湖各派绝技，教朱罹疲于应付，他若不是鬼，那便真的当得起中原第一杀手的名号了。

朱罹转念一想，江湖中有门有派之人，皆是使用自己门派的武功，近些年成名的杀手，也都是大派中分离出来的，他等行走江湖，尚且保留原有招式，此人既然用这许多别派招式，想必是刻意掩盖自己的师承，只是如何才能逼他使出本门招式呢？

朱罹见他身后背着的宝剑寒气外露，心知他手中宝剑不过是掩人耳目，真正的宝贝却是隐藏甚深。朱罹打定主意，他见对方攻势实在太猛，断不可速决，便与他比拼内力，伺机探他身后的宝物。

黑衣人左手攻出，却是王屋六道之首陈快三的成名绝技"金龙探云手"。陈快三死后，王屋山被龙门围剿，道士死的死逃的逃，便再也没见人用过，宝峰观就此销声匿迹。

朱罹抄起左手，也变作爪状，打出的是龙门绝学"青龙雷电爪"，迎了过去。这本是倚靠技巧取胜、借气势压走对手的功夫，若是对手使蛮力硬推过来，那便是毫无办法。谁知那人见了，好似认识龙门武功，左手更添了七分力道，誓要将朱罹压过去。

　　朱瞿也不与他缠斗，再斗下去，朱瞿虽然通晓三种门派的武学，却实在挡不住各派前辈的成名绝技。他足下运起内力，绕着四周院落行了一个周天，想找机会看看那黑衣人背后的宝剑，那黑衣人跟着他一起转身，生怕朱瞿施展出什么招式偷袭。

　　朱瞿当即足下踢起一块石板，朝着那黑衣人飞了过去，那石板少说也有百八十斤，他此刻脚力奇大，竟也不在话下。黑衣人使出瑞鹤临江楼行功阁的失窃秘籍"福出东海"，即当年冷莘茹的独门秘籍是也，打碎了大石板。

　　朱瞿瞅准时机，轻点四周树干，终于绕到了他的身后，一个箭步上去，握住了黑衣人的宝剑剑柄，本想拿在手里仔细端详，那黑衣人察觉身后不对，连忙反手攻出一招。朱瞿无奈，只得脱手，那宝剑却跟着飞了出去。

　　月色清明，这宝剑剑身上刻裸女，寒光毕露，霸气十足。不是别的，正是倾城绝剑！朱瞿失声惊叫。

　　倾城绝剑失窃之后，江湖中再也没有它的消息，若是朱殇丢失，必然再次掀起轩然大波，青城剑派必定要广发英雄帖寻找于它。适时绝剑在背，此人却不敢用，那此人必是朱殇！

　　朱瞿愣了半刻，那黑衣人仍不停手，跑上前去，便要取回倾城绝剑。朱瞿越想越气，合起与尊扇，双掌齐出，那黑衣人猝不及防，被掀出甚远。

　　不等那人起身，朱瞿抢了过去，与尊扇轻轻划过，那人面上的黑布早被掀飞，朱瞿一看，正是朱殇。

　　朱殇挣扎起身，运起倾城绝剑，刺向朱瞿。

　　朱瞿原地不动，朱殇一剑刺来，朱瞿抬起右手，打开了与尊扇。

　　朱殇刺了上去，那宝扇有如精钢一般，硬生生地挡住了倾城绝剑，却是接了下来。

朱罹抬眼望着朱殇，厉声道："你为什么这么做？！"

朱殇恨恨道："你背叛师门，罪该一死！"

朱罹道："这是圣教和朝廷之事，与龙门有什么关系？"

朱殇道："你带领圣教背弃盟约，便是和龙门过不去。龙门养你这么大，便是等着你来背叛的么！左右也是清理门户，宋大人找上门来，龙门便应下了。"

朱罹怒不可遏，一时说不出话，良久，咬牙切齿问道："沿路的杀手，紫云茶轩的惨案，都是你安排的？"

朱殇道："是两位师父安排的。"

朱罹听罢，脑袋"嗡"的一下。他一心向善，竟一步步使龙门与他对立，从小长大的龙门现在向他举起了屠刀。他长叹一声，道："罢手吧，我们好好谈谈。"

倾城绝剑越逼越紧，与尊扇扇面已被顶到极限，朱殇更不答话，是要决战到底了。

朱罹左手一扬，早将土地庙正殿大门掀开，一个闪身，抢进了大殿，大门随之关闭，朱殇眼见不好，跟了过去。

朱殇到了大殿跟前，大殿大门随之打开，只见朱罹手持与尊扇，右手臂挟住了宋未，对朱殇怒目而视。

宋未朗声大笑，道："圣主，只怕你拿得住我，却不敢杀我！"

朱罹冷笑道："说的不错，你是瑶瑶的表叔，又是朝廷命官，宋家在官场所有的关系还要仰仗宋大人你打通，于情于理，本座当然不会贸然杀了你。只是宋大人为官场前途，勾结江湖杀手雇凶杀人，绑架侄女图谋阴险，这要是传出去，只怕宋大人在官场和家里都不好交代罢！"

宋未听了，道："这些事本官不会说；瑶儿是我家里人，我自然有方法不让她泄密；这位龙门杀手收了定金，自然也不会说出去，那就只有圣主会说了。你拿住我，却不能杀我，但我若想杀你，方法实在太多。就凭你现在绑架本官，以朝廷从三品大员的性命相要挟，便是死罪，哈哈！"

朱瞿道："宋大人，我不能杀你。但是以你今日所作所为，本座大可带着宋大人去见官，到时候只怕是光禄寺也不好交代吧。等到了官府说清楚事实后，本座便可一走了之，任谁也追不上。可宋大人你想来没有这个一走了之的能力吧，就算上面为你求情，也恐怕好不到哪里去，不知宋大人是否有意试他一试？"

宋未一时语塞，脸色很是难看。准备说些什么，却不知怎么开这个口。

朱殇见状，意欲偷袭。他举起倾城绝剑，运起内力刺将过去，却见黑夜里两柄宝剑插了过来，将倾城绝剑一同架起，朱殇大惊，连忙退后几步。

待他定睛细看，这两人却是圣教两大尊使游竺鲲和曾相，于是又退了两步。

曾相朗声道："北天宸阳宫护教尊使前来护主，你这贼人还敢造次！"

朱殇见了，萌生退意，他知此地虽是中原武林，然圣教行事，向来不分地界。况且宸阳圣主、两大护教尊使俱在此处，对付一个圣主已是身心俱疲，加上两大护教尊使，朱殇没有胜算。

于是朱殇道："逆徒朱瞿，背叛师门。朱殇身为龙门公子，早晚为师门报仇！"于是飞身而走，离开了土地庙。

游、曾二人连忙上前行礼，朱瞿见他走远，也便放了宋未，道："我和瑶瑶不想再看到你！"宋未见朱殇远走，本以为凶多吉少，早就吓得魂飞魄散，眼见朱瞿放走他，一刻也不敢耽搁，一溜烟逃走了。

朱罹连忙为宋襄瑶松绑，宋襄瑶脱开手，抱住朱罹哭了起来。

朱罹反复回想朱殇所说之言，他知朱殇性格直爽，断不会故意推脱罪责到两位师父身上，朱殇所言，表明龙门决意同圣教作对，从此分道扬镳。朱罹从小在龙门长大，龙门虽多次陷他于不义，但是这次这般决绝，当真教他的心冰冷无极。

朱罹冷冷道："你和你叔叔是一伙的，是不是？"

宋襄瑶心下一惊，忙道："哥哥，不是这样的，听我解释。"

朱罹走近，拉住宋襄瑶，又道："你为了杀我，接近于我，是也不是？"听闻龙门安排暗杀，朱罹对她没了指望，心神烦乱。

宋襄瑶道："不是，不是，叔叔说要见我，我因你顺路返回圣教，才与你一道，这仅仅是巧合而已！"

曾相连忙道："圣主且请息怒，宋姑娘未履江湖，圣主肯定是遭到宋未那老贼的暗地跟踪。只可惜我等并未早些发觉，否则也不会置圣主于危难，折了这些弟兄。"

游竺鲲见状，连忙拉下朱罹。

朱罹经历巨变，早已心烦意乱，提防起身边的一切人和事，当下也不想它。

宋襄瑶紧紧抱住朱罹，瑟瑟发抖。朱罹见她受苦，不免心疼，连忙安慰，只道是自己情绪不好，误伤了宋姑娘。

待得安慰好了之后，宋襄瑶自然与朱罹告别，她自知此行见叔叔原来是个阴谋，多说无益，也不能一直跟着朱罹，便告辞回了家。朱罹派人护送，两人依依惜别不舍。

送走了宋襄瑶，朱罹询问游、曾二人一路上情况。原来他二人收到传书后急忙点了五十高手，一行人片刻不敢耽搁，直奔开封府而来，这日午后刚到。见到紫云茶轩惨案，四下打探，方才寻到方德，方德说了见面地址。于是两人带上三十弟子，直奔过来，三十弟子腿脚慢些，片刻即到。

众人处理完这厢事宜，回到客栈住下。

朱罹躺在客栈内，不停回想朱殇说的话。

我与龙门真的有深仇大恨么？竟非要与我反目成仇，誓要将我置于死地？我还想着日后报答两位师父，怎的就到了这步田地？

往日的一桩桩一件件不断浮上心头，朱罹越想越心痛。他自失忆之后，便开始与龙寒二人生活，那段日子虽有些许黑暗，但却充满了美好的回忆。眼下师徒成仇、兄弟反目，朱罹心头满是纠结，到底是谁的错？

三人次日收拾好行李，率领圣教弟子启程返回圣教。

却说众人返回圣教，朱罹与众尊使见面，李知兴等见圣主练功有成，自是大喜不及，听闻朱罹一路历经奇险，遂决定指派专人潜伏京师，负责查找并监视那日领兵偷袭立桓山的神秘人物，紧盯宋未的一举一动。

这日几人聚会议事，李知兴道："圣主，前日开封府分舵来报，紫云茶轩的二十七位弟兄已然安葬好了，宫里派出的弟兄也在开封府重新建立了分舵，开封府的弟兄请宫里放心，开封府分舵一切如旧，定当尽快壮大，为宫里南下做好准备。"

朱罹点了点头，方要讲话，只听一人粗声喘气，似是已经气得不行。朱罹抬头四望，只见曾相左手摁着座旁的方桌，头上青筋暴起，涨红着脸，咬牙切齿地喘着粗气。曾相登时站了起来，双手抱拳道："圣主，容属下说句不敬之言，龙门害我圣教，难道当我宫里无人可欺否？事情闹到宫里，宫里可不能因为我们两家之前有过盟约就迁就于他。属下的意思，希望咱们早作准备，好跟他龙门做个清算，不要以为在他龙门的地盘就可以为所欲为，宫里一样治得了他！圣主，记得为死去的弟兄们报仇啊！"曾相说着说着，渐渐声泪俱下。在场的英雄听了，也不免难过，可朱罹毕竟是龙门出身，着实为难。

朱罹沉默一阵，缓缓道："紫云茶轩之事，本座甚为悔恨，龙门此举，就连本座也差点遭到毒手。这等恶类，实在难以宽容，只是而今龙门在中原已成气候，宫里离得太远，一时奈何不了他。若想打击，就应当联合中原势力，结交应朝寺和通天居等大小门派，却也不是一日之功。所以此事还当计议，龙门结的梁子，那是一定要算一算的！还有什么事么？"

只见李知兴徐徐说道："前些日子我圣教南征失策，导致痛失东方圣主和敖兄弟，宫里损失惨重。幸得圣主统领宸阳宫得法，不但击退了寻衅滋事的北海龙王，还联手打败了清廷的围剿。天佑我宸阳宫，圣主天资聪慧，近日更是将本教神功精修到了第五层，直有当年方老圣主的英武气魄，宸阳宫就此东山再起，甚至胜过当年也并非难事，这等功在千秋的伟绩，实令我等由衷景仰。圣主对宸阳宫的大恩大德，我等铭记在心，永不敢忘。眼下若说还有事情，那便是倚仗圣主的英才之资，继续钻研我圣教神功，说不定上天眷顾我等，有朝一日会让圣主神功大成。等到那时，我宸阳宫便可真正扬眉吐气，傲立世间了！"

李知兴说完，众尊使齐声叫好，游竺鲲朗声道："李爷爷说的是极，圣教中兴，成就大业，便在此时。我宸阳宫反遭奴才们逼宫，实在是奇耻大辱。圣主宽宏大量，不与贼人们计较，但他等心中固有不服，这下圣主的神功精修到第五层，加上圣主年纪尚轻，将来定能大有所为，圣主的修为超越方老圣主，只是早晚之事。我宸阳宫日趋强大，看哪个狗奴才敢言不服！"

曾相道："我爷爷跟随方老圣主打拼天下的时候便是我与圣主这般年纪，苍天有眼，让孙儿也能为宫里献出一份力。但愿宫里永远人才辈出，带领宸阳宫重现昔日光彩。"

牛通寿道："是了，圣主此番功绩，直可说是比肩日月，同辉天地。我等能跟着圣主一起，实在是莫大的荣耀。"旁边方德和张业听了，也都频频点头，心中叫好。

却说朱罹在圣教中歇息了好些时日，见京师毫无动静。想是宋未当初求官心切，已是昏了头脑，有些不择手段，也怕被揭露出来，是以不敢声张。朱罹心中渐渐安稳下来，宣布在宸阳宫外的石屋中闭关修炼神功，圣教上下知悉后，自是皆大欢喜，圣主的每日饭食供应都改善不少。教中事务都交由李知兴等裁决，最近风声虽紧，却也算太平。

无奈朱罹连日苦练，总是在紧要关头功亏一篑，有那么几次更是险些受了内伤。半月下来，朱罹感到一筹莫展，心下甚是不快。眼见得时间一点点过去，觉得很是着急。

到了这闭关的最后十日，朱罹练习神功，运起青黄两种真气，此时他内力深厚，真气过不多时早已将他自己团团裹住。虽是团团裹住，然则青黄真气两者分明，毫无相聚的起色。朱罹明白，须得两者融到一处，合二为一，方才练成神功。眼下停滞不前，朱罹不禁皱了皱眉。

朱罹运起力道，左右两掌向中间靠拢，怎奈两种真气相互排斥，双手受到巨大阻力，硬是合不到一起。半盏茶过后，朱罹满头大汗，不得不放弃。

圣教圣主新丧，清廷围剿以及宋未的复仇，近来的每一件事虽都应付了过去，但却都让朱罹觉得不顺，心中不免烦闷。他这样想来，索性向石屋门口走去，准备歇息几日，再做练习。

　　朱罹摸到了腰间的玉佩，捧起一看，原是那上百年的老玉佩，当时东方鸿宇临危赠予，情深义重。麒麟福地一战的一幕幕又重现眼前，朱罹感慨万千，于是坐下来，在这秦裕圣主、方仲圣主和东方圣主都曾独练神功的石室中仔细回味。

　　那日的场景不断回放，东方鸿宇率领宸阳宫六大尊使劈波斩浪，费尽周折登上麒麟福地，朱罹好不容易打伤了齐武，却在麒麟仙公徐明烈一人手里功亏一篑。

　　那日麒麟福地一战，是朱罹生平印象最深刻的一场激战。朱罹记得，宸阳宫上下武功最好的东方鸿宇，正当盛年。率领宸阳宫六大尊使与徐明烈比拼内力，青红两道真气互相排斥，谁也不能接近谁。最后弄得两死五伤，宸阳宫元气大伤。

　　想到这里，朱罹想起了徐明烈的破解之道。记得徐明烈掷出金玉箫，悬在双方当间。徐明烈略施小力，便将两股真气融到一起，那时金光大放，早在徐明烈身前就已经将真气耗尽，徐明烈便是在他等筋疲力竭之时发动反击，他等便毫无招架之力，死伤惨重也是情理之中了。

　　朱罹脑中灵光闪动，既然金玉箫加上上乘功力可以让木日合一，为什么不用与尊扇和自己的功夫一试呢？朱罹信心满满，恍然大悟。他振奋不已，心道，弟子朱罹，多谢东方圣主冥冥中的指教。

　　于是朱罹打坐下来，左右两掌平摊两侧，提起内力，两边青红真气缭绕，渐渐将朱罹包裹住。朱罹将与尊扇抛到半空，将真气引向与尊扇，青红两股真气随之扶摇而上，将与尊扇团团包围。朱罹屏住呼吸，紧紧盯着，不错过眼前的一点动静。

　　只见真气团团而聚，黄绿之气依然相互排斥，但是不再那么激烈，只是坚守在两边。朱罹催动内力，双手跟着托举起来，只见两股真气渐渐靠近，不再相距甚远。

　　朱罹眼见有望，接连催动内力，两股真气渐渐靠近，只是速度略慢。朱罹觉得体内焦热无比，好似烧水沸腾一般，他此刻不但真气源源输出，手上还跟着力道，要将两股真气合而为一。体内剩下的真气沸热不止，体力渐渐消耗，手上的内力打出的更是有限。遥想当时徐明烈信手打出便将木日之气结合起来，可谓不费吹灰之力，倘若此刻换作是他，就是一边输出真气一边催动内力，也一定是面不更色、气定神闲，不似他这般内焦外疲。眼下这般僵持，恐怕希望不大。

　　朱罹也不知还能坚持多久，只是硬着头皮坚持下去。他想知道，究竟需要坚持多久才能将二者融合。

　　又过了一炷香的工夫，仍然不见起色，朱罹有些力尽，停了下来开始回想那日的羊角山奇遇。

　　那位老神仙曾经指点过他，要他结合阴阳之理，御六气之辩，乘天地之正，朝奉道术，法自然故事。于是他想了起来，那老神仙让他将黄绿之气整合，成为阴阳二色，是为太极之法。

　　他当下找出书架上的《道德真经》参看起来，看了《道德真经》，于是开始试着凝练真气。他发现所有的行功过程虽然顺利，但是心中仍然难免些许杂念。

　　于是，他口中默念："不自见，故明；不自是，故彰；不自矜，故长；夫唯不争，故天下莫能与之争。"他这般念着，心中的杂念便也渐渐放下了。最近心中的烦心事，也都开始一一散去。于是他再次催动内力，又开始练了起来。

　　到得最后一日，朱罹早已忘却了时间，石屋之中，难分白天黑夜，所有送来的饭食，他也一概不吃。只觉时间太短，需要领悟的事情太多。他只是朝着那老神仙指点的方向去练习，眼下黄绿真气渐渐回归正道，与阴阳二色又多了几分相似。

这日晚间，他已练得差不多了。也不知是第多少次试着融合二者真气，他本想着，这次如若不成，便撤了内力，出关练习些许日子。于是这般开始了最后一次的融合。

却说石屋之外，四尊使早已走到宸阳宫门口，今日是圣主闭关的最后一日，他几人早早赶到外边，准备迎接圣主大驾，眼下正远远地看着石屋。

众人正在说笑之间，忽觉地板隐隐颤动，四下隆隆作响，众人面面相觑，都道北天向来没有过地动，怎的今日便这般凑巧。正在此刻，听得游竺鲲一声惊叫，众人看向他所望的练功石屋，这才分辨出，隆隆声响源自那里。而地动之巨，也是那里最为明显，看来不是地动来临，而是练功石屋有变！

四尊使都觉是真气外泄，只怕朱罹走火入魔，也都顾不得圣教祖训，八目相顾，心下领会，一齐向练功石屋跑去。他几人感念朱罹对圣教的恩德，都不愿他身陷危险境地，于是都想破例进入石屋，救他出来。

还不等他四人奔到石屋门口，只听得石屋喀喇喇几声巨响，他四人停下脚步，抬头看去，只见石屋顶上光华大放，不断有大小石块滑落，他四人转而向后退了三步，就在此时，只见一人缓缓落地，轻如缥缈，光芒万丈，恍如大罗金仙一般。他大手一挥，高举金扇，石屋顶上的金光被尽数收到金扇之中。

众人定睛细看，光芒散去，那人原是朱罹，扇子也便是与尊宝扇了。众人向石屋顶上小心望去，金光不在，石屋顶上多了个大窟窿，石屋被打碎了也！

却说圣教的杳世神功，与木日神功并不是迥异的路数，相反是一脉相承，木日神功的一并招式，运转杳世神功都能使出来，而且威力更为强大。杳世神功在木日神功的基础上又衍生出一套招数，是集大成之功夫。

众人惊诧之时，最后一颗石子从半空落下，朱瞿宝扇一挥，一道真气附着其上，石子带着火焰，转而向前飞去。众人目光随着石子望去，石子直飞向立桓山中间的圣木。石子上的火焰碰到圣木后立即点燃圣木，圣木自下而上熊熊燃烧，噼啪作响。此时忽见圣木分作无数小火把，分别向四周飞去，插在各个角落，直把立桓山内照得从未有过的透亮！时北天神探黄迟夫有诗赞朱瞿曰：

> 广纳北天英名有，君何年少万兜鍪。
> 神仙点化羊角山，弃恶从善壮志酬。
> 宝扇催动龙蛇走，金光万丈盛名留。
> 大道之行当未远，功成杳世占鳌头。

朱瞿轻摇与尊扇，甚是得意。四尊使连同众教徒惊得说不出话来。过不多时，终于有人醒过味，只听李知兴高声道："老传言今日成真，我等恭喜圣主神功大成。愿我宸阳圣主千秋万载，威震寰宇！"

李知兴既出此言，边上的圣教教徒都跟着高声附和，立桓山内一片"千秋万载""威震寰宇"之声。近来一段，东方鸿宇力竭而死、北天旧部勾结造反、清廷出兵围剿，圣教险入不复之地。好在朱瞿不负众望，终于练成神功，圣教一扫往日阴霾，总算又可傲视武林，重返大派的行列。数百年不世出的圣主而今危坐宸阳宫，率宸阳宫众位英雄好汉再创荣耀，杳世神功足以阻挡数十位高手，众人都觉生得逢时，见证了圣教辉煌，激动不已。

当下朱瞿走上高台，朗声道："多承本教洪福比天，本座今日得以神功大成。诸位兄弟,我圣教此前多逢磨难,而今圣教重整旗鼓,弃恶从善,立于天地之间。犯我圣教者,虽远必诛!圣教正逢时机,当勤勉自强,成就霸业,日后望弟兄们同心协力,扬我圣教神威!"

只见台下宸阳宫本部数千教徒伏地拜倒,欢呼声不绝于耳。此后数日,宸阳宫酒肉不断,众人甚是欢畅。

却说圣教宸阳宫原有教义云,哪日杳世神功练成,那便只能让宸阳圣主一人修习,其余尊使当更进一步,修习木日神功的高深功夫不提。

过了几日,李知兴等护教尊使找到朱罹,李知兴道:"启禀圣主,圣主而今神功大成,当永载我圣教史册。只是眼下有一件事有些麻烦,特来请圣主定夺。"

朱罹问道:"却是什么事?"

李知兴道:"宸阳宫历任圣主,皆要被圣教记入书中,以照后人。恕属下直言,圣主身世至今仍不明确,我等也不敢贸然记录。属下遂与几位弟兄商量,打算为圣主查清楚身世,也好对圣主有个交代。"

朱罹点头道:"李尊使所言是极。我自幼长在龙门,虽历经腥风血雨,却心存善根,感觉同龙门不是一路。寒月说我是明末难民之子,我与朱殇都是她在乱军之中冒死救回来的。多年来我们一直在寻找双亲,只是茫茫人海,到哪里去找?此番几位有此美意,实是正逢其时。此番查找,若是找到父母双亲,那是最好;若是找到一位健在,那也是很好的;若是双亲俱亡故,就请帮我找到坟冢,便令清明时节有可拜祭,也远胜于今日这般情状。"朱罹说得情真意切,众人听了不免动容。

李知兴道:"圣主只管放心,我等一定找出圣主身世,给圣主一个交代。圣主既出身龙门，想必龙门定有线索，但我等实不知如何进入龙门，因此来向圣主讨个由头。"

神功大成，龙门是非。毕竟是什么由头，下文便见。

第二十九回
晓身世一帝居圣教　讨灭敌群英集应朝

上回说到，李知兴等寻了朱罹，要为他查清身世。朱罹正有与追究之意，一念想来，便道："龙门近日对我圣教多有敌意，紫云茶轩的账本座给它记上，本座要为紫云茶轩惨死的弟兄讨个说法，对龙门定不轻饶，权且修书一封，一来同龙门一谈，稳住龙门，以图来日清算；二来正好找个理由让各位进入龙门，帮本座查清身世之谜。今日之事，还须仰仗各位，朱罹在此一并谢过了！"想到朱罹虽贵为圣主，却不知身世为何，父母亲姓甚名谁，众人不免有些动容。想到紫云茶轩惨死的圣教教徒，众人个个面容肃穆，点了点头。

于是李知兴等四位护教尊使一齐出发，带着朱罹亲笔书信前往龙门。江湖上听说宸阳宫四位尊使一同前去龙门，都是闻风而动，跟着前去看热闹。

且说众人到达龙门之后，早有朱殇在门口迎接。四大尊使并不理会，径直走入，朱殇想要阻拦，却也不敢硬来，弄得好没面子。寒月见到李知兴等人，立刻起身相迎。她原想趁此机会，将四大尊使一齐拿下，怎奈单凭龙、寒二人和朱殇的实力，就算加起来，也奈何不了四大尊使。原来朱罹早就想到这一点，故而派了四人一同前来，由不得寒月多加算计。

　　众人落座之后，寒月道："龙门方寸之地，贵教四大尊使一同前来我龙门，武林中人可都瞧着咱们这哪！"李知兴冷笑一声，道："尊驾向来是武林中人关注的焦点，只怕跟我等一个由头前来的，已有不少了罢！"

　　寒月一听这话，心知他等果然是前来兴师问罪的，眼下他强我弱，断不可与之动手，否则就算拼个两败俱伤，圣教那头还有朱瞿这个大对头，加之龙门遍地结仇，若一朝败落，也必定是墙倒众人推。当下寒月便没有发作，道："李尊使有话，那便明说了罢。"

　　李知兴当即道："好，那咱们便明了说，省得暗地里嚼舌头。请问尊驾，开封府里紫云茶轩折了我圣教好些弟兄，你却怎么解释？"李知兴开门见山，语气平缓，却目光如炬。

　　寒月早就想好了说辞，道："冤有头，债有主。我却不和你说，只与那弃徒说了便是！"

　　李知兴道："你做了亏心事，还要本教圣主前来听你解释，你可也当得起这分面子。今日我等便不走了，你一日不说，我等便等你一日；十日不说，我等等你十日。看你什么时候想好说辞，再来搪塞我等。"

　　寒月道："江湖乃是舞刀弄枪之地，平日里折损也是有的。难道我龙门弟子不曾遭过你圣教的毒手？大家彼此彼此，何必计较太深？"

　　曾相见状起身，叫道："我不听你等的拌嘴，吵吵闹闹听得心烦！"此时人人都注意着寒月作何回答，哪里看到曾相出去了？曾相因得空闲，偷偷潜至后院，他脚步轻盈，却也无人察觉得到。

　　那曾相却是一路潜行，按照朱瞿来时的描述，找到了朱瞿的寝房，只见那房间仍旧空着，正巧遇到一位侍女经过。那侍女看上去也是上了年纪，想是很早便在此当班的。

　　曾相细细盘问，那老侍女方才指引曾相来至朱瞿当时的卧房。彼时朱瞿乃是龙门大公子，在龙门内地位崇高，自他出走圣教之后，便没有人再来过他的卧房，因而卧房的一应陈设，也都没人动过。曾相走到卧房内，仔细检查房内物什。曾相翻遍一圈，也不见什么重要之物，便坐到桌边饮茶。抬眼见墙上一幅墨画，画的是建州女真大破关宁铁骑，狼烟滚滚，落马人亡。夷狄乱入中原，生灵涂炭。曾相见了，他虽是江湖人士，却也义愤填膺。一怒之下，拍案而起，破口大骂道："尔等这帮茹毛饮血的乌孙土贼，竟也入了中原，坐了明堂。想我大明万世之功，而今落得这步田地，不禁可叹可笑哉！"他这一拍，原是怒发冲冠之举，却谁知，那墙上画卷自己卷了起来。曾相急忙蹲下身子，生怕有什么危险，向桌面定睛细看，自己拍打之处，却有一个机栝。曾相再看墙壁之时，画卷早已卷起。早有机栝门向外打开，却是年久了，摇了很久机栝后"啪"的一下猛打开，掸出了些许尘土，有一尘封已久的红木盒赫然呈现在曾相眼前。上贴封条，云"前明崇祯十七年三月"，曾相虽是粗人，却也知道这个节点的含义，想来这明末的尘封木盒，定与朱瞿的身世有莫大干系。

　　曾相顾不得细想，立刻撕开了木盒的封条。打开一看，只见那木盒漆得匀称、内有金丝绸做底，正中间放了一块残玉，显得极不协调。可将那残玉拿起细看，透过光处，却见残玉成色极好，全无杂色，由内而外颜色自深而浅，堪称玉中极品。只是残缺得不成样子，若是完好的玉佩，虽然不算大，也足以卖到六万两以上。曾相细看，残玉一面刻有"纪"字，曾相翻开另一面，赫然大惊。你道为何？却原来背面刻着的是一个"炤"字。这个字在大明崇祯年间，除了皇三子之外，却没有任何一人敢用。曾相当时心下大乱，瘫坐在凳上。这几年冒充前明太子的是有不少，可是冒充皇三子朱慈焆的却是第一次听说。这若不是假的，那圣主朱罹十有八九便与皇室宗亲大有干系，想到这里，曾相反复比较，坚定认为自己的推理没错。

于是曾相回到正厅，寒月只当他是出恭去了，也并未在意。众人话不投机，曾相跟李知兴使了个眼色，李知兴会意，起身道："我等奉圣主金令前来问话，既然贵派如此态度，我看我们也不必做什么盟友了罢！今后你我两家井水河水、阳关独桥，从此分开来了！"他这番说辞，确有朱罹暗中授命。龙门多行不义，圣教已然改头换面，确实不适合结盟为伴，更何况中间有土地庙一战，暗袭圣主，只怕结为死仇也不为过。

寒月也不站起，坐着冷冷道："既如此，尊使请便，不送了！"于是圣教四位尊使转身出门，再不回头。

四人回到附近分舵住下歇息。当晚，曾相将自己所见一一讲述给三人听，并将那块残玉交给三人观察。三人的反应与曾相在龙门时的反应一样惊诧。李知兴道："事关重大，我等不能在此久留，须得找个明白人问问才是。"

牛通寿道："此事如果属实，那寒月便是强虏太子皇子的谋天下逆者。要我说，咱们四个带着这几百弟兄，杀进龙门，生擒寒月，审问出个结果来，也好给圣主一个交代。"

话音未落，曾相站起道："不行，不行，且不说龙门经营多年，冰冻三尺非一日之寒；就算我们抓到了寒月，她也一定不会承认自己的谋天大罪。到时费劲气力，也不会有结果。"

李知兴道："曾相说的有理，眼下需得另寻他人。我虽是江浙总兵，却也没几次进京面圣的机会，至于太子皇子，那更是无缘得见。只怕见得到的人，也都在当年京城大乱中殉难了吧！"

游竺鲲一直在边上沉思，此刻听了李知兴的话，立即拍桌叫道：

"有了有了！"众人见他胸有成竹，又兼平日里机智多谋，便都看向他。游竺鲲道："大明经此大难，经常出入皇宫者所剩无几。东滨武林的舟山老掌门徐明烈是大明遗老，世袭一等公，又在舟山接纳鲁王，宫中之事他最了解。我等既已南下中原，便应当继续南下，把问题问个清楚。只是……"

游竺鲲说得头头是道，他停顿处，他几人也都明白是什么意思。无非是当初曾经是死敌，前故圣主死于他手。只怕这般贸然去了，舟山接待还好，若是舟山拒不相见，那圣教尊使就在天下英雄面前跌了大面子。到时非但难以交代差事，只怕还要获罪。

李知兴当下道："此法甚好，只是我等尚不能做这个主。须得请示圣主，由他安排最妥。"于是四人议下，一面请示朱罹，一面派人接触舟山。待到两方皆认可后再行出发。

过不多日，宸阳宫来信，方德亲自送来两样东西，一是信函，同意拜访舟山仙公，命牛通寿、曾相回宫镇守，另教其余二人前去舟山附近的分舵等着，圣主要亲赴舟山问个明白；并附一封信，以圣主名义写给舟山仙公，问他的好。又过了两日，舟山附近的分舵来信，言说辗转多次终将信函递交到了大总管齐武手里，由他转交仙公，仙公并未回绝，并同意派船来接，众人都感仙公不计旧仇，世外高人的大气度。

两边事情办妥之后，四人商议动身，牛通寿、曾相秘密回宫，李知兴、游竺鲲率领一众教徒，带着残玉前往苏州府，等待圣主大驾。

过了旬余，李知兴等辗转水陆来到苏州府分舵。众人等了几日，圣主朱罹便到。李知兴、游竺鲲当晚聚集，拜过朱罹，各自落座，朱罹命人紧闭大门。二人看向朱罹，却见朱罹从怀里也掏出了一件物什，却用红布包裹着。朱罹左手捧着那物件，右手一点点揭开了，不是别的，却也是一块残玉！朱罹将红布并残玉放到方桌上，李知兴、游竺鲲拿起来看，却见一面"罹"字，一面"烺"字，再看那玉，成色品质与前一块俱是一般。二人拿出那块玉细细比对，裂纹刚好吻合，只是宝玉一分为三，分明还少了一块。

游竺鲲早已惊得说不出话来，朱罹也若有所思。李知兴目光如炬，道："烺、炯、焐，这是我大明皇太子和二位皇子的名讳。此物若是真，那圣主就与大明有莫大干系，至于是不是太子本人，属下认为还需多方证实方得确认。在此期间，圣主的安全较平日更为重要，我等就是拼了性命，也一定要保圣主万全！"李知兴不愧为大明的大忠臣，在此大明逢难之时，尚有效忠太子之心。后北天神探黄迟夫有诗赞之曰：

忠肝义胆李总兵，匡扶明室老臣英。
智如孔明忠如羽，侠骨丹心照汗青。

于是几人商议，由李知兴前往舟山询问，游竺鲲领其余人等在分舵守卫朱罹。李知兴怕分舵人手不够，于是又从外省急调了数百弟兄前来帮忙。

却说李知兴为显诚意，独自一人前往舟山拜访。舟山派倒也明白，专门派了吕英万前来松江口接他。吕英万见了，仍是礼数俱到，拱手相迎。李知兴也是回礼，上次舟山一别之后，两人虽各为其主，却也十分想念。上次不便叙旧，这次两人便抓紧时间，叙起旧来。

两人正说话间，座船已到了舟山岛岸边。两人虽是不舍，也各有要事在身，于是依依惜别。再往前走时，早有知客弟子前来引导，李知兴跟着他，穿过山林，过不多时便到了山顶的麒麟福地。

李知兴信步走到福地中央，知客弟子让他稍作等待。过不多时，只见齐武从大殿走出，身旁也有一人走出。李知兴细看，那人却是凌空门掌门杨连涛。两人缓步而出，是在商量些什么。杨连涛四顾福地，见是李知兴，倒也没有什么敌意，只是很小心地朝着李知兴拱了拱手，李知兴回了。若在之前，两派中人相互见了，那是绝不对视一眼的，今日见了，他倒还算客气。

齐武送走了杨连涛，转身迎向李知兴，高声道："李尊使远道而来甚是辛苦，老掌门刚刚处理了一些事务。请随我进去罢！"自从朱罹将圣教改头换面以来，江湖人士也跟着改变了看法。特别是朱罹率领北天弟兄杀退乱军，保卫百姓安全之后，宸阳宫更是声名远播，声威大涨。因此大小门派，也都十分敬重。

李知兴走进正殿，麒麟仙公徐明烈早在殿内立着。他气宇轩昂、仙风道骨，背手而立，不失仙品气度，衣着挂饰犹有当年的贵族风范。徐明烈转过身来，笑道："李尊使驾临，舟山派倍感荣幸！"也是给足了面子。

李知兴拱手道："老掌门客气了，在下此番有事前来，怕是打扰了老掌门清修。多有叨扰，得罪得罪。"

徐明烈道："这个好说，想必李尊使已然看到杨掌门了，不瞒尊使，杨掌门正为一项大事而来。"

李知兴道："却不知是什么事？"

徐明烈道："杨掌门乃是专为中原武林的一大祸害而来。龙门是新立门派，经营起来不过十数年，却一刻也没停止过杀戮。然中原武林小门派各自为政，实力又弱。加上前几年的通天居惨案和王屋山宝峰观惨案，这些年已经有百十个小门派为求自保归顺了龙门，龙门由此实力增加了不少。李尊使想想，龙门这样的门派是绝不回头的，一旦在中原树立起了一方势力，应朝寺便难以坐镇中原，到时如果应朝寺被击败，龙门就要危及东滨和北天的弟兄了。所以杨掌门前来，就是请我帮他做个中间人，将大家聚到一起商议对付龙门大计。李尊使，你想这凌空门近年人才凋敝，早不在大派之列，甚至许多江湖事都插不上手，尚且如此热心，宸阳宫一统北天，已经同龙门分道扬镳，相信宸阳宫跟龙门的梁子也不小，何不与圣主商议，共谋大事？"

徐明烈一番话，李知兴听得真切，想起紫云茶轩的弟兄，想起那日寒月的傲慢，心中也是愤愤不平，便道："多承老掌门信任，在下回去之后一定禀报圣主，以图大计。只是而今，圣教另有一事相求。"

徐明烈道："却是何事？"

李知兴从怀里掏出那方红布，翻开之时露出两块残玉。李知兴道："日前在信中已经教老掌门知晓，特为我家圣主身世而来。"徐明烈给齐武一个眼色，齐武立刻将门关得严实，并将残玉递交给徐明烈。徐明烈接过残玉，取来镜片，对着阳光仔细观察。徐明烈看不清上面的字，便叫齐武看，誊在纸上给他看。徐明烈反复比较了很久，两块残玉又是拼接又是分开。

过不多时，徐明烈低声吩咐齐武拿东西，齐武转身去了后厅。又过一会儿，齐武带着两名弟子回来。两名弟子各抱着一大摞的小箱子，放在桌台上。齐武拿了钥匙，一个个地开锁，两名弟子将箱子依次打开后退到后厅。只见箱子里尽是各式各样的美玉。有圆润如球者，有棱角分明者，有似手掌般大小者，有似瑶盘般大小者；腰佩者，手镯者，摆盘者，牙笏者；有紫红穗者，有碧绿穗者，更有明黄穗者。李知兴明了，此乃先帝御赐过的各种玉器，徐明烈特地找来，跟着一样一样地比对，看看这个看看那个，齐武在一旁做帮手。徐明烈嗜玉如命，早年便穿金戴玉，因而也十分有研究，他师徒二人比较了半个多时辰，终于放下了镜子。

徐明烈搁下残玉，转身朝李知兴走来，李知兴看去，徐明烈早已红了眼，热泪在眶。徐明烈道："这确是先太子、三皇子之物。说来惭愧，老夫也是上次与圣主有一面之缘，觉得有几分面熟，当时也没多问。如今看来，当是熟得很了。只是圣主他本人没有什么记忆吗？"

李知兴道："此物是真，实在是太好了。圣主虽然年少聪颖，但对少年事却不甚了了，想来寒月阴毒狠辣，许是下了什么药也未可知。圣主年纪与先太子相仿，当年风传太子被弑于陕西宁家湾，实在不知圣主的身份是不是先太子。"

徐明烈道："为稳妥起见，还是找宫人辨认一番。时鲁王避在舟山有段时日，有不少宫人是京城逃出来的。我命齐武去找找，到时便可辨认。李尊使帮着圣主找找名医，看看能否治愈圣主的失忆症。"

李知兴道："是了，应当找位神医给圣主看看。时间紧迫，在下同老掌门定个期限，一个月之后，在下带着圣主前来，老掌门找到宫人辨认，不知老掌门意下如何？"

徐明烈道："李尊使思虑周全，我们便在此定下了。圣主与我舟山不便，一个月后，老夫带着齐武和宫人在金陵南郊的宁心水榭与圣主和李尊使见面。那里是老夫给孙儿的一处小居，李尊使记下了。"

李知兴记下地点，便收拾残玉，匆匆下山去了。

于是两人分头开始行动。徐明烈吩咐齐武寻找鲁王时北来的宫人，齐武多方探求，半月有余，便找到了十名，其中更有在后宫中当差的。李知兴这头带着结果，面见朱瞿。游竺鲲知晓后，知是还没确认圣主身份，便早已热泪滚滚，又喜又悲。几人议下，当晚便带着百名弟兄黉夜回宫。

过了几日，回到宸阳宫，朱罹召集四位护教尊使一齐商议，众人同意教牛通寿前往蓼风斋说情，帮助救治，因为朱罹圣主身份，不便提及，于是众人便决定瞒着神医，只说是救治一位侠士。为免怀疑，朱罹只带了牛通寿一人前去。

翌日，两人到了骊山脚下的蓼风斋。朱罹等进了去，牛神医瞧见了，高声道："你是何人？也敢擅闯蓼风斋？"

朱罹事先知他是恃才傲物，不轻与人，可听了话还是脸色不好。牛通寿抢先道："回父亲，这位是儿子的恩公，想找父亲看个病。"

牛神医道："你的朋友我就得看病？我乃当世名医，怎能说看就看？"

朱罹听了，寻思，这人也是妄人，哪有侠士自称高手、郎中妄称名医的道理？姑且不与他计较。

牛通寿编了个谎，道："父亲不知，恩公于我有大恩，儿子时时念着他的好。"

牛神医却只是不说话，闭目无语。

朱罹只道："久闻牛神医大名，自是不可随便给人看病的了。但说起我与神医，却是另有一番渊源。早年晚辈因缘巧合，得识神探黄迟夫先生，他与在下也有过一段交情，黄公临别时，曾将旧日骊山始皇楼'骊山四公'的金令交与在下。言说今后跟骊山的人打交道用得着。"

牛神医十分惊诧，道："你与我师叔竟有交情？是真是假？"

朱罹点头道："是了，当时在下并未在意，可今日在下果真有此一事须得烦劳骊山的旧友。"言罢拿出金令，又道，"黄公赠物在此，请前辈过目。"

　　牛神医也是好奇，便命牛通寿取来金令，仔细端详，看到上面的"恩赠"二字。接着用牙磕了磕，又在药箱里翻腾一阵，找到一种粉末擦拭金令一角，金令一角变了赤色。想是金令之上涂了些什么，遇见牛神医的粉末变了颜色。牛神医用小刀刮了刮，即将红色刮了去。

　　牛神医怔了半天，一改口气，道："尊驾既能让我师叔割舍掉这个宝贝，也算是骊山的有缘人。我做师侄的，自然相信师叔的选择。"

　　于是朱罹大喜，向牛神医告知病情。牛神医见也不是生死大病，也就没让他拿人头来换。牛神医仔细号脉，诊了两个时辰，而后开出方子，让牛通寿按着拿药。接着又拿出银针，给朱罹针灸。牛神医道："尊驾脑中经脉不通，竟有几支搅在了一起，想是早年受了脑部的伤，抑或中了毒。而今针灸加上药汤一齐调补，大约能恢复一些。早些年的事，也能渐渐地想起来了。"

　　于是朱罹在蓼风斋住了十日。十服汤药下去，加上日日针灸，朱罹已能想起些从前过往，包括三兄弟逃难、舟山墨虚父子搭救以及遭遇寒月等事情，但是对于皇家身份，还是不甚清晰。总体来说，已有了大进益。

　　这日，朱罹拜别牛神医，牛神医亲自送出，直到二人走远。

　　于是二人回宫，众尊使尽皆欢喜，朱罹带上李知兴、游竺鲲并一百弟兄，南下奔赴金陵。

　　话分两头，徐明烈也从舟山出发，带着齐武并一干宫人，赶赴金陵宁心水榭去了。

　　数日过后，一月期到，朱罹等圣教众人来到宁心水榭，离得金陵城三十余里。此地依山傍水，是个十分僻静之处，正适合。在此茂林之中，一条鹅石小路缓缓地将众人引到了一座小院门前。这里更是宁静，没有闹市喧嚣，但听得见水荡莺歌，闻得到草淡花浓，端的是修身养性、宁心悟道的好去处。

柴扉渐开，早有通报弟子进去，徐明烈等尽皆出来迎接。朱翟见人群中有一青年与自己年纪仿佛，头戴墨玉簪，生得眉清目秀，双眼明如皓月，眼眶颇有棱角，右眉角处一点美人痣，鼻梁高挺，嘴小耳阔，面庞白中带红，典型的贵家公子模样；外着牙白杭绸披风，内穿雪青苏绣长衣，腰系翠玉黢黑带，手戴紫檀珠，腰佩榆木牌，可见是爱木之人。

徐明烈道："舟山上下恭迎宸阳圣主大驾！"齐武在身畔扶着，身后一群舟山弟子行礼。

朱翟拱手朗声道："老掌门安好，烦劳费心，找了个僻静安全之所。不知哪位是宁心水榭主人，还请引见。"

方才那公子模样的青年上前一步，拱手道："圣主客气了，敬愿便是在下。圣主光降寒舍，得见圣主英姿，在下荣幸之至。"原来他便是老仙公的心头之爱、舟山雀屏厅主人徐敬愿。端的是生来好模样，后日好衣装，也不负了徐家的门楣。

朱翟道："徐公子果然是名门之后，气度不凡，光彩照人。今日初见徐公子，本座甚是欢喜。"

徐明烈道："我孙儿与圣主神交已久，今日事情繁多，待得处理完后，你与圣主还得好好叙叙才是。"

于是众人进屋落座。朱翟道："前些日子我等前去蓼风斋求医，总算瞧对了这个病症，在牛神医调理之下，已初见成效。少时记忆已有些了，只是不甚清晰连贯。"

徐明烈道："不知都记起了什么事？"

朱翟道："只依稀记起当时有三兄弟在逃难，墨虚道长救护，后又遭遇寒月拦截，三弟惨遭毒手，我兄弟二人也因此失了记忆。寒月奸贼该死，现在想来，朱殇大约是我的亲兄弟。"

徐敬愿道："这就是了，父亲当年北上救驾，圣主若不是太子，家父也不会舍身相救。"回想起当年墨虚道长父子的义举，徐明烈沉默不语，徐敬愿则说不下去，眼睛泛红，双眼望向窗外。

齐武见状，起身道："既如此，就把宫人们都叫出来认认圣主吧。"于是舟山弟子下去，领了宫人前来。京城北去甚远，南逃下来的少有宫女，几乎都是宦官。于是十名宦官一齐上前来辨认朱罹。朱罹当年出走时已十岁有七，模样当与现在有几分相似。

只见第一名宦官前来辨认，他心中疑惑，端详了很久，还是垂头不知。紧接着又上来几名宦官，其中一个瞪大了眼睛，另一个面露悲色，还有一个含泪在眼。而后又上来几个，看不多时，全都跪地，泣不成声。先前的几个见了，知是想法得到了印证，也都跪下磕头，跟着哭了起来，大呼"太子殿下"不止。徐明烈等虽然在事先心中已有八九分把握认定朱罹就是前朝太子，但是今日宦官毫不犹豫地认出，坐实了朱罹的太子身份，还是令他们大吃一惊。

徐明烈道："既然玉牌属真，圣主记起从前事，又兼宦官辨认亲证。老夫以为此三点足以证明圣主便是我大明太子，至于朱殇是否大明皇子，尚待考证。老臣徐明烈，率舟山众位弟兄拜见太子殿下！"徐明烈年过耄耋，不顾及掌门身份下跪，众人也都跟着跪了下去。李知兴见了，也不甘落后，听得结果后，也道："老臣李知兴，率宸阳宫众弟兄拜见太子殿下，恭贺太子殿下找回身世，愿殿下庇佑大明渡过此难！"游竺鲲已经痛哭流涕，茅舍之内，所有人等尽皆拜倒，朱罹也是激动万分，道："众位英雄朋友，都请起来罢，大明遭此大难，尚能有忠臣赤子在此，大明幸甚，天下幸甚！"

于是众人都被朱罹扶起，各自回座。早有两名宦官昏厥于地，朱罹感泪，命安排好生调养。众人今日有喜有悲，喜者徐明烈、李知兴、游竺鲲这等忠臣得见大明太子实属不易；悲者想到先帝崩于景山，女真入主中原，国将不国，不禁心生感叹。

朱罹道："我三弟已死，二弟离心，虽北天尽服，却仍孤身一人。敬愿兄弟，墨虚道长、敬念先生高义，本座感激不尽，如蒙不弃，你我就此结为兄弟，相互倚靠，如何？"

徐敬愿虽是今日第一次见到圣主朱罹，然对于朱罹，却早有耳闻，对他颇有好感，也带有几分崇敬之情，想有朝一日成为朱罹一般力挽狂澜的大英雄。可心之所想，而今却也不好接近。徐敬愿拱手道："多承太子殿下美意，敬愿虽是第一次见到太子殿下，却也早对殿下心生向往。可是殿下与敬愿有如天壤之别，敬愿怎敢妄自尊大，而与太子殿下称兄道弟？敬愿只盼太子殿下将来出游，多教敬愿跟随左右便是。敬愿之于殿下，实不敢妄称兄弟也。"

朱罹道："你我互为兄弟，相互照应，也是从令尊令兄救驾那刻就已注定了的。既是忠臣之后，本座便有保护之义。若不结拜兄弟，今后怎么与我常相往来呢？"

徐明烈道："既然殿下有此美意，我等盛情难却。这样，老夫做主，殿下也是江湖中人，敬愿便与殿下按江湖规矩结拜为兄弟。既是江湖上的兄弟，也没有什么高低之分，只是除了江湖中事，不得再攀其他，切记切记！"

于是徐敬愿领命，二人在后院设贡祭关公，共饮一壶酒，在众人见证之下磕头盟誓，结拜为兄弟。徐敬念与朱罹生得容貌一模一样，徐敬愿将朱罹视为大哥，朱罹想起当年痛失三弟朱慈炤，感念墨虚父子义举，也将徐敬愿视为亲弟弟一般。

众人一齐商议，为朱罹身世保密，各自严守秘密而散。

却说上次通天居大会后，龙门逃出生天，先是寒月灭了王屋山宝峰观满门，继而龙寒大战瑞鹤临江楼、害死玉氏夫妇，后龙门二公子朱殇联手左容道残杀青城剑派掌门人王种坤，后又有朱殇单挑圣教紫云茶轩、土地庙大战朱罹。凡此种种，皆引起江湖人士之极大不满。奈何龙门已在中原武林建立起大范围势力，小门小派尽归龙门，又顶着东凌玄老的威名，江湖人士也力不从心，敢怒不敢言。

然凌空门掌门杨连涛热心武林中事，对龙门所为多有不平。因此于月余前拜访舟山、应朝寺等各大门派，联络聚义，锄奸铲恶，江湖人士皆敬佩之。朱罹也已知晓，会同通天居司空玉璋参加武林大会。经过多次商议，众门派一致决定公推应朝寺主持大会，选出新任武林盟主，带领众门派一举将龙门斩草除根，扫出江湖。

于是应朝寺众高僧拟了请帖，小辈弟子各去传信。定于南明永历十年四月十五聚会天下英豪，共商灭敌大计。

毕竟怎个商量，且看下文。

第三十回
会英豪空灵山较艺　盟天下应朝寺与能

　　上回说到，杨连涛联络各大小门派，定于南明永历十年四月十五于应朝寺聚首，共商灭敌大计。

　　四月一到，便陆续有各大小门派进驻应朝寺。应朝寺腾出了后山的小禅房百十来间，专供参加大会之侠士住下。

　　初十一过，英雄帖上的大小门派便都已到齐，应朝寺准备了各式斋饭分给众人。北天武林大小门派除蓼风斋、朔龙湾等均已到齐；西域武林照例不来往；东滨武林追随舟山派各门派加上大小禅宗尽数都到了；南国武林到得最少，只有西南方青城剑派和瑞鹤临江楼领着西岭、点苍众小门派参加。方府元气大伤，方季前日远走西域寻仇，方令祺也不敢轻举妄动，只当不知道这桩事，此后的武林大事，众人也便都是时而想得起来方府，时而想不起来，他方府也是时而答应到场，时而不答应；白府家族长老在家维持家事，只是让白府小辈前去见见世面；夹山寺照例闭门修佛。中原武林到的最有意思，凡是依附龙门的各小门派一个未到，剩下龙门的死敌和仇家一个没少，全都来齐了，等候武林裁决。

　　却说四月十三这日晚斋用过，应朝寺掌门方丈觉清大师派出座下弟子智通、智元、智本等高僧前往众门派的居所，邀请麒麟仙公徐明烈、通天居主人司空玉璋、齐云观道长楚江开、圣教辰阳圣主朱罹、凌空门掌门杨连涛齐聚掌门方丈室密议。凌空门本非大派之列，由于掌门杨连涛联系各派劳苦功高，便也叫他一起前来议事；出于白府地位崇高，因也叫了去。青城剑派的左容道听说，暗骂众门派不顾及青城剑派颜面，教仇敌白府参加，因此拒绝参加议事，其实东凌玄老是西轩长老，他的行事又岂是白府控制得住的？左容道气量狭小，自己不去，也不让周穆和金建德去，便是在大派面前丢了面子。事情机密，众位掌门只身前去，都没有带随从。

朱罹因处理一些北天内务，等到赶到方丈室，众派掌门都已到齐，朱罹拱了拱手，以示歉意，便即落座。

朱罹望向麒麟仙公徐明烈和师父司空玉璋，两人均点了点头。便听觉清方丈开口说道："众位掌门，我等今日齐聚于此，是想在天下英雄大会之前，先行商议出一个灭敌的方案来，好给天下英雄一个交代。老衲惭愧，近来年岁太大，忝任盟主以来，没有早些聚集众位商讨灭敌大计，致使一些正义之士命丧歹人之手，老衲十分痛心，实在不能在盟主之位上继续做下去，江湖大事，还是留给年青一辈来共担吧。"

徐明烈道："方丈此言差矣。前阵子龙门跋扈之时，方丈正在病中，历尽生死劫难。贵寺十余名武僧折于龙门剑下，智通大师还因此搭上了一身武功，应朝寺损失不可谓不多。盟主之位有方丈，那便是武林人士的福气。"觉清方丈声音苍老却有力，虽是大病初愈之人，也看不出半点病容。朱罹望去，觉清方丈宝相庄严，长眉微垂，眯着眼睛，颧骨高突，双颊红润，是长寿之相，想来历经大病，是修习佛法必经劫难，此难过后，对身体应无大碍。他身着紫金袈裟，手持罗汉木佛珠，身形瘦削，微微驼背，一派有道高僧的模样。

　　觉清方丈叹了口气，摇摇头道："都说盟主身系武林，没想到一病之间，竟发生了这许多大事。上次老衲让智通召集英雄会，却白白付出了这许多代价。我师弟觉凡也是糊涂人，他二人办事不密，才招致这个结果。通天居大会之时，老衲正是病重时候，应朝寺缺席也由着他们去了，因此盟主之位，也多有失职。如今老衲大病初愈，是该让出盟主之位的时候了，希望江湖上有贤者当此重任，讨灭大敌。老衲听闻宸阳宫圣主有话要说，这便请讲罢。"

　　朱罹点了点头，道："诚如各位之前所见，我圣教宸阳宫方老圣主曾与龙门结盟，群雄不解。今日在此，本座以宸阳宫前后三十五任圣主的名声做证，方老圣主因我是龙门弟子，曾亲口告诉本座他结盟龙门是欲擒故纵之计，想要假借通天居大会一举铲除龙门势力。"

　　朱罹说到一半，众人哗然，都有些不相信，可是看朱罹的样子也不像是说假话，便安静下来听朱罹继续说。

　　朱罹又道："可是事出有变，方老圣主惨遭不测，因此龙门盟约便定了下来。直至前几个月，本座就任圣主之时不忍杀戮，便公告天下宸阳宫从此不与龙门为伍，残害同道。不想那事过后，龙门竟在开封府屠杀我圣教弟子，更派出杀手欲对本座不利，本座认识到龙门本性难改，于是决定与各位一道剿杀龙门。"其实宸阳宫与东凌玄老自是有仇，但是东凌玄老虽是白府族人，却也不受白府控制，一样杀死了白依广的夫人。所以这笔账，还要算在西轩东凌玄老的头上。

　　白铭泽接过话题，道："近年龙门势大，多半与通天山下的'王屋六道'惨死一事有关。众人都以为是我族东凌玄老在背后支持龙门，所以龙门跟着借势，实力也是与日俱增。我白府在此声明，龙门死活跟白府无关，既然龙门碍着了大伙，那剿了他们便是。"他代表白府来这里澄清，说罢便沉下头去，把玩手里新得的一块和田玉佩。

觉清大师听罢，也道："既然白府出面澄清，那此事便好办得多。老衲既是让出了盟主之位，那最要紧的，便是选出一位统领各方的武林盟主来。"

司空玉璋道："大师所言极是，目今最重要的便是推举出个盟主来，带领大伙一同雪耻报仇。再者就是想出个办法来，商议何时动手剿灭龙门。"

楚江开道："贫道也认为武林盟主当择贤者居之，我们武林中人，不如选用江湖的办法，用武功来裁决。"朱罹看向楚江开，只见他身着灰蓝道袍，外披黑纱，上绣日月星辰图案，手执铁柄拂尘，一看便知是行家利器。细看此人，也是精瘦体格，个头不高，双眼虽小却十分有神，双耳长垂，胡须修整得也十分漂亮，与不修边幅的张三丰相比另有一番风范。

杨连涛道："各位说了怎么推举盟主，连涛十分赞同。盟主之位，定然是有才有德者居之。至于怎样剿灭龙门，在连涛看来，那是最简单不过，咱们既然有这么多人聚到一起，何不趁此机会一起部署，合围了龙门，到时一举歼灭龙门，其他门派自会望风披靡，这样永绝后患，岂不甚好？"

朱罹听闻，急道："杨掌门此言，本座不敢苟同。本座自小在龙门长大，龙门内机关暗器可谓无数。再者我等在此聚会，只怕龙门早有防范，说不定还会纠结小门派，反击我等一次。因此，本座认为，当务之急是先选盟主，另派一队人马在山下与龙门对垒，严防龙门偷袭。至于今后的行动，则从长计议，争取在一年之内斩断龙门手脚，将其斩草除根。"想那杨连涛能够成功召集应朝寺大会，智谋当是远超一般人，谁知在此关头却那般心急，可见也终究是小聪明而已。

楚江开道："小兄弟在龙门待过，对龙门的了解正好提醒了我等，只可三思而行，切不可轻举妄动啊。"

觉清大师道："楚道长说得对，我们之前本来有很多机会聚义讨敌，都是因为太过心急而错失良机，让歹人有机可乘。今次我等好不容易聚到一起，防范龙门偷袭自是应该的。老衲之见，也是谨慎小心为妙。"

徐明烈道："以众位之所见，须得寻个统领带着众侠士前往龙门周围暗中设防，一旦龙门有异动，即刻抵挡，我等也好下去施援。"

司空玉璋道："不知仙公心中是否有了人选？"

徐明烈道："此人须得是大派中人，懂得运筹帷幄。还是在各派管事的人当中寻个便是。"

杨连涛道："既是寻人，还得两人才是，有什么事情商量着来。"众人都知他没有私心，也都同意了。

朱罹道："本座推举智元大师前去督战，大师武功高卓，办事分明，是堪当大任之人。"应朝寺举办大会，由应朝寺高僧在前线保卫安全，十分在理。觉清大师点头同意，众人也都赞许朱罹的主意。

徐明烈跟着道："莫不如那个就交给我徒齐武来做。这孩子天性良善，仁义厚道，打理舟山井井有条，也是难得的人才。"朱罹听闻此言，想起那日在舟山岛上李知兴对齐武的评价，也不由地觉得齐武是合适人选。

于是当晚便召集智元、齐武两人，交代事情，组织起各中原小派赴龙门附近埋伏，以观其变。

当日深夜，智元大师和齐武秘密率领中原各位英勇侠士前往龙门附近埋伏起来，以防龙门生变。

众人议完了这件事，觉清大师又道："司空先生，老衲有个请求，还望你答应。"

司空玉璋道："觉清大师请讲。"

觉清大师眯眼道："在座的各派掌门、诸位后辈，老衲今天以一个前辈的身份问你们一句，你等可知三十年前江湖上流传过的一句话，名叫'中土有五杰，西域有四老'的？这'五杰'和'四老'都分别是谁？"

杨连涛想了想，即道："这西域四老，想必是西轩和承天阁的四大长老，名号分别是西山邪老、南臣玉老、东凌玄老和北智寿老，真人名字谁也不知，但这鼎鼎大名，却是传遍西域。"其实他说这些，历经通天居大会之人哪个不了解？朱罹在猜中土五杰都是谁，白铭泽根本没在听。只是杨连涛心眼实，知道的都脱口说了出来。

觉清大师道："不错，西域四老正是他们。这四人在西域那是如雷贯耳的大人物，而这中土五杰，也正是在咱们北天、南国、中原、东滨都妇孺皆知的大名字，宸阳圣主知否？"

朱罹想了想，跟着道："我虽对他们知晓不多，倒也听过一些传闻。这几人的名字不像先前方府'伯仲叔季'那么地位崇高，也不像骊山始皇楼'骊山四公'那般神秘莫测，只是江湖上人人敬重的豪杰，也都是行侠仗义之典范。我听闻舟山徐老前辈就是其中一位。"他提到方府"地位崇高"，白铭泽却也没有反驳，如今宸阳圣主神功大成，早已今非昔比，可不是他白府随便惹得起的，所以他只是轻哼了一声表示不满。

觉清大师笑道："不错，还有呢？"

朱罹面露难色，摇头表示不知。

徐明烈笑道："还有一位，也在我们中间，便是这位觉清大师。"

觉清大师笑道："不错，还有三位，'通天杰'司空端是一位了，青城山的莫清泓也是一位，还有一位。"

朱瞿和杨连涛全神听着，觉清大师却不往下说了。就听司空玉璋若有所悟，道："我明白方丈大师的意思了，你们想找万木春。"

觉清大师点头道："正是。如今老衲和徐掌门都老了，又经病灾，实在难以主持大局，莫兄和司空兄都已作古，唯有万木春小弟可以出来主持大局。早年间他与他结发妻子寿明水是江湖一对有情有义的侠侣，万木春武功高强，寿明水智谋有方，这两人都可以一解而今的危局。可是他夫妻隐居多年，武林盟主之位必须由武功高强之人担任。可是兹事体大，又不能在他没出现的时候将盟主之位给了他，那未免也太驳了天下英雄的面子。这几十年江湖上能人辈出，未必没有高手。所以在选出武林盟主之后，还得去找万寿二人。'通天杰'通晓天下，一定知道他隐居在什么地方。"

司空玉璋道："万寿二人的居处，我自然知道。之前我也想到了这点，而今看来，武林盟主和万寿二人，对付龙门那是缺一不可。也罢，待到武林大会结束后，我自会告知武林盟主万寿二人的位置，好联手讨敌。"

觉清大师点头笑道："阿弥陀佛，贤侄深明大义，武林同道都会记得的。"

那晚过后，应朝寺选派小僧人，前往各个客房通报，一是圣教宸阳宫除恶行善，不再与龙门结盟，也参与到讨伐龙门的大军中；二是白府再次声明，龙门存亡跟白府没有半点干系。众人听了这两条，又见是应朝寺作保，也都信了，对于讨伐龙门，也都安下了心。

待到四月十五这一天，辰时用过了早斋，众人便都在知客僧的指引下来到应朝寺后山。便在那所住禅房之侧，有一方习武之地，乃青砖铺就，足够众人各自坐下。此次武林大会不比通天居聚首，当是高出了许多规格，加之武林盟主数年才选一次，任期不定，江湖人士也都想来瞧瞧新任盟主的风采，众人早就知道，口耳相传了两个月，来的武林人士约莫有万人。百丈见方的习武场地，竟也挤得满满当当。

应朝寺众僧安排，西首坐的是应朝寺众高僧，作为一地之主，也是寺中十几年没有的盛事，应朝寺同、觉、智、念四代僧侣来了大半，只剩得百十个小沙弥在前山接应四方香客。西首正中间端坐的正是应朝寺方丈觉清大师，他身畔左右各坐了九名年迈高僧，想必是"同"字辈的十八位前辈大师，虽有佝偻者、有满面皱纹者、有闭目微憩者、有斜身打坐者，却不教人厌烦，另有一副高人模样，活像真佛一般，平安祥和之感顿生；他身后坐的两排是觉凡等应朝寺"觉"字辈的众位大师，粗略一数，也有一百二十几位之多，这其中也不乏老迈者，但不似"同"字辈大师，只是端坐得整整齐齐；再往后是智本、智通等"智"字辈高僧，时光荏苒，"智"字辈不少高僧也染上了些许白发，知命光景，来了几百号人；"念"字辈小师父年轻力壮，每人拿着一根戒棍站立两侧。

北首坐的是各大门派，按照辈分高低和势力大小，东滨舟山派麒麟仙宫和北天圣教宸阳宫坐到了中间；青城剑派与朱罹有过节，坐到了舟山派之侧；齐云观楚江开等坐到了圣教之侧；通天居司空玉璋和瑞鹤临江楼坐到了齐云观身畔；凌空门杨连涛率众坐到了青城剑派边上；白府虽不是掌门亲临，但是威名摆着，应朝寺也没怠慢，让白府众人隔着青城剑派，坐了凌空门边上。

　　南首坐的是一众小门派，中间坐的是九宫山无量寿禅寺、支提山华严寺、普陀山普济寺、平凉府秦府、河间沧州县聚英门、蜀地西岭剑派、青城山建福宫、云南滇西点苍派、中原鸡公山峻岭山庄、鲁东崂山太清宫等各门各派管事的。众管事的坐在前面，后面几排都是这几派弟子，大同府金枪寨、川南玉龙会、江西鄱阳水寨、浙江盐帮总会、泉州同顺镖局、西北大漠贺兰帮等门派坐在后面。

　　东首坐的是各江湖侠士，因此盛会，来得倒也有数千。各地侠士，或湖广、或川贵、或浙闽、或京津、或关外、或远疆，大家赶来，也很是辛苦，僧道或是俗家侠士，也都混坐在一起。

　　听得钟声敲响，是巳时刚过，觉清方丈站起身，缓缓走到练武场中央。双手合十，朗声道："巳时已到，应朝寺英雄大会正式开始，多承各路英雄关照，欢迎各位驾临敝寺。各位英雄，我等今日在此聚集，乃是为了两件大事。一是推举新任武林盟主，二是商讨歼灭龙门之策。前者老衲尚在病中，很多事情没有处理好，致使许多武林同道惨遭龙门毒手，老衲于是决定让出武林盟主的席位，择贤者居之……"觉清方丈还没说完，四下已起了不少议论声，众人虽知觉清方丈会让出宝座，但是千百年来，自愿让贤的武林盟主还是罕见。

　　只听东首人群中一人喊道："老方丈，你不用退位，咱们都支持你！"有十几人在身边附和。还未等所有人反应过来，又听得另一人粗声喊道："放你娘的屁！这几年有了龙门，江湖上乱成了什么样子？应朝寺身为中原第一大派，也不出手管管，不该让贤还该怎么着？"他这粗人一语，跟着起哄的更是不少。这两人一句一句地叫嚷起来，说话愈加难听，加上有帮腔的，东首几十号人掏出家伙，准备刀剑相向，东首的知客僧连忙上前劝阻，才算稳定住了局势，这一下给觉清方丈弄得十分难堪。

待得安静下来，觉清方丈道："老衲岁数大了，又兼病体残躯，实在难当大任。老衲已和众位老掌门商议过，这武林盟主的位子，还是留给有能力者来做吧。"

老方丈一语，众人也都心里明白。单单一人有能力没什么用，还得在江湖上能号令群雄才算数。所以若不是德高望重者，便是大派掌门人。应朝寺退位，舟山派多年不管事，武林盟主将在剩下的长者和大派掌门中产生。

于是觉清方丈归位，指挥小僧人点燃一炷香，算是比武正式开始。众人摩拳擦掌，都想上去比试比试。朱罹深知宸阳宫是武林大派，不可先上抢了别人的风头，于是静静地等待着。

朱罹这般思索，却见一少年自南首人群中走出，他年纪轻轻，眉宇秀气，身子瘦小，腰细腿细，却不是孙太仪是谁？秦姥姥见身边孙太仪下场，朗声道："好一个勇敢少年！"贾进仙抚须微笑，南首和东首跟着一片叫好声。

孙太仪拱手道："晚辈峻岭山庄孙太仪，见过各路英雄。龙门杀我父亲，我峻岭山庄与龙门有血海深仇，此仇不报，誓难为人。今日不才，抛砖引玉，望各路英雄不吝赐教。"他内力不如觉清大师浑厚，四方的知客僧便一个个地传话。

便听楚江开在一旁道："孙庭非的小子长这么大了。他叔公孙柱景当年也将峻岭山庄发展到中原武林大门派之列，想不到孙柱景一死，到了孙庭非手里便已不复当年。这小子不说武功，单就这分胆识也将很多人比了下去。"

只是孙太仪虽然有胆量，但终究实力太小，不受重视。人群中闪出一人，满脸笑容，道："在下天津卫冯春胜，向少庄主讨教几招。"孙太仪拱手道："请了。"

　　虽说孙太仪使剑，一寸长一寸强，可冯春胜早已成名多年，在天津卫也是响当当的一号人物，经验想必丰富。孙太仪一剑刺去，剑锋微颤，冯春胜身形一晃，早就绕到了后面，待得冯春胜出掌时，孙太仪一个转身，又是一剑。这次一剑攻的是下盘，冯春胜眼看快要攻到，却不得不收了小腿，向后退却几步。孙家祖上是制器名家，孙府上下也都是宝刀宝剑，孙太仪的这把太极剑便是无上宝物，他此时功力尚浅，若是换了行家里手，只怕十个冯春胜也没有还手的机会。

　　冯春胜表面挂着笑脸，内心暗道：我这么大岁数，总也不能叫小孩子比下去。于是心下定计，后退十数步，双掌运功，啪啪啪打出十几道掌风，这是"春风如意掌"。他这般打着，孙太仪却没练得剑气功夫。你道宝剑再怎么锋利，在武功平平的少年人手中也显不出威力来。孙太仪使轻功左躲右躲，弄得在场英雄看来十分狼狈。他自小丧父，身边只有几个护法教他武艺，虽习的是名家武学，拿的是名家利器，究竟也没多少长进。今日大胆下场，全凭少年人的意气，并没有考虑那许多。好在冯春胜心地纯善，又跟他过了百十来招，说是过招，实是指点。到得最后，冯春胜发起攻击，孙太仪剑法渐乱，众人看得分明。孙太仪横着一剑，向后躲了两步，朝着冯春胜拱了拱手，道："与冯前辈过的百招，胜过精修十年，多谢前辈提点！"冯春胜眯眼笑道："少庄主英姿过人，假以时日，定能在我之上，承让了！"

　　冯春胜赢得倒也没什么彩头，众人心里早就有了个定论。只是孙太仪谁都能赢，既让自己出了风头，又不致留下个恃强凌弱的恶名，赢得满堂夸赞，冯春胜实在高明。

　　冯春胜得意之时，就见一人下场，那人身着道德真经真言道袍，满头青发，眼见得也是中年光景，手里一柄拂尘，走起路来精神抖擞，昂首向上，想是心气极高之人。他走到场子中央，道："贫道碧微，恭请冯武师赐教。"冯春胜在武林中不说是泰山北斗一样的人物，也是有头有脸的人物。这武师二字，却是对武馆里一般习武教练的称谓，碧微道长这句话看似十分客气，细细想来，将冯春胜以武师相提，实在是骂人不吐脏字的"客套话"。

冯春胜听了，心下大是不悦，反而略略一笑，拱手道："冯某能跟道长这样德高望重的武林野老比武，十分荣幸！"他这一说，大家心中明白，是在讽刺建福宫是小门小派，难登大雅，他这个建福宫道长说出去也似是无门无派的"野老"，于是四下里一片笑声，碧微道长的面子上也有些挂不住。于是碧微道长道："废话少说，拳脚上见！"

于是碧微道长抽出了腰配宝剑，他大叫一声，是在为自己鼓足斗志，那宝剑剑白如雪，剑柄上有日月星辰，宝剑锋芒极尖，剑身上却多有小齿，不知用了多少年，伤了多少人。

冯春胜虽然胜了孙太仪，却也知道一寸长一寸强、一寸短一寸险，他掌法虽然厉害，跟应朝寺高僧尚可比画比画，可是对于刀枪剑戟，就不是那么顺手了。碧微道长已在江湖上成名二十多年，当年也是少有的青年才俊，这么赤手空拳地对决一位名家，实在是吃了亏。

冯春胜强敌在前，也没失了分寸，他身形一晃，便到了十几步远处，凝神聚力，准备运气反击，碧微道长掏出拂尘，用力一掷，在场的人大大称奇，司空玉璋低声道："碧微道长这一式'掣星揽月'竟比当年还要狠辣得多。"朱瞿看得分明，那拂尘的头飞了出去，可是尾巴仍在碧微道长手中，中间连着的，竟是七根金丝线！这份奇特的准备，着实给冯春胜吓了一跳，又起手一掌跟那拂尘头交了上，虽然勉强抵过了碧微道长的成名绝技，算是打了平手，可也大为分神，因而那凝聚的力量，也大不如之前所想的那么纯实。碧微道长这一招也算练到了炉火纯青的地步，冯春胜能跟他打个平手，说明他功力不浅，也算得上一位好手。不过他在北天，尚且算不上狠角色，圣教的四位护教尊使，若是碰到了同样情形，也一准能接得住这一招。

这两人战着，朱罹就听后面一人冷冷道："凭这种身手就想当上武林盟主，真是痴心妄想。号令群雄的本事可不是一朝一夕练成的。"一般人见到这两位成名高手对战，也都是睁大了眼睛看，就算是大派中人，也不至于这么高傲。朱罹不由得好奇，向后望去，却见那人坐在徐明烈的后面，跟着吕英万、夏英松坐在一排，面色十分难看，想来不是易与之人，应该是金塘岛岛主唐英风了也，那日围攻舟山，他重病缠身，也没见过。朱罹心道：这人一脸的不屑，想必他口中那有"号令天下的本事"的人，也就是徐明烈了罢。

众人看得明白，冯春胜虽然挡住了碧微道长的一番攻击，可他真气凝聚尚需时间，而碧微道长毫无压力，俨然是占了上风。只见碧微道长提剑而来，冯春胜开始并没准备，好似浑然不觉，就见剑尖离他胸口只有四寸的时候，他双掌齐出，快捷狠厉，碧微道长一招攻出，正想着冯春胜如何接招，接下来如何拆招，哪里想得到冯春胜搏浪一击，来了这拼命的招式？碧微道长当时心下大骇，眼见得掌风将至，也不敢硬拼，在剑锋快到时后退了五步，在场不少人一阵惊呼，看来冯春胜确实想赢，却是因为力不从心才出此下策。冯春胜掌风袭来，碧微道长却也没处可躲，当下宝剑一横，运足气力，硬生生地接下了这两掌，登时双臂酸麻，若不是顾着面子，只怕宝剑早已掉了下来。

冯春胜眼看机会来了，却也不敢贸然攻出，毕竟宝剑攥在碧微道长的手里，他眼下斗志正浓，若是不留神，很有可能被削断手指。他方才在天下豪杰面前又一次展示了机敏和武功，这一次来已是赚足了风头，因此这次，就更是小心把握。

谁知他越是小心，就越是给了碧微道长机会，等到碧微道长双臂恢复知觉后，冯春胜还是没有出手。常言道聪明反被聪明误，就是这份小心谨慎，让冯春胜错过了最佳时机，碧微道长调匀气息，一剑攻出了五招，冯春胜疲于应付，暗叫不好。两人又打了三十个回合，冯春胜渐渐体力不支，一个跟斗翻了出去，算是退场了。

碧微道长扬扬得意，建福宫弟子更是兴高采烈，八成想着大会过后，只怕建福宫也要扬名宇内了也。这些人正欢呼着，却见南首一个人影走出来下了场。

那人生得高大，面庞黝黑，络腮胡子，双眼圆睁，好似怒目金刚，十分有张翼德的模样。他虽然粗壮，手中却提着一把秀气的宝剑，显得不成比例。那大汉拱手行礼，高声道："建福宫碧微道长闭关数年，潜心修炼，果然身手不凡。西岭剑派邬敬宗，愿意领教道长的高招。"朱罹心下道："原来这人便是那日成都宋府比武的曹子英的师父邬敬宗，此人成名多年，在江湖上有君子美名，都道是人不可貌相，然也。"他只知其一，不知其二，那邬敬宗是剑术行家，也是宝剑的行家。他手中的那柄剑，原是他在西岭的雪山之巅数丈积雪之下找到的一块罕世玄铁，他并不铸剑，而是在雪峰不断打磨，同时精研剑法，把他师父华阳师的西岭剑法发扬光大，从翩翩少年练成了四五不惑，终将罕世玄铁磨成了一口宝剑，命名"隐雪宝剑"，实乃天物下凡。他虽极少下山，但是声名远播，是川蜀一带难得的高手。近来华阳师年事已高，邬敬宗便已代理西岭派主事，于是便代表西岭派参加此次武林大会。

碧微道长见了，知是西蜀的人，脸色上有些不好看，只觉得都是平日里的邻居，这般争风头又是何必，心下大为不快。可是邬敬宗隐居西岭十几年，精力全都在武学上，哪理会得这些人情世故？他还只道是西蜀的朋友，就算是赢了也不会太在意，毕竟还算熟识。这样一来，众人也就更想看看十几年不下山的邬敬宗到底功夫练到了什么境界，更加期待他与碧微道长的比试。

正是：江山代有才人出，各领风骚数百年。毕竟邬敬宗功夫如何，且看下文分解。

第三十一回
害贤良尽逞假威风　锄奸恶才当真英雄

上回说到，邬敬宗眼看碧微道长得了胜，便也下场比试。碧微道长心下很是不快，于是也不答话，拱了拱手，算是听见了。

碧微道长一剑扬起，后又缩至胸前，严阵以待，算是起手式，这也是礼敬了邬敬宗。他方才挑战冯春胜，可是没有起手式，战得很没有身份。邬敬宗心里明白，于是右手张开，他手中宝剑快速转了十多个圈，而后右手一攥，将宝剑反手握住，右手背手而立，左手捻着胡须，捻了几下子，下腰伸出手去，做了个请的手势。众人个个伸直了脖子，都想看看西岭剑派管事的是不是真能中兴西岭，称雄一方。

碧微道长见了，心下道："你诚心要跟我争这个风头，那我便也跟你争上一争。"于是急奔向前，右手宝剑忙不迭地划着，左一道右一道，可他划得实在太快，加上宝剑本身锋芒独特，众人看得不甚清楚，就见一朵朵白芙蓉一般攻了出去，这一记名唤"冷香国色"。都道建福宫修道的本是内心灵明澄澈之辈，缘何起出这么个名字，委实不像出自他等之手，但是建福宫数百年来皆是文人墨客争相游览之地，遇上几个云游诗人给起名字也是有的。

这一记"冷香国色"使出，果真博得了满堂彩，众人连连惊叹，都道他手上的宝剑已不再是宝剑，却是一杆写意天地的墨笔，画出了一幅幅画卷，而这朵朵芙蓉之后，却需要一滴滴饱满的墨汁来补充，这个墨汁，就是邬敬宗的血。

邬敬宗见了这朵朵芙蓉，却也不为所动。他是西岭剑派不世出的传奇人物，何等样人？更兼深山修炼，早已心如静水，碧微道长的剑芙蓉画得就是再动人、再夺人心魄，也不能让他心乱分毫。于是他当下定睛细看，多年练就的火眼金睛也终于看出了端倪，根据剑芙蓉的画法和走势判断出他宝剑攻出的下一招。说来也是巧极，如果对手不是邬敬宗这样的高人，任凭是谁也得避上一避，待到拆了个三十招之后再行破招。寻常人受到世俗渐染较多，难免眼花缭乱，一时间瞧不清楚，这时间若是被碧微道长利用得好，那么三十招之内，一定能拿得住对方的脉门，到时对方还没瞧清楚就已经束手就擒了。

却说碧微道长正自得意，却见邬敬宗在离他不远处躲也不躲，只是仔仔细细地瞧着，心中便有不解："他怎的不躲，反倒瞧了起来？难道他竟想看出个所以然来？怪道，我这一记'冷香国色'让多少高手自叹弗如，凭你一个深山修炼的凡夫俗子，也想着能够破了我的绝技么？想要一'招'成名也是太心急了些，若是老老实实地跟我拆招，我还兴许给你留个台阶下，你这般不通世事，却也怪不得我了。"于是心中火起，右手更添了三分力道，长剑划得更快，一步步向邬敬宗逼过去。

他这般表现，在场英雄瞧了个饱，都知碧微道长求胜心切，不再给邬敬宗半点机会，邬敬宗本人却并不知晓，只是提着长剑在那里呆呆地看着。眼见碧微道长越来越近，西岭剑派那边的弟子都急得跳了起来，巴巴地看着，各自心头都捏了一把汗，在场的许多女流都捂上了眼睛。觉清、徐明烈、朱瞿这等人，却是一言不发，目不转睛地看着。

　　只听得"砰"的一声，两人交上了手，电光火石之间，两把宝剑发出十几声交响。在场众人这才发现，邬敬宗的身手并不慢，他等哪里知道，邬敬宗并不是被剑芙蓉吓破了胆，他之所以一动不动，就是以自己为诱饵，静静端详碧微道长的宝剑，算出他剑芙蓉的下一个着墨点在哪里，待到碧微道长的剑贴近身前，邬敬宗心念电转，早就算出了他后六招的去向，于是迅速提起宝剑，左冲右撞，硬是招招挡在了点子上。碧微道长大惊，心知邬敬宗不好对付。他两个拆了四招，碧微道长越来越奇怪，每每他画的下一个点，邬敬宗都好像知道了，当下剑法微乱，不过他毕竟是一派之长，也是见过风浪的人，知道人外有人，却也没有失了方寸。当下心思，既是被破，多用无益，于是跟着邬敬宗见招拆招，心中很是不平，也没了什么剑芙蓉，但是心下却早已对邬敬宗另眼相看。

　　邬敬宗眼见剑芙蓉一点点消失，心知得胜有望，于是开始运气，转守为攻。十招之后，他挥了挥宝剑，攻出了十几剑，自是碧微道长全身上下十几处大穴都招呼到了。那剑势实在太强，看似分散的十几招却互为臂助，想要分而化之却是不能，他两人离得太近，碧微道长却又无暇全身而退，只得暗叹一气，硬着头皮去破招，邬敬宗这招用得恰如其分，十分精彩，当下不少人看得十分惊讶。就听青城剑派那里喊道："这一式'风雪漫天'直把他西岭十几年掉落的名头全都挣了回来，若不是我们掌门人破招，只怕也没有谁能胜过邬老头了罢。"这人话虽说得难听，理却说得实在，邬敬宗这一式"风雪漫天"已经把西岭剑派的名头推向了大派之列。这人话音未落，就听四下里一熟悉的老者道："普天之下，莫非只有你青城剑派的掌门人能够破得此招么？贤侄你这大派的傲慢风气未免也太强了些！"那青城剑派的左容道听了之后，连忙拱手致歉，恭恭敬敬道："司空叔叔教训得是，今天应朝寺高手云集，怎的是只有小侄才能破招呢？小侄管教无方，教诸位前辈笑话了。"原来那老者是朱瞿的师父司空玉璋，朱瞿跟他坐的相距十几步，听得也不是太清。又听一人笑道："真是不看不知道，若是今日白府不来，指不定教谁做了大王！"朱瞿望去，说话的正是白铭泽，他白府今天虽然人少，一想到后面有个东凌玄老，众人就不得不让他三分。。左容道离他很远，也就当作没听到一般，一点反应也没有；金建德、周穆等人虽有心争上一争，但毕竟青城剑派和白府的梁子很深，谁也不敢随意招惹这个麻烦，再加上白铭泽在江湖上口碑一直不好，嘴上厉害也是出了名的，想想也罢，左容道只是狠狠地瞪着白铭泽。南首的曹子英见了师父这招，心想可是比自己的这一招好上太多，也就许下一个心愿，今后一定埋头十年，再不去争抢什么风头，如此这般，或可与师父抬头相见。

　　紧接着两人又拆了五十招，自是有上有下，难解难分。五十招后，就见邬敬宗隐雪宝剑一出，直取碧微道长的下盘而去，他要碧微道长重心不稳，果不其然，碧微道长猝不及防，后退了三步。邬敬宗瞅准时机，举起宝剑，兀自从地上跃起，凌空向下劈了去，这一剑可是雷霆万钧之力，借着下坠之势，碧微道长眼见不是对手，也就斜身一闪。可是邬敬宗这一招也不慢，碧微道长左腿刚一闪出，便不得不举剑横在头上，这么一挡，也实在挡不住，邬敬宗身材魁梧，力道奇大，碧微道长直被他逼得单膝跪地。只听一声闷响，便是肉身触地那重重一下，好在邬敬宗只想光大西岭，并没有下杀招，碧微道长虽然姿势难看，却也没受什么伤。但是胜负立判，在场众人可是看得分明。邬敬宗的这一式，唤作"千秋雪"，这是他近来悟出的一招，也是西岭剑派"西岭剑法"的新亮点。

　　邬敬宗就此罢手，眼见得碧微道长败在下风，他也不好恋战，只是收了宝剑，待到入了鞘，碧微道长满脸涨得通红，怒得"哼"了一声，铩羽而归。

此时哪里有人看得他去？众人的焦点都在邬敬宗这一边，就见邬敬宗傲立当中，脸上自有微笑，持剑背手而立，也是一代高人模样。

当下一片喝彩声，就听唐英风又道："真人不露相，露相不真人。剑法虽精，终究不是名门大派，要想坐到这里来，还得熬上几年。"徐明烈听他说得甚是轻蔑，面色不好看起来，轻轻瞥了他一眼。夏英松见状，忙道："唐老兄说话留神，江山代有才人出，咱们也不好小瞧了人家。"唐英风自知说错了话，转头望向四周。

当下曾相跟着低声道："看他邬敬宗好不威风！不过这都是雕虫小技，我宸阳宫圣主还没出手呢，西岭剑派又如何，便是青城剑派的来了，咱们也不放在眼里。"他自朱罹神功大成之后，每每对朱罹更生敬意，这次的武林大会，他也对朱罹颇有信心，这是在为宸阳宫打气。游竺鲲却道："咱们圣主下场是必然的了，只是不必急在一时，且看这边大派尚没有一个出动，咱们圣主是号令北天的大人物，怎么能给他们打头阵？还是等大派见出个分晓来再下场不迟。"朱罹心想确实不急，武林大会向来是在大派中遴选盟主，等到大派中比得差不多了再上方能最佳。

正在此时，朱罹余光瞟到一人下场，看起来是大派这边走出的。朱罹扭头望去，走过去的人一身青衫，再熟悉不过的高挑身材，留着短短的胡须，左腰横挎的宝剑虽没有光芒万丈，却也非比寻常。这人不是别人，恰是青城剑派掌门人左容道。

左容道缓缓走向场中央，邬敬宗回过头来，见是左容道来了，便拱了拱手，这几人在西蜀也是老相识，西蜀的门面，也多半要靠这几人撑着。

左容道微微一笑，也跟着拱手，他双手刚抬到一半，便觉到有什么不对，以极快的手势变化出一掌，运起三分力道，对准来物的方向打了出去。那来物一下子就被打碎了，左容道细看，原来却是一碟素鹅肉，那碟子碎了一地，素鹅肉也跟着灰飞"碟"灭，散落了一地。左容道身上溅了菜油，面色很不好看。

却说他青城剑派的弟子见掌门人出战，都是瞪大了眼睛，一招一式都不想错过，可谁知还没行礼，就遭到这等羞辱，实在是是可忍孰不可忍。他弟子中有个叫肖隐的，武功也算不错，对他更是忠心耿耿，那肖隐也是年纪轻轻，见到这个情形，当时就跳起来大骂："是哪家没教养的崽子，敢在青城大爷的头上动土？活得腻味了，想寻死路了，是不是？给我站出来！"他甫一说完，四下里都没动静。过了一会，就见南首的贾进仙抚须大笑，于是众人都跟着乐了起来，都笑他自己没教养，还强说别人，青城剑派这等飞扬跋扈的行事，也难免跟人结下仇怨。

笑过一阵，就见南首中一人走进场来。那人正是点苍掌门郭定楼，这人一立定，众人也都明白了就里：当时宋府比武招亲之事已经传遍江湖，老掌门郭扶星就被左容道气死，这个仇不可谓不深。

左容道见这人来了，也不吃惊，反笑道："我道是谁，原来是郭掌门，只是本座还没跟邬大当家的分出个胜负，这么一来有些唐突罢！"

郭定楼面不改色，道："左容道，你少废话，我师叔因你而死，你还有脸下场，这才是大大的唐突！"

左容道的脸一沉，道："郭掌门，本座提醒你，你与本座是个人恩怨，有什么话等到台下再说。今日比武，推举武林盟主，你若没事，就退下罢！"他也不好发作，只得当着众位英雄的面强忍，克制着自己。

郭定楼怒道："本座当然是有事找你！"于是举剑刺了过去，单论起来，她还是吴求真的师姐，她的"雪山剑法"当然用得比吴求真更纯熟。她虽是女流，却意志刚强，从小用一个男人名字，一副男人打扮，这次动起手来也毫不手软。

两人就这么比画了起来，邬敬宗眼见是寻仇的来了，当下也避让到一边。就见应朝寺觉清方丈跟边上的觉凡大师说了些什么，觉凡大师立即起身，前往场中央调解，道："两位且请住手罢，今日是武林大会，你们这般也不是个办法。"这两人斗得正烈，谁也不敢分心说话，两派弟子跟着喊了起来，都吵得不可开交，觉凡大师眼见不行，也退到一边。

郭定楼一记"寒梅胜雪"攻出，左容道看后轻蔑一笑，心道你这一记"寒梅胜雪"虽然胜出吴求真许多，却是用力过猛，剑法不稳，可怜你报仇心切，却也小心别把自己寻了进去。抬手画了一个太极两仪图，将郭定楼攻的几处尽数收了在图中，根据星宿爻卦，一个个将她攻出的寒梅挡住了，推过去的几招，又暗含在这几招守招里，似守实攻，这一式便叫"天师画图"。朱罹眼见得，心知左容道潜修这些时日，功力大有长进，实在是不可小觑。

众人这般看着，朱罹瞧得清楚，自思，川滇三大剑派青城、西岭、点苍都已下场，这三大派看似相同，实则区别甚大。比如青城剑派早有莫清泓、王种坤这类好手，若不是近来屡遭变故，就是西岭、点苍两派加起来也不及万一，因此青城剑派是剑术行家，一招一式都有大家风范。西岭剑派也是早年兴盛，只不过规模一直不大，少有传人，如今全仗邬敬宗撑场面。西岭终年积雪，跟青城山的秀丽自是不同，在风雪中练剑，那是体格最好的，只是剑招没有青城剑派的精妙，武功上还差着几成。点苍虽然也是积雪，但是那边好手太少，又没什么人可以较量，因此武功方面却是弱了，只会些姿势，看起来美了很多，真正打斗起来，那是占下风的。眼下最弱的点苍和最强的青城打了起来，结果不用想也知道。

朱罹这般想着，果然不出三十招，郭定楼就败在左容道剑下。觉凡大师连忙制止，左容道方才停了手，道："下去罢！"郭定楼折了面子，心知报仇无门，也退了下去。

觉凡大师见郭定楼退了下去，也不说什么，只道："既然如此，那便请两位继续比武吧。"于是退下，邬敬宗和左容道摆好姿势，准备比武。

于是左容道拱手一声："请了。"两人便展开身形，横剑当胸。且说左容道手持宝剑当然不是青城秘宝倾城绝剑，而是重新找人锻造的一把宝剑，白府自是不应，便寻了峻岭山庄的老铁匠，历经十天十夜打造出的，名曰"莫首宝剑"。剑身修长，周身刻的凹槽不下二十处，放起血来那是极快的。子莫首是上古剑客，他的宝剑便是这般，这宝剑也跟着带着十分的邪气，不是什么善类。左容道就任掌门之后，青城剑派行事渐渐邪气，在江湖上名声也不甚好，这宝剑倒也是应和了青城剑派的行事。

左容道上前三步抢去，先是左右划开，而又在剑气中暗暗攻出了三招，这一式名为"丈人问道"。这一招阴险至极，笑里藏刀，左容道近来武功大进，在丈人峰开创了一套剑法，这便是其中的一招，只是青城剑派剑法向来光明正大，都是大道之行，他这么一来，就把青城剑法的一本经给念歪了。虽然威力较之前也有长进，这是因为左容道行事狠辣阴毒，不是光明正大之人，所以他和门下弟子都更适合修炼这种邪功。但是他青城剑派的内功心法，如何能修炼这种武功？须知他内功心法是纯熟正派，加上阴毒狠辣的邪功，这就好比一块干净的土地插上了罂粟花，给染上了不正之风，那如何好了？结果必定是离经叛道、走火入魔了也。只是左容道身在其中，自然瞧不出这"庐山真面目"。

邬敬宗目光灼灼，早就看出了不对，连忙提剑去左边挡那明着的剑招。众人看不明白，寻常人看了，都道他明明可以在中间挡着避开两边的剑招，这一下真真是"舍易求难"，惹来不少非议。只有左容道和众高手见了，一言不发，可心里对邬敬宗反应的评价，却都是好到了极点，左容道也不禁点了点头。

原来他邬敬宗却是何等人？凭借一己之力将西岭剑法钻研到这个地步，他武功虽说不上是天下第一，可他习武对招的心态，却真的是天下第一，没有比他再好的了。他武功不及朱瞿等人，也是近来武林中罕有的高手，威震八方的人物。再说东凌玄老、觉清方丈、徐明烈、朱瞿这般人物，都已是当世绝顶，百十年来也就这么几个，基本上各安一方，平常又有谁能碰到？这邬敬宗，连同左容道一起算上，也便是寻常侠客武师口中的高人了，他们这类人，已是各路武林中的头把交椅，虽在江湖中勉强排得名号，但已是常人难以企及的高度了。他跟左容道过招，寻常人看不明白，那也太过正常了，实在是他们自身武功低微的缘故。这就是很多寻常侠客偷窥高手秘籍，想着一夜成名，苦练几十天就称霸武林，结果练不出正功却反而成了邪魔外道，抑或经脉尽废，害人害己的原因。

却说邬敬宗斜着挡过了这几剑，心中也对青城剑法萌生敬意，左容道虽不是正功，但是内功心法俱在，攻出的剑招也是漂亮之极。邬敬宗不禁也暗道："好俊的功夫！"

邬敬宗这般小心翼翼，又跟左容道拆了八十余招，两人斗得难解难分，也是愈战愈勇。邬敬宗小腿一弓，身子向前一探，隐雪宝剑跟着划向左容道的下盘，他这一式跟碧微道长的却是有所不同。彼时碧微道长离他尚有五尺远，可此时左容道离他如此之近，近到莫首宝剑轻轻一划就能攻入他的胸口，此时下探，目的为何呢？他就不怕左容道借势来个倒插柳，将他钉死在地上？就见邬敬宗不但身子下探，右腿竟完全缩了起来，这时左容道宝剑已经倒竖开来。邬敬宗左足这么一使劲，在左容道身下转了起来，这下大出左容道意料，就是想插邬敬宗后背也是不能。紧接着邬敬宗大手一划，那宝剑也跟着反转了上来，左容道这才明白，他的目的不是下盘，而是左容道的小腹。左容道若是没下刚才那一剑，那跑开实在是容易至极，可现在他剑头已下，就完全退不得了。原来邬敬宗刚开始故意卖个破绽给左容道看，别说是左容道，就是一般人缠斗了这许久，瞧见这么个便宜也都想占了，可这一占便着了道儿。左容道堂堂大派掌门，总也不能弃剑溜之，那便只能握紧宝剑，抽出来硬接这一招了。于是他抽出宝剑，硬接那一招，这一切都像是邬敬宗早就安排好的，他只是按着邬敬宗的步骤一步一步走，他运气持剑，可还是给邬敬宗这一招震得半边发麻了好一阵子，心下大骇，连忙退后休整。邬敬宗这一探、而后轻轻一挑，力道没有多少斤重，但却是巧极，这招名叫"白鹭上青天"。一旁坐的西岭新秀曹子英有感而发，赋诗赞之曰：

> 离绝红尘若许年，玄铁磨剑非等闲。
> 动静应战高人胆，西岭直比青城肩。

左容道恼羞成怒，他身为青城剑派掌门，自是西蜀第一人，眼下身份地位受到挑战，自然心有不甘。这也难怪，若是莫清泓、陈云生、王种坤这等人有一个还在，哪里轮得到西岭剑派攻出半招？只可惜青城剑派屡遭变故，老一辈的好手都早早去世，以左容道的功力，这么比下去也肯定能胜过邬敬宗，只不能完胜，须得在一招半式上占得优势。他朝身后的青城弟子使了个眼色，朱罹方才见他下场，便教身后的几个尊使盯紧了青城剑派的人，若有异动，立刻禀报。

于是左容道继续对阵邬敬宗，几招过后，左容道大喝一声，又开始了进攻。朱罹隐约听到青城剑派那边传来"嗖嗖嗖"三声，声音极轻，就好像几根针飞了出去。他扭头看时，就见游竺鲲早就一个箭步飞了出去，直达场中。

游竺鲲大叫："住手！"同时一掌拍出，打在了两人中间。几乎与他同时，就听邬敬宗"哎哟！"一声，倒在地上，宝剑也扔在一边，显是输了。场下一片起哄，也都看不清是什么状况。曹子英见师父倒地未起，暗叫不好，连忙和另一弟子冲上去，架起邬敬宗，搀回了他们这边，所幸邬敬宗神志清醒，暂时没有大碍。

左容道一脸得意，游竺鲲这边开了腔，道："左掌门这么做，不大合适罢！"

左容道就道："游尊使，你这样着急，也不大好吧？西岭剑派刚被我打败，你就着急下场。就算是宸阳宫想出手了，也轮不到游尊使跟我比画罢，那你圣教未免也太看不起人了！教你们圣主来！"

游竺鲲笑道："左掌门，你会错了意。我并不是想跟你比试才出来的，我们宸阳圣主过一会自会来收拾你。我出来叫你，是想说，使暗器伤人赢得比试，不大合适罢！"他这话一出，全场寂然，都想看看他说的是不是真的，北天宸阳宫尊使说话也是一语千钧，所以众人都想看看他说的是什么暗器。

就听左容道笑道："那就请游尊使给大伙说说，我左容道用了什么独门暗器算计邬大当家的了？"

游竺鲲道："刚才我看见青城剑派那边打出了三枚暗器，你是没有用，可你手下的弟子用了，这你赖不掉罢。"于是低头寻找，就见四下的土地上除了脚印和松土、几粒石子外什么也没有。游竺鲲眼尖，地上有很多虫子，土地上什么都没长，就是掉了半根银针他也能看见，可地上什么也没有，更不要说什么暗镖了。

左容道见他语塞，道："游尊使该不会说我青城弟子拿这几枚石子当作暗器了罢。这几枚石子就是连野鸡也伤不得，再说我青城那边坐了那么多门派，保不齐哪个讨人厌的真扔了石子，也不过是泄愤，寻常比武连鸡蛋都可以扔，扔几个石子又算得了什么？这只能说邬大当家的心态不好，太过紧张，小小的情况都没应付好。"左容道说着说着，就提起了宝剑，游竺鲲还在思索。

左容道宝剑提到了胸口，跟着就道："我堂堂一派掌门，不会跟你动手，你还是回去罢。我敬你是宸阳宫的尊使，就不与你计较了，还有没有哪个英雄上来指教的？"

他话音未落，就听南首这边一个老者喊道："是蜱子！"群雄眼光齐齐望去，游竺鲲跟着看过去，那老者原是鲁东崂山太清宫的玄历老道。这人精通道家医术，会看人医病，邬敬宗回来时，他觉得定有蹊跷，于是跟着过去诊治，切开伤口，才看见肉里有大量的蜱子在吸血。想不到这么一会儿工夫，蜱子已经深入皮肤。玄历老道喊道："那石头极锋利，划开口子，石头上的蜱子就钻进去了，要小心哪！"玄历老道为人耿直，说的句句在要点上。左容道恼羞成怒，又听见青城剑派那边传来"嗖嗖嗖"的声响，这次听来，却是二三十枚同时发出，这次贴着地面，也没经过舟山和宸阳宫这边，各派知道了它的厉害，也都没人敢去接。就见崂山太清宫玄历老道拂尘一挥，身子一挺，飞到半空，转了几圈，使了一招"朝拜东皇"，接下了十六枚石子，将它们甩在一边。四下里还是一片痛苦哀嚎，他一个人能力有限，能接下这么多已属不易。放眼看去，就见平凉府的秦姥姥、点苍派的郭定楼、孙太仪和顾建龄的几个弟子已经中了招，秦姥姥最是危险，她年岁大了，又中了五枚，痛得几乎晕厥。玄历老道见状马上教派中好手分别诊治几人，情况十分危急。南首这边的英雄嘴上不敢说，心里却把青城剑派上下几代人问候个遍。

金建德、周穆等向来不喜左容道行事，眼下见他这般阴险，都觉青城剑派的颜面丧尽，于是严令手下看管好左容道那一门弟子，一经发现放暗器，严惩不贷。

众人这时想来，方才明白。原来青城弟子打过去的真是石子，只不过上面早就放好了几十只蜱子，你道他怎么黏住蜱子？原来石头上抹了血，蜱子也就老老实实地在石子上面了，待到划破皮肤，就有大量鲜血流出，蜱子借着石头钻进了肉里。可他既然可以这么巧妙地施展毒计，为什么石子上不淬上剧毒，一了百了呢？这毒药大都太过明显，不明显的都是致死的，若是邬敬宗死了，那也太耐人寻味；若是他不死被人发现中毒，就更麻烦。蜱子却很是隐秘，待到蜱子分散到全身，将邬敬宗各个要害皮肤咬破，莫首宝剑的威力也就真正发挥了出来，不起眼的蜱子也就成为莫首宝剑的最好助力，这边破皮放血，那边宝剑不断吸血，一破一引，这样一来，邬敬宗就算武功再高也难敌左容道，那时他点到为止，却不取邬敬宗性命，也就神不知鬼不觉地胜了这个世外高人。

众人都想到了这里，不禁打了寒噤。左容道也不解释，游竺鲲心想，这法子这么阴毒，左容道也真是阴险小人之最了，我既然下了来，就替圣主先会会他，成与不成，圣主下场都有了准备，这次宸阳宫一定要拿到盟主之位！于是他打定主意，两掌分开，做好了准备。

宸阳宫群雄见了，也都明白，多年的兄弟，都知道游竺鲲是冒死前去为朱罹试探深浅了。左容道若是没被揭穿，还可以留游竺鲲性命，眼下他只有见一个杀一个了，反正在场的也没几个能制得住他。曾相大叫一声，道："宸阳宫上下保护游尊使安全！"说罢领了他那一队冲了出去，挡在了青城剑派的前面，不教他们再施暗器。朱罹使个眼色，不少人跟了上去。青城剑派虽有不满，但也不敢和北天宸阳宫找麻烦。

游竺鲲喝道："奸诈小人，想和宸阳圣主过招，先过我这一关！"

游竺鲲左手一扬，就见掌中真气凝聚，待到左容道攻出剑气，一掌便送了出去。圣教这一派，真正的高手向来不用寻常的兵器，全仗一身内力比武。他等自朱罹神功大成之后得到朱罹悉心教导，四位尊使武功已然大进，一点点放弃了原有兵器，改为修炼内功心法和真气。他一个护教尊使，已经和凌空门、太清宫、华严寺的掌门人武功没什么分别。朱罹身为宸阳圣主，统领北天，武功之高可想而知。毕竟左容道青城一派不是小派之流，他一己之力能否胜过，还未可知。

两种真气相交，左容道内力深厚自不必说，游竺鲲的跟他比起来，也竟然丝毫不弱。看来杏世神功果不一般，只是朱罹指点这几个月，他手下的一个尊使竟可以跟青城剑派掌门人这样的高手过招。如此说来，当年圣教传说中杏世神功练成者一口气连打十几个一流高手也当然不在话下。他等哪里知道，圣教立教最初以道家为根基，秉承的也是道家武学，可又不拘泥于此。这木日神功和杏世神功，武功越进一层，便需要融会贯通很多旁的东西。圣教看似修炼徒手功夫，实际上刀法、剑法、枪法、棒法样样都得精通。世间万物本是如此，身处其中，总也要触类旁通，不能故步自封，须得在自身领域之外领会更多。只有知己知彼，才能对自身功夫加以改进，也才能越做越强。否则你一心修炼剑法，不去管对手的精妙之处，就算暂时领先，又怎能一帆风顺？就是剑法练得再好，那也只是一家之技。

游竺鲲胸前阴阳之气渐浓，虽有不纯，但威力足够，这么反手一划，一招"仙童探路"打了出去，左容道横剑在前，接起来很是吃力，半个手臂发麻，便知宸阳宫武功上乘，绝不是轻易破得。于是左容道认真起来，心思你既用道家武功为根基，那我便也跟你论论道，于是根据天时地利在心里默默画了个八卦，跟游竺鲲兜着圈子。游竺鲲站在了东北角的"震"卦上，左容道瞅准时机，在西南角"巽"字卦上，乘风破雷，直取游竺鲲眉心。游竺鲲粗略一看，知道是他得了利，便跳将起来，这一跳跳得老高，算是歪打正着，左容道的歪风怎么也高不过天雷，游竺鲲这一下，左容道便不知道该怎么借势了。便也跟着跳了过去，两人在半空中缠斗不休。

却说左容道看过游竺鲲这几招内力之后，心下也没了方寸。刚对付走了一个瘟神，却怎的又来了一个？游竺鲲虽然没有邬敬宗那般苦练剑法，修成一方高人，却也是掌管北天多年的一号风云人物。他武功不及邬敬宗，可是内家路数的打法左容道也没什么把握赢他。于是只能咬了咬牙，又起一招，绕着游竺鲲飞了半圈，使出了他那半吊子的"踏空掠影"。这回左容道武功已经大有长进，也不算辱没了青城剑派的名声，绕得既快，又无声无息。那游竺鲲反应也不慢，等他这么一转身，就见迎面袭来一剑，原来左容道这一会儿工夫，就把转圈拔剑出招这一套完成了。游竺鲲有些惊讶，这一剑正对他胸口，于是他双膝一曲，膝头点着地，脚下一使劲就从下面滑了出去。左容道暗暗得意，嘴角露出了一丝笑意，朱罹顿觉不对。就见两人错过的那一刻，游竺鲲用右手出掌，对付左容道的宝剑之力，左容道突然运起左掌，将三枚石子打了过去，众人还没看清楚，朱罹就只身飞了过去，与尊扇一扬，扇走了两枚石子，可是距离太远，两人离得又太近。就见剩下一枚石子朝游竺鲲的胸口飞了去，这一下难免挨上一招，不死也得残废。游竺鲲情急之下，用左手抓住了那枚石子，他知道石头锋利，手法极其的柔，可还是被戳破了皮肤。左容道反应出奇的快，一剑就划到了游竺鲲的左手，他离游竺鲲太近，提不起剑气。然而只那么轻轻地一划，游竺鲲手上便血流如注，不断喷涌。游竺鲲脚下发力，急忙闪开，他自知已然中招，急忙使右手点了左臂的穴道。便见不一会，他的左手鲜血已经放得干净，好好的一只手，竟在这电光火石间变成了一只枯手！

朱罹运起内力，抄起了游竺鲲送回宸阳宫这边，曾相不敢看他，游竺鲲自己却眼神坚定，一声也没吭就晕了过去。

堂堂游尊使，为了替朱罹探路，竟失去了左手，左容道这招实在毒辣。应朝寺觉清大师眼见不好，大声喝止左容道；司空玉璋和唐英风破口大骂左容道；觉凡大师起身上前，欲加制止。

朱罹眼见好兄弟替自己受此折磨，再也忍不住，送回了游竺鲲，一刻也没停歇，应朝寺高僧的言语好似充耳不闻，只是一边奔跑，一边提气。一股巨大的黑烟在他周围迅速凝集，众人看了都觉心头一骇，就见那黑烟而后像一道墨，直奔左容道而去。左容道不及回头做准备，那黑烟太宽，他逃也逃不出，只得出手硬接，身子闪开还不到四寸，就挨了这记早在成都就已经领教过、却厉害得多的"黑云压城"。身子一飞，摔到了一边。

正是：善恶相报，总有定数。既要做恶事，莫怕现世报。毕竟朱罹怎生处置左容道，且看下文。

第三十二回
存仁心放虎留祸患　有忠肝从龙取英名

　　上回说到，左容道使尽阴险狡诈，在交手的瞬间下黑手害了游竺鲲。情急之下，朱罴飞身下场。左容道猝不及防，被他的"黑云压城"给打了个正着，于是摔在地上。这一下原是他不经意受的伤，好在闪开了关键的几寸，也没怎么致命。

　　于是朱罴和左容道两人在场中站定，两人各立一方。左容道方才害了不少武林中人，众人对他是又怒又怕，甚至是不敢怒不敢言，眼见朱罴打了他一招，心下大快，都道是左容道的报应来了。对于朱罴的出手制止，也是大为感激。

　　左容道惊魂未定，就听朱罴怒吼道："奸贼！事到如今你还想害人，打伤宸阳宫护教尊使，你该当何罪？！"

　　左容道冷笑一声，道："自古比武较量就得有个输赢，胜负已分，自是成王败寇，又有什么罪过不罪过的？"

　　朱罴跟着道："你为了赢，害苦了这么些人，真是天理难容。你却还在这里大言不惭，本座今天就撕了你这张皮，让天下英雄好好看看，你这副皮囊下到底是什么东西！"

　　左容道道："我有什么怕你不成？"

　　朱罴道："我只问你一句话，你师父是怎么死的？"

　　左容道一怔，想起那日青城山下行刺通天居师徒之事，心中颤了一下，他强作镇定道："普天之下谁人不知，我师父死于龙门朱殇和杀手何向荣的手下，那日晚间我曾与师父共同退敌，没想到师父不敌他二人联手，临死前将我推了出来。"

朱瞿道："你师父武功盖世，是世间难得的高手，怎么会不敌两个年轻剑客？"

左容道道："那何向荣和朱殇都是当世一等的杀手，许是他二人使奸计蛊惑了师父，这与我有什么关系？"

朱瞿道："若是我那日晚间路过青城山，恰巧看到你仓皇而逃并未来得及掩埋的王掌门尸身，并且全身紫黑，你怎么解释？"

左容道道："那必是我师父被他二贼下了毒，中了招，我对此事当真不知。我当时只想，师父武功甚高，怎会轻易送命，今日你这么说，那师父不敌也是有道理的。"

朱瞿道："照你师父当时的状况看，他早已中毒，气血不通。那日你确实下山，但是你没有帮着你师父退敌，而是加入了他二人的队伍，三人联起手来杀了你师父！"

在场英雄听了，一片哗然，武林第一大教和人才辈出的第一剑派竟然纷争至此。双方各执一词，想必有一方是对的。无论青城剑派错还是宸阳宫错，谁都丢不起这个人。所以众人都在看着，想要早点知道这个结果。

左容道一惊，随即道："朱瞿，武林大会上哪容得你信口雌黄，照你这么说，那所有的罪责都可以推到我身上了？"

朱瞿道："我是不是信口雌黄，由不得你说。在场英雄之中，有不少人可以见证。"

他朝着青城剑派的方向望去，就见青城剑派这边有一人使轻功飞了过来。众人一看，那人原是金建德。

金建德道："左容道，该是揭露你面目的时候了。那日师父出了事，你却安然回来了，我便有些怀疑。后来我查看了师父晚上吃过的茶点，才发现原来是有人在其中下了毒。所以师父的事，一定是有内鬼里应外合！"

左容道道："你看不看到有毒，与我有什么关系？全派上下只我一人陪着师父应战，你们都没出力，照这么说，你们都有嫌疑。"

金建德道："令我怀疑的还不止这一件。就在不久前，师父曾经私下考验过我们两个，让我们给司空叔叔飞鸽传书。你因为这件事被师父看出投机取巧，罚了你很久。你由此怀恨在心，也有可能。"

左容道道："我岂是这般心胸狭窄之人。你说我给师父下毒，那毒从何来？方圆几百里也没有使毒的好手，我跟谁去讨呢？"

他这一说，本来想噎着金建德一嘴，不想金建德听了冷哼，道："前几日我专门到附近的几大门派造访此事。瑞鹤临江楼自是没有的，西岭剑派太远，料也不会，峨眉山群僧尼更没有这些毒物，转了一圈，竟在山脚下建福宫问出了端倪。碧微道长，还是请你讲讲罢。"

那碧微道长听了，高声道："这原是你们不问我也不会想到的。那日之前的几天，我建福宫接连丢失丹药，炼丹房的各种草药也一次次被盗。偏偏管事的又是个颇具心机的人，他以为瞒了我便没人知晓此事，只是稍稍报了点损失。前几日金少侠前来询问，我质问之下那管事的才如实交代。"

那金建德跟着道："然后我们就发现了一些细节。"

那碧微道长道："偷药的很花心思，每种草药都拿了。而且都是照着方子偷的，我等开始以为不过是谁家买不起药了，过来盗取了些。最多的也不过就是辽东老参，我等以为是为钱财而来。但细细想来，毒性最强的砒霜可是拿了不少，虽然跟别的比不算多，但是害死五六个人是不成问题的。"

金建德道："这事发生在师父死的前几天。十天之前，你我曾经受师父之命捎信给司空叔叔。如今想来，当是为了此事。"

左容道道："我对师父和司空叔叔都十分敬重，你怎可在此妄言！"

司空玉璋听了这话，当下也坐不住了，走到中央，道："这话你也说得出口！天下英雄都在此，大家给我做个见证。那日我与我徒朱罹前去青城山拜祭王掌门，下山之际，竟然有人对我们痛下杀手。"

徐明烈听了大惊，高声道："这人是谁？"

群豪全都望着司空玉璋，就见他道："这人就是左容道和他的好徒弟！"朱罹身形一晃，来到了青城剑派的人丛中，拎起两人，奔了回来。朱罹道："这位祝诗成，我在成都的宋府招亲大会上见过他；这位肖隐，也是左掌门的得力助手！"

左容道道："叔叔你一定是误会了，小侄一直对叔叔这般恭敬，怎么会想到要杀了你呢？"

司空玉璋道："就凭你方才狠辣的那一招，还有那日偷袭之人的武功之高，我就可以认定是你！在青城山的地界上，一个人使用青城剑法，还不是一般人能达到的境界，不是你还会是谁？！"

徐明烈怒道："你二人说，是不是他？！"徐明烈在武林中地位甚高，左容道见了还要礼让再三，如今他一句话厉声质问祝诗成、肖隐两人，这两人只是一句假话也说不出了。

那祝诗成还好，肖隐早就吓得魂飞魄散。肖隐扑通一声跪下，颤抖道："一切都是左掌门指使的，与我无关啊！左掌门早就想成为青城剑派的掌门，只是师祖不喜欢他，他花重金将我买来，就是想让我在他名下，有朝一日成为他的臂助。"

左容道怒道："你胡说些什么？你我只是师徒，我何时让你去杀人了？"

肖隐道："那日你说，教我等前去杀两个人，我看到司空老前辈的时候就生了退意，是你硬逼着我攻出的第一招，到了而今，你居然不想承认。"

朱罹道："左容道，事已至此，你还想抵赖！你的斑斑劣迹早已昭彰，你已犯下滔天大罪，为武林中人所共愤。还想就此掩盖了去，当我们都是瞎子不成？"

这番举证过后，在场英雄个个看得明白，就好像当初青城剑派的莫清泓检举同门师兄东凌玄老一般。只是而今情势反了过来，金建德检举同门师兄左容道，一向以正道自居的青城剑派掌门人行事竟是如此的不端，让在场英雄看了个大笑话。现在看来，当真是名门是非多，无论是霸道西轩还是蜀地青城，真是家家有本难念的经。

点苍派的郭定楼高声道："天网恢恢疏而不漏，左容道，今日撕开你的面皮，也教大家看看。你既招惹了天下英雄，便教你来得去不得了。"

齐云观的楚江开道："左掌门，老道劝你还是认了吧。如此情形，只怕你抵赖也无用。"

左容道本想再多辩解，就听南首的贾进仙道："左掌门，是便是，不是便不是，你再不认，也是无趣。"

左容道环视四周，放声狂笑，将手中莫首宝剑抛了开，怒道："你们凭什么这样质问我？论资历、论武功，掌门之位本就该属于我，我只是拿到了属于自己的东西，你们有什么资格在这里说风凉话？他王种坤多行不义，本也不是什么良善之人，我在他门下受尽屈辱，而今好不容易有个机会展现，却反被他责罚一顿，他真是不分皂白一通胡为。我此番不过是略略帮了小忙，只是说那何向荣和朱殇的功夫还没练到家，我过去比画了几招。"

金建德怒道："住口！没想到，同门师兄竟会为了掌门之位反帮杀手刺杀本派掌门人，真是禽兽不如！左容道，我今天以青城剑派传功师兄的身份告诉你，你与肖隐、祝诗成已经不再是青城剑派的弟子了！"

左容道笑道："金建德，我是青城剑派的掌门人，你凭什么任免本派掌门人？你若是不想与我为伍，自今日起，你便和你的弟子离开便是，你大可加入宸阳宫，混上半个尊使。"

金建德道："你休得血口喷人！我与宸阳圣主是君子之交，哪里由得你小人猜疑？况且你这般罪恶，实在天地难容，我不杀你，自有人杀你！"

左容道怒道："你身为青城弟子，竟敢如此对掌门人不敬。便是你的传功师兄的身份，也是不想要的了。"

他这一说，身旁的肖隐待不住了，他立即道："左容道，你是奸诈小人，我同意推举金建德作为本派掌门人，将你逐出师门！"他话音未毕，早被左容道拾起宝剑一剑穿喉。左容道早知自己地位不保，难免一死，既知会死，那便一不做二不休，拿了垫背的好。这一剑来得太快，众人也都没有醒悟过来。莫首宝剑早将肖隐的喉管血放了个干净，肖隐死相之惨，也是众人掩目的。

朱罹见状道："左容道，你这心肠狠辣之人，先伤了邬大当家、一并众人，后又伤我宸阳尊使，现在你连同门也不放过。真是阴鸷至极，此等小人，人人得而诛之，本座今天就来替天行道！"于是他展开身形，司空玉璋等见了，点了点头，纷纷从场上退出，就见朱罹如何火喊。

　　左容道自知没处可躲，唯有全力一战，也便展开身形，举剑道："那就让本座来领教宸阳圣主杳世神功！"

　　左容道右手扬剑，严阵以待。他知朱罹是当世的绝顶高手，丝毫不敢大意。朱罹展开与尊扇，体内真气运遍周身，只觉腾腾的热度滚滚而来，全身上下在运功时无比的舒服。他此战要应对的是恶贯满盈的武林第一大败类，也是西蜀武林的翘楚，也不得不小心一些，毕竟他手中的莫首宝剑非比寻常，是一件悍人的凶器。论武功，朱罹最近修炼的杳世神功是神鬼难敌，但是难保他左容道不会突然发难，邬敬宗、游竺鲲便是先例。

　　左容道盯着迟迟不肯出招的朱罹，提着宝剑的右手不住地出汗。过不一会，就见朱罹运起双掌，朝着他拍来四道掌风。朱罹此时内力浑厚，早非吴下阿蒙。看似平平淡淡的出掌，背后却是浑厚的无上神功来支撑，他这几掌莫说是左容道，就是应朝寺的觉清大师来接也不敢马虎。左容道知道朱罹的厉害，之前也多次在他手下落败，于是连使四招，以剑气对抗掌风。他这四招，是迎着掌风上下左右各自攻出的，虽然都是朝着正中间打去的，但是这四方的试探，可是将暗招也都摸了个遍，算是防范得周全。在场的看了，也都知道青城剑派的剑法是武林第一，名家招数果然名不虚传。

　　朱罹跟着左容道比画了一阵。他此时是天下一等的高手，旁的不说，又是北天武林的领袖，上次宸阳宫一围，他出手搭救，已是给北天各派立威立德。眼下秦姥姥等人受了左容道的苦难，加上邬敬宗和游竺鲲，又见他仗义相助，出手锄贼。宸阳圣主不再以威风示人，而是主持公道、秉公持正的大侠。场下叫好声不断，北天的秦姥姥、冯春胜、顾建龄都是诚心归顺于他，西蜀的众人也无不念着他的好。连觉清大师、徐明烈都觉得朱罹实在是年轻一代的榜样。众尊使更是个个感恩戴德，北天的李知兴和顾建龄等心下打定主意，一旦左容道要什么花招，他等便不顾一切冲上去保护圣主，将左容道碎尸万段。

左容道毕竟是西蜀第一，他的武功虽不及朱翟，但是剑法上却一点没乱，稳扎稳打，也没见着有什么破绽卖出来。朱翟杳世神功虽然厉害，但也找不到什么下手的妙处，他二人就这么僵持着。

两人进了六十招之后，左容道身子一探使莫首宝剑横七竖八地划了很多剑气，左手却丝毫不动，犹有抱残守缺之势，回看右手的宝剑，却是直击长空，发出阵阵破空声响，这一守一攻，恰恰将青城剑法的精妙之处演示了出来。这一式，却是青城剑派左容道的绝学"揽竹望月"，这是青城丈人峰杀招的第一式。这式静噪相适、动静皆宜，既是守住了自己，又能将杀招放到最大，实在是只有莫清泓这般的剑尊人物才能创造出来的一招，就算到了徒孙这里，也一样威力大显。别说是朱翟这等的高手，就算是江湖上最博闻强识的觉清大师和徐明烈，也都没见过这么一招，可见左容道最近钻研青城剑法成就不小。这种剑法最适合对战实力强大的武林高人，能最大限度地保护自己，又能出其不意地进攻。朱翟一时也没什么好办法，只是进一招破一招，静观其变，然即便这样，场下众人眼里，朱翟仍然是悠然处之，潇洒自如。

两人又进了几招，朱翟也觉费力，过不多时，就见左容道左膝漏了个空，朱翟心念电转，知道练剑之人最怕下盘不稳，即使手上出了差错，身子肯定是要稳的。这一想来，便知左容道是假装卖了个破绽请君入瓮。可是就是这样一个破绽，也不是人人看得，都需高手才能辨别。

朱翟打定主意，将计就计，他手持与尊扇虚晃了一枪，果不其然，左容道的第二杀招跟着飞速使了出来。这一招跟着前面的一个路数，是秘不外传的第二招"独楼看江"，他手中宝剑好似滚滚岷江，攻招杀招连绵不绝。斜劈、直刺、横砍、竖切四个动作使得是无比熟练、一气呵成。

朱罹心思，这奸贼果真是招后有招，防不胜防，既然你给我来了个欲擒故纵，那我便要你见识见识杳世神功的厉害。他右手握爪，脚下提气，远远的众人只见得一团白影闪过，左容道环顾四周，就见到处都是朱罹，他使宝剑四处乱划，却是一个衣角都没有沾到。过不多时，他身上隐隐作痛，却原来天突、璇玑、曲池、神堂、天宗、神阙六处穴位都被朱罹抓了个破。身上虚脱不已，剧痛难耐。朱罹这一手招式狠辣，亦正亦邪，对付左容道极为合适。这一招虚无缥缈，招招到位，名曰"杳如黄鹤"。每一个动作，恰似鹤爪乱舞，正好制住了左容道的一身戾气。

左容道浑身是血，散了真气，功力当然大不如前。他痛苦十分，一声尖啸，其声凄厉，周围人心头一颤。就见他点了自己几处穴位，封住了血。然后举起宝剑，朝着朱罹又奔了来，真是困兽犹斗。朱罹打起精神，跟着接了十六招。左容道提起一口气，使了最后一招"雾锁江山"，将身上的水袋一剑划开，他手中舞剑，过不一阵便好像真的起了雾，将周遭的水化成点点雾气，趁着浓雾再施突袭。朱罹本想后退细看，谁知左右上下都被左容道围了住，朱罹无法，只得转过周身，向四面八方打了几招，谁知左容道的步法太快，朱罹好像并没有伤到他。朱罹急中生计，蓄起力气，原地跳起，朝着地下的方砖石块猛地一击，一时间青砖崩起，土石四溅，就这般，周围的雾气小了点。

朱罹眼看有效，便又跟着打了几下，这几番过后，就见雾气渐渐地散了，他也终于看到了左容道的踪迹。他一记"十里烟波"，自下而上将左容道打个正着，左容道一方面意外朱罹怎能破解得这么快，另一方面确实没有设防，这一下就是最后一击，打得他远远飞出，重重落在一边。

朱罹运起内力，朝着左容道又使出一记"凭楼问天"，将全身内力集于与尊扇上，对准左容道就是一指，那力道也是奇大，左容道原本是重伤倒地，这一下跟着又被硬生生地推了半丈远，地上划出几道血痕，他当即内息一窒，面部肿胀充血，嘴里不停喷血，想是内力已被朱罹打散，再没有招架之力，威霸四方的恶贼人也终于奄奄一息。

朱罹想起方才游竺鲲枯手之恨，血气方刚，又想再施一记，将左容道打死了算。这时应朝寺的觉清大师走了出来，朗声道："善哉善哉，恶贼既已身残，游施主和郭老施主以及众位的仇也报得差不多了。我佛慈悲，老衲再次替青城剑派求个人情，希望朱圣主网开一面，让其自生自灭好了！"

朱罹本想出手，立在一旁的点苍派郭定楼本也按捺不住，这下应朝寺方丈出面说情，也确实不好折了青城剑派的面子。青城剑派今日出了这等败类，已是师门不幸，青城剑派的人等早就颜面尽失，如果再有掌门被人打死当场，就算他人神共愤，丢的也是青城的脸面，将来难免对宸阳宫或者点苍派耿耿于怀。现如今仇也报了，气也消了，也就没必要一定置他于死地了。

只见郭定楼收起宝剑，道："那好。"于是下跪仰天道："多行不义必自毙，父亲，您在九泉之下也能合眼了。"

朱罹见状，也道："也罢，就依了大师之意，今日王老前辈和我宸阳宫以及诸位的仇，也算是报了。我打断他三根肋骨，如今看他流血不止，也不必非取他性命不可。就交给青城剑派处置罢！"

他话音刚落，就见青城剑派的周穆站起身来，对着金建德拱手道："左贼乃是我派败类，我等不愿再尊他为掌门人，素闻金建德老成持重，仁厚有德，愿拥戴金兄建德为我派新一任掌门人！"言罢青城剑派人等，连同祝诗成等，都跟着起身下拜，恭迎金建德登掌门人大位。

青城剑派突遭变故，掌门人被害之事终于水落石出，接下来需要重整旗鼓，须得有人主持大局，金建德于是道："弟子建德受公意登掌门之位，必将勤勤恳恳，重振青城威风！"他为人厚道，在派中很受尊敬，因此众人也都服他。

觉清大师刚要开口，就见金建德道："孽徒左容道是本派之耻，依照本门规矩本该就地正法，以儆效尤。然觉清方丈大师慈悲为怀，替他求情，本座在此以掌门人身份下令，将左逆容道即刻逐出师门，永不再用。今后是生是死，全与本派无关！"

觉清大师道："既然金掌门有令，那就请执法僧将这位左施主抬到后山药王阁去罢。那里无人看管，也算是应朝寺的法外之地，是生是灭，全看他的造化了。"于是执法僧走上前来，将这位"左施主"抬到了后山去也。左容道一朝掌门，一朝败类，人生变化，也是够快的了。

觉清大师处理完此事之后，又问道："在场英雄还有没有自认为能盖过朱圣主的，且再上来比试比试！"

在场的众人心里也都明白，这几家输得也都差不多了：北天英雄自不必说，关河塞外，他等只尊这一位；南国的方白二府志不在此，西蜀的几个大派也都一一败下阵来；东滨的老仙公明显不想比试，剩下的也都不值一提。因此这一役，朱罹赢得武功，也得人心，怕是没人再有资格来挑战了。

于是场下无声，群雄瞩目。觉清大师于是道："如果在场英雄没有异议，那老衲在此宣布，北天圣教宸阳宫的朱圣主就是我中土的下一任武林盟主！"

这中间有不少得了朱罹的利的，受过宸阳宫帮助的，见朱罹当上了武林盟主，纷纷向宸阳宫庆贺。

李知兴一边替朱瞿应对各方来贺，一边遣人到各大派掌门人处言事，称要在方丈室密谈要事。各大派虽都没有准备，然此刻他的话就代表盟主的号令，各派也都一一应诺到场。

朱瞿铲除奸恶，登盟主宝座。毕竟李知兴此番所为何事，预知后事如何，且看下文分解。

第三十三回
忆往事仙公从圣意　聚众义总管违号令

　　上回说到，李知兴召集各大门派掌门议事。白府的白铭泽本来不想参加，可是李知兴告知事情重大，他二人也不得不跟着进来。过不多时，就见舟山派的徐明烈、应朝寺的觉清大师、齐云观的楚江开、通天居的司空玉璋、瑞鹤临江楼的玉参星、青城剑派的金建德都已到齐。朱罹正坐当中，李知兴因辈分很高，也在当场。

　　于是就见李知兴道："宸阳宫感谢诸位赏光，我等诚邀各位前来，是想宣布一件要事。"

　　觉清大师跟着道："不知是何要事？"

　　李知兴转过身来，拱手冲着朱罹深鞠一躬，于是道："我等今日的武林盟主不是别人，正是我大明遗落江湖的万金之躯，太子殿下是也！"此言一出，举座皆惊。他话音未落，便有人吭了声："你说圣主是前明太子，这分明就是一派胡言，前明末年，我家丁去陕西采药时便听说太子死在了宁家湾，你有何凭据？"众人不看也知道，那是白家的纨绔少爷白铭泽。这人说话向来嘴边没把门的，目空一切，若不是看着东凌玄老和他老父的面子，谁会把他放在眼里？他刚才在场下酸溜溜地品评众人，各派都对他厌恶至极，然而他本性不改，众人却也拿他没办法。

　　可这一次，他刚一说完，一把冷剑就立时搭在了他的左肩上。李知兴冷冷道："你白家小子也太缺乏管教，即便你老子在这也不敢这么和我说话。你若有疑虑就听我讲完，若是再这般无礼，你今日也别想再走出空灵山了！"

李知兴举动虽是过激，但众人却也没有反对之意，可见白铭泽平时嚣张惯了，众人也都烦他。

白铭泽这时吃惊不小，此刻方丈室大门紧闭，只有各派管事的在这里头，除去宸阳宫和舟山派有两个人外，其余都是一个人，真打起来，他并无援手，而且单单是李知兴他就难以抵挡，更何况还有朱罹和遍布江湖的宸阳宫弟子，如果真惹到了，那白府只怕出了江西到哪都不灵了。

白铭泽从小娇生惯养，身边人对他都是百依百顺，他哪里知道李知兴对他来硬的，一时间手足无措，想要服软却怕掉了身价。

这时，只见朱罹道："李尊使，白家少爷只是言语间冲撞了些，实则并无恶意，今日议事，要大家知晓此事是正经，开始说正题罢。"

李知兴听到后放下手中宝剑，冷哼一声，惊得白铭泽出了一身冷汗，楚江开替他问道："白家少爷说的不错，我等也都知太子死在了宁家湾，李尊使不妨说说看。"

李知兴瞧了一眼仙公，徐明烈冲他点了点头，于是，李知兴将他几人远赴龙门和舟山调查取证之事从头至尾说了一遍，将如何验证宝玉、如何派遣宦官相认、如何请得牛神医医治失忆症等一一说了来，众人惊得面面相觑，都知此事不小。觉清大师跟着问道："仙公，确有此事？"

就见仙公表情十分复杂，想到了那日朱罹和徐敬愿结拜，想起那日墨虚道长带着徐敬念出走救驾。于是点点头悲道："老夫在此确认，李尊使讲的每句话都是真的。当年死在陕西宁家湾的，是我的敬念孙儿！"于是仙公一度哽咽。

在场的几个上岁数的都恍然大悟，当年徐敬念是舟山上下最重视的大公子，长相身材最像前明太子，那时正逢乱世，墨虚道长和这位敬念公子一夜间便没了踪影。后来听说两人都死在了黄河边，舟山派人去草草收葬，哪知徐敬念在京城就已经狸猫换了太子，跟着李自成到了陕西，可他武功不弱，却也难敌千军万马，最终死于宁家湾，难逃毒手，以大明太子身份死去。徐明烈也是在这么多年后才知晓当年之事，众人感念徐敬念舍家报国，是忠肝义胆的真汉子，同时也为之可惜。

朱罹道："当年我被徐公子舍命救下，跟着墨虚道长化装南下，李尊使的救兵我们是没等到，却在黄河边上被龙门劫了道，混乱中墨虚道长被暗算惨死，我三弟朱纪也死在寒月剑下。可怜我和朱殇都已在当时失忆，竟将仇人视为师父，真是对不起我死去的三弟。"

李知兴跟着道："眼下圣主的身份已经公开，我宸阳宫势力不大，可只要有一口气在，就能保圣主周全，现在时机未到，我等现在不求立刻反清，兴兵起义，毕竟南方还有皇室支撑。现在就请诸位保守秘密，保护好圣主，一旦时机来临，我等一同揭竿而起不迟。"于是他环顾四周，就等着各方表态。

觉清大师道："应朝寺感念有这么一位圣主出来打理江湖事，我辈是出家之人，绝对不会出卖圣主，一定严守秘密，绝不外传。"

就见司空玉璋抚扇道："如此说来，我的好徒儿真是前明太子，这真是太好了。咱们这一辈的人，有哪个不是身负家仇国恨的，这几年虽然安定下来，但也饱受亡国之苦。大伙都巴不得早日把他们赶出去，这件事我们几个知晓也就罢了，今后谁敢说出去，咱们几个老的可不饶他！"

楚江开跟着道："老道也没意见，朱圣主无论从哪方面来说都是当世一流，老道没什么可挑的。"

玉参星经常与朱罹书信往来，此事她早就知道，当下也跟着说道："圣主既然登此大位，我临江楼上下便会全力支持圣主，保圣主万全。"

金建德跟着道："想不到朱圣主竟是如此万金之躯，我青城剑派也没什么好说的，圣主有令，我等自是遵从。"

于是众人都望向白铭泽这边，他方才言语不敬，已受到警告，想来也是不经事，就见白铭泽忙道："我是白府管事的，此事我绝不随意外传，我白府专心制药制器，不会过度参与这些事，还请朱圣主放心。"看来他还算晓事。

徐明烈和朱罹听过众人表态后，也都长舒一口气，众人虽不是都支持李知兴的倡议，却也都许下重诺，绝不将此事外传，心头也都各自宽慰了些。

徐明烈于是道："老夫这么多年经营舟山，也是为了早日报了国仇家恨，我的一个儿子，两个孙子都死在了他们手下，此仇舟山必报。之前江湖上也都知道老夫一直联系反清事宜，也有不少门派都知道这件事，眼下老夫年纪已大，是不再领导他们了，过几日老夫会把这些名单交给圣主，到时候还请李尊使这些贤达接手这些事务，蛰伏待机，以图大计。"

朱罹听得众人表态后，起身拱手道："朱罹在此感谢众位。反清事大，消灭龙门也是大事，以我多年的经历来看，龙门可能就是清廷的一部分，或者说是它的探子。今后我等要先从消灭龙门开始，保我武林太平。"龙门虽然养他长大，但一是培养他做杀手，二是杀他三弟在先，朱罹作为武林盟主，就算再放不下也不会听之任之，违背众意。

于是众人议定，今后听从朱瞿号令剿灭龙门，信守诺言，各自领众下了空灵山去。而白府在江湖上经营多年，偏赶上这一辈的白铭泽又是纨绔子弟，他挥霍家产，闭门炼丹，却也不再领白府参与江湖事务。他是当家人，白府也拿他无法，于是方白二府，也渐渐与江湖离得远了，众人今后对其也是敬而远之，也不再邀请他二府与会不提。

且说大会前两日，龙门蠢蠢欲动。龙天、寒月命朱殇、怜香调兵遣将，誓要搅乱应朝寺大会。可是不出几日，就见龙门周围被围了个水泄不通。遥遥可见数百家旗子胡乱立在当中，朱殇粗略一窥，便看到不仅是中原的，南国、北天、东滨各路的都有，但都是小门小户，其中或山上小居、或湖帮河匪、或独家内传、或镖局力士、或佛僧神道。总之是各处和龙门结下梁子的，此刻他等便按照先前舟山的部署如约来到龙门周围，为的便是保证应朝寺大会正常进行。

这些人有的是提前半个月便来到了，有的是提前十天八天到的，还有的是这两天才到的，还有几十家尚在路上。这些人初聚时，尚且服从齐武。到后来听到只是围而不攻，便都觉得无用，更有甚者直接叫嚷报仇云云，殊不知虽你人多，但对龙门却不占半点优势。到后来齐武也渐渐压制不住，而他本人也是年少轻狂，想要借此机会一展头角，还好有应朝寺的智元大师及时赶到，他在江湖上成名多年，也是镇得住场子的风云人物，德高望重，把许多小派都压了下去。

各方人士每日都在龙门外面叫骂，将龙门上下问候个遍，吃完便睡，睡醒了接着叫骂，是极其混乱的。还有不少忍不住拔刀拔剑冲向龙门被抓回的，齐武和智元大师来时带的弟子不多，如今来的人越来越多，两人也渐渐控制不住。

智元大师眼看不好，连忙遣人去应朝寺求援，两地相隔尚有千里之遥，待得僧人赶回应朝寺时，应朝寺大会刚刚结束，于是快马加鞭，回到龙门。

且说这日，来的各方人士实在太多，龙门外面叫骂声响彻四方。就听人群中一大汉嚷道："齐大总管、智元大师，咱们在此围了十几天了，什么时候是个头？"

齐武当下道："我等在此的任务，乃是要保证应朝寺大会无恙，眼下距大会开始已过三天，不过我等尚未接到通知，所以还不能撤。"

那人又道："龙门现在已经龟缩不出，我等为何不一鼓作气，剿了龙门，还要等各大派协商才行？咱们人多势众，龙门绝不是咱们的对手。"

齐武道："龙门势大根深，这里是他们的老巢，他等经营多年，且不说有一些小喽啰呼应他们，就是当地官府和官兵，也都得了他们的好处，此地盘根错节，不是我等一日可灭，需得等到之后将主要成员一一引出，各个击破才是正法。"他追随老仙公多年，这也是老仙公多年来总结的，旦夕之间，他等确实没能力一举剿了龙门。

智元大师跟着也道："贫僧已派多路弟子回应朝寺打探，这几日便该会有结果，如若大会结束，我等各自散去便好。"

这一人且在思量，有一人跟着喊道："你二人是名门之后，咱们的小仇小怨也就罢了，舟山的墨虚道长惨死，应朝寺武僧折于人手、智通大师残废，这就不是仇？血海深仇这边，你等也不比我们少罢！"

齐武本是奉师命前来压阵的，然听到这些，也有些按捺不住。

智元大师念及亲师弟，也有些伤感，但是年岁已大，尚能沉得住气。

齐武此时却已暗暗拔剑，跟着道："龟寿厅的弟兄们，我等今日便一拼性命替老道长报了仇！手刃寒月那女魔头。"他齐武能做到舟山大总管，也自非常人，如今这样便拔剑宣战，也是经过了十几日的考量，知道此刻一展身手，能够树起江湖威望，对日后反清是有帮助的。另外他也是血气方刚的年轻人，虽然和墨虚道长交情不多，但毕竟是一家人，也禁不起这几日轮番劝战，也想试试。

他这一番话语一出，在场的人很是振奋，许多昏昏欲睡之人也都苏醒，口中叫嚷"剿灭龙门""报仇雪恨"之类。一时间许多人抄起家伙，准备冲进龙门报仇。

智元大师哪里劝得住这许多人？于是对齐武低语道："大总管，贫僧已经遣人回应朝寺找援手，如若此次包围不成功，我等尚有后援，如今你这般率众直取龙门，如果直接失败，那岂不是性命堪忧？多少人的性命在你手上，大总管，且罢手，再等两日不迟！"

他这般说辞，本是想让齐武罢手，哪知齐武已被冲昏头脑，一听到还有后援，哪里顾得上后面的话了，于是更道："既然后面还有强援，我等为何不一举取了龙门？"于是更不答话，领众向龙门冲去。

只见一时间四周数百人纷纷拿出兵器，径直冲向龙门。智元大师默不作声，只是低头念经，有些沉得住气的便跟着留下来观望，沉不住气的就跟着齐武杀去了也。

却说龙门这十几日，早知外面被包围，也不知是什么状况，但早已做最坏打算，将龙门上下装上各式机关暗器，只等外面发起总攻，这日齐武耐不住众人劝攻，领头打了进来，那是正中了龙门的下怀。

而龙门此时，正在调兵遣将。龙门依山而立，南面大门进去便是游龙厅，自东西两侧向北走便是卧龙潭，其间机关杀器自不必说，卧龙潭又是龙门禁地禁龙宫的必经之路。须知龙门这一派，那是狡兔三窟。前面游龙厅是会客之处，而后便是龙门禁地，一般的外客无论如何也进不到游龙厅以后。

看不见的地方，自然多出许多传言。有的说禁龙宫内锁着一条金龙，平时大门紧闭，开门时便金光大显；有的说禁龙宫内有天梯，直登青云；也有的说禁龙宫内暗藏密道，甚至直接与应朝寺内连。凡此种种，皆是江湖上好事之人的呓语。

于是龙门寒月坐镇游龙厅，命朱殇镇守接龙台、命怜香镇守会龙亭、龙天弟子把守卧龙潭，龙天在禁龙宫中布置防卫，以防寒月不测。

眼下龙门布置好了，就等这帮乌合之众杀进来了也。只见为首的除了齐武之外，早有齐三刀家的小儿子齐均、福临镖局的镖师后人何祥、断臂的郑催，还有王屋山宝峰观灭门时溜走的两个小道士陈智、陈愚。这几家是龙门的世仇，除此之外，不具名的江湖小门小派也都是数百人之众。

于是这几人领着数百人冲向龙门，就见龙门正门只有十余个守卫，见到这些人自然是掉头就跑。这些人砍死了两三个跑得慢的，背后龙门大门并未紧闭，于是这些人杀气冲天地进了龙门的大门。

进去之后，绕过影壁，就见寒月在游龙厅正厅背手而立。众人定睛看去是她不假，更是添了几分怒气，举起刀剑相向。只见寒月面带冷笑，沉哼一声，缓缓抬起右手，待得众人抢到跟前，又将右手倏地放下。一时间机关启动，有的地砖瞬间破碎，上面寻仇的江湖侠士有不少直接掉进了立有毒刺的陷阱；大门紧闭，门旁的花草齐齐射出毒箭，中箭者不在少数；游龙厅正厅的十二根红木柱子露出了三十六个火眼，将靠近的人一一喷化为灰烬；还有躲藏的龙门好手在房檐四方撒下罗网，将不少侠士网住，而后有人自草丛中杀出。这几招下来，原本冲进来的几百人瞬间就只剩下几十个。郑催拼命抵抗，寒月看准了是他，使出三根飞针锁了他的喉，郑催只手难当，倒地中毒即死；何祥一个脚步不稳，便掉进了死伤无数的毒刺陷阱，只是死的人太多，他只扎中了大腿，爬了出来，尚没有立时毙命，可刚刚爬出来，便被几个龙门弟子乱刀砍死；王屋山的陈智、陈愚本是陈快三道长的远方表侄，陈智眼见死了这么多人，心下也乱了，毒刺毒气发作，弄得他天旋地转，直把游龙厅当成了来时的大门，径直冲了上去，只是他当时晕厥在地，被龙门弟子生擒，生死未知。

却说冲进来的人群里，自然也有舟山大总管齐武。他虽然被鼓动得有些浮躁，但是一见血色，也就恢复了冷静。这些陷阱虽然高明，但他见过的招数也不在少数。当下对着不多的龟寿厅徒众、洛阳的齐均和王屋山的陈愚以及剩下幸存的江湖侠士高声喊道："莫要惊慌，且将这罗网先砍了开来！"他顺手摸到了一个弹珠，打到了天上，向龙门以外的智元大师那边报了个信号，外面随即响起杀声，想是智元大师领人来救了。众人定了定神，将刀剑对准了罗网，好在不是什么宝物，众人砍了半天，算是有了一个开口。

于是齐武领着众人逃出重围，来到龙门大门前，众人里外合力，撞破了大门，勉强逃出了一层鬼门关。

然而智元大师领众救命没错，却忽视了龙门弟子暗中的走动。早有朱殇和怜香率领的两路人马通过密道潜伏到龙门外侧，将他等重新围了起来。他二人在龙门内，虽有几个突破包围杀到了接龙台和会龙亭，但也早被他等轻易取了性命。眼见齐武等侥幸逃脱，早有寒月飞传密令，让他等暗度陈仓，呈包围合拢、一网打尽之势。

寒月得势，领得众人从龙门杀了出来，龙天听闻消息，心知此战龙门已立于不败之地，于是也领着五十人，从禁龙宫而出，同寒月会合。

这下众人都露了面，自然是各找各的不是。智元大师见龙天现身，再也忍不住，心思这是一场生死大战，便令应朝寺武僧列好罗汉大阵，以应万全，自己走上前去，高声道："罪魁龙天，你欠我师弟的那一掌，今天也到了该还的日子了！"龙天朗声道："那我便在你身上，再打上一掌！"于是两人动起手来。

齐武愤愤道："寒月，你杀我墨虚师兄，这笔账也该好好算算了！"寒月道："舟山派的，我见一个杀一个！"于是这两人也交了手。

那边智元大师、齐武大总管死战龙天、寒月，相互拆个二三百招自然不在话下。这边朱殇、怜香领着龙门好手摆了个独龙大阵，应对应朝寺武僧。这罗汉大阵自智元与齐武动手了以后，阵眼便护着那些江湖侠士，为首的自然是洛阳的齐均和王屋山的陈恩。

龙门此时，就武功素养来说，当属朱殇最高。他成为北天蓼风斋牛阎王的关门弟子，那几个大派武功不敢说，天下的其他门派，有几个武功绝学是他不知的？这样成名的中原武林第一杀手，又怎么是齐均这等江湖无名之辈可以比肩？但是天底下知道朱殇真实实力的人毕竟太少，应朝寺、舟山派又各有深海仇敌，自然顾不上朱殇这边，按照寻仇的来讲，那又是正该齐均迎战朱殇。齐均就算是打不过，那为了一家老小，也该拼了这条命。

齐均举着自己的宝刀向朱殇杀去，朱殇手持倾城绝剑迎战，齐均使出了自己的看家刀法，名为"开山刀法"，这一套刀法力道刚猛，是纯阳武学。朱殇见了微微一笑，运起内力，在空中左劈右砍，有样学样地使出了他齐均的家传刀法，将刀法功夫化到剑法之内，名为"开山剑法"。齐均出一招，他便跟着用其他招式化解，两人斗了不到三十招，齐均便明显破绽重重，吃力起来。

那陈愚见他齐均都跟了上去，自己也大喊一声，举着一柄拂尘向怜香杀去。怜香举起奈何双钩迎战，起手便是一招"劈山见海"，运起功力向陈愚进攻，陈愚见了不慌不忙，右手催动太极剑，使了一招王屋山宝峰观的功夫"挫锐解纷"，将这一招杀招化解开来，将怜香的力道转移到了其他四位龙门弟子身上，将自己的内力融到剑招当中，柔中带刚，回了过去。

且说这陈快三道长的两位后生陈智陈愚，原本是取自王屋山之智叟、愚公之意，这陈愚真的是大智若愚之象。他本是宝峰观门下最为卑微的弟子，武功平平，但是陈快三等人死后，他为躲避灾祸，在太行山侧峰修习武功，王屋山宝峰观这六位道长也是武林当中不弱的几位人物，若不是碰到了东凌玄老这样的当世绝顶，也不至于一命呜呼。他几人日夜修习的武功心法乃是王屋山祖传四百多年的一项功夫，名曰"移山术"。这宝峰观也本是一方道家宝地，"移山术"也是一项奇术，倒不是说一定能将一座山移走，但是这种功夫练到深处，那是力道奇大，运起的内力也是浑厚有力，绝非一般血肉之躯可以匹敌：寻常人打不开的石门、挪不动的巨鼎倒是皆能动得；这功夫还有一项奇处，那便是将人的力道移走，将来人的杀招移到另一人的身上，或者是移到山石河溪，使其崩塌倒流，凡此种种，是保证练功之人不受外力伤害，以刚猛力道将敌人的杀招移走。这功夫本是一项奇妙的道家内功，那日六道与东凌玄老较量之时，东凌玄老想是早就知道这门功夫，于是直接以内力吸住几人，教他们使不出自家心法，以深厚内力取胜，换了平常人，哪有这样的修为？

单纯的比武较技，就是西山邪老亲临，也不一定能胜过他六人。所以那次取胜，也是取巧而已，江湖上能以这种心思办法胜了王屋六道，恐怕也只有东凌玄老了。

于是这两人这般比画了也有不下五十招，一个劈山，一个移山，两相比较，还是陈愚的"移山术"更胜一筹。怜香没想到一个不起眼的小道士竟然有这么大的能量，她哪里知道，陈愚是天资俱佳，又在太行山侧峰修行苦练，加之这门功夫本就奇得很，用起来威力巨大也在预料之内。

陈愚眼见这边怜香抵挡不住，正自得意，斜眼望去，齐均已经是苦苦支撑。他实在看不过眼，而且罗汉大阵的主将就是他两个，如果齐均倒下，那难免他陈愚会被两人围攻，到时情形只怕更危险。于是左右手一发力，将怜香攻出的力道轻轻巧巧地移到了朱殇身后，朱殇一惊，本没来得及防备，这下前后夹攻，手脚略显慌乱，漏了不少破绽。

于是这四人纠缠起来，几十招过后，胜负立现。陈愚使了一招"神游紫微"，以绵绵不断之后劲将怜香黏住，甩了很远。那头朱殇使出了模仿齐家的"开山剑法"的最后一招"拨云见山"，将原本是齐家传人的齐均刺死在地。陈愚眼见不好，急忙抽身过来与朱殇过招，朱殇哪里还有心思，一个箭步早就去查看怜香去了。

前方齐武和智元大师与龙寒二人斗得正盛，眼见后方失利，主将折了，便也跟着撤了手。原来这边见得吃亏，撤去人手，那边寡不敌众，也不敢深入报复，便整顿旗鼓，回龙门死守了也。

齐武眼见得龙门里里外外死伤的都是江湖兄弟，认为都是自己的罪愆，心里痛如刀割，拔出宝剑，便想自尽。智元大师眼见，和陈愚一同出手，弹开了宝剑。众人劝慰多时，都道是龙门心狠手辣，江湖兄弟不够小心才有此祸，眼下龙门一时难以全歼，倒不如从长计议。

众人便都各自分头散了。

　　宸阳君记曰：齐总管公然违号令，陈小道危难显身手。朱罹当上武林盟主，开始了讨伐龙门之路，龙门经此一役，并未伤及元气，反倒是震慑了江湖侠客。然而龙门屹立之久，又岂是一朝一夕破得的？毕竟武林大会之后如何，且看下文分解。